Knaur®

Von Ashley Carrington sind als Knaur-Taschenbücher außerdem erhältlich:

»Jessica oder Die Irrwege der Liebe« (Band 1184)
»Jessica oder Das Ziel aller Sehnsucht« (Band 1388)
»Jessica oder In der Ferne lockt das Glück« (Band 1537)
»Jessica oder Was bleibt ist die Hoffnung« (Band 1653)
»Jessica oder Die Insel der verlorenen Liebe« (Band 2834)
»Jessica oder Die Irrwege der Liebe/Das Ziel aller Sehnsucht« (Band 2920)
»Valerie – Erbin von Cotton Fields« (Band 2021)
»Valerie – Herrin auf Cotton Fields« (Band 2022)

Originalausgabe 1989

Umschlaggestaltung Manfred Waller
Umschlagillustration Longaron/Norma Agency
Satz IBV, Berlin
Druck und Bindung Ebner Ulm
Printed in Germany 5 4 3 2 1
ISBN 3-426-02835-2

Ashley Carrington:

Jessica oder
Die Sehnsucht im Morgenrot

Roman

Knaur

Für R. M. S.,
mein Schatten, mein Licht.

AUSTRALIEN

Juni 1808

1

Sophie Ballard gab auf. Sie würde es nicht schaffen! Sie hatte sich überschätzt. Das erkannte sie, als sie noch nicht ganz aus den *Rocks*, dem labyrinthischen Lasterviertel von Sydney, heraus war. Ihr Vorhaben war aussichtslos, war es von Anfang an gewesen. Vor drei, ja noch vor zwei Monaten hätte es ihr gelingen können. Doch jetzt war es für eine derartige Kraftanstrengung zu spät. Sie konnte das scharfe Tempo dieser freudlosen Frau nicht mehr mithalten, und schon gar nicht über so weite Strecken.

Völlig außer Atem und mit Seitenstichen, blieb sie an der Straßenecke neben dem Eingang zu Jarlings Opiumhöhle stehen. Ihr schwerer Busen, der so manchen Seemann und Rotrock der Garnison angezogen hatte und sein Gewicht in Silberstücken wert war, wogte unter dem warmen Umhang, während sie nach Luft rang.

Im schwindenden Licht der blassen Abendsonne erhaschte sie noch einen letzten Blick auf die schwarzgekleidete, hagere Gestalt, die gerade die aufgeweichte George Street gegenüber vom Waisenhaus überquerte und einem mit Fässern hochbeladenen

Ochsengespann auswich. Dann nahmen ihr zwei Droschken die Sicht, und als die Kutschen vorbeigefahren waren, war von der Frau nichts mehr zu sehen.

Ein kalter Wind kam von der Bucht herüber und fuhr wie ein Messer durch die schlammigen, mit Unrat übersäten Gassen der *Rocks.* Es war ein übles Viertel. Primitivste Lehmhäuser, Bretterbuden, Zelte, Baracken aus Abfallholz und ein paar wenige Ziegelhäuser überzogen den felsigen Hang auf der Westseite der Bucht, der diesem verruchten Stadtteil seinen Namen gegeben hatte. Wer hier lebte und arbeitete, gehörte zur untersten Schicht der Männer und Frauen, die die australische Sträflingskolonie New South Wales besiedelten: Huren, Trunkenbolde, Deserteure und lichtscheues Gesindel, vom harmlosen rotznasigen Taschendieb bis hin zum käuflichen Mörder.

Wie Schimmelpilze in einem feuchten dunklen Gemäuer, so hatten unzählige Rum-Spelunken, Freudenhäuser, Spielsalons, Hehlerstuben und billige Absteigen die steinige Halbinsel überwuchert. Es war der ideale Nährboden für Elend, Verbrechen und Laster aller Art.

Sophie Ballard, eine junge Frau mit molliger Statur und noch ansprechenden Gesichtszügen, erschauerte unter der Meeresbrise. Sie zog den dicken Wollschal, den sie sich selbst gestrickt hatte, enger und stellte den Kragen ihres Umhangs auf. Mit einem Gefühl bitterer Enttäuschung machte sie sich nun wieder auf den Rückweg. Jeder Schritt bereitete ihr Schmerzen, und ihr war, als trüge sie ihr Baby tief zwischen den Beinen. Sie wünschte, sie hätte nicht versucht, ihr zu folgen. Für nichts und wieder nichts hatte sie sich angestrengt.

Es hatte ihr aber keine Ruhe gelassen zu erfahren, wer diese grauhaarige, asketische Frau war, von der sie nur wußte, daß sie Kate hieß. Und das mußte noch nicht einmal ihr richtiger Name sein. Wer verbarg sich hinter dieser Frau, der sie ihr

Kind verkaufen wollte? Diese Frage beschäftigte Sophie schon seit Monaten.

Ins SOUTHERN CROSS zurückgekehrt, begab sie sich unverzüglich in die warme Schankstube. Der Gasthof war mit Abstand der beste und auch teuerste, den man in den *Rocks* finden konnte. Die Zimmer waren anständig, die Ungezieferplage hielt sich in Grenzen, das Essen war genießbar bis gut und der Rum nicht so gepanscht wie in vielen anderen Billigtavernen, wo schon so mancher Gast an versetztem Branntwein erblindet war.

Im SOUTHERN CROSS hingen Rauchschwaden unter der niedrigen Balkendecke, und es roch köstlich nach Kohlsuppe mit dikkem Speck. Für eine kräftige Mahlzeit war Sophie stets zu haben, und so bestellte sie sich sofort eine Portion sowie einen Grog.

»Geh aber nicht so zimperlich mit dem Rum um, Layton!« ermahnte sie den bulligen Wirt. »Laß deinen Fingerhut zum Abmessen unter der Theke liegen und nimm den Becher dazu, wie es sich für eine anständige Taverne gehört!«

»Bist bei mir noch nie zu kurz gekommen, Sophie«, erhielt sie gelassen zur Antwort.

»Ja, glänzende Münzen machen glänzende Augen und jeden Wirt eifrig!« rief sie ihm spöttisch nach und strich sich eine Strähne ihres stumpfen dunkelbraunen Haars aus dem Gesicht.

Das Essen kam im Handumdrehen. Statt der einen Scheibe Speck, die zu jeder Portion gehörte, lagen auf ihrem Teller zwei. Und daß Layton den Anteil in ihrem Grog wahrlich nicht zu knapp bemessen hatte, roch sie schon, bevor sie noch davon getrunken hatte.

Mit einem zufriedenen Lächeln gönnte sie sich einen kräftigen Schluck und machte sich dann über das Essen her. Seit Albert, dieser Hurenbock von einem Soldaten, sie geschwängert und sitzengelassen und sie mit Kate diesen Kindeshandel geschlossen hatte, ging es ihr wahrlich nicht schlecht. Denn diese rätselhafte Frau mit dem lautlosen Gang und der unangenehmen Flüsterstimme bezahlte ihr nicht nur Kost und Logis im SOUTHERN CROSS, wo sie das gemütlichste Zimmer bekommen hatte, in dem es sogar einen Kamin gab. Nein, sie hatte ihr auch Stoff für warme Wintersachen gekauft und Wolle zum Strikken. Zudem erhielt sie jede Woche eine bescheidene Summe, mit der sie zwar keine großen Sprünge machen konnte, die aber völlig reichte, um den Rum außer der Reihe bezahlen zu können.

Wenn sie einen Jungen zur Welt brachte, würde sie von Kate fünf Pfund für das Baby bekommen. Für sie, die sie ihren Körper bisher für ein paar Pennies, eine Kanne Branntwein oder eine warme Mahlzeit in einer schäbigen Taverne verkauft hatte, war das ein kleines Vermögen.

Anfangs hatte sie sich auch glücklich geschätzt, daß ihr das Schicksal diese Frau über den Weg geführt hatte, die sie von der Last und Verdammnis befreite, die ein Bastard für eine unverheiratete mittellose Frau bedeutete, und die sie dafür auch noch fürstlich bezahlte.

Doch je mehr sie sich daran gewöhnt hatte, daß für sie gesorgt war und sie mit fünf Pfund rechnen konnte, desto häufiger hatte sie sich den Kopf darüber zerbrochen, wer Kate denn nun war und was es mit dieser Frau auf sich hatte. Daß sie das Kind für sich haben wollte, wie sie ihr einzureden versuchte, nahm sie ihr schon längst nicht mehr ab. Auch wenn sie sich hütete, sich das anmerken zu lassen. Nein, diese verhärmte, asketische Frau, der man ein eigenes Baby in ihrem Alter auch nicht mehr abnehmen würde, wollte das Kind für jemand anderen.

Längst war Sophie Ballard davon überzeugt, daß Kate in den

Diensten einer jungen Frau aus gutem Haus stand. Ihr ganzes Verhalten und die eine oder andere Redewendung hatten im Laufe der vergangenen Monate aus einer vagen Vermutung Gewißheit werden lassen: Ihr Kind war für jemanden bestimmt, der gesellschaftlich noch um einiges höher stand als Kate. Und diese Erkenntnis hatte ihre Fantasie von da an nicht mehr in Ruhe gelassen.

Es waren immer dieselben Fragen, die sie unaufhörlich beschäftigten: Wer hatte Kate beauftragt, ein Baby zu kaufen? Ein Mann? Eine Frau? Sollte sie es wagen, den Namen von Kates Herrschaft herauszufinden? Und falls ihr das gelingen würde, was könnte sie dann mit ihrem Wissen anfangen? Den Preis für das Baby verdoppeln? Oder erst einmal abwarten?

Noch lange, nachdem sie ihren Teller geleert hatte, saß sie in der Schankstube, ließ den guten Branntwein auf der Zunge zergehen und grübelte wie schon oft zuvor, wie sie es nur anstellen sollte, das Geheimnis zu lüften. Sie wußte, daß es nicht ganz gefahrlos war, was sie da vorhatte. Doch sie beruhigte sich selbst, indem sie sich einredete, daß es ihr gar nicht so sehr darum ging, mehr Geld herauszuschlagen, sondern daß sie einfach nur wissen wolle, bei wem ihr Kind aufwachsen und welchen Namen es tragen würde. Doch im Hinterkopf rumorte sehr wohl die Überlegung, daß dieses Wissen ein Vielfaches von fünf Pfund wert sein konnte.

Sie bereute längst, Kate nicht schon in den ersten Wochen und Monaten einmal heimlich gefolgt zu sein. Aber sie hatte damals Angst gehabt, beim Nachspionieren erwischt zu werden und alle Vergünstigungen zu verlieren. Das wollte sie nicht riskieren.

Mittlerweile hatte jedoch die Wißbegier in ihr die Oberhand gewonnen. Aber es blieb ihr nicht mehr viel Zeit. Sie würde bald niederkommen, und Kate suchte sie jetzt täglich zweimal

auf. Wenn sie das Geheimnis lüften wollte, dann mußte es bald geschehen. Nur sie selbst war in ihrem unförmigen Zustand nicht mehr dazu in der Lage, und sie kannte auch keinen, den sie hätte ins Vertrauen ziehen können.
Verdrossen und nervös kaute Sophie an ihren Fingernägeln, während sie sich das Hirn zermarterte. Wie könnte es ihr bloß gelingen, herauszufinden, für wen ihr Baby wirklich gedacht war? Zumal Kate nicht auf den Kopf gefallen war und sich bestimmt etwas hatte einfallen lassen, um einen etwaigen Verfolger in die Irre zu führen.
Plötzlich fiel ihr Blick auf Robin, den ältesten Sohn des Gerbers, der zwei Gassen weiter oberhalb seine Werkstatt hatte. Robin ließ sich vom Wirt gerade eine Blechkanne mit Branntwein für seinen Vater füllen. Für seine fünfzehn Jahre war er noch recht klein und schmächtig. Doch er war als ein aufgeweckter, flinker Bursche bekannt, den man schon mit wichtigen Aufgaben betrauen konnte.
Sophies fülliges Gesicht hellte sich schlagartig auf. Sie hatte die Lösung des Problems gefunden – nämlich Robin. Und sie wußte auch, wie sie Kate trotz aller Vorsichtsmaßnahmen übertölpeln konnte. Wenn es soweit war und sie das Baby abholte, würde sie es bestimmt eilig haben, das Kind dorthin zu bringen, wo es erwartet wurde. Das bedeutete, daß sie kaum große Umwege machen und raffinierte Haken schlagen würde. Denn sie hatte ja das Neugeborene bei sich, das nicht zu lange der Kälte und Feuchtigkeit ausgesetzt sein durfte, wollte sie sein Leben nicht aufs Spiel setzen.
»Robin!« rief sie durch den Schankraum und winkte den Jungen zu sich an den Tisch.
Er kam zu ihr. »Is was, Sophie?« Frech starrte er auf ihren Busen, der sich im großzügigen Ausschnitt ihres Kleides wölbte.
»Hättest du Lust, dir einen Shilling zu verdienen?«

Seine Augen blitzten auf. »Na klar! Was soll's denn sein?« fragte er interessiert.

»Du mußt flink sein, die Augen offenhalten und ein Geheimnis wahren können.«

»Das is 'ne ganze Masse für 'nen Shilling«, entgegnete er gedehnt und clever genug, nicht gleich zu begeistert zu erscheinen. Vielleicht ließ sich ja noch mehr herausschlagen.

Sophie beugte sich etwas vor, und scheinbar gedankenlos fuhr sie sich mit den Fingerkuppen über die Brüste. »Hat ja keiner gesagt, daß es nur bei einem Shilling bleibt, Robin. Wirst schon auf deine Kosten kommen, verlaß dich drauf. Wollte nur wissen, ob du das kannst, was ich gerade zur Bedingung gemacht habe.«

Er grinste breit. »Alles kein Problem, Sophie. Ich kann 'ne ganze Menge mehr, als die Leute glauben. Es muß sich nur lohnen.«

Sie lächelte. »Wirst schon nicht zu kurz kommen, mein Kleiner. Wir sind uns also einig?«

Er nickte.

»Gut, dann hör mir jetzt genau zu...«

2

Die Sonne stand schon tief im Westen jenseits des breiten Hawkesbury River. Erschöpft schien sie auf den Spitzen der immergrünen Eukalyptusbäume zu ruhen, die am Westufer noch meilenweite Wälder bildeten und bis hin zu den Bergketten der Blue Mountains reichten. Die hoch aufragenden, zerklüfteten Berge hatten sich bisher als unüberwindbare Barriere erwiesen und einen tieferen Vorstoß der Siedler ins Landesinnere der Sträflingskolonie New South Wales verhindert.

Der Fluß führte nach den schweren Regenfällen Hochwasser und war in den letzten Wochen um acht Fuß gestiegen. Aber damit konnten die Siedler entlang des Hawkesbury gut leben, sofern es dabei blieb. Es hatte Jahre gegeben, da war der Fluß um dreißig Fuß und mehr gestiegen und so weit über die Ufer getreten, daß das fruchtbare Hügelland vierzig Meilen nordwestlich von Sydney einem schlammigen tobenden Meer geglichen hatte. Die reißenden Fluten hatten zu tief gelegene Farmen in einer einzigen stürmischen Regennacht vernichtet, die Gebäude zertrümmert, Äcker und Felder fortgespült, das Vieh ertränkt und nichts mehr übriggelassen, was das Ergebnis jahrelanger Schinderei in der Wildnis gewesen war.

Seven Hills brauchte dieses Schicksal nicht zu fürchten. Zumindest nicht der Gebäudekomplex um das Haupthaus, obwohl er nur wenige hundert Yards vom nordöstlichen Ufer des Hawkesbury lag.

Seven Hills verdankte seinen Namen der Tatsache, daß das

Herzstück dieser Farm aus sieben Hügeln bestand, die aus der sanft gewellten Ebene in Flußnähe aufragten. Auf der flachen Kuppe des ausgedehntesten dieser Erhebungen befand sich das Haupthaus. Es war das schönste und bestgebaute Farmhaus im Umkreis eines Tagesritts und dokumentierte, welch herausragende Rolle SEVEN HILLS im Siedlungsgebiet am Hawkesbury spielte.

Auch für viele freie Siedler waren noch immer Lehmhütten die gebräuchlichste Form der Unterkunft. Das Haupthaus auf SEVEN HILLS dagegen ruhte auf einem massiven Fundament aus Feldsteinen, und die Wände bestanden aus schweren Balken, die roh behauen und deren Fugen mit Lehm ausgefüllt waren. Zwei Kamine aus rotbraunen Backsteinen ragten weit über das Dach hinaus.

Nicht weniger solide waren die Scheunen, Schuppen und Werkstätten gebaut, die das Farmhaus auf der dem Fluß abgewandten Seite des Hügels in einem weiten Halbkreis und in einer beeindruckenden Zahl umgaben. Knapp hundert Yards hinter den Nebengebäuden lag die Siedlung aus einfachen, aber wetterfesten Lehmhütten, in denen die Arbeiter untergebracht waren.

SEVEN HILLS bot an diesem Abend einen friedvollen Anblick. Aus den Kaminen des Haupthauses und den kleinen Hütten stieg Rauch auf. Die Frauen waren mit der Zubereitung des Essens beschäftigt, während auf dem Hof und vor den Häusern Männer in kleinen Gruppen zusammenstanden, Pfeife rauchten und sich einen Schluck Rum gönnten.

Doch SEVEN HILLS war weit davon entfernt, eine Stätte des Friedens zu sein. Zumindest seit Jonas Duckworth an den Ort seines Verbrechens und seiner größten Schmach zurückgekehrt war.

»Das ist sie! SEVEN HILLS! Die Farm von der verfluchten Sträf-

lingshure Jessica Brading!« Abgrundtiefer Haß sprach aus seinen Worten, und der ehemalige Flußschiffer setzte das Fernrohr ab. Er war ein dickleibiger, ungepflegter Mann mit einem schwarzen zerzausten Vollbart und kleinen Augen, die unter buschigen Brauen lagen.
Nick Slayton, sein ehemaliger Bootsmann, der links von ihm im Gras der Hügelkuppe lag, verzog das Gesicht. »Stimmt schon, daß sie vor acht, neun Jahren mit 'nem Sträflingstransporter nach New South Wales gekommen ist, aber ich kenn' hier eigentlich keinen, der das nicht von sich sagen kann«, meinte er sarkastisch.
Len Ross, der die Brading-Farm einmal mit eigenen Augen hatte sehen wollen, verzog das hagere Raubvogelgesicht zu einem breiten Grinsen und ließ dabei das Loch oben in seinem Schneidezahn sehen, an dem er unablässig sog. »Muß an deinem miesen Umgang liegen, Nick.«
Der mittelgroße, kräftige Bootsmann, dessen Brust ein tätowierter Drache zierte, lachte trocken auf. Len Ross war wegen eines Raubüberfalls in Londons Straßen nach Australien verbannt worden und hatte nach der Verbüßung seiner Strafe in den *Rocks* von Sydney seine verbrecherische Laufbahn mit ungebrochener Skrupellosigkeit fortgesetzt. Es hieß, daß an seinen Händen schon soviel Blut klebte wie an denen des öffentlichen Auspeitschers, und der hatte wahrlich keinen ruhigen Posten. Für Jonas Duckworth, der sich immer noch mit Captain anreden ließ, war das geradezu ein Empfehlungsschreiben gewesen.
»Kann schon sein, Len, aber daß Jessica Brading den Rock für 'n paar Pennies oder auch Shilling hochschlägt und jeden ranläßt wie Sixpence-Sally in Mama Joes Bordell, ist mir noch nicht zu Ohren gekommen«, führte Nick seine spöttische Erwiderung zu Ende.

»Sieht auch nicht so aus, als hätte sie das nötig«, pflichtete Len ihm bei und betrachtete die Farm eingehend durch das Fernrohr. »Gibt nicht viele Farmen in der Kolonie, die mit der hier konkurrieren können. Nur die von John McArthur und die einiger seiner verfluchten Offiziersfreunde können 'nem Vergleich standhalten. Aber die dürfen ja auch ungestraft die ganze Kolonie ausplündern, bloß weil sie die Macht über die Bajonette und Peitschen haben.«

Nick grinste. »Stimmt. Die raffen zusammen, was sie kriegen können. Genau wie wir!« Er lachte meckernd, während der fette Duckworth neben ihm die Siedlung der Farmarbeiter nicht aus den Augen ließ. Sein Fernrohr war noch um einiges besser als das von Len. Er schien nichts auf den Wortwechsel der beiden Männer zu geben, die auf seiner Lohnliste standen.

»Der kleine Mann, der auf sich hält, folgt eben dem Vorbild der feinen Herren mit den goldenen Schulterstücken«, spottete Len.

»Feine Herren! Ich wünsche jedem verfluchten Rotrock die Pest an den Hals!« knurrte Nick Slayton, der wie Len und auch der Captain zu den Emanzipisten gehörte, zu den Deportierten, die ihre Strafe verbüßt hatten und nun wieder Herr ihrer Entscheidungen waren. »Und die Krätze noch dazu! Werde ihnen nie verzeihen, daß sie uns in den sieben Monaten der Überfahrt wie Vieh behandelt haben!«

Len zuckte die Achseln. »Die Männer vom New South Wales Corps waren nie was anderes als Halsabschneider und verkrachte Existenzen in Uniform. Aber daß sie den verdammten Bounty-Bligh mit ihrer Rebellion im Januar kalt erwischt und ihn von seinem Gouverneursthron gestürzt haben, war ganz nach meinem Geschmack. Mir ist die Raffgier und Korruption des Rum-Corps zehnmal lieber als Bligh mit seinem Fimmel für Gesetz und Disziplin.«

Nick pflichtete ihm bei. »Wäre ja auch noch schöner gewesen, wenn er sich als erster Gouverneur gegen die Offiziers-Clique hätte durchsetzen können. Wäre auch uns verdammt schlecht bekommen.«

Len Ross sog geräuschvoll an seinem Loch im Zahn, während er das Fernrohr wieder auf die Farm richtete. »Ob unter Bligh oder den Rum-Rebellen, dieser Jessica Brading wird das wohl nicht viel ausmachen. Der muß es mächtig gutgehen, Captain.«

Jonas Duckworth spuckte aus. »Auf Kosten anderer! Skrupellos zusammengerafft hat sie das alles! Die Leute von ihren Farmen getrieben und das Land zu einem Spottpreis aufgekauft. Eine Hyäne, die den Rachen nicht vollbekommt! Und mit denselben verbrecherischen Methoden, mit denen sie SEVEN HILLS so mächtig gemacht und das Frachtgeschäft auf dem Fluß an sich gerissen hat und zu diesem Geschäft in Sydney gekommen ist, hat sie auch mich ruiniert und mich um die ENTERPRISE betrogen!«

Nick zog die Mundwinkel spöttisch hoch. Daß er für Jessica auch nur einen Funken Sympathie hegte, konnte wahrlich niemand behaupten. Die fünfzig Peitschenhiebe, die sie ihm damals dort drüben auf dem Hof hatte verpassen lassen und die seinen Rücken in ein Stück rohes Fleisch verwandelt hatten, hatten für freundliche Gefühle keinen Platz mehr gelassen. Die Schläge mit der Neunschwänzigen hatten ihm vielmehr das brennende Verlangen nach blutiger Vergeltung unter die Haut getrieben. Was das betraf, stand er Jonas Duckworth in nichts nach. Doch die lügnerische Art, mit der dieser seine blutige Rache zu einem Akt der ausgleichenden Gerechtigkeit vor Len und den anderen im Lager darstellte, ging ihm gegen den Strich. Er war für jedes profitable Schurkenstück zu haben. Wenn er sich vornahm, jemandem die Kehle durchzuschneiden, weil er ihm die prall gefüllte Börse abnehmen oder sich einfach nur rächen wollte, dann war ihm das Grund genug. Duckworth dagegen versuchte auf seine großkotzige Art die Tatsachen so zu verbiegen, bis er selbst ohne Fehl und Tadel dastand. Das hatte ihn schon in den langen Jahren genervt, als er unter seinem Kommando Bootsmann auf der ENTERPRISE gewesen war.

»Nichts für ungut, Captain«, widersprach er deshalb gehässig, »aber Land hat sie nur denjenigen Farmern an ihren Grenzen abgekauft, die es zu nichts gebracht und die Brocken hingeschmissen haben. Und was die ENTERPRISE betrifft, so haben wir ja zuerst versucht, ihr an die Gurgel zu gehen und ihren Schoner, die COMET, bei Nacht in Brand zu setzen, weil es uns nicht paßte, daß sie uns Konkurrenz machen wollte.«

Jonas Duckworths kantiger Schädel fuhr herum. »Ich habe jahrelang das Frachtgeschäft auf dem Fluß kontrolliert! Das war *mein* Geschäft! Das verfluchte Weib hatte kein Recht, mir in die Suppe zu spucken!«

»Hat sie aber. Und ganz ordentlich sogar. Hättest besser nicht die Frachtraten erhöhen sollen. Dann wäre sie erst gar nicht auf die Idee gekommen, sich selbst ein Schiff zuzulegen. Sie ist zwar ein Weiberrock, aber einer, den du höllisch unterschätzt hast«, rieb Nick dem Captain Salz in die offene Wunde seines Selbstbewußtseins.

»Halt's Maul!« zischte Duckworth in Ermangelung sachlicher Gegenargumente.

»Na ja, unser Plan war nicht übel, Len. War nur verdammtes Pech, daß er nicht geklappt hat und statt der COMET dann die ENTERPRISE in Flammen aufgegangen ist«, fuhr Nick ungerührt und fast genüßlich fort, denn er wußte, wie sehr Duckworth auf ihn angewiesen war, wenn sein Plan, nämlich Jessica zu ruinieren, diesmal Erfolg haben sollte.

Duckworth schoß ihm einen zornigen Blick zu, der ihn zum Schweigen bringen sollte.

»Und? Sie hat euch einfach so laufenlassen?« fragte Len, der bisher nur Gerüchte, aber nichts Bestimmes darüber gehört hatte, wodurch der Captain seine Schaluppe verloren und weshalb er auch nie den Versuch unternommen hatte, wieder in das doch lukrative Frachtgeschäft auf dem Hawkesbury River einzusteigen.

Nick lachte grimmig auf. »Na, ganz einfach so hat sie uns nun doch nicht abziehn lassen. Was ist, Captain, willst du es ihm nicht erzählen?« Er spielte auf die Auspeitschung an. Es war eigentlich eine vergleichsweise milde Bestrafung gewesen. Hätte Jessica Brading sie nämlich vor Gericht gebracht, wären sie gehängt worden.

»Ich hab' gesagt, du sollst dein geschwätziges Maul halten! Wir sind nicht hier, um darüber zu palavern, wie du das verfluchte Brading-Weib in Erinnerung hast!« herrschte Jonas Duckworth ihn mit vor Wut hochrotem Gesicht an. »Dafür werdet ihr nicht bezahlt.«

Nick und Len grinsten sich an und tauschten einen vielsagenden Blick, hielten es jedoch für ratsamer, ihren Anführer nicht gänzlich bis aufs Blut zu reizen.

Die Mildtätigkeit von Jessica Bradings Strafe hatte Jonas Duckworth längst verdrängt. Behalten hatte er nur, daß sie ihn gezwungen hatte, ihr die ENTERPRISE zu verkaufen, damit sie die Schaluppe vor seinen Augen verbrennen konnte. Unvergessen waren auch die fünfzig Hiebe mit der neunschwänzigen Peitsche und vor allem das Schuldanerkenntnis, das er in ihrem Arbeitszimmer unterschrieben hatte.

Dieses Papier war der Grund, weshalb er es nicht mehr gewagt hatte, auf den Hawkesbury zurückzukehren. Bis ihm dann John Hawkley, der Besitzer der prächtigen Farm MIRRA BOOKA bei Parramatta, eine Möglichkeit zur Rache geboten hatte. Er verstand zwar nicht ganz, was einen vermögenden und freien Siedler wie John Hawkley dazu bewegen konnte, ein so ungeheuerliches verbrecherisches Komplott gegen Jessica Brading zu schmieden. Die Motive lagen für ihn im dunkeln. Auch die Beweggründe der anderen Personen, die mit ihren Mitteln das Komplott unterstützten. Doch letztlich war es ihm egal. Wichtig war ihm nur, daß er endlich an Jessica Rache nehmen konnte, ohne befürchten zu müssen, daß sie ihm auf die Spur kam und das Schuldanerkenntnis wie ein Schwert auf seinen Nacken herabsausen ließ.

Len richtete sein Fernrohr auf das kleine, alleinstehende Haus, das etwas abseits von der Siedlung der Farmarbeiter an der geschwungenen Auffahrt zum Haupthaus lag.

»Das ist die Unterkunft von Ian McIntosh«, erklärte Jonas Duckworth. »Der Ire ist Verwalter auf der Farm und ihre rechte Hand. Ein scharfer Hund. Der kommt auf meiner besonderen Liste gleich an zweiter Stelle.«

Len setzte das Fernrohr ab und kratzte sich den Stoppelbart. »Schön und gut, aber warum knöpfen wir sie uns nicht gleich vor?« wollte er wissen.

»Alles zu seiner Zeit«, antwortete Duckworth ausweichend, weil er nicht zugeben wollte, daß auch er Befehlen folgen mußte. Und einige dieser Befehle, die John Hawkley ihm erteilt hatte, schmeckten ihm ganz und gar nicht. Aber er bezahlte gut, so daß er sich vorerst mal daran halten würde. Später dann konnte er den Dingen seinen ganz eigenen, persönlichen Dreh geben. »Noch ist die Zeit nicht reif.«

»Ich fühl' mich auf jeden Fall reif für eine Kanne heißen Tee und einen kräftigen Schluck Rum«, murmelte Nick. Die Kälte drang ihm bis in die Knochen. Er hoffte, daß es nicht mehr so lange dauerte und sie endlich in ihr Camp zurückreiten konnten.

Jonas Duckworth beobachtete eine ganz bestimmte Lehmhütte. Sie stand in der hintersten Reihe der Siedlung am äußersten Rand zu den Pferdekoppeln hin. Von ihrem Beobachtungsposten aus lag sie direkt im Visier. Deutlich konnte er durch sein Glas die Personen unterscheiden, die sich dort zwischen den Unterkünften bewegten.
Die Sonne glitt zwischen die Kronen der Eukalyptusbäume. Die Schatten wurden nun rasch länger, und mit ihnen kam die Kälte der Nacht.
»Na also!« stieß Duckworth schließlich hervor, als er sah, worauf er die ganze Zeit angespannt gewartet hatte, und schob das Fernrohr zusammen. »Zurück ins Lager!«
Bäuchlings zogen sie sich von der Kuppe des Hügels zurück und hielten sich stets im Schutz von Büschen und Bäumen. So unbemerkt, wie sie gekommen waren, kehrten sie SEVEN HILLS den Rücken. Ihre Pferde warteten in einer geschützten Mulde, die von keiner Seite einzusehen war. Das graue Tuch der Dämmerung hing schon über dem Land, als sie die Pferde von den Akazien losbanden.
»Man behauptet, du wärst ein harter Bursche«, sagte Jonas Duckworth mit fragendem Unterton zu Len Ross und schwang sich in den Sattel.
Len sog die Luft durch das Loch im Zahn hörbar ein.
»Dann wird auch schon was dran sein, Captain. Die Sonntagsschule habe ich jedenfalls nicht besucht«, erwiderte er spöttisch.
»Gut. Du wirst heute noch Gelegenheit bekommen, das zu beweisen.«
»Was steht denn an?« wollte Nick wissen.
Duckworth schwang sein Pferd herum. In seinen Augen stand ein diabolisches Leuchten. »Ein Massaker.«
In dieser frostigen Juninacht begannen der Terror und das

sinnlose Töten auf SEVEN HILLS und ließen das, was wenige Tage zuvor auf der Auborn-Farm geschehen war, wie eine häßliche, jedoch vergleichsweise unbedeutende Entgleisung erscheinen.

3

Der Tag dämmerte gerade erst herauf, als Jessica aus einem unruhigen Schlaf erwachte. Einen Augenblick lag sie in der Dunkelheit ihres Zimmers, die Hände unter dem warmen Flanellnachthemd auf dem Bauch, und versuchte in sich hineinzufühlen. Sie war schwanger. Von ihrem geliebten Mitchell, der sich fern von ihr auf Van Diemen's Land vor Lieutenant Kenneth Forbes' Willkür verstecken mußte.

Das Kind, das sie sich tief in ihrem Innersten all die Jahre schon so sehr gewünscht hatte, was ihr aber erst jetzt, da es geschehen war, richtig bewußt wurde. Die buchstäbliche Frucht ihrer Liebe und Leidenschaft! Am Ufer jener versteckten Bucht auf Van Diemen's Land in den wenigen Tagen und Nächten gezeugt, die sie dem Schicksal abgetrotzt hatten. Doch der Gedanke an das neue Leben, das in ihr wuchs, ohne sich jedoch schon bemerkbar machen zu können, vermochte ihre innere Unruhe auch im wachen Zustand nicht zu vertreiben.

Immer wieder mußte sie daran denken, was vor wenigen Tagen auf der Auborn-Farm geschehen war. Sie hatte Peter Rawley und Jack Mooshian auf die verlassene, heruntergekommene Farm geschickt. Die vierhundert Morgen Land grenzten im Süden an SEVEN HILLS, und es war an der Zeit gewesen, dort dem weiteren Verfall der Gebäude Einhalt zu gebieten und mit der Arbeit zu beginnen.

Die Auborns hatten sich alle Mühe gegeben, am Hawkesbury zu siedeln und eine einträgliche Farm aufzubauen. Doch sie waren nicht aus dem eisenharten Holz geschnitzt, aus dem ein Siedler in diesem wilden, unerbittlichen Land geformt sein mußte. Australien hatte sie zerbrochen, wie so viele andere vor ihnen. Nicht von heute auf morgen, sondern schleichend über die Jahre hinweg. Ihre Widerstandskraft und ihr Wille, gegen die Natur anzukämpfen und sie zu zähmen, waren ausgezehrt worden und dann zerbröckelt. Wie ausgetrockneter Lehmschlamm, der sich nur wenige Jahre auf dem Astgeflecht hielt, aus dem die Siedler die Wände ihrer primitiven Unterkünfte zu bauen pflegten. Sie hatten aufgegeben. Die scheinbar endlosen Dürrezeiten hatten sie zerbrochen, die erbarmungslose Gluthitze, die im Sommer das Land Monat um Monat heimsuchte und die Erde aufplatzen ließ wie eine verdörrte Frucht, die ständige Angst vor Buschbränden, die in einer Stunde die Arbeit von zehn Jahren vernichten konnten, aber auch die sintflutartigen Regenfälle im Frühjahr und Herbst, die meilenweite Überschwemmungen hervorriefen. Die Natur hatte sie in die Knie gezwungen, und sie hatten kapituliert.

Es lag schon einige Zeit zurück, daß Jessica den Auborns das kaum kultivierte Land abgekauft hatte. Immer wieder hatten sie und Ian sich vorgenommen, dort die notwendigen Arbeiten, von denen es unzählige gab, endlich in Angriff zu nehmen. Aber die dringend gebotenen Reparaturen an den Gebäuden, Zäunen und Bewässerungsanlagen waren immer wieder verschoben worden. Stets hatte es auf SEVEN HILLS wichtigere Aufgaben zu erledigen gegeben, so daß sie es nicht hatten verantworten können, auch nur ein paar Männer für die Arbeiten auf der Auborn-Farm abzuziehen.

Doch dann war sie von ihrer Reise zu Mitchell nach Van Diemen's Land zurückgekehrt und hatte von Ian erfahren, daß Peter Rawley und Jack Mooshian sich bisher auf SEVEN HILLS nicht gerade durch erfreuliche Leistungen ausgezeichnet hat-

ten. Peter Rawley hatte sich mehr als einmal vor der Arbeit gedrückt und sich allein dann hervorgetan, wenn es darum ging, die wenigen unverheirateten Frauen auf der Farm zu belästigen. Und Jack Mooshian hatte es sich zur Gewohnheit gemacht, nach der Arbeit mehr Rum in sich hineinzukippen, als er vertragen konnte. Da er seine Arbeit am nächsten Tag dennoch ohne Beanstandungen verrichtete, wäre das allein kein Grund gewesen, ihn zu ermahnen, geschweige denn mit der Versetzung auf so einen einsamen Außenposten von SEVEN HILLS zu bestrafen, und zwar ohne Rum. Denn Rum war die harte Währung dieser Kolonie. Rum beherrschte das gesamte wirtschaftliche System von New South Wales, und die unglaublichen Vermögen, die mit dem billigen Fusel zu machen waren, hatten die korrupte Offiziersclique ja auch zum Putsch gegen Gouverneur Bligh bewogen, weil es dessen erklärtes Ziel gewesen war, das Rum-Monopol der Offiziere zu zerschlagen.
Nein, was die Empörung von Jessica, Ian und vielen anderen auf SEVEN HILLS geweckt hatte, war das Bekanntwerden, daß Jack Mooshian in seinem Suff seine Frau Mary regelmäßig verprügelte. Diese hatte aus Angst vor noch größeren Ausschreitungen ihres Mannes jedoch nicht gewagt zuzugeben, daß sie von ihm geschlagen wurde.
»Ohne Ankläger gibt es keinen Richter. Wir können Jack Mooshian offiziell nichts anlasten«, hatte Ian McIntosh voller Ingrimm zu ihr gesagt. »Doch wir können ihm eine gehörige *inoffizielle* Abreibung verpassen und ihn dann zusammen mit Peter Rawley für ein paar Wochen oder Monate auf die Auborn-Farm schicken – ohne einen Tropfen Rum und ohne seine Frau. Das wird Rawley hoffentlich von seiner Faulheit und Mooshian von seiner Trunk- und Prügelsucht kurieren.«
So hatten sie es gemacht, und anfangs hatte es auch so ausgesehen, als würde Ian McIntoshs Rechnung wirklich zum Besten

aller Beteiligten aufgehen. Doch dann waren die beiden plötzlich von der Auborn-Farm verschwunden – nachdem sie alle Gebäude bis auf die Grundmauern niedergebrannt, über zwanzig Schafe sinnlos abgeschlachtet, einen Kadaver in den Brunnen geworfen und mit dem Blut der Tiere auf das Dach über dem Brunnen *Zur Hölle mit der Brading-Hure!* geschmiert hatten.

Die Suche nach ihnen im Busch war ergebnislos geblieben. Sie waren wie vom Erdboden verschluckt. Sie hatten den Vorfall, wie es ihre Pflicht war, der Garnison in Parramatta gemeldet. Und ausgerechnet Lieutenant Kenneth Forbes, ihr skrupelloser Halbbruder, wollte sich der Sache annehmen!

Nein, Jessica hatte kein gutes Gefühl, als sie die Decken zurückschlug und noch früher als sonst aufstand, weil es sie nicht länger im Bett hielt. Doch sie ahnte nicht, welch grauenhafte Entdeckung sie an diesem Tag noch machen sollte.

Es war kühl im Zimmer. Der Rest Glut im Kamin lag unter einer dicken Schicht Asche. Dennoch füllte sie die Waschschüssel mit dem eisigen Wasser aus der blauen Porzellankanne auf der Kommode und streifte ohne zu zögern das Nachthemd von ihren Schultern, so daß sie splitternackt im grauen Licht des beginnenden Tages stand.

Sie musterte sich im Frisierspiegel. Ihre Figur war noch immer makellos. Schlank die Taille und flach der Bauch. Erst in ein paar Monaten würde sich ihr Leib zu runden beginnen und ihre hohen, festen Brüste anschwellen. Noch deutete nichts darauf hin, daß sie in Umständen war. Und sie würde dieses Geheimnis auch so lange wie möglich für sich behalten. Denn wie sie Ian kannte, würde dieser ihr sonst täglich in den Ohren liegen, sich doch zu schonen und auf ihren Zustand Rücksicht zu nehmen.

Jessica lachte leise und voller Wärme. Edward und Victoria

hatte es nicht geschadet, daß sie fast bis zur Niederkunft gearbeitet hatte. Als sie Edward vor sechs Jahren zur Welt gebracht hatte, hatten die Wehen sie beim Anlegen von Bewässerungskanälen überrascht. Anderthalb Jahre später wäre sie beinahe mit Victoria auf der Pferdekoppel niedergekommen. Und es waren gesunde Kinder geworden. Mitchells Kind würde da gewiß keine Ausnahme machen.

Sie steckte ihre Haare mit ein paar Hornkämmen hoch und wusch sich anschließend mit dem eisigen Wasser, das den letzten Rest Schläfrigkeit vertrieb. Dann klingelte sie nach Anne, der siebzehnjährigen Tochter von William Howard, einem ihrer zuverlässigsten Arbeiter, und machte sich daran, das Feuer im Kamin wieder zu entfachen.

Sie brauchte nicht lange auf das Mädchen mit den dunkelbraunen Haaren, den bernsteinfarbenen Augen und den ansprechenden Gesichtszügen zu warten.

»Guten Morgen, Ma'am«, grüßte Anne fröhlich und voller Freude, ihr wieder einmal zur Hand gehen zu dürfen. Sie wertete das als große Auszeichnung und war stolz darauf.

»Morgen, Anne. So schnell habe ich ja gar nicht mit dir gerechnet. Du bist also auch schon auf gewesen.«

»O ja! Lisa hat mich bereits den ersten Kuchenteig kneten lassen. Er wird zehnmal besser, wenn er frisch am Morgen angerührt wird. Und im Dunkeln bekommt er seinen besten Geschmack, davon ist Lisa felsenfest überzeugt«, sagte sie halb ernst, halb sich über Lisa lustig machend.

Jessica seufzte. Lisa Reed war die stämmige und überaus resolute Köchin von Seven Hills und nicht in Gold aufzuwiegen, was ihre Arbeitsfreude und Kochkünste betraf. Doch wer unter ihrem strengen Regiment zu arbeiten hatte, gehörte wahrlich nicht zu den Glücklichen auf der Farm. Anne hatte jahrelang unter ihrer eisenharten Hand zu leiden gehabt, es aber doch gut

überstanden und in letzter Zeit zu einem erstaunlichen Selbstbewußtsein gefunden, das es Lisa Reed von Tag zu Tag schwerer machte, sie nach Belieben hin und her zu kommandieren.
Das Mädchen ist für die Küche viel zu schade, ging es Jessica wieder einmal durch den Kopf, als sie sah, wie umsichtig und geschickt Anne ihr frische Leibwäsche und ein Kostüm für den Tag herauslegte und sich dann um ihre blonde Lockenpracht kümmerte. Doch sie war nicht nur geschickt, sondern auch ungemein wißbegierig und aufnahmefähig. Was man ihr einmal erklärte, brauchte man nicht zu wiederholen.
»Nein, nein, das war schon richtig, Anne. Gib mir nur die warmen Strümpfe«, sagte Jessica nach einem Blick aus dem Fenster. »Es verspricht wieder ein kühler Tag zu werden.«
»Besser kühl und trocken als naß und viel Regen«, meinte Anne und reichte ihr dann die Strumpfbänder.
Jessica schlüpfte anschließend in die mit Spitzen besetzten Beinkleider, die Anne ihr hinhielt. Der Spitzensaum umschloß ihre schlanken Beine ein gutes Stück unterhalb der Knie. Dann fuhr sie in ein Batistleibchen, das sich ihrem Busen wie eine zweite Haut anschmiegte. Sie steckte das Ende des Leibchens unter den Bund des Beinkleides und machte eine feste Schleife in das Satinband, das den Bund in der Taille zusammenzog.
Anne schob den chintzbezogenen Hocker vor die Frisierkommode, und Jessica nahm nun darauf Platz. Mittlerweile loderte das Feuer im Kamin, so daß sie nicht fror, obgleich sie nur so spärlich bekleidet war.
»Wie möchten Sie es denn heute gern, Ma'am?« erkundigte sich Anne, nachdem sie Jessicas blonde Haarpracht gründlich durchgebürstet hatte.
»Weißt du was? Flechte mir heute einen Zopf. Du verstehst dich so gut darauf wie keiner sonst, den ich kenne. Außerdem ist er praktisch, wenn ich nachher ausreite.«

Anne strahlte und deutete einen Knicks an. »Mit Ihrem Haar kann man tausend schöne Sachen anstellen. Ich wünschte, meine Haare wären auch nur halb so seidig.«
Jessica lachte. »Red nicht so ein dummes Zeug, Anne. Du hast schönes Haar. Es erinnert mich immer an die rotbraune Farbe eines jungen Rehs.«
»Ein Reh habe ich noch nie gesehen, Ma'am.«
»Falls du eines Tages mal nach England kommst, wirst du bestimmt Gelegenheit dazu finden.«
»Ich glaube nicht, daß ich jemals nach England reisen werde – auch wenn ich es mir leisten könnte, Ma'am«, erwiderte Anne, während sie Jessicas Haar in vier Stränge aufteilte und kunstvoll zu flechten begann. »Ich würde mich dort bestimmt nicht zurechtfinden und mich nur fremd fühlen.«
»Ja, das ist sehr wahrscheinlich«, räumte Jessica ein und wurde sich selbst bewußt, wie fern England auch für sie war. Es war nur noch eine Erinnerung an eine Zeit, die ein abgeschlossenes Kapitel ihrer Vergangenheit darstellte. Eine Erinnerung ohne sentimentale Verklärung und ohne die Sehnsucht, diese Erinnerungen mit neuem Leben zu erfüllen und in das Land ihrer Jugend zurückzukehren.
Die Kolonie Australien, in die man sie zu Unrecht verbannt hatte, war längst zu ihrer Heimat geworden. Hier waren ihre Kinder geboren, hier hatte sie gelitten, gekämpft und die Erfüllung in der Liebe gefunden. Die Jahre des Blutes und des Schweißes hatten eine tiefe innige Verbindung zu diesem wilden Land in ihr entstehen lassen, die zugleich Liebe und Schicksal war. SEVEN HILLS war zum Zentrum ihres Lebens geworden. Die Farm war die Quelle ihrer Kraft und ihres unersättlichen Tatendranges. Diese Tausende Morgen Land am Hawkesbury River waren die Wurzeln ihres Lebensbaumes, die sich tief in die rotbraune Erde von New South Wales gegraben hat-

ten und die auch der Tod nicht mehr herauszureißen vermochte. Denn ihre Kinder waren die kräftigen Ableger dieses Baumes, die schon jetzt so fest mit dem Land verbunden waren, daß sie fortsetzen würden, was die Generation vor ihnen begonnen hatte. Edward und Victoria und Mitchells Kind, das von seiner Bestimmung noch nichts ahnte.

Sie lächelte und sagte unwillkürlich: »Es ist ein wunderbares Land. Voller Prüfungen, aber auch voller Möglichkeiten und Verheißungen.«

»England?« fragte Anne verdutzt.

Jessica lachte. »Nein, unser Australien!«

»Eines Tages möchte ich auch eine Farm haben«, sagte Anne verträumt. »Sie muß nicht unbedingt so riesig sein wie SEVEN HILLS, aber auch so schön gelegen.«

»Wenn du etwas wirklich von ganzem Herzen und mit ganzer Kraft haben möchtest und dafür auch hart zu arbeiten bereit bist, wirst du dir deinen Wunsch hier erfüllen können«, versicherte Jessica ernst. Wer in England arm geboren war, blieb auch arm und konnte von Grundbesitz nur träumen. In Australien sah das anders aus. Welche Willkür die Offziersclique auch ausüben mochte und wie menschenverachtend die in die Strafkolonie Verbannten auch behandelt wurden, nach der Verbüßung der Strafe hatte jeder die Chance, ein neues Leben zu beginnen, sich Land zuteilen zu lassen und sich mit seiner Hände Arbeit etwas aufzubauen. Er erhielt kostenlos Saatgut, Gerätschaften und Sträflinge als Arbeitskräfte. Alles andere blieb seiner Tüchtigkeit und Ausdauer überlassen. Nicht wenige, die im Zwischendeck eines Sträflingstransporters an diese ferne Küste gebracht worden waren, hatten Ansehen, Vermögen und große Farmen erlangt. Eine Chance, die in England kaum ein Pächter besaß, geschweige denn ein ehemaliger Sträfling.

Annes Hände flogen flink hin und her. »Was meinen Sie, Ma'am, ob eines Tages jemand einen Weg über die Blue Mountains finden wird und Siedler jenseits der Bergkette Farmen aufbauen werden?«
»Ganz sicher! Früher oder später wird es gelingen. Die Berge können unsere Kolonie nicht daran hindern, sich weiter nach Westen auszudehnen.«
»Da drüben möchte ich dann gern eine Farm haben«, sagte Anne und fügte schnell hinzu: »Es ist natürlich nur ein dummer Traum. Noch weiß ja gar keiner, ob es auf der anderen Seite der Blue Mountains auch gutes Weide- und Ackerland gibt. Aber ich stell mir einfach vor, daß es so ist wie hier – nur noch viel endloser.«
»Das ist überhaupt kein dummer Traum, Anne. Wer keine Träume hat, ist zu bedauern«, versicherte Jessica und gab ihrem Gespräch dann eine neue Wendung. »Aber daß du so gern Farmerin werden möchtest, ist mir eigentlich gar nicht recht. Ich hoffe, dir ist es damit nicht so eilig. Oder gibt es da jemanden, von dem ich nichts weiß und der einen ähnlichen Traum hat wie du?«
»Ein Mann?« Anne errötete unter Jessicas Blick im Spiegel und schüttelte dann lachend den Kopf. »O nein, den gibt es bis jetzt noch nicht.«
»Du kannst dir mit dem Heiraten auch ruhig noch etwas Zeit lassen«, meinte Jessica, obwohl sie insgeheim zugeben mußte, daß Anne sich im letzten Jahr aus einem Mädchen zu einer sehr anziehenden jungen Frau entwickelt hatte. »Es sei denn, dir liegt nicht soviel an einer Anstellung als Zofe.«
Anne hielt inne, und ihr Gesicht nahm einen verdutzten Ausdruck an. »Zofe? *Ich eine Zofe?*«
»Ja. Würde dir das gefallen?«
»Oh, das wäre wunderbar! Aber wer würde mich denn schon

nehmen, Ma'am, da ich doch all die Jahre nur bei Lisa in der Küche gearbeitet habe?« wollte sie verwirrt wissen.
»Ich«, erklärte Jessica schlicht.
»Ja, aber...« Anne wußte nicht, was sie sagen sollte. Das Angebot von Jessica erschien ihr so unglaublich, daß sie nur den Kopf schüttelte.
»Ist das alles, was du zu meinem Vorschlag zu sagen hast?« fragte Jessica belustigt über den fassungslosen Ausdruck auf Annes Gesicht.
»Nein... ja... also... ich meine«, stammelte sie ganz durcheinander vor freudiger Überraschung, holte dann tief Atem und wandte unsicher ein: »Aber ich verstehe doch gar nichts von den Aufgaben einer Zofe. Die paar Mal, die ich Ihnen die Haare gemacht habe und Ihnen ein wenig zur Hand gegangen bin...«
»... reichen mir völlig, um beurteilen zu können, daß du mehr als nur talentiert bist«, fiel Jessica ihr ins Wort. »Du machst deine Sache ganz ausgezeichnet, und was es noch zu lernen gibt, wirst du dir im Handumdrehen aneignen, dessen bin ich mir sicher.«
Jessicas Lob überzog ihr Gesicht mit einer verlegenen Röte, doch ihre Augen strahlten. »Danke, Ma'am.«
»Was ist nun? Du hast mir immer noch nicht gesagt, ob du überhaupt bei mir Zofe werden möchtest. Vielleicht kann dich nichts aus Lisas Küche weglocken«, neckte sie Anne.
»Zofe bei Ihnen! Mein Gott, ich wüßte nichts, was ich lieber wollte!« versicherte Anne nun.
»Außer einer Farm jenseits der Blue Mountains.«
Anne lachte. »Ach, die läuft mir nicht weg.«
»Dann ist es also abgemacht, Anne. Ich werde dir von heute an den Lohn einer Zofe zahlen.«
Anne stieß einen unterdrückten Freudenschrei aus. »Himmel,

Zofe bei Ihnen, Ma'am. Ich kann es noch gar nicht glauben! Wenn ich das Vater erzähle!... Und Lisa erst!« Sie vermochte ihre Schadenfreude und den Triumph, den sie empfand, nicht so ganz zu verbergen. »Die wird aber nicht gerade begeistert davon sein.«

»Ganz gewiß nicht«, pflichtete Jessica ihr bei und gönnte Anne das Gefühl des Triumphes. Sie hatte unter Lisas Regiment lange genug zu leiden gehabt. »Doch sie wird sich mit meiner Entscheidung abfinden müssen. Immerhin bestimme ich ja noch auf SEVEN HILLS, wer bei mir Zofe wird. Es dürfte jedoch diplomatischer sein, wenn ich ihr die Neuigkeit beibringe, Anne. Du weißt ja, wie empfindlich sie ist.«

»O ja«, seufzte sie. »Machen Sie das nur, Ma'am. Mir würde sie es ja sowieso nicht glauben.«

Mit einer Rankenbrosche aus Elfenbein verschloß Anne wenig später den kunstvoll geflochteten Zopf, der Jessicas Haar an den Seiten hochführte und im Nacken verband. Über den Ohren hatte sie jeweils zwei kleine Locken frei hängenlassen.

»Ausgezeichnet!« lobte Jessica und fuhr in eine hochgeschlossene cremefarbene Bluse.

Anne half ihrer Herrin dann in das Reitkostüm aus burgunderrotem Cordsamt, der einen wunderbaren Kontrast zum goldenen Ton ihrer Haare und dem seegrünen Glanz ihrer Augen darstellte. Die gefütterte Jacke, die bequem geschnitten war und sie beim Ausreiten in ihrer Bewegungsfreiheit nicht beschränken würde, reichte ihr nur bis zu den Hüften und betonte ihre schlanke Figur.

Sie war bereit für den neuen Tag.

4

Inzwischen war die Sonne über den östlichen Hügeln des Buschlandes aufgegangen und SEVEN HILLS zu geschäftigem Leben erwacht. Als Jessica auf den Hof hinaustrat, hatte Ian McIntosh schon die Arbeiter im Eingang der Hauptscheune um sich versammelt, teilte sie in Gruppen auf und besprach mit ihnen, welche Arbeiten erledigt werden mußten.

Jessica hielt sich zurück. Sie beredete zwar alles mit ihm und hatte bei jeder Entscheidung das bestimmende letzte Wort. Doch die morgendliche Einteilung zu den verschiedenen Arbeiten, die eine Art Ritual war, an dem auch nur die Männer teilnahmen, überließ sie ihm.

Er fing aber ihren Blick auf, nickte mit einem angedeuteten Lächeln, mit dem er ihr zu verstehen gab, daß er gleich fertig war, und wandte sich wieder dem Halbkreis der Männer um ihn herum zu.

Jessica war dem Schicksal für Ian McIntosh dankbar. Er war ein Segen für sie und SEVEN HILLS. Der Verwalter war ein hochgewachsener Mann von kräftiger Statur. Sein sympathisches Gesicht trug die Zeichen eines Lebens unter freiem Himmel bei jedem Wetter: Es war sonnengebräunt, gegerbt wie Leder und von feinen Linien durchzogen. Es war ein markantes Gesicht, in dem blaßblaue Augen hervorstachen wie Saphire auf dunklem Tuch. Gut fünfzehn Jahre war er nun schon in New South Wales. Er hatte noch die Wildnis aus Eukalyptusbäumen, verfilztem Dickicht und dornigen Sträuchern gesehen, die das

Land geprägt hatten, aus der dann SEVEN HILLS mit seinen Tausenden Morgen fruchtbarer Äcker, Felder und Weiden entstanden war.

Jessica verdankte ihm viel. Er war mehr als nur ein fähiger Verwalter – nämlich ein Freund, dem sie blind vertraute und der in ihrem Leben eine ganz besondere Stelle einnahm. SEVEN HILLS ohne Ian war ihr so unvorstellbar wie ein Leben ohne Vertrauen.

Seine Stimme drang klar und deutlich zu ihr herüber. Es lag keine Schärfe oder bewußte Betonung von Macht in ihr. Ian hatte das nicht nötig, denn er besaß den Respekt der Leute aufgrund seiner Fähigkeiten, die niemand in Zweifel zog.

»Jenkins, Darley und Clark! Ihr kümmert euch um die Ablaufrinnen, die eingebrochen sind. Momentan ist es trocken, aber ich rechne damit, daß wir noch ein paar kräftige Regenfälle kriegen werden.«

»Worauf Sie Ihren bescheidenen Jahreslohn verwetten können!« stimmte ihm Tim Jenkins zu, ein Klotz von einem Mann und kahl auf dem Kopf wie eine Kanonenkugel. Einer der zuverlässigsten und unermüdlichsten Männer auf der Farm. Einer der vielen Sträflinge, die es nach Verbüßung ihrer Strafe vorgezogen hatten zu bleiben.

Alles lachte.

»Baker und Charlock, ihr seht zu, daß ihr die verdammte Winde wieder zum Laufen kriegt.«

»Die Übersetzung stimmt einfach nicht, Ian«, wandte der Schmied ein.

»Dann bring das in Ordnung. Baut das verdammte Ding auseinander und fertigt neue Zahnräder an.«

»Wird schon alles werden«, versicherte der alte Jeremy Baker gelassen. »Nicht die erste Maschine, die auf SEVEN HILLS neu konstruiert wurde.«

Ian nickte ihm schmunzelnd zu. »Fleming und Woods, ihr ladet die fertigen Fässer auf das Ochsenfuhrwerk. Joshua Chowning hat schon keinen Platz mehr in der Faßbinderei. Bringt sie rüber zur SOUTHERN HIGHLANDS. Die McDonalds werden schon darauf warten.«

»Na, die beiden Töchter wohl eher auf ein paar kernige Männer, die ein wenig Glanz in ihr Leben bringen, würde ich sagen«, rief Sean Keaton anzüglich, der junge Rotschopf, der wohl selbst gern den Auftrag übernommen hätte. »Biete mich daher ganz uneigennützig an, die Tour notfalls auch allein zu machen.«

»Wirst schon auf das nächste Siedlerfest warten müssen, wenn du auf die SOUTHERN HIGHLANDS willst, du Hitzkopf! Aber ob die jungen Frauen bei deinem Anblick den richtigen Glanz in die Augen bekommen, halte ich doch für recht zweifelhaft. Glaube eher, daß du keiner von ihnen gewachsen bist«, meinte Ian unter allgemeinem Gelächter. »Parson, du kannst ihm gleich mal erzählen, wie das ist, wenn man sich die falsche Frau in den Kopf setzt.«

»Die Hölle, Ian!« sagte der asketische James Parson grinsend. »Die Hölle auf Erden. Dagegen ist die Neunschwänzige 'n wahrer Genuß.«

Erneut erhob sich Gelächter.

»Das dachte ich mir. Ihr beide nehmt euch unten den Anlegesteg vor. Der Fluß führt mal wieder eine ganze Menge entwurzelter Bäume als Treibholz mit. Den Steg hat es schwer erwischt in der letzten Nacht. Die COMET wird da nicht mehr sicher anlegen können, wenn sie in den nächsten Tagen den Fluß hochkommt. Also macht euch an die Arbeit und wechselt die zerborstenen Pfähle und Balken aus.« Er sah in die Runde. »So, das wäre es erst einmal. Ihr anderen wißt ja, was ihr zu tun habt.«

Die fast zwanzig Mann gingen auseinander, um die Arbeiten in Angriff zu nehmen, für die sie eingeteilt worden waren.
Ian McIntosh wechselte noch ein paar persönliche Worte mit dem Schmied und kam dann über den Hof. Mit einem bewundernden Blick in den Augen trat er zu Jessica auf die hofseitige Veranda. Er fand, daß sie von Jahr zu Jahr schöner wurde. Und bei ihr war es eine Schönheit, die nicht allein auf ihren äußeren Vorzügen beruhte. Sie strahlte eine Reife aus, die weit über ihr Alter hinausging.
»Manchmal weiß ich nicht, was Ihnen besser zu Gesicht steht, Jessica. Ein Seidenkleid oder ein solches Reitkostüm«, begrüßte er sie und fügte in Gedanken hinzu: Und in einem einfachen Kattunkleid bei der Feldarbeit sieht sie genauso hinreißend aus!
»Sie Schmeichler! Vielleicht sollten *Sie* besser zu den McDonalds fahren«, scherzte sie. »Gewiß werden Sie bei Abigail und Catherine keine Schwierigkeiten haben, sie mit solchen Schmeicheleien um den Finger zu wickeln.«
Er lächelte. »Das überlasse ich doch lieber Fleming und Woods oder unserem Rotschopf. Bei aller Sympathie für die herben Grazien von SOUTHERN HIGHLANDS, aber mein persönlicher Geschmack geht doch in eine etwas andere Richtung«, erwiderte er im selben scherzhaften Tonfall.
Jessica spürte eine leichte Hitze in ihre Wangen steigen. »Kommen Sie, leisten Sie mir beim Frühstück Gesellschaft. Lisa wird schon ungeduldig darauf warten, auftragen zu können.«
Sie gingen ins Haus und nahmen am schon gedeckten Eßtisch Platz. Als Lisa Reed einen Korb mit noch ofenwarmen Biskuits brachte und eine Platte mit Rührei und Schinkenstreifen, nahm Jessica gleich die Gelegenheit wahr, sie auf Anne anzusprechen.
»Wie kommst du in letzter Zeit mit Anne zurecht, Lisa?« wollte sie wissen.

Die resolute Köchin hatte immer Grund zur Klage, und so legte sie auch gleich los. »Ach, es ist ein ständiges Auf und Ab mit dem Mädchen. Nicht, daß sie nicht fleißig wäre, aber sie redet mir doch immer wieder in die Arbeit, als wüßte sie alles besser. Von wem hat sie denn schließlich gelernt, wie man eine Soße anrührt und eine Kasserolle macht? Vom Backen und Einkochen ganz zu schweigen.«

Ian warf Jessica einen amüsierten Blick zu und fragte sich, was sie bloß damit bezweckte. Daß Lisa Reed noch nie mit irgend jemandem in ihrem Küchenreich zufrieden gewesen war, war für niemanden auf Seven Hills etwas Neues. Es mußte also etwas anderes hinter der Frage stecken.

»So, Anne zeigt sich also von ihrer aufmüpfigen Seite«, stellte Jessica mit scheinbar mißbilligendem Stirnrunzeln fest.

»Verstehen Sie mich nicht falsch, gnädige Frau«, erklärte die Köchin, die von Anfang an darauf beharrt hatte, die Mistress von Seven Hills so zu titulieren, wie sie es in England gewohnt gewesen war. »Ich will der Kleinen nichts Schlechtes nachsagen. Sie ist auf ihre Art tüchtig und anstellig, und arbeiten kann sie, bei allem, was recht ist. Aber immer muß sie das letzte Wort haben, und wenn es nach ihr ginge, würde sie alles anders machen.«

Jessica schüttelte den Kopf. »Kaum dem Flaum entwachsen, und schon wollen sie das Zepter selber in die Hand nehmen und zeigen, daß sie es besser können, nicht wahr?«

Lisa Reed nickte eifrig. »Allerdings! Flausen hat die Kleine im Kopf, die ihr ausgetrieben gehören.«

»Wenn das so ist, kann ich dir Anne wirklich nicht länger zumuten, Lisa«, entschied Jessica scheinbar spontan. »Ich werde sie aus der Küche rausnehmen.«

Damit hatte die Köchin nun nicht gerechnet. Eine Zurechtweisung, nächstens widerspruchslos das zu tun, was sie ihr auf-

trug, das hatte sie erwartet und erhofft. Doch daß sie Anne verlieren würde, wäre ihr nie in den Sinn gekommen. Dafür war sie ihr auch allzu unentbehrlich geworden.
»Gnädige Frau! Sie müssen mich mißverstanden haben! So habe ich es nun nicht gemeint«, versuchte sie hastig den Schaden wiedergutzumachen, den sie mit ihren Klagen offenbar angerichtet hatte – und zwar zu ihrem eigenen Nachteil.
»Nein, nein, versuch jetzt gar nicht, Öl auf die Wogen zu gießen«, wehrte Jessica energisch ab. »Du hast gewiß stichhaltige Gründe für deine Klagen gehabt, denn sonst hättest du sie ja kaum vorgebracht. Das wäre ja üble Nachrede gewesen, und so etwas traue ich dir nicht zu.«
Lisa schluckte. »Nein, natürlich nicht«, sagte sie verzagt, im Netz ihrer eigenen Klagen gefangen.
»Und da ich deine Arbeit viel zu hoch einschätze«, fuhr Jessica entschlossen fort, »wird Anne vom heutigen Tag an nichts mehr in deiner Küche zu suchen haben.«
»Ja... aber... was... soll denn aus ihr werden?« wandte sie verstört ein. »Ich... ich könnte es doch noch mal mit ihr versuchen. Ich bin zuversichtlich...«
Jessica fuhr ihr ins Wort. »Du brauchst dir wegen Anne keine Sorgen zu machen, Lisa. Mir wird schon etwas einfallen, was sie tun kann, und ich werde ihr auch nicht den Kopf abreißen. Aber mir scheint, daß es vielleicht gar nicht mal so schlecht wäre, wenn ich mich ihrer eine Zeitlang annähme.«
»Sie, gnädige Frau?« stieß Lisa verdutzt hervor.
»Warum nicht?« fragte Jessica zurück. »Ich werde ihr schon das vorlaute Benehmen austreiben. Ja, ich glaube, das ist gar keine so üble Idee. Und dir ist bestimmt mehr damit geholfen, wenn du jemanden in der Küche hast, der dir aufs Wort folgt. Die kleine Alice wäre doch genau richtig. Sie ist jetzt zwölf und scheint ein aufgewecktes Kind zu sein.«

Lisa zog ein langes Gesicht. »Alice? Aber die hat doch bisher nichts anderes zu tun gehabt, als das Federvieh zu versorgen und Reisig zu sammeln.«

Jessica lächelte sie entwaffend an und tätschelte ihren kräftigen Arm. »Deshalb wird es ja allmählich auch Zeit, daß sie bei jemandem in die Lehre geht, der ihr etwas Ordentliches beibringt. Und wer wäre dazu besser geeignet als du? Ja, so machen wir es. Niemand soll sagen können, ich hätte für eure Wünsche und Klagen kein offenes Ohr«, sagte sie in einem Tonfall, der keinen weiteren Einwand mehr zuließ, auch wenn sie dabei lächelte. »Danke, Lisa, das wär's.«

Wie ein begossener Hund zog sich Lisa aus dem kleinen Eßzimmer zurück.

»Heiliges Kanonenrohr!« entfuhr es Ian, als sie wieder allein waren. »Sie haben die arme Lisa ja total überfahren und mit ihren eigenen Waffen geschlagen, bevor sie überhaupt merkte, wie ihr geschah!«

Jessica gab sich erstaunt. »Überfahren? Aber mein lieber Ian! Ich bin einzig und allein auf ihre Klagen eingegangen. Wie kann ich ihr Anne zumuten, wenn sie sich so schlecht in ihre Arbeit einfügt?«

»Kommen Sie, Jessica! Da steckt doch etwas ganz anderes dahinter. Lisas Nörgelei hat Sie doch all die Jahre nicht gekümmert, weil Sie, wie wir alle, genau wissen, daß unsere herrschsüchtige Köchin auch dann kein lobendes Wort von sich geben würde, wenn sie über die besten Kräfte der königlichen Küche gebieten dürfte. In Wirklichkeit ist sie doch mit Anne sehr zufrieden.«

Jessica schmunzelte. »Ja, so wird es wohl sein.«

»Mit absoluter Sicherheit! Und nun wird Lisa sich grün und blau ärgern, daß sie sich selbst um eine so wertvolle Hilfe wie Anne gebracht hat, weil sie mal wieder das Jammern nicht lassen konnte.«

»Allerdings. Aber ihr Ärger wird sich gegen sie selbst richten – und nicht gegen mich oder Anne, was genau dann der Fall gewesen wäre, wenn ich ihr gesagt hätte, daß Anne nicht mehr in der Küche arbeiten wird, weil ich sie zu meiner Zofe gemacht habe«, erklärte Jessica nun mit gedämpfter Stimme.

Der Verwalter hätte beinahe schallend gelacht. Schnell hielt er sich die Serviette vor den Mund, um das aufsteigende Gelächter zu dämpfen. »Mein Kompliment, Jessica! Besser hätten Sie sich wahrlich nicht aus der Affäre ziehen können. Lisa wird nach dieser... Vorstellung, die Sie ihr geboten haben, zweifellos glauben, daß Sie Anne nur in Ihre persönlichen Dienste genommen haben, um sie ihr vom Hals zu schaffen. Ein wunderbarer Schwindel!«

Jessica gab sich völlig unschuldig, doch das vergnügte Funkeln ihrer Augen verriet, wie sehr sie es genoß, die Angelegenheit auf diese raffinierte Weise geregelt zu haben. »Sie tun mir zutiefst Unrecht, Ian!« schmollte sie. »Was heißt hier Schwindel? Ich habe Lisa nur eine simple Frage gestellt und aus ihren Äußerungen die notwendigen Konsequenzen gezogen.«

Er schüttelte amüsiert den Kopf. Kein Wunder, daß sie auch als Geschäftsfrau erfolgreich war. Sie besaß neben einem ausgeprägten Geschäftssinn und einem scharfen Verstand auch ein außergewöhnliches Gespür dafür, wie sie schwierige Situationen angehen mußte, um sie zu meistern.

»Anne hat es verdient. Sie war lange genug bei Lisa, daß ich kaum glaube, sie könnte noch mehr bei ihr lernen«, sagte Jessica. »Aber das ist natürlich nicht der Grund. Vielmehr bin ich sicher, daß sie eine ganz ausgezeichnete Zofe abgeben wird. Halten Sie das für einen zu großen Luxus, den ich mir da leiste?«

»Sie haben zehnmal mehr verdient und sich erarbeitet«, antwortete er ernst. »Der einzige Luxus, den Sie sich meiner Ansicht nach erlauben, sind Ihre riskanten Unternehmungen in Sydney – und die sind wieder mit viel Arbeit verbunden.«

»Das kleine Kolonialgeschäft in Sydney zu vergrößern und ein neues, ansehnliches Geschäftshaus zu errichten, kann man nicht als riskante Unternehmung bezeichnen«, widersprach sie ihm. »Ich habe es mit Mister Pickwick und Mister Hutchinson, dem Anwalt, mehrfach durchgerechnet. Es ist kaufmännisch gesehen mehr als sinnvoll, in Sydney ein Geschäft zu eröffnen, in dem es nicht nur eine begrenzte Auswahl an Stoffen, Bändern, Hauben und anderen Dingen gibt, sondern ein so reichhaltiges Angebot wie in London.«

»Ja, vom Kerzenleuchter über die Wanduhr und bestes Porzellan bis hin zu Stoffen, Schürzen und Hauben.«

»Richtig. Alles unter einem Dach, aber in voneinander getrennten Verkaufsabteilungen. Und so etwas ist nicht riskanter, als eine Farm aufzubauen und zu führen.«

»Dazu kommt noch Ihre Partnerschaft mit Captain Rourke...«

»Die COMET ist ein blendendes Geschäft, das wissen Sie doch. Jede Fahrt hat sie bisher mit gutem Gewinn abgeschlossen.«

»...und Ihre Beteiligung an der PACIFIC, einem Walfänger«, fuhr Ian fort. »*Einem Walfänger!* Jessica, wirklich!«

Sie lachte über seinen komischen Ausdruck. »Eine zwanzigprozentige Beteiligung für nur zweitausend Pfund an einem fast neuen Dreimaster! Ian, das war eine Gelegenheit, die ich mir einfach nicht entgehen lassen konnte. Mister Hutchinson ist auch mit eingestiegen. Sie werden sehen, was die PACIFIC noch für Gewinne abwirft! Dafür würden wir uns hier auf SEVEN HILLS das Kreuz krumm schuften müssen.«

»Reden wir darüber, wenn die PACIFIC von ihrer Fahrt zurück ist«, meinte er trocken, »was bei einem Walfänger ja einige Jahre dauern kann.«

»Ohne ein kleines Risiko geht es nun mal nicht. Aber wem erzähle ich das! Wer war denn einer der ersten, die in die Wildnis am Hawkesbury gezogen sind und mit Steve Brading fest daran geglaubt haben, daß man hier sein Glück machen kann – allen Unkenrufen der Verzagten zum Trotz, die Paramatta schon für den letzten sicheren Vorposten von New South Wales gehalten haben?«
Er schmunzelte. »Sie haben recht. Ohne Wagnis gewinnt man in diesem Leben nichts«, räumte er ein und wurde dann wieder ernst. »Ich dachte auch nur daran, daß wir im Augenblick schon genug Probleme haben.«
Der vergnügte Ausdruck verschwand von ihrem Gesicht. »Sie meinen Mooshian und Rawley?«
Er nickte. »Ich begreife noch immer nicht, wie sie so etwas haben tun können. Für ein paar Wochen auf die Auborn-Farm zu gehen, konnte man kaum als Strafe bezeichnen. Also nichts, was solch einen Haß zu wecken vermochte. Fast zwanzig Schafe sinnlos abzuschlachten und alle Gebäude niederzubrennen, erscheint mir auch jetzt noch wie ein schlechter Traum.«
»Aber es ist geschehen, Ian.«
»Ja, nur hätte ich keinem von beiden eine solche Tat zugetraut.«
»Ich auch nicht«, sagte Jessica grübelnd. »Rawley war zwar ein Drückeberger. Aber daß er einige Wochen auf der Auborn-Farm zubringen würde, hat ihn doch gar nicht so sehr gestört. Für einen schlechten Kerl habe ich ihn nie gehalten, und ich kann einfach nicht glauben, daß ich mich so in ihm getäuscht haben soll. Mooshian hatte da einen stärkeren Hang zur Gewalt. Aber auch er hatte sich doch verhältnismäßig gut auf SEVEN HILLS eingelebt und seine Arbeit stets zur vollsten Zufriedenheit erledigt. Im Suff seine Frau zu schlagen, ist eine schlimme Sache, aber so etwas zu tun, sprengt doch einfach alle

Dimensionen, Ian. Irgend etwas muß da vorgefallen sein. Wenn wir doch nur wüßten, was es war.«
»Mir ist es auch ein Rätsel, ein verdammt unheimliches sogar. Aber was ich noch weniger verstehe, ist ihr spurloses Verschwinden.« Er seufzte. »Ich hätte mir nie träumen lassen, daß ich einmal froh sein würde, Soldaten auf SEVEN HILLS zu sehen. Doch wir können es uns leider nicht leisten, unsere Leute wochenlang auf die Suche nach den beiden in den Busch zu schikken.«
»Glauben Sie nicht, daß sie sich schon längst zur Küste abgesetzt haben?«
Der Verwalter schüttelte den Kopf. »Höchst unwahrscheinlich. Sie haben keine Pferde, und wir haben sofort die Garnison alarmiert. Untertauchen können sie allein in Sydney. Ich werd einfach nicht schlau draus. Und gerade weil die Angelegenheit so sinnlos scheint, beunruhigt sie mich.«
Jessica teilte seine Unruhe. »Vorerst können wir nicht viel machen. Leider. Aber ich gedenke nicht, untätig herumzusitzen und auf... die Soldateneinheit aus Parramatta zu warten.« Sie faltete ihre Serviette zusammen. »Was halten Sie deshalb von einem Ausritt, Ian?«
»Gern. Wo soll es denn hingehen?«
»Zu den Ostweiden. Hayes und Irving sind schon eine Woche allein da draußen auf Schafwache. Sie werden bestimmt froh sein, mal etwas anderes als Schafe zu sehen.«
Ian schmunzelte. »Da bin ich mir bei den beiden nicht so sicher. Sie sind gern allein, sonst hätten sie sich ja nicht freiwillig für diesen Außenposten gemeldet. Und bisher haben sie noch nicht einmal darum gebeten, abgelöst zu werden. Hayes und Irving lieben ihre traute Zweisamkeit in der Einsamkeit«, sagte er mit einem Anflug von Spott.
Jessica wußte, worauf er anspielte. Beide machten sich nicht

viel aus Frauen, gar nichts genaugenommen. Aber in einer Kolonie wie New South Wales, in der noch immer ein starker Frauenmangel herrschte, war das nichts Ungewöhnliches. Es ging sie auch nichts an, wie die beiden ihr persönliches Leben gestalteten, solange sie nur ihre Arbeit ordentlich verrichteten, was bei ihnen der Fall war.

»Wir werden ihren Frieden auch nicht lange stören«, gab sie Ian zur Antwort. »Aber ich war schon lange nicht mehr da draußen.«

Ian nickte. »Kann nie schaden, mal selbst nach dem Rechten zu sehen.« Er erhob sich. »Ich sag Frederick Bescheid, daß er unsere Pferde satteln soll.«

»Gut. Ich schau nur noch kurz nach den Kindern«, sagte Jessica.

Edward, der die kräftige Gestalt und Erdverbundenheit seines Vaters geerbt hatte, war schon angezogen. Den Kuß seiner Mutter ließ er stoisch über sich ergehen. Mit seinen sechs Jahren fühlte er sich ganz nahe an der Schwelle zum Mann, und da gehörte es sich nicht mehr, daß er sich von seiner Mutter verzärteln ließ.

»Ich werde mit Ian ausreiten und erst nach dem Mittag zurücksein«, teilte sie ihm mit.

»Ist in Ordnung, Mom«, sagte er, als läge damit die Verantwortung für den reibungslosen Ablauf aller Arbeiten auf der Farm nun auf seinen Schultern.

»Vielleicht kümmerst du dich auch ein wenig um deine Schwester.«

Er verzog das Gesicht. »Wie soll ich denn das machen? Vic kritzelt doch sowieso den ganzen Tag nur herum. Soll ich etwa neben ihr hocken, Däumchen drehen und mir ihre bunten Bilder anschauen?« fragte er abschätzig.

»Victoria hat nun mal eine Liebe fürs Zeichnen, mein Sohn.

Und gewöhn dir bitte dieses schnoddrige *Vic* ab. Oder möchtest du, daß ich dich demnächst Ed rufe?«
Wieder verzog er das Gesicht und ging schnell darüber hinweg. »Ihre Malstifte kann sie ja wohl noch selber anspitzen. Außerdem braucht mich Jeremy in der Schmiede.«
Jessica verkniff sich ein Lächeln. »Ihr wollt die Winde reparieren, nicht wahr?«
Erstaunt sah er sie an. »Woher weißt du das?«
Jetzt lachte sie. »Manchmal scheinst du zu vergessen, wer die Farm leitet, mein Kleiner! Es gibt nichts von Bedeutung auf SEVEN HILLS, was ich nicht weiß.«
Edward sah seine Mutter an, als hätte er da doch seine Bedenken, sagte aber nichts dazu. »So, ich muß jetzt schnell zu Lisa in die Küche«, drängte er. Frühstücken am Tisch war seine Sache nicht.
Ganz wie sein Vater, dachte Jessica, als sie ihn aus dem Zimmer stürmen sah. Steve hat auch nicht viel von einem gemeinsamen Frühstück gehalten. Er konnte nie schnell genug nach draußen kommen.
Victoria war noch in ihrem knöchellangen Nachthemd mit den hübschen lindgrünen Schleifen vor der Brust und dem Spitzenkragen. Die Ärmel reichten ihr bis zu den Handgelenken, wo sie gebauscht und von gleichfalls pastellgrünen Bändern geschnürt waren.
Die blonde Lockenpracht ihrer Haare umrahmte ein feingeschnittenes Gesicht, das viel von ihrem hatte. Verträumt blätterte sie in einem Bilderbuch.
»Es wird Zeit, daß du aus dem Bett kommst«, sagte Jessica mit sanftem Tadel und setzte sich zu ihr auf die Bettkante.
Victoria schlang ihre Ärmchen um ihren Hals, und ihr graziler, warmer Körper schmiegte sich an sie. »Aber im Bett kann man am schönsten träumen, Mami.« Sie konnte nie genug Zärtlich-

keit bekommen und war stets bereit, mit ihr zu schmusen wie ein junges Kätzchen.
»Ein so großes Mädchen wie du kann nicht den ganzen Tag mit Träumen verbringen.«
»Ich schon. Ich glaube, ich kann mein ganzes Leben mit Träumen verbringen.«
Das fürchtete Jessica insgeheim auch, während sie über ihren Kopf streichelte. Victoria war so ganz anders als ihr Bruder. Beide von demselben Fleisch und Blut, trennten sie doch Welten. Ihr Interesse an dem, was das Leben auf einer Farm wie Seven Hills bestimmte, mit minimal zu bezeichnen, wäre noch einer Übertreibung gleichgekommen. Sie nahm das harte Leben auf den Feldern und Weiden gar nicht zur Kenntnis. Während Edward in den ersten Wochen nach der Aussaat schon die Widerstandsfähigkeit der jungen Sprößlinge wie ein erfahrener Farmer einzuschätzen versuchte, hockte Victoria vor einer einzigen zierlichen Pflanze, völlig versunken in die Betrachtung der filigranen Adern auf den Blättern. Für ihre Augen war ein Käfer kein Schädling, der eine gute Ernte gefährden konnte, sondern ein unglaublich faszinierendes Wesen, dessen Bewegungen sie stundenlang verfolgen konnte. Nicht das wogende Kornfeld interessierte sie, sondern die unglaubliche Symmetrie der Ähren. Und alles, was sie so entdeckte, wollte sie auch zeichnen.
Jessica blieb eine Weile bei ihr, dann rief sie Anne, damit sie Victoria beim Anziehen zur Hand ging und darauf achtete, daß sie nicht doch noch stundenlang träumend im Bett liegenblieb.
»Ich habe mit Lisa schon alles geklärt, Anne«, sagte sie mit einem Augenzwinkern. »Sie hat über deinen Hang zu Widerworten und zur Besserwisserei geklagt, und da habe ich kurzerhand beschlossen, sie von dir zu befreien... und dich unter

meine Fittiche zu nehmen, um dir diese Flausen auszutreiben. Du verstehst, ja?«

Anne lachte über das ganze Gesicht. »O ja!... Ich verspreche auch, mich zu bessern, Ma'am.«

Jessica lächelte. »Das höre ich gern. Und nun kümmere dich um unsere kleine Träumerin.«

»Wie kannst du nur so fröhlich sein, da du doch jetzt von Lisa weg mußt und Mami so böse auf dich ist?« hörte Jessica ihre Tochter fragen, als sie aus dem Zimmer ging.

»Weil ich glücklich bin!«

Was Victoria darauf erwiderte, bekam Jessica nicht mehr mit. Sie ging in ihr Zimmer, setzte die zum Reitkostüm passende Kappe auf, verknotete die Bänder unter dem Kinn und legte sich den Umhang um die Schultern.

Victoria machte ihr Sorgen. Sie träumte ihr zuviel. Australien war kein Land für Tagträumer. Und sie wollte nicht, daß ihre Tochter unglücklich wurde. Für sie stand außer Frage, daß sie eines Tages die Frau eines Farmers wurde. Und eine solche Frau mußte zupacken können und mit beiden Beinen fest im Leben stehen. Irgend etwas würde sie unternehmen müssen. Doch was bloß? Würde es etwas helfen, wenn sie eine Lehrkraft nach SEVEN HILLS holte? Aber Edward würde eine solche Person gewiß nicht tolerieren. Es müßte wohl eher ein Hauslehrer sein, der in der Lage war, ihren beiden Kindern nicht nur die nötige Schulbildung zu vermitteln, sondern ihnen auch Respekt und Disziplin einzuflößen. Eward würde sich natürlich mit Händen und Füßen dagegen wehren, täglich mehrere Stunden die Schulbank drücken zu müssen. Doch das durfte sie nicht beirren. In seinem späteren Leben würde er mehr brauchen als nur das, was er im Wechsel der Jahreszeiten auf SEVEN HILLS lernte. Er sollte einmal das fortführen, das sein Vater und seine Mutter aufgebaut hatten. Und wenn dieser Zeitpunkt gekommen war, würde das bedeutend mehr Unternehmungen umfassen als die Farm, den Laden in Sydney und eine Partnerschaft an einem Marssegelschoner. Davon war sie felsenfest überzeugt.

Nein, ein guter Farmer zu sein, genügte allein nicht. Er sollte sich später den Söhnen reicher, freier Siedler nicht unterlegen fühlen müssen, weil ihm nicht die Bildung zugekommen war, die sie als Selbstverständlichkeit genossen hatten. Es reichte schon, daß er bis an sein Lebensende unter dem Makel zu leiden haben würde, daß seine Mutter im Sträflingsdeck nach Australien gekommen war.

Mit dem festen Entschluß, bei nächster Gelegenheit einen fähigen Hauslehrer anzustellen, trat sie hinaus auf den Hof, wo Ian schon mit den Pferden wartete.

Ein klarer Himmel, der von einem harten Blau war, spannte sich über ihnen. Wo die Sonne die Schatten noch nicht vertrieben hatte, glitzerte Morgentau wie Eisperlen auf Gras und Büschen, und die Pferde bliesen weiße Wolken in die kühle Luft des jungen Tages, die Jessicas Wangen rötete.

»Kühl und klar, so lob ich mir den Winter«, sagte Ian gutgelaunt, als er ihren Blick zum Himmel bemerkte, hielt ihr den Steigbügel und schwand sich dann selbst in den Sattel. »Kommen Sie, sehen wir zu, daß uns warm wird.«

»Nichts leichter als das, Ian! Sehen *Sie* nur zu, daß Sie nicht zu weit zurückfallen!« erwiderte sie lachend und griff nach den Zügeln. Adrian, ihr geliebter dreijähriger Wallach, reagierte unglaublich auf ihren Schenkeldruck. Mit einem freudigen Wiehern trat er an und trug seine Reiterin im gestreckten Galopp vom Hof, den sanft abfallenden Hang hinunter und hinaus in die weite, leicht gewellte Ebene. Ihr Zopf, der unter der Kappe hervorlugte, tanzte im Rhythmus des Galopps hin und her.

Ian McIntosh hatte Mühe, ihr Tempo zu halten, denn Adrian war das schnellste Pferd von SEVEN HILLS, und auch die Farmer in der Nachbarschaft konnten kein Pferd aufweisen, das Adrian an Schnelligkeit und Ausdauer hätte ausstechen können.
Jessica hatte jedoch Einsehen mit Ian und seinem weniger rassigen Wallach und drosselte schon bald das Tempo, so daß er aufholen und sich rechts neben ihr an ihrer Seite halten konnte.
So ritten sie mit wechselnden Gangarten fast zwei geschlagene Stunden nach Osten. Ihnen begegnete ein Dingo, der sie von der Kuppe einer Anhöhe aus argwöhnisch beäugte, sich jedoch nicht von der Stelle rührte – ganz im Gegensatz zu den vier Känguruhs, die sie wenig später im Busch aufscheuchten. Schon beim Klang der trommelnden Pferdehufe ergriffen sie die Flucht und zogen sich mit atemberaubend weiten Sprüngen in ein Gebiet zurück, das ihnen mit seinen hohen Sträuchern und verfilztem Dickicht mehr Schutz bot.
Und immer wieder schreckten sie bunte Kakadus, Waldtauben und schwarze Currawongs auf, vor allem aber Schwärme von Kookaburras, die dem Eisvogel so ähnlich sahen. Scheinbar unter lautem Gelächter, denn so klang ihr Geschrei, weshalb sie von den Siedlern auch Lachvögel genannt wurden, erhoben sie sich in den Himmel, und je nach der Farbe ihres Brustgefieders wurden sie zu einer gelben oder rosafarbenen Wolke.
»Jessica!« rief Ian plötzlich, als es bis zur Hütte der Schafhüter nicht mehr weit war. »Sehen Sie!«
Jessica hatte die Vögel, die etwa zwei Meilen vor ihnen am Himmel kreisten, im selben Augenblick bemerkt. Es mußten Hunderte sein, die dort jenseits des Hügelkamms in der Luft waren.
»Das sind Aasvögel!« rief Ian. »Zum Teufel noch mal, wo kommen die bloß alle her? Und was mag sie nur in so großer Zahl angelockt haben?!«

Jessica hatte noch nie zuvor so viele auf einmal von ihnen zu Gesicht bekommen. Ein Schauer durchlief sie, als eine schreckliche Ahnung sich ihrer bemächtigte. »Aas! Unmengen von Aas!« stieß sie hervor. »Nichts sonst! Wie auf der Auborn-Farm!«

»Verdammt!«

Sie stießen den Pferden ihre Stiefel in die Flanken und galoppierten los. Wie gehetzt jagten sie die Hügel hoch. Und dann lag die weite grasbedeckte Senke vor ihnen, die zu den besten Weiden von SEVEN HILLS zählte. Mehr als achthundert Schafe umfaßte die Herde, auf die Hayes und Irving aufzupassen hatten.

Nicht länger.

Jessica stieß einen Schrei des Entsetzens aus. Das Land vor ihnen war auf einer Fläche von gut einer Quadratmeile mit toten Schafen bedeckt. Es waren Hunderte, die verendet im Gras lagen. Mit aufgefetzten Kehlen und zertrümmerten Schädeln. Aasvögel und Dingos hatten sich auf die toten Schafe gestürzt, ihnen das Fleisch von den Knochen gerissen und ihre Eingeweide überall verteilt. Blut hatte ihre Wolle getränkt. Es war ein Anblick des Grauens.

»Nein!« keuchte Ian in fassungslosem Entsetzen. »Nein! So grausam und gefühllos kann kein Mensch sein! Das ist... wahnwitzige Schlächterei!«

Jessica war unfähig, etwas zu sagen. Die Übelkeit, die wie eine bittere heiße Woge in ihr aufstieg, vermochte sie nicht zu unterdrücken. Sie schaffte es gerade noch, aus dem Sattel zu kommen, da mußte sie sich auch schon erbrechen. Nicht ein Bissen, den sie am Morgen zu sich genommen hatte, blieb in ihrem Magen. Sie würgte, bis nur noch Galle kam.

Ian hatte die Wasserflasche aus seiner Satteltasche geholt. Er legte ihr nun eine Hand auf die Schulter. »Besser?« fragte er und hielt ihr die Flasche hin.

»Es tut mir leid«, sagte Jessica mit gepreßter Stimme, säuberte sich mit einem Tuch, spülte den Mund aus und schlug sich zwei Handvoll Wasser ins Gesicht.

»Bei mir fehlt auch nicht viel.« Seine Stimme hatte einen fremden, heiseren Klang. »Es ist ekelhaft!... Eine gräßliche, verbrecherische Metzelei!«

Kalkweiß im Gesicht, zog Jessica sich wieder in den Sattel. Langsam ritten sie über das Schlachtfeld brutal abgestochener Schafe. Viele lagen auf dem Rücken, alle viere in den Himmel gestreckt, das Maul aufgerissen und erstarrt im letzten Todesschrei. Und überall die entsetzlichen Spuren der Aasvögel, Dingos und anderer Tiere.

»So viele... so schrecklich viele«, flüsterte Jessica, von grenzenlosem Abscheu erfüllt. Und die Vorstellung von dem irrsinnigen Blutrausch, den diese Tat begleitet haben mußte, jagte ihr eisige Schauer über Rücken und Arme. Die Kadaver, die über die Senke verstreut lagen, machten mindestens die Hälfte der Herde aus, wenn nicht gar dreiviertel. Wer von den Tieren dieser Metzelei entkommen war, hatte sich in den Busch geflüchtet, weit weg von dieser Stätte des Todes. Und wäre es nicht so ein kalter Tag gewesen, hätte der Gestank der Verwesung meilenweit über dem Buschland gehangen.

»Fünfhundert, sechshundert Tiere abzustechen! Nur ein Wahnsinniger kann zu so einer Tat fähig sein! Mooshian und Rawley müssen von Sinnen gewesen sein. Sie müssen sich in Bestien verwandelt haben...«

Ian schüttelte heftig den Kopf. »Nein, nicht Rawley und Mooshian allein, Jessica. Dafür sind es zu viele Tiere, die hier abgeschlachtet liegen.«

Sie stutzte, überlegte und nickte. Sie war noch immer wie benommen. »Ja, natürlich...«

»Es müssen mindestens vier Männer gewesen sein. Aber auch

die reichen nicht. Wahrscheinlicher ist, daß es sechs oder sieben waren. Es müssen genügend Männer dagewesen sein, um die in Panik davonrennenden Schafe wieder in die Arme ihrer Schlächter zurückzutreiben«, deutete er die blutigen Zeichen des Schlachtfelds. »Wir haben es mit einer ganzen Bande zu tun. Rawley und Mooshian müssen sich einer Gruppe Buschbanditen angeschlossen haben. Aber auch dann macht das Ganze keinen Sinn. Weshalb sollten Buschbanditen eine ganze Schafherde niedermetzeln? Welchen Nutzen hätten sie auch davon? Sie haben sich ja noch nicht einmal die Mühe gemacht, die Tiere zu häuten!«

»Eingeborene?« fragte Jessica, obwohl sie selbst wußte, daß das ausgeschlossen war.

»Niemals. Aborigines haben in der Vergangenheit schon mal Farmen überfallen und niedergebrannt und ein paar Tiere erlegt, aber zu einem solch wahnwitzigen und sinnlosen Abschlachten wären sie nicht in der Lage!« Er fuhr plötzlich zusammen. »Hayes und Irving!... Hoffentlich haben sie den Irrsinn überlebt! Kommen Sie!« Er trieb sein Pferd an.

Jessica riß erschrocken die Augen auf. »Oh, mein Gott, ja! Die Schafhüter!« Der Anblick der kadaverübersäten Weide hatte sie so verstört und aus dem inneren Gleichgewicht gebracht, daß sie die beiden Männer ganz vergessen hatte. Sie jagte hinter ihrem Verwalter her.

Die Hütte lag südöstlich im Schutz eines kleinen Waldgürtels aus Eukalyptusbäumen. Ihre schlimmsten Befürchtungen schienen sich zu bestätigen, als sie auch vor der Hütte verendete Schafe vorfanden – und auf einer der Wände dieselbe blutige Botschaft wie auf der Auborn-Farm: *Zur Hölle mit der Brading-Hure!*

Ian sprang aus dem Sattel. »Lassen Sie mich zuerst nachsehen!« stieß er mit rauher Stimme hervor.

»Ich habe schon genug Tote in meinem Leben gesehen, Ian. Und nach dem da«, sie deutete mit dem Kopf vage in die Richtung des Massakers an den Schafen, »wird mich so leicht nichts mehr aus der Fassung bringen. Ich habe auch nichts mehr in mir, was ich noch erbrechen könnte.«
Er zuckte die Achseln und drückte die Tür auf. Die Hütte war leer. Doch vor der breiten Bettstelle, die zwei Personen Platz bot, fanden sie kurze, durchtrennte Stricke.
»Sieht nach Fesseln aus«, meinte Ian.
»Sie meinen, sie leben noch?« fragte Jessica hoffnungsvoll.
Ian McIntosh sah sich in der Hütte um. »Ihr lederner Proviantsack ist weg, ebenfalls die Wasserflaschen und die Dekken.«
»Das können die Banditen mitgenommen haben.«
»Wenn es ihnen darum gegangen wäre, etwas von Wert in die Hände zu bekommen, dann hätten sie zumindest ein, zwei Dutzend Schafe gehäutet. Nein, ich nehme vielmehr an, daß man Hayes und Irving gefesselt hat, diese sich dann aber befreien konnten.«
»Dann müssen sie auf dem Weg zur Farm sein.«
»Davon gehe ich aus. Daß wir ihnen nicht begegnet sind, ist kein Wunder. Wir sind ja einen nördlichen Bogen um den Richmond Hill geritten, während sie vermutlich den direkten Weg eingeschlagen haben – sofern sie sich nicht irgendwo verstecken mußten.«
»Ich bete zu Gott, daß Sie recht haben, Ian!«
»Es ist sinnlos, allein nach ihnen zu suchen. Reiten wir so schnell es geht zur Farm zurück. Dann stellen wir mehrere Suchtrupps zusammen!« Er schleuderte die kurzen Stricke in die Asche der Feuerstelle. »Wer immer dies hier getan hat, er wird dafür bezahlen, Jessica! Und zwar mit seinem Leben! Dafür soll er hängen! Aber zuerst müssen ihm die Hände, mit de-

nen er dieses abscheuliche Verbrechen begangen hat, abgeschlagen werden! Wir werden sie kriegen, Jessica. Das schwöre ich Ihnen bei allem, was mir lieb ist – und das ist verdammt viel!«

5

Mit einer Hand das Tablett balancierend, schloß Fiona die seidenbespannte Tür hinter sich. Der Taft ihres perlweißen Morgenmantels raschelte, als sie das luxuriös eingerichtete Zimmer durchquerte, das zu den teuersten Luxusgemächern gehörte, die Betsy Fodder ihren zahlungskräftigen Kunden anzubieten hatte. Sie hatte ihr Bordell, das teuerste und exklusivste in ganz New South Wales, schlicht und ergreifend BETSY'S PLACE genannt. Doch der Name war das einzig Schlichte an diesem Haus. Sie führte von allem nur das Beste. Das begann bei der kostspieligen Einrichtung, zeigte sich bei den ausgesuchten Getränken und traf natürlich auch auf die Frauen zu, die bei ihr angestellt waren. Alle waren sie jung, bildhübsch, sauber, raffiniert in ihrem Gewerbe und ohne das ordinäre Gehabe der Huren, wie sie die *Rocks* bevölkerten.

Fiona war die kostbarste der sündigen Perlen, wie Betsy ihre sechs Freudenmädchen nannte. Blondes gelocktes Haar fiel ihr bis auf die Schultern. An den Schläfen baumelten jeweils zwei Korkenzieherlocken herab. Ihr Gesicht hatte engelhafte und zugleich doch erregend sinnliche Züge, an denen es nicht den geringsten Makel gab. Ihre Haut war so rein und glatt wie ihre Zähne ebenmäßig und weiß leuchtend. Die Linien ihres Körpers hatten bisher auch jeden noch so erfahrenen Kunden in Verzücken versetzt, und nur sie selbst fand, daß ihre Brüste ein wenig üppiger hätten ausfallen können.

Fiona stellte das Tablett mit den beiden Gläsern und der Flasche

Champagner behutsam und ohne Klirren auf die Marmorplatte des Beistelltisches ab, raffte die Taftfülle ihres Morgenmantels etwas und setzte sich sacht auf die Kante des Bettes. Es hatte hohe geschnitzte Pfosten, die mit Blumenranken und winzigen Amorsboten verziert waren, und einen seidenen Baldachin.

Lieutenant Kenneth Forbes schlief tief und fest unter diesem Himmel aus fliederfarbener Seide. Nackt lag er auf dem Bett ausgestreckt, einen Arm hinter dem Nacken und die Beine leicht angewinkelt. Nur ein Mann, der sich der maskulinen Schönheit seines schlanken und ideal proportionierten Körpers vollkommen bewußt war, lag so unbekümmert nackt im Bett.

Fiona lächelte. Sie kannte sich aus mit Männern, auch mit gutgebauten. Doch fast jeder griff unbewußt nach der Decke und verhüllte sein Geschlecht, wenn die Leidenschaft abgeklungen war. Nicht so Ken. Er war wohl nicht minder verliebt in seinen Körper wie die Frauen, die er von Jugend an verführt hatte.

Ihr Blick wanderte über seine Brust hoch zu seinem Gesicht, das sie stets an eine klassische griechische Büste erinnerte. Seine Züge waren so vollkommen wie der Rest seines Körpers. Schmale Brauen zogen sich in einem vollendeten Schwung über seine tiefbraunen, jetzt geschlossenen Augen. Dicht und lang waren seine Wimpern. Seine Lippen waren voll, und die energische Kinnpartie schaffte den richtigen Ausgleich zu seinen ebenmäßigen Gesichtszügen.

»Zufrieden mit dem, was du siehst?«

Fiona fuhr erschrocken zusammen. »Das ist gemein! Du hast überhaupt nicht geschlafen!«

Er öffnete die Augen und grinste. »Ich hätte wohl viel mehr Grund, mich zu empören«, scherzte er. »Immerhin bin ich es ja, der hier deinen schamlosen Blicken schutzlos ausgesetzt ist. Einen nackten Mann so ungeniert zu mustern, schickt sich nicht für eine junge Dame.«

»Ach nein, auf einmal interessierst du dich für Damen, die beim Anblick eines nackten Mannes in Ohnmacht fallen und im stillen anfangen zu beten?« zog sie ihn auf. »Das ist mir ja ganz neu!«
»Du hast recht. Lassen wir es lieber so, wie es ist. Ich nehme es in Kauf, daß du mich taxierst wie ein Pferdehändler eine alte Mähre.«
»Eher einen rassigen Hengst, mein Lieber«, erwiderte sie.
Seine Hand schob sich zwischen den Spalt ihres Morgenmantels und glitt innen an ihrem Oberschenkel hoch. »Und was bist du, wenn ich ein rassiger Hengst bin, mein Goldstück?« fragte er anzüglich.
»Deine leidenschaftliche Reiterin.«
Er lachte. »Allerdings! Das hätte ich nicht treffender sagen können. Wo bist du gewesen?«
»Ich habe uns Champagner geholt.«
Er stöhnte scheinbar gequält auf. »Champagner! Fiona! Du wirst von Mal zu Mal teurer. Wie soll ich das von meinem kläglichen Sold bloß bezahlen?«
»Du hast gesagt, wir hätten Grund zum Feiern«, erwiderte sie und wußte, daß er bloß kokettierte. Ken lebte nicht von seinem Offizierssold, soviel hatte sie längst über ihn in Erfahrung gebracht. Er stammte aus einer reichen Familie, und das Offizierspatent hatte er nur erworben, weil es sich in seiner Gesellschaftsschicht immer gut machte, den Rock des Königs zu tragen. Vor allem, wenn man einen beachtlichen Skandal verursacht hatte, der es ratsamer erscheinen ließ, für ein paar Jahre außer Landes zu gehen.
Um was für einen Skandal es sich gehandelt hatte, entzog sich ihrer Kenntnis. Doch sie zweifelte nicht daran, daß eine Frau eine entscheidende Rolle dabei gespielt hatte. Bekannt war ihr aber, daß er es in der kurzen Zeit, die er erst in der Kolonie war,

schon zu viel Geld und Einfluß gebracht hatte. Er besaß nicht nur ein hübsches Haus auf der Ostseite der Bucht von Sydney, sondern auch noch eine Farm namens THREE WELLS außerhalb von Parramatta, wo er stationiert war. Er gehörte zu dem kleinen Kreis der mächtigen Offiziere, die vor einem halben Jahr den Gouverneur gestürzt und unter Hausarrest gestellt hatten, weil sie ihr Rum-Monopol wahren wollten. Dieses Monopol auf die gesamte Einfuhr alkoholischer Getränke hatte einem jeden von ihnen Reichtum gebracht. Sie bestimmten den Preis, der für eine Gallone gezahlt werden mußte, und er betrug das Zehnfache und mehr von dem, für den sie ihn einkauften. Nein, Lieutenant Kenneth Forbes war ein gemachter Mann, auch ohne das Vermögen seiner Familie, und sein Reichtum wuchs mit jedem Tag.

Fiona füllte zwei Gläser mit schäumendem Champagner und reichte ihm eins. »Was feiern wir denn überhaupt?« wollte sie wissen.

»Was immer du willst. Du bist allein schon Grund genug zum Feiern«, ging er einer konkreten Antwort scherzhaft aus dem Weg.

Sie zog einen Schmollmund. »Du willst es mir nur nicht sagen. Dabei weißt du, daß ich Stillschweigen bewahren kann.«

Kenneth besaß eine Schwäche für Fiona. Sie war die einzige Frau, mit der er mehr als einmal ins Bett gegangen war, seit er in Australien lebte. Daß sie käuflich war, störte ihn dabei nicht mehr. Er hegte schon seit langem die unerschütterliche Überzeugung, daß alle Frauen, ob Lady oder Hure, auf die eine oder andere Art käuflich waren. Die einen taten es für Macht und Ansehen und Schmeicheleien, die anderen eben für Geld. Letztendlich lief es fast auf dasselbe hinaus: Man mußte einen Preis bezahlen. Und wenn er an Rosetta dachte, dann war der Preis, den er für seine frigide Ehefrau gezahlt hatte, unermeß-

lich hoch und stand in keinem Verhältnis zu dem, was er dafür bekommen hatte.
»Also gut, ich werd's dir sagen«, lenkte er scheinbar ein. »Meine Freunde und ich haben gestern ein besonders lukratives Geschäft gemacht. Wir haben dem amerikanischen Captain eine ganze Ladung Jamaika-Rum abgekauft. Außerdem erwarte ich bald einen Stammhalter.« Und boshaft fügte er hinzu: »Zumindest hoffe ich, daß Rose wenigstens dazu in der Lage ist und mir nicht ein Mädchen ins Nest setzt.«
»Dann drücke ich dir die Daumen. Ein Mann wie du braucht einen Stammhalter«, versicherte sie pflichtschuldigst und setzte in Gedanken hinzu: Und eine standesgemäß ausgehaltene Mätresse. Und die werde ich sein! Lange wird Betsy nicht mehr mit mir rechnen können. Noch ein paar Wochen, und ich habe ihn so weit, mir ein eigenes kleines Haus zu kaufen und mich mit einem großzügigen Monatswechsel zu bedenken.
»Ja, das habe ich ihr auch klargemacht«, sagte er in Gedanken. »Sonst ist unsere Abmachung hinfällig.«
Fiona schlürfte ihren Champagner. »Ihr habt eine besondere Abmachung?« fragte sie leichthin, doch Neugier in den Augen.
Er nickte. Es gab keinen Grund, ihr den Handel mit seiner Frau zu verschweigen. »Wenn sie einen Sohn zur Welt bringt, habe ich versprochen, ihr Schlafzimmer nicht wieder zu betreten – und das wäre für sie das höchste Glück auf Erden.«
Fiona streichelte über seinen Bauch. »Sie mag all die hübschen Sachen nicht, die wir so zusammen tun?« fragte sie mit einschmeichelnder, verführerischer Stimme und ließ ihre Hand dabei abwärts wandern.
»Mögen? Sie ekelt sich davor wie du dich vor einem syphilitischen Impotenten!«
»Das kann ich mir überhaupt nicht vorstellen, Ken. Ich dachte,

bei dir schmelzen alle Frauen dahin wie Butter in der Sonne. Wenn ich dich nur berühre, wird mir schon ganz anders...«

Er lachte trocken auf und leerte das Glas in einem Zug. »Steif wie ein Brett wird sie, wenn ich sie nur anfasse. Himmel, wie konnte ich nur so dumm sein, mich von ihrem koketten Getue vor der Heirat so täuschen zu lassen!«

»Erzähl mir von deiner Frau«, forderte sie ihn auf.

»Da gibt es nicht viel zu erzählen. Wenn du prickelnder Champagner bist, dann ist sie bitterer Essig. Sie taugt nur dazu, bei einer Abendgesellschaft zu repräsentieren und die liebende Gattin zu schauspielern.«

Fiona frohlockte innerlich. Das waren ganz die Ehefrauen, die sie liebte. Ken würde ihr also noch lange erhalten bleiben. »Findest du, daß ich prickelnder Champagner bin?«

Er verzog das Gesicht zu einem wohlwollenden Lächeln. »Du bist eine ganze Menge mehr als das, Fiona.«

Sie lächelte ebenfalls und ließ den Rest Champagner aus ihrem Glas auf seinen Bauch und sein Geschlecht fließen. »Oh, wie ungeschickt von mir!« tat sie betroffen, stellte das Glas schnell weg und beugte sich über ihn. »Dieses kostbare Naß! Welch eine Vergeudung!«

Er zog spöttisch die Brauen hoch. »So? Und wie willst du das wiedergutmachen?«

»Ich glaube, ich weiß schon wie.«

Er lachte. »Ich auch.«

Ihr Mund senkte sich auf seinen Bauch, und er spürte ihre Lippen und ihre Zunge, die über seine champagnernasse Haut glitten. Ihre Locken fielen auf seine Schenkel, als ihr Mund ihn in sich aufnahm.

Er dachte plötzlich an Jessica, stellte sich vor, daß sie es war, die ihn auf so raffinierte Weise erregte, und augenblicklich schoß das Blut in seine Lenden und ließ ihn steif und hart werden.

Jessica!
Er schloß die Augen und gab sich ganz ihren Lippen und ihrer Zunge hin, die ihn umspielten. Mal sachte wie eine Daunenfeder, dann wieder fest und fordernd.
Ohne ihn freizugeben, zog Fiona die Bänder ihres Morgenmantels auf und streifte ihn achtlos von den Schultern. Er sank raschelnd auf den Teppich vor dem Bett. Darunter trug sie nur ein durchsichtiges Seidenjäckchen, das ihr gerade bis zu den Hüften reichte, vorn aber rundgeschnitten war, so daß es ihren blonden Schoß unbedeckt ließ.
»Jede Frau, die nicht verrückt nach dir ist, kann nicht normal sein«, flüsterte sie, als sie sich auf ihn setzte.
Er stöhnte, als ihr Schoß ihn tief in sich aufnahm und ihr feuchtes Fleisch ihn fest umschloß. Seine Hände legten sich um ihre Pobacken, während sie sich ganz sachte auf ihm bewegte. Dann umfaßte er ihre Brüste.
Jessica!
»Leg dich hin!« verlangte er mit belegter Stimme.
»Alles, was du möchtest«, gurrte sie und bot sich ihm im nächsten Augenblick schamlos dar.
Er stieß hart in sie hinein, zerrte ihr das Jäckchen von der Schulter und umschloß ihre linke Brust mit seinen Lippen, während er sich mit wachsener Wollust auf ihr bewegte.
Er vergaß, daß es das Freudenmädchen Fiona war, das Arme und Beine um seinen hart zustoßenden Körper schlang und ihm keuchend ins Ohr flüsterte, welche Lust er ihr bereitete. Es war Jessica, die unter ihm aufstöhnte. Es war ihr Schoß, der sich ihm verlangend entgegendrängte, es waren ihre Hände, die durch sein Haar wühlten und sich in seine Schultern krallten. Es waren Jessicas Brüste, die er in seinem Mund schmeckte, ihre harten Brustwarzen, ihr festes Fleisch.
Und es war Jessica, in die er sich schließlich mit einem langge-

zogenen, erstickten Stöhnen ergoß. Jessica war es, die seine heißen, wild pulsierenden Stöße und seinen Samen mit lustvollem Stöhnen in sich aufnahm.

Jessica, Jessica, Jessica!

»O mein Gott, Ken!... Ich bin völlig außer Atem!... Ganz wund hast du mich gestoßen... Es war himmlisch.«

Fionas atemlose Stimme durchdrang den Nebel seiner wollüstigen Phantasien, und er sank auf die Seite. Er wünschte, sie hätte kein Wort gesagt und ihm die Illusion noch ein paar Minuten gelassen.

»Ja, das war es«, murmelte und streichelte gedankenlos über ihre Brüste. Sie war ihr Geld wert, aber sie war keine Jessica. Fiona war nichts weiter als ein amüsanter Ersatz. Bildhübsch und willig im Bett. Doch ihr fehlte diese besondere Ausstrahlung.

Ken hörte nicht auf ihr Geplapper und Geseufze, mit dem sie ihm zeigen wollte, wie wunderbar und befriedigend er als Liebhaber war. Er dachte noch immer an Jessica und fragte sich wohl zum tausendstenmal, weshalb er nur so besessen von ihr war. Hatte es etwas damit zu tun, daß sie seine Halbschwester war? Zum Teufel, nein! Sie waren nicht zusammen aufgewachsen. Als er sie das erstemal gesehen hatte, war sie schon eine junge Frau gewesen. Und als er sie auf dem Landgut seines Vaters verführt hatte, war sie für ihn nur die hinreißende Gouvernante seiner kleinen Schwester Laura gewesen, ein besseres Dienstmädchen, das seinen Nachstellungen schon als Fünfzehn-, Sechzehnjähriger nicht hatte widerstehen können. Als er erfahren hatte, daß sein Vater Jessica mit ihrer Mutter gezeugt hatte, war ihm das gleichgültig gewesen.

Nein, seit jenem kurzen Sommer in England war er besessen von ihr. Und er war einfach nicht bereit, sich damit abzufinden, daß sie nichts von ihm wissen wollte. Nie würde er sich damit

abfinden. Sie würde eine Tages in die Knie gehen und freiwillig zu ihm ins Bett zurückkehren, das hatte er sich geschworen. Und es belastete sein Gewissen nicht im geringsten, daß er vor keinem Mittel zurückschreckte, um dieses Ziel zu erreichen.
Es klopfte, und er fuhr aus seinen Gedanken auf.
»Einen Augenblick!« rief Fiona, ungehalten über die Störung, schwang die Beine aus dem Bett und bückte sich nach dem Morgenmantel. Sie ging zur Tür und öffnete. »Eine Nachricht für Lieutenant Forbes«, sagte eine Mädchenstimme. »Der Sergeant wartet auf eine Antwort.«
»Er soll unten warten«, sagte Fiona und brachte Ken das Schreiben ans Bett. Er hatte sich erhoben, riß die versiegelte Nachricht auf und überflog die Zeilen. Ein zufriedenes Lächeln huschte über sein Gesicht.
»Mußt du jetzt weg?« fragte Fiona betrübt.
»So ist es. Ich werde gebraucht und muß wohl mal wieder Dienst für den König tun«, antwortete er spöttisch, trat zum Waschtisch und kleidete sich dann rasch an.
»Und wann kommst du wieder?« wollte sie wissen, als er seinen Uniformrock zuknöpfte.
»Das wird wohl etwas dauern. Ich muß auf Patrouille ins Siedlungsgebiet am Hawkesbury. Ich fürchte, du wirst dich eine Zeitlang mit anderen Verehrern trösten müssen«, sagte er, gab ihr einen flüchtigen Kuß und hatte es dann sehr eilig, sie zu verlassen.
Er würde Jessica wiedersehen! Doch zuerst würde er seiner Frau Rose noch einen Besuch abstatten. Immerhin hatte er sie fast zwei Wochen nicht gesehen. Nicht, daß er sie vermißt hätte. Aber es war doch gut zu wissen, wie es ihr ging. Allein wegen des Sohnes, den sie ihm endlich gebären würde. *Mußte!*

6

Es wird kein gutes Ende nehmen«, prophezeite Kate Mallock mit der ihr eigenen Flüsterstimme, die auch der gewöhnlichsten Äußerung den Hauch dunkler Ahnung gab. Sie saß im Salon des Hauses in der Marlborough Street, das Lieutenant Forbes auf Drängen seiner Frau gekauft hatte, und arbeitete an einer Blumenstickerei. Energisch zog sie den Faden durch, als gelte es, jedem ihrer Worte noch mit ruckartigen Handbewegungen den nötigen Nachdruck zu verleihen. »Das Blatt wird sich eines Tages wenden, und es wird ein böses Erwachen geben, das ist gewiß.«

Rosetta Forbes saß vor dem Feuer in einem bequemen Lehnstuhl, die Füße ausgestreckt auf einem weich gepolsterten Hokker. Sie blätterte in einem Modejournal und versuchte, das Gerede ihrer Zofe zu überhören. Ihr Seidenkleid wölbte sich über dem entsetzlichen Weidengestell, das sie um den Leib geschnallt trug, und so ihre Schwangerschaft vortäuschte. Kate hatte es in den vergangenen Monaten immer stärker ausgepolstert, so daß ihr Leibesumfang wie bei einer tatsächlichen Schwangerschaft stetig angeschwollen war. Sie haßte das Ding und die Bänder, die sich in ihre Haut schnürten.

»Es gibt nicht viel Gutes, was sich über diese gottlose Kolonie sagen läßt«, fuhr Kate in ihren unheilschwangeren Ausführungen fort. »Wahrlich nicht! Aber Gouverneur Bligh ist ein gottesfürchtiger, aufrechter Mann.«

»Und ein Tyrann«, ließ Rosetta sich nun zu einer Erwiderung

verleiten. »Das hat er ja schon als Captain der BOUNTY bewiesen. Also heb ihn nicht so in den Himmel.«

»Nur ein eiserner Besen kann den Miststall New South Wales ausfegen«, hielt Kate ihr mit rauher, geflüsterter Stimme vor. »Aber das ist es nicht, Rosetta. Er ist *Gouverneur* Bligh! Er ist Stellvertreter des Königs in dieser Kolonie der Schande! Und er wird es bleiben. Nur mit Einwilligung des Königs können die hohen Herren des Kolonialamtes in London einen Gouverneur absetzen, nie jedoch einfache Soldaten. Das ist Meuterei, und darauf steht der Strick!«

»Major Johnstone und John MacArthur sind keine einfachen Leute!« erwiderte Rosetta ungehalten. Und weil sie genau wußte, worauf Kate abzielte, fügte sie nicht ohne eine gewisse Schärfe hinzu: »Und mein Mann auch nicht!«

»Gewiß nicht, Rosetta«, versicherte Kate mit falschem Eifer. »Aber Meuterei bleibt Meuterei. Der König wird sich nicht ungestraft von einer Handvoll Offizieren brüskieren lassen. Man wird einen jeden, der sich an dem Umsturz beteiligt hat, zur Rechenschaft ziehen.«

Insgeheim räumte Rosetta ein, daß ähnliche Befürchtungen auch sie schon beschäftigt hatten. New South Wales lag zwar für den König und die Regierung am Ende der Welt, und auch die schnellsten Schiffe brauchten je nach Jahreszeit und Wetter noch fast ein halbes Jahr für eine Strecke, so daß mit schnellen Reaktionen nicht zu rechnen war. Aber daß man auf den Umsturz in der fernen Kolonie gewiß nicht mit Belobigungen für die Beteiligten reagieren würde, mußte auch dem Naivsten klar sein.

»Es lagen gute Gründe vor, Bligh zu entmachten«, gab Rosetta wieder, was sie von Ken und anderen Offizieren gehört hatte, ohne daß sie das jedoch zu beruhigen vermochte.

»O ja, die Gründe mögen von nobler Natur gewesen sein«,

sagte Kate nicht ohne Sarkasmus, denn jeder in Australien wußte, weshalb das Rum-Corps gemeutert hatte. »Doch das macht den Strick nicht weniger rauh um den Hals.«
Jetzt reichte es Rosetta. »Nun hör endlich auf mit deinem pessimistischen Gerede, Kate! Es gibt nichts, was wir tun können. Und Ken weiß, worauf er sich eingelassen hat. Außerdem zählt er nicht zu den Anführern.«
Das verhärmte Gesicht der Zofe nahm einen noch düsteren Ausdruck an. »Das werden wohl die Kriegsgerichte entscheiden. Aber wenn Ihr Mann schlau ist, läßt er es erst gar nicht dazu kommen«, fuhr sie hastig fort.
Rosetta runzelte die Stirn und blickte nun von ihrem Journal auf. »Wie meinst du das?«
»Bewegen Sie ihn, die Kolonie zu verlassen, solange dazu noch Zeit ist. Wenn er nach England zurückkehrt, hat er bessere Möglichkeiten, sich aus der Verantwortung für das, was hier geschehen ist, zu ziehen. Es wird ihm nicht schwerfallen, in der Heimat seine Rückkehr damit zu begründen, daß er mit den Machenschaften seiner höhergestellten Kameraden nichts zu tun haben wollte, aber als Lieutenant nichts dagegen unternehmen konnte. Man wird ihm gewiß Glauben schenken, und der Einfluß seiner und Ihrer Familie wird den Rest dazu tun, ihn vor einer Anklage zu bewahren. Auf diese Weise könnte er sich elegant aus der Affäre ziehen«, sagte sie eindringlich. »Und liegt es nicht auch in Ihrem Interesse, diese verkommene, drekkige Kolonie so schnell wie möglich zu verlassen?«
Rosetta verzog spöttisch das Gesicht. »Lieber heute als morgen, aber darüber brauchen wir ja wohl nicht zu reden. Er hätte mich nie auf das Schiff bekommen, hätte ich gewußt, was mich hier erwartet.« Sie verabscheute das Leben in New South Wales genauso wie ihre Zofe. Fünf Jahre wollte Ken bleiben. Jeder Tag davon war zuviel. »Aber dir brauche ich ja nicht zu

sagen, daß mein Einfluß auf meinen Mann reichlich beschränkt ist.«

Es zuckte verdächtig um Kate Mallocks schmalen Mund, und in ihre grauen Augen trat ein unverhohlen geringschätziger Ausdruck, der Rosettas Mann galt. »Bei allem Respekt für den Lieutenant, aber er wird nicht so kurzsichtig sein, sich solchen Argumenten zu widersetzen. Ihre Ehe mag nicht die beste sein, Rosetta, aber es verbindet Sie beide immer noch genug, was Sie zu Ihrem Vorteil nutzen können. Denken Sie daran: Bald werden Sie ihm einen Sohn und Stammhalter präsentieren können!«

»Hat diese Frau Ihnen dafür eine Garantie gegeben?« wollte Rosetta mit bitterem Spott wissen.

Kate machte eine wegwischende Handbewegung, als wollte sie nicht den Schatten eines Zweifels dulden. Den Gedanken, daß Sohie Ballard ein Mädchen zur Welt bringen könnte, hatte sie aus ihrem Kopf verbannt. Nicht nur Rosetta brauchte einen Jungen, sondern auch sie. Erst dann würde sie wieder den uneingeschränkten Einfluß über Rosetta zurückgewonnen haben, der ihr mehr und mehr entglitten war, seit das indische Mädchen Maneka ihr den Rang als einzige Vertraute streitig machte. Der Lieutenant hatte sie im Spiel gewonnen und zu seiner Geliebten machen wollen. Hätte er doch nur! Aber Rosetta hatte sie unter ihren Schutz gestellt, und die Bindungen zwischen dem bildhübschen Mädchen und Rosetta waren immer enger und persönlicher geworden. Erschreckend persönlich. Doch sie würde sich nicht abschieben lassen. Sie würde Rosetta den Sohn bringen – und damit bis zu ihrem Tod eine Macht über sie haben, so daß ihr niemand gefährlich werden konnte!

»Frauen ihres Schlages bringen immer Söhne zur Welt. Die Natur vergeudet sie an solche Personen«, versicherte sie. »Und bald ist es soweit. Dann sind Sie die Mutter seines Stammhalters, und damit haben Sie ein Druckmittel in der Hand, dem er sich kaum widersetzen kann.«

Rosetta überlegte. Der Vorschlag gefiel ihr. Seit Kate sie zu diesem Menschenhandel überredet hatte, quälten sie jede Nacht Alpträume, daß der Schwindel eines Tages auffliegen könnte. Nur wenn sie vorher Opium rauchte, gelang es ihr, Vergessenheit zu finden – und wenn Maneka in ihren Armen lag und sie die Zärtlichkeiten von ihr empfing, die ein Mann ihr nicht geben konnte. Die Kolonie nach der vorgetäuschten Geburt ihres Sohnes so schnell wie möglich zu verlassen, würde sie von ihren Ängsten befreien.

Sie nickte deshalb. »Du hast recht, es ist für uns alle das beste, wenn wir New South Wales noch dieses Jahr verlassen. Ich werde mit Ken reden.«

Kate lächelte zufrieden. »Und wenn er zögert, werden wir dafür Sorge tragen, daß Ihr Mann den Eindruck bekommt, sein Sohn vertrüge das Klima nicht. Es ist nicht schwer, einen Mann über den wahren Gesundheitszustand eines Babys zu täuschen. Ich weiß, wie man einen harmlosen Ausschlag, Husten und Erstickungsanfälle hervorrufen kann«, sagte sie mit einem hinterhältigen Lächeln. »Er wird kaum seinen Sohn, an dem ihm doch soviel liegt, verlieren wollen.«

Rosetta erschauerte bei ihren Worten. In letzter Zeit war ihr Kate unheimlich geworden. Schon immer hatte sie etwas von einer Hexe an sich gehabt, die flüsternde Stimme und die lautlos schleichende Art, mit der sie sich bewegte. Doch seit sie in der Kolonie waren, war es mit ihr noch schlimmer geworden.

»Erst muß ich den Jungen haben«, murmelte sie.

»Sie werden«, raunte Kate. »Bald schon. Es ist nur noch eine Frage von Tagen. Ich werde mich gleich wieder auf den Weg zu ihr machen.«

»Hoffentlich ...«

Die Tür zum Salon ging auf, und Maneka schob einen kleinen Servierwagen ins Zimmer. »Ich habe Tee und Gebäck gebracht«, sagte sie mit ihrer weichen, melodiösen Stimme.

Zärtlichkeit trat in Rosettas Augen. Maneka hatte Liebe, Leidenschaft und ein wenig Glück in ihr tristes Dasein gebracht. Was für ein zauberhaftes Geschöpf sie war. Ihr langes Haar schimmerte in einem blauschwarzen Ton und umfloß ihr ebenmäßiges Gesicht. Unter blauschwarzen Brauen und Wimpern lagen dunkle Augen, die wir uralte Jade leuchteten. Getönt wie die Schale frischer Oliven war ihre glatte Haut, und so sinnlich betörend wie ihr Mund war auch ihr Körper, der in ihren Armen so voller Hingabe und Zärtlichkeit war. Ein Leben ohne sie vermochte sie sich nicht mehr vorzustellen.

»Komm, setz dich zu uns«, sagte sie und tauschte einen liebevollen Blick mit ihr.

Kate bemerkte den Blick voller Groll. Maneka war wie ein Dorn in ihrem Fleisch. Aber nicht mehr lange. Wenn erst der Sohn im Haus war und es zurück nach England ging, würde sie schon einen Weg finden, um dieses heidnische Mädchen loszuwerden.

Während ihre Zofe die Tasse Tee, die Maneka ihr reichte, mit einem knappen Nicken annahm und sich dann wieder über ihren Stickrahmen beugte, setzte sich Maneka an die Seite ihrer Herrin und Geliebten. Rosetta lebte förmlich auf und besprach mit ihr, welches der Kleider, die im Journal abgedruckt und nachträglich von Hand koloriert waren, sie sich von ihrer Schneiderin anfertigen lassen sollte.

»Ach, ich brenne darauf, diese unförmigen Umstandskleider loszuwerden«, seufzte sie.

»Bald«, flüsterte Kate. »Bald wird alles anders.«

Wenig später klopfte es, und Eugenia Boldwin, die Rosetta das

Haus führte, steckte den Kopf zur Tür herein. »Ihr Gemahl ist soeben vorgefahren!« meldete sie.
»Ken?« rief Rosetta erstaunt.
»Ja, Mistress.«
»Dann mach ihm auf, Eugenia, und bring noch eine Tasse. Er wird einem Tee an diesem feuchtkalten Tag nicht abgeneigt sein«, trug Rosetta ihr auf und ließ sich ihre unangenehme Überraschung nicht anmerken.
»Sehr wohl, Mistress.« Die mollige, flinke Haushälterin und Köchin zog sich zurück.
Kate furchte die Stirn. »Er wird doch wohl nicht lange bleiben?«
»Das ist nicht anzunehmen. So groß ist seine Sehnsucht nach mir nicht.«
»Vergessen Sie nicht, ihm gut zuzureden. Sie müssen früh genug anfangen, ihm zuzusetzen!« erinnerte Kate sie, als die Haustür schlug.
»Ich werde daran denken.«
Augenblicke später trat Kenneth in den Salon. Seine attraktive Erscheinung und sein selbstsicheres Auftreten beeindruckten Rosetta auch jetzt noch. Er war ein Mann, den sich jede Frau an ihrer Seite wünschte. Und wie sehr hatten ihre Freundinnen sie beneidet, als er um ihre Hand angehalten hatte. Sie war auch jetzt noch zufrieden mit ihrer Wahl, trotz allem, was sie die erste Zeit als seine Ehefrau im Schlafzimmer hatte erdulden müssen. Daß sie mit Männern im Bett nichts anzufangen wußte, ja, sich vor ihnen ekelte, stand auf einem anderen Blatt. Und irgendeinen hätte sie ja so oder so heiraten müssen. Denn schlimmer noch, als zu ihren sogenannten ehelichen Pflichten gezwungen zu werden, war das in der Gesellschaft verachtete Leben einer Jungfrau. Sie hätte es für sich nie in Betracht gezogen. Eine Frau ihrer Herkunft brauchte einen standesgemäßen

Mann, um eine führende Rolle in der Gesellschaft spielen zu können. Und die stand ihr zu. Nicht hier in der Kolonie, sondern in England!

»Oh, störe ich die Damen bei ihrer Teestunde?« fragte Ken mit einem Blick in die Runde. An Maneka blieb er einige Sekunden länger hängen. Es versetzte ihm bei ihrem Anblick immer wieder einen schmerzhaften Stich, daß es ihm nicht vergönnt gewesen war, sie zu seiner Geliebten zu machen. Aber nun gut, Rosetta hatte ihren Willen bekommen, und Fiona vermochte ihn schon recht ordentlich über den Mangel an Leidenschaft in seinem eigenen Haus zu trösten. Er lächelte unwillkürlich, als er daran dachte, welche Lust sie ihm vor kurzem bereitet hatte.

»Du störst nicht mehr als sonst, mein lieber Ken«, antwortete Rosetta mit freundlichem Spott, den sie sich nach den drei Fehlgeburten nun, da sie angeblich endlich ein Kind bis zur Geburt austrug, erlauben konnte.

»Die Kunst deiner Komplimente war schon immer überaus bestechend, meine Liebe«, entgegnete er mit ungebrochener Fröhlichkeit. Eine gewisse Zuneigung zu ihr hatte er trotz ihrer heftigen Differenzen bewahrt. Sie war eine grazile, gutaussehende Frau, und er zog geistreichen Spott unterwürfiger Langeweile in jedem Fall vor.

Kate erhob sich. »Ich werde Eugenia sagen, daß sie Ihr Zimmer lüften und richten soll, Lieutenant. Es ist schon einige Zeit her, daß wir das Vergnügen Ihrer Gegenwart in der Marlborough Street hatten«, sagte sie anzüglich.

Kenneth wandte sich ihr zu. Wenn es nach ihm gegangen wäre, wäre sie gar nicht erst mit nach Australien gekommen. Sie hatten sich vom ersten Tag an nicht ausstehen können. Aber er hatte sich auch damit abgefunden. Vorerst.

»Die Mühe kannst du dir sparen, Kate. Das Vergnügen wird

wieder einmal nur von kurzer Dauer sein, auch wenn ich weiß, wie groß eure Enttäuschung darüber ist«, gab er sarkastisch zurück.

Kate ließ sich ihre Erleichterung nicht anmerken. »In der Tat. Da Ihre Frau Sie doch so vermißt hat«, sagte sie im Hinausgehen.

Maneka, die sich in Gegenwart von Kenneth immer unwohl fühlte, folgte dem Beispiel der Zofe. »Ich werde Eugenia in der Küche zur Hand gehen«, murmelte sie und huschte schnell aus dem Zimmer.

»Du machst dich wirklich sehr rar«, sagte Rosetta, als er sich ihr gegenüber an den Kamin setzte.

Er hob in einer Geste der Hilflosigkeit die Hände. »Ich bin nun mal in Parramatta stationiert, meine Liebe. Und ich denke, das hast du doch auch ins Kalkül gezogen, als du mich gedrängt hast, in Sydney ein Haus zu erstehen.« Es lag kein Vorwurf in seiner Stimme.

»Auf der Farm ist es mir zu einsam gewesen, das weißt du. Ich bin für das Landleben nicht geschaffen.«

»Jaja, so hat ein jeder von uns seine Vorlieben und Abneigungen«, sagte er doppeldeutig und wechselte dann das Thema. »Darf ich dir ein Kompliment machen? Du siehst blendend aus. Das Kleid übrigens auch. Die Schwangerschaft scheint dir diesmal wirklich zu bekommen.«

Es gelang ihm damit doch tatsächlich, sie zum Erröten zu bringen. O ja, er konnte einen entwaffnenden Charme an den Tag legen, wenn er nur wollte. Kein Wunder, daß sie seinem Werben damals so schnell erlegen war.

»Danke, das hört wohl jede Frau gern von ihrem Mann«, erwiderte sie und dachte, daß sich ihr Zusammenleben in Zukunft doch noch recht harmonisch entwickeln könnte – sofern sie sich beide an ihre Abmachung hielten. »Aber sag, warum bist du überhaupt gekommen, wenn du doch schon gleich wieder weg willst?«

»Ich muß eine Patrouille in den Busch führen und einer Banditenbande das Handwerk legen, die da oben ihr Unwesen treibt. Das kann eine Weile dauern. Aber ich wollte zuvor noch nach dir sehen und mich versichern, daß es dir gutgeht.«

Sie glaubte es ihm. »Blendend geht es mir, wie du schon gesagt hast. Noch ein paar Wochen, und ich habe es hinter mir«, log sie.

»Ich weiß, du willst keinen Arzt um dich haben, noch nicht einmal eine Hebamme«, sagte er. »Aber versprich mir, daß du wenigstens zur Geburt rechtzeitig eine Hebamme hinzuziehst.«

»Kate hat sich schon darum gekümmert«, versicherte Rosetta und lenkte schnell ab. »Aber nicht ich bin es, um die du dir Sorgen machen mußt.«

»Sondern?«

»Ich mache mir Sorgen um dich, und das solltest du auch tun.«

Er hob verwundert die Augenbrauen. »Du machst dir Sorgen um mich? Wieso?«

»Wegen deiner Beteiligung am Umsturz«, erklärte Rosetta und wiederholte mit eigenen Worten, worauf Kate sie vor seinem Eintreffen hingewiesen hatte.

Er lachte nur. »Entschuldige, aber das ist dummes Zeug, Rose. Es wird zu keiner Anklage kommen. Bligh hat in London überhaupt keinen Rückhalt. Wir wissen schon, was wir uns erlauben können und was nicht. Wenn jemand Macht und Einfluß in den entscheidenden Kreisen in England hat, dann ist das John MacArthur. Er hat Blighs Verfehlungen und die miese Politik, mit der er die Kolonie fast ruiniert hätte...«

»Du meinst das Monopol des Rum-Corps!«

»...beeindruckend belegt«, fuhr er unbeirrt fort. »Bligh hat keine Chance gegen uns. Sicher, es wird eine Untersuchung und auch einige disziplinarische Strafen geben, aber sie werden mehr symbolischen Charakter haben.«

»Man kann natürlich auch den Galgen für eine symbolische Strafe halten, Ken!«

»Rose, bitte!«

Sie schüttelte energisch den Kopf. »Nein, so leicht kannst du mich nicht vom Gegenteil überzeugen, Ken! Wie immer ihr es auch nennen mögt, es bleibt im Grunde genommen doch eine Meuterei. Und ich beabsichtige nicht, mit dem Makel zu leben, daß mein Mann als Meuterer bestraft wird! Wenn dir auch nicht viel an mir liegt...«

»Wer behauptet denn das?« warf er ein.

»...aber an deinem Sohn wohl doch. Möchtest du, daß er mit diesem Schandfleck auf seiner Familiengeschichte ins Leben geht? Als Sohn eines Meuterers, der möglicherweise am Galgen endet?«

Er seufzte. »Rose, wie oft soll ich dir noch sagen, daß wir alles bestens unter Kontrolle haben. Niemand wird hängen, das kann ich dir versprechen. Oder hältst du mich vielleicht für so dumm, daß ich mich in eine Sache einlassen würde, die mir den Strick einbringen kann?«

»Diese Versicherung kann mir nur der König oder das Kriegsgericht geben!«

Er schwieg einen Augenblick. Dann sagte er zögend: »Also gut, ich werde über deine Worte nachdenken, Rose. Aber du weißt, daß mein Vater von mir verlangt hat, daß ich fünf Jahre von England fernbleibe. Und diese fünf Jahre sind noch längst nicht vorbei.«

»Er wird sich eines anderen besinnen, wenn er erfährt, was für dich auf dem Spiel steht – und daß er einen Enkel hat, an dessen Zukunft er genauso denken muß«, hielt sie ihm vor.

Er schmunzelte. »Ein Argument, das bei ihm gewiß nicht seine Wirkung verfehlen wird«, räumte er ein, hatte jedoch nicht die Absicht, sich jetzt irgendein Versprechen abringen zu lassen. Er erhob sich. »Wie gesagt, ich werde darüber nachdenken. Es gibt bestimmt einen Kompromiß, der uns beide zufriedenstellt, oder meinst du nicht?«

Sie erwiderte sein Lächeln. »Kompromisse scheinen unsere Stärke zu sein, nicht wahr?«

»Ich freue mich, daß du so denkst. Paß auf unseren Sohn auf, meine Liebe«, sagte er und gab ihr zum Abschied einen flüchtigen Kuß auf die Wange.

»Und du auf unsere Zukunft, Ken!«

»Die strahlt in den herrlichsten Farben!« versicherte er und dachte an Jessica. Bisher hatte er in seinem Leben noch immer alles bekommen, was er hatte haben wollen – ob Macht, Geld oder Frauen. Er verwirklichte seine gesteckten Ziele.

Alle!

7

Sie ritten zur Farm zurück. Zum Entsetzen über das Blutbad, das die Schafherde auf der Ostweide so gut wie ausgelöscht hatte, gesellte sich die Ungewißheit um das Schicksal von Hayes und Irving. Jessica fühlte sich immer wieder versucht, Adrian einfach laufen zu lassen. Doch mit Rücksicht auf Ian gab sie dieser Versuchung nicht nach. Es waren zwei schrecklich lange Stunden, in denen sie ständig die kadaverübersäte Weide vor Augen hatte, die zerfetzten Leiber und die Wolke der Aasvögel über der Stätte der Schlächterei.

Wer kann so etwas Entsetzliches tun?... Und warum? Diese Fragen kehrten ständig wieder, ohne daß sie auch nur eine halbwegs vernünftige Antwort darauf finden konnte. Die Tat auf der Ostweide war zu ungeheuerlich, als daß Rawley und Mooshian dahinterstecken konnten. Da hatte Ian vollkommen recht. Keiner von ihnen war auch nur *gedanklich* in der Lage, etwas so Grausames und Widerwärtiges zu planen, geschweige denn, in die blutige Tat umzusetzen.

Aber wer war es dann?

Ihre quälenden Gedanken jagten sich im Kreis, während die Landschaft an ihr vorbeiflog, ohne daß sie sie bewußt zur Kenntnis nahm. Und die Kälte, die ihr auf der Ostweide bis ins Mark gedrungen war, wich nicht von ihr.

Endlich kam die Farm in Sicht. Als sie die Auffahrt im Galopp hochpreschten, sahen sie, daß die Männer und Frauen zusammengelaufen waren und zwei Gestalten umringten.

»Das müssen Hayes und Irving sein!« rief Ian erleichtert. »Gott sei Dank, sie leben!«
Fassungslosigkeit, Wut und Entsetzen zeichneten die Gesichter der Männer und Frauen, die von Hayes und Irving schon erfahren hatten, was dort draußen bei ihnen geschehen war.
»Sollen wir Suchmannschaften zusammenstellen, Ma'am?« fragte Tim Jenkins, kalten Zorn in den Augen, als Jessica aus dem Sattel sprang. »Wenn wir diese Dreckskerle finden, hängen wir sie gleich am nächsten Ast auf!«
Jessica schüttelte nur den Kopf und ging auf die beiden Weidehüter zu. Es waren Emanzipisten, die in ihrer Sträflingszeit schon viel Entsetzliches gesehen und mitgemacht hatten, doch diese Ungeheuerlichkeit übertraf alles andere, und das stand ihnen ins Gesicht geschrieben.
»Ich bin froh, euch zu sehen... lebend«, sagte Jessica zu ihnen.
Irving nickte knapp. »Und wir sind froh, daß sie nicht auch uns die Kehle durchgeschnitten haben«, erwiderte er.
»Wer war es?«
Er zuckte die Achseln. »Wir wissen es nicht, Ma'am. Wir haben nur vermummte Gestalten gesehen. Und auch das nur im Dunkeln. Sie kamen etwa eine Stunde nach Sonnenuntergang. Wir haben Karten gespielt, als sie plötzlich in die Hütte stürmten. Hayes saß der Tür am nächsten und hat sofort eins mit dem Gewehrkolben übergezogen bekommen und ist zu Boden gegangen. Und bevor ich noch die Karten aus der Hand legen konnte, hatte ich schon die Mündung einer Flinte zwischen den Augen sitzen. Wir konnten nichts tun.«
Jessica nickte ihm beruhigend zu. Sie wäre nie auf den Gedanken gekommen, ihnen einen Vorwurf zu machen.
»Wie viele?« wollte Ian wissen.
»Sie waren zu viert in der Hütte. Aber das waren nicht alle von

der Bande. Der Rest war draußen vor der Hütte. Ich habe ihre Stimmen gehört. Insgesamt sechs oder sieben waren es sicher.«
Damit fand Ian seine Vermutung bestätigt. »Und was ist dann passiert?«
»Sie haben uns an Händen und Beinen gefesselt und uns erst einmal in der Hütte gelassen«, setzte Irving seinen Bericht fort. »Wenig später hörten wir dann... die gräßlichen Schreie der Tiere.« Er schluckte schwer. »Ich kann es nicht beschreiben, aber es war das Entsetzlichste, was ich je gehört habe. Mir war, als würde mir das Blut in den Adern gefrieren, so schrecklich war es. Und es wollte kein Ende nehmen...«
Niemand sagte ein Wort, als Irving eine Pause machte. Es war ein Schweigen des Entsetzens, das jenseits aller Worte lag. Die Männer und Frauen von Seven Hills, die sie in einem Kreis umstanden, versuchten sich dieses Blutbad vorzustellen. Doch bei vielen sträubte sich die Phantasie, sich ein Bild davon zu machen, wie die Herde in Todesangst über die nächtliche Weide hin und her wogte und wie die unbekannten Schlächter im Schein von Fackeln und großen Feuern fünfhundert, sechshundert und mehr Schafe blindlings abstachen.
»Ich weiß nicht, wie lange es dauerte«, nahm Irving schließlich seinen Bericht mit fast tonloser Stimme wieder auf. »Uns kam es wie eine Ewigkeit vor. Die Stille war fast so schrecklich wie das..., was vorher war. Ich höre es jetzt noch.«
Der von Natur aus wortkarge Hayes nickte nur stumm und mit grauem Gesicht. Wie jeder andere auf Seven Hills war er unsentimental, wenn es darum ging, Tiere zu schlachten, um die Versorgung mit Fleisch sicherzustellen. Doch das, was in der letzten Nacht geschehen war, lag Welten von dem natürlichen Kreislauf von Leben und Sterben entfernt.
Irving räusperte sich, um seiner Stimme einen festeren Klang

zu geben. »Sie haben uns die Fesseln an den Beinen durchgeschnitten und sind anschließend weggeritten. Es hat lange gedauert, bis wir uns auch von den Fesseln an den Händen befreien konnten, denn sie hatten uns mit den Armen Rücken an Rücken gebunden. Wir sind dann hinaus auf die Weide. Es brannten noch mehrere große Feuer rund um die Senke. Es... es war ein Alptraum. Im Morgengrauen sind wir sofort aufgebrochen.«

Wieder herrschte ein Augenblick bestürztes Schweigen. Dann fragte Ian: »Was ist mit Rawley und Mooshian? Waren sie bei dieser Bande?«

Hayes zuckte mit den Achseln, und Irving sagte: »Das wissen wir nicht. Es ging ja alles so schnell, und zudem waren sie vermummt, so daß wir ihre Gesichter nicht sehen konnten. Aber da war eine Stimme vor dem Haus, die mir irgendwie bekannt vorkam. Es war jedoch nicht die von Rawley oder Mooshian. Die hätte ich sofort erkannt. Aber gehört habe ich sie schon mal. Ich weiß bloß nicht, wann und wo das war. Den ganzen Weg hierher habe ich mir schon das Hirn zermartert, zu wem die Stimme bloß gehört, aber es will mir einfach nicht einfallen.«

»Es würde uns einen gigantischen Schritt weiterbringen, wenn du dich so schnell wie möglich daran erinnern könntest«, meinte Jessica. »Denn so haben wir nichts, wo wir ansetzen können.«

Irving machte ein bedrücktes Gesicht. »Ja, aber ich weiß einfach nicht, wo ich diese Stimme einordnen soll.«

Ian McIntosh legte ihm beruhigend eine Hand auf die Schulter. »Es nützt nichts, wenn du dich dazu zwingen willst. Es wird dir bestimmt noch einfallen, und vermutlich dann, wenn du gar nicht darüber nachdenkst.«

»Was machen wir denn nun?« meldete sich Tim Jenkins wieder

zu Wort. Man sah ihm an, daß er darauf brannte, etwas zu unternehmen. »Jagen wir diesen menschlichen Abschaum?«
»Wie willst du sie jagen, Tim? Die Bande hat jetzt schon einen Vorsprung von gut vierzehn Stunden«, gab Ian nüchtern zu bedenken. »In welcher Himmelsrichtung sollten wir nach ihnen suchen? Wir müßten fünf, sechs Suchtrupps ausschicken, und jeder stark genug, um es mit einer bewaffneten sechs- bis achtköpfigen Bande aufnehmen zu können, sollten wir das Glück haben, sie irgendwo aufzustöbern.«
»Ian hat recht«, warf James Parson ein. »Die Kerle haben Pferde und Flinten, und sie werden sich nicht mit Worten einfangen lassen.«
»Du sagst es«, pflichtete Ian ihm bei. »Suchtrupps haben nur in Zehnerstärke Sinn. Aber so viele Männer und Waffen bekommen wir auf SEVEN HILLS nicht zusammen, das weißt du. Gerade zwei Mannschaften zu acht Leuten könnten wir in den Busch schicken. Und dann wäre die Farm hier so gut wie ohne jeden Schutz. Nein, die Gefahren, die wir damit eingehen, sind um ein Mehrfaches größer als die Chancen, die Banditen zu stellen.« Er wandte sich Jessica zu, denn sie hatte die letztendliche Entscheidung zu treffen, was getan wurde.
»Wir werden keine Suchtrupps hinausschicken«, pflichtete sie Ian bei, und dieses Eingeständnis der Ohnmacht kam ihr schwer über die Lippen. »Doch wir müssen die beiden anderen Weideposten zurückholen oder aber verstärken.«
»Verstärken scheint mir sinnvoller zu sein«, sagte Ian. »Die Herden auf der Südweide und bei Kelley's Pond sind einfach zu groß, als daß wir sie unbeaufsichtigt lassen könnten.«
»Wir könnten die Herden näher an die Farm treiben«, schlug Jessica vor, obwohl sie wußte, daß das ebenfalls mit großen Problemen verbunden war.
»Es wäre nur eine vorübergehende Lösung«, sagte Ian auch so-

fort. »Sie wissen, daß die Weideflächen in unmittelbarer Nähe keine zweieinhalbtausend Schafe zusätzlich verkraften. Wir haben auch nicht genug Heu in den Scheunen, um diese Herden über den Winter zu bringen. Wir brauchen die großen Weiden da draußen.«

Jessica nickte niedergeschlagen. Die Schafherden auf Seven Hills waren zu groß, um sie alle von den Außenweiden zu holen und in Farmnähe vor der Gefahr einer erneuten Metzelei wirklich effektiv schützen zu können. Das Heu, das sie in den Scheunen hier auf der Farm und in kleineren Heuschobern, die über die Weideflächen verteilt waren, eingelagert hatten, reichte gerade aus, um die notwendige Zufütterung in den Wintermonaten zu gewährleisten. Der Vorrat würde innerhalb von vier bis sechs Wochen aufgebraucht sein, wenn sie nun dazu übergingen, die Schafe von den Außenweiden zurückzuholen und fast sechstausend Tiere auf engster Grasfläche in Sichtweite der Farm zu halten.

»Wir holen die Herde von Kelley's Pond zurück!« entschied sie. »Es sind knapp tausend Tiere. Sie haben Platz genug auf den beiden Pferdekoppeln und der dahinterliegenden Weide.«

»Aber nicht genug Gras.«

»Vielleicht ist dieser... Alptraum in ein, zwei Wochen ausgestanden«, zwang sie sich zur Zuversicht. »Die Soldaten müssen ja jeden Tag kommen. Wenn sie die Bande schnappen, kann die Herde wieder zurück. Irgendwie wird es schon gehen, Ian. Und wer kann schon sagen, welche Entscheidung jetzt die richtige ist? Lassen wir die Herden draußen, können wir sie in einer einzigen Nacht verlieren. Holen wir sie her, haben wir zumindest eine kleine Chance, den Schaden zu begrenzen.«

Ian nickte schwer. »Das ist leider nur zu wahr. Also gut, machen wir es so. Aber wir sollten bereits jetzt damit beginnen, unseren Vorrat an Heu aufzustocken. Wenn ich mich nicht irre, haben die Stuarts noch was zu verkaufen. Auf der Southern Highlands kann man uns vielleicht auch mit ein oder zwei Fuhrwerken aushelfen.«

»Wir kaufen jeden Halm, den wir kriegen können, Ian!« bekräftigte Jessica.

»Es wird teuer«, murmelte er.

»Das ist es jetzt schon«, erwiderte sie und dachte an die rund sechshundert Schafe, die verendet auf der Ostweide lagen. Seven Hills hatte in einer Nacht einen Verlust von mehreren tausend Pfund gemacht. Und dabei würde es nicht bleiben, wie sie fürchtete.

Ian ritt mit fünf Männern, alle mit Flinten bewaffnet, zur Weide am Kelley's Pond hinaus, um die Herde noch vor Einbruch der Dunkelheit auf die Pferdekoppeln getrieben zu haben. Zusammen mit den beiden dortigen Weidehütern mußten sie das gut schaffen.

Gleichzeitig verließen zwei andere Reiter Seven Hills. Der blonde Frederick Clark machte sich mit einem weiteren Hilferuf von Jessica auf den Weg zur Militärgarnison in Parramatta, während Sean Keaton die Aufgabe übernommen hatte, die umliegenden Farmen aufzusuchen, sie über alles zu unterrichten und nachzufragen, wer wie viele Bushel Heu zu verkaufen hatte – und zu welchem Preis. Er würde mehrere Tage unterwegs sein.

Jessica versuchte sich mit allerhand Arbeiten abzulenken. So ging sie noch einmal die Pläne für das neue Geschäftshaus in Sydney durch, das Arthur Talbot für sie errichten würde, und versuchte sich in die Warenlisten zu vertiefen, die sie mit Glenn Pickwick, ihrem Geschäftsführer, aufgestellt hatte.

Doch sie merkte bald, daß es sinnlos war, sich jetzt am Schreibtisch auf solche Dinge konzentrieren zu wollen. Als Victoria zu ihr ins Zimmer kam und sie auf die für sie lächerlich unwichtigen Fragen ihrer Tochter mit ungewohnter Gereiztheit reagierte, so daß Victoria weinend hinauslief, sah Jessica ein, daß es keinen Zweck hatte, sich in diese Beschäftigung vergraben zu wollen.

Sie ging zu Victoria, trocknete ihre Tränen und bemühte sich, ihr zu erklären, daß sie nichts falsch gemacht hatte. »Ich bin bestimmt nicht böse auf dich, Victoria. Es ist nur etwas sehr Schlimmes passiert, das mich so verstört hat. Mir sind die Nerven durchgegangen, mein Kleines. Es tut mir leid. Natürlich habe ich dich genauso lieb wie immer.«

Nachdem sie die Welt ihrer verträumten Tochter wieder ins Lot gebracht hatte, ließ sie Adrian erneut satteln und ritt Ian hinterher. Sie halfen den Männern, die Herde zur Farm zu treiben. An die tausend Tiere trotteten blökend über die Hügel. Ein Anblick, der Jessica immer wieder mit Wärme und Stolz erfüllte. Diesmal aber mischte sich in diesen Stolz ohnmächtiger Zorn und Bitterkeit – und Angst.

Sie trafen mit der Herde noch vor Einbruch der Dunkelheit auf der Farm ein. Gefüllte Wasserrinnen und Heuhafen längs der Zäune warteten schon auf die durstigen und hungrigen Tiere. Große Feuer loderten rund um die Pferdekoppeln auf, als die Nacht hereinbrach, und ein halbes Dutzend bewaffnete Männer bezogen Posten.

Jessica brachte an diesem Abend kaum einen Bissen hinunter. Ian leistete ihr Gesellschaft. Doch ihr Gespräch versiegte immer wieder.

»Versuchen Sie Schlaf zu finden, Jessica. Es gibt nichts mehr, was Sie tun können. SEVEN HILLS ist gut bewacht. Wir können jetzt nur noch warten«, sagte er und bemühte sich, seine eigene Niedergeschlagenheit zu verbergen, obwohl es sinnlos war, denn sie wußte zu gut, wie er fühlte.

In dieser Nacht brannten nicht nur die Feuer der Wachposten, sondern auch die beiden Heuschober auf den Weiden bei Kelley's Pond.

Doch dieser Verlust war nichts im Vergleich zu der verbrecherischen Tat, die in den frühen Morgenstunden auf der Südweide geschah.

Es war Lisa Reed, die Alarm schlug, als sie im ersten Licht des Tages zum Brunnen ging, um Wasser zu holen. Erst hielt sie die hellen Flecken auf dem Hawkesbury für Büsche, die der Fluß irgendwo weiter oberhalb an seinen Ufern entwurzelt und mit sich gerissen hatte. Doch dann erkannte sie, daß es Tierkadaver waren. Tote Schafe. Hunderte!

Über eine Stunde stand Jessica mit Ian am Ufer und sah, wie die toten Tiere an ihnen vorbeitrieben. Sie brauchte erst gar nicht zur Südweide zu reiten, um zu wissen, daß diese Herde nicht mehr existierte. Man hatte sie in die reißenden Fluten des Flusses getrieben – und damit in den Tod.

Tausendzweihundert Schafe!

»Warum nur, Ian?« flüsterte sie, und die Tränen liefen ihr über das Gesicht. »Wer tut mir das an?... Wer haßt mich so, daß er so etwas tun kann?«

Ian wollte sie in seine Arme nehmen, ihr Schutz und Trost geben. Doch schweigend stand er neben ihr, das Gesicht zu einer verzerrten Maske erstarrt, die Fäuste geballt. Angesichts dieses Stroms ertrunkener Schafe gab es keinen Trost. Nur Haß und Verlangen nach Vergeltung.

8

Hell und klar drang der Klang der Bronzeglocke vom anderen Ufer des Hawkesbury über den Fluß und hoch zur Hügelkuppe der Farm. Ein gutes dutzendmal wurde die Signalglocke angeschlagen, und ihr Ton war weithin zu hören.
Jessica hielt sich auf der großen Pferdekoppel hinter der Arbeitersiedlung auf, in der sich nun ein Teil der Herde aus dem Gebiet um Kelley's Pond drängte. Sie lud gerade Heu vom Ochsenfuhrwerk und achtete darauf, daß nicht zuviel von dem kostbaren Futter unter die Hufe der Schafe gelangte, die um die besten Freßplätze entlang des Zaunes kämpften.
Sie hörte die Glocke und auch die Männerstimme, die vom Hof herunterschrie: »Es ist Missis Randell von New Hope! Leslie und Pete! Lauft zur Anlegestelle runter und macht die Lady Jane klar!«
Ian lehnte sich auf seine Heugabel. »Ich wußte, daß sie kommen würde«, sagte er und war froh darum. Jessica sah mitgenommen aus. Der scheinbar endlose Strom toter Schafe hatte sie so kurz nach dem Massaker auf der Ostweide fast einem Zusammenbruch nahe gebracht. Sie würde auch nicht so schnell darüber hinwegkommen. Und dabei ging es überhaupt nicht um den finanziellen Verlust, den die unbekannte Bande ihr zugefügt hatte. Diesen in Pfund zu beziffern, war im Augenblick noch gar nicht möglich.
Jessica nickte. »Ja, ich auch. Lydia ist immer zur Stelle, wenn ich Sorgen habe.«

»Und umgekehrt«, sagte Ian. Ohne Jessicas enorme Unterstützung hätte Lydia Randell die kleine Farm New Hope ein paar Meilen flußaufwärts am anderen Flußufer schon längst aufgeben müssen. Daß sie mittlerweile einen bescheidenen Gewinn abwarf, der ihr das Überleben erlaubte, aber nicht viel mehr, verdankte sie Jessica.

»Wozu sind Freunde sonst da«, gab Jessica achselzuckend zurück und überließ die weitere Verteilung des Heus ihrem Verwalter und Christian Darley.

Ohne Eile schritt sie den Hang hoch. Es würde eine Weile dauern, bis der plumpe Fährkahn, der auf den reichlich bombastischen Namen Lady Jane getauft worden war, drüben bei Lydia ankam, und dann mußte er erst wieder über den Strom zurück ans diesseitige Ufer gezogen werden. Eine mühselige Arbeit, aber im Vergleich zu früher, als es die Fährplattform noch nicht gegeben hatte, doch eine beachtliche Erleichterung.

Jessica ging um das Farmhaus herum, schaute bei Lisa in die Küche hinein und wartete dann auf der überdachten Veranda, die dem Fluß zugewandt war. Die Lady Jane stieß gerade gegen den ausgebesserten Anlegesteg.

Lydia sprang behende an Land und lief den sandigen Weg zur Hügelkuppe los, als wollte sie keine Minute vergeuden. So war sie immer. Zupackend, arbeitsam und nüchtern bis an die Grenze spartanischer Genügsamkeit. Das harte Leben in der Kolonie hatte sie nie zu Klagen veranlaßt. Sie war zufrieden, daß sie auf New Hope ihr klägliches Auskommen fand und ihrem Leben einen neuen Sinn hatte geben können. Sie war mit Jessica auf demselben Sträflingsschiff nach Australien gekommen, der Tradewind, und die Freundschaft, die sie in den langen Monaten der Überfahrt geschlossen hatten, hatte sich bewährt und war unverbrüchlich geworden.

»Jessica!« Lydia kam um die Hausecke geeilt. Sie war eine gertenschlanke Frau mit pechschwarzem Haar und einem offenen, ansprechenden Gesicht, auf dem jetzt tiefe Sorge stand.

»Mein Gott, Lydia!« Jessica hatte einen Kloß im Hals, und in einer spontanen Anwandlung schloß sie ihre Freundin in ihre Arme, drückte sie an sich und hielt sie fest. Es war so gut, sich an jemandem festzuhalten, einmal Schwäche zeigen zu dürfen und ihrem Schmerz und ihrer Verzweiflung Ausdruck zu geben. Sie schämte sich auch nicht, daß Tränen über ihr Gesicht flossen, als Lydia über ihr Haar und ihren Rücken streichelte.

»Ich weiß, es muß etwas Schreckliches passiert sein«, sagte Lydia und hielt sie noch immer. »Das ganze Ufer bei uns ist voller Kadaver. Ich wäre schon viel eher gekommen, wenn unsere Quenn nicht gerade gekalbt hätte. Was, um Gottes willen, ist denn bloß geschehen?«

Jessica löste sich langsam aus den Armen ihrer Freundin, wischte sich die Tränen aus den Augen und schneuzte sich in ihr Taschentuch. »Ich weiß es nicht... keiner weiß es... aber es ist... wie ein Alptraum«, sagte sie stockend.

»Komm, setz dich. Wir haben Zeit. Ich bin nicht in Eile«, sagte Lydia und ging mit ihr zu den Korbsesseln.

Jessica sank kraftlos in einen von ihnen. »Auf SEVEN HILLS geschieht etwas unvorstellbar Entsetzliches, Lydia«, begann sie dann, als sie sich wieder unter Kontrolle hatte. »Jemand hat die gesamte Herde von der Südweide in den Fluß getrieben. Tausendzweihundert Schafe!«

Lydia erbleichte. »O nein!« hauchte sie in fassungsloser Bestürzung.

»Bei Kelley's Pond sind diese Nacht zwei Heuschober in Flammen aufgegangen, und gestern war ich mit Ian auf der Ostweide. Sie haben fast die gesamte Herde niedergemetzelt, Lydia! Es sind über sechshundert Tiere, die jetzt dort abgestochen liegen und von Wildhunden und Aasvögeln zerfetzt werden!«

sprudelte Jessica hervor. Stimme und Gesicht drückten ihre inneren Qualen aus. »Und wenn wir gestern nicht die Herde von Kelley's Pond zur Farm getrieben hätten, vielleicht würde sie jetzt auch nicht mehr existieren. Aber es sind noch immer mehrere tausend Schafe auf Außenweiden, und dieses sinnlose Töten kann sich heute schon wiederholen. Vielleicht zu dieser Stunde!«

Lydia hatte Mühe, das Gehörte zu verarbeiten. Es überstieg ihr Fassungsvermögen. Sie wußte nicht, was sie darauf sagen sollte. Es klang in ihren Ohren wie die Phantasien einer Irren.

»Da draußen ist jemand, der mich so sehr haßt, daß er im Blut Tausender wehrloser Tiere watet und vor nichts zurückschreckt!«

»Aber wer, Jessica?« stieß Lydia hervor. »Wer sollte dich vernichten wollen?«

»Ich weiß es nicht, das ist ja das Schlimme. Ich weiß nicht, gegen wen ich kämpfen soll!« brach es schluchzend aus ihr hervor. »Ich kennen keinen, der mich so haßt, um zu so einer Tat fähig zu sein!«

Lydia schüttelte den Kopf. »O doch! Du kennst ihn, Jessica. Du mußt ihn kennen! Sehr gut sogar. Nur jemand, dem du in seinen Augen ein himmelschreiendes Unrecht angetan hast, kann so etwas Gräßliches tun! Du mußt nur überlegen.«

Hilflos zuckte Jessica die Achseln. »Ich weiß keine Antwort.«

»Wir werden sie finden. Zusammen«, sagte Lydia energisch. »Laß uns alle durchgehen, mit denen du dich in der Vergangenheit angelegt hast... und das waren nicht wenige, wenn du mir diese Bemerkung erlaubst. Da kommen zu allererst mal mein Exmann, möge der Teufel ihn holen, und Jonas Duckworth, der feiste Flußschiffer.«

»George? Niemals!«

»Nein, du hast recht. Dieses Format hat mein Mann nicht.

Aber was ist mit Duckworth? Ich halte ihn für fähig, so etwas zu tun. Er hat ja auch nicht davor zurückgeschreckt, die COMET in Brand zu setzen, und dabei den Tod der unter Deck eingeschlossenen Seeleute in Kauf zu nehmen.«

»Duckworth traue ich alles zu«, pflichtete Jessica ihr bei. »Aber er ist kein Dummkopf, Lydia. Er weiß, daß ich ihn in der Hand habe. Du erinnerst dich, das Schuldanerkenntnis, das er mir unterschrieben hast. Ihm ist klar, daß ich ihn mit diesem Papier und den Zeugenaussagen an den Galgen bringen kann. Nein, er wird deshalb nicht wagen, sich auch nur in der Nähe von SEVEN HILLS blicken zu lassen. Schon der Verdacht, daß er etwas gegen mich im Schilde führt, könnte mich dazu bewegen, ihn vor Gericht zu bringen. Das weiß er, und daher wird er nie etwas gegen mich unternehmen.«

Ihr skeptischer Gesichtsausdruck verriet, daß Lydia diesbezüglich noch Zweifel hegte. »Vielleicht rechnet er damit, daß du so denkst«, wandte sie ein.

»Gut, angenommen, es verhält sich so. Dennoch wäre Duckworth nicht in der Lage, eine Bande auf die Beine zu stellen, die sich an so einem Verbrechen beteiligt. Und es handelt sich um eine Bande von mindestens sieben Mann, soviel wissen wir zumindest«, sagte Jessica und erzählte ihr kurz, was Irving ihnen berichtet hatte. »Es gibt bestimmt genügend skrupellose Emanzipisten und desertierte Sträflinge. Doch jeder weiß, daß ihm der Galgen sicher ist, wenn er bei so einem Verbrechen erwischt wird. Da aber mindestens sieben Männer dieses Risiko auf sich nehmen, kann das nur eines bedeuten ...«

»... daß der Kopf der Bande ihnen die Angst vor dem Galgen mit viel Geld genommen haben muß«, führte Lydia den Satz für sie zu Ende.

»Mit sehr viel Geld!« bekräftigte Jessica. »Allein schon deshalb kann Duckworth es nicht sein. Das letzte, was ich von ihm hörte, war, daß er eine schäbige Rumschenke in den *Rocks* führt. Ein windschiefer Schuppen. Woher soll er also soviel Geld haben, um ein paar Lumpen zu so einer Wahnsinnstat gewinnen zu können? Dafür brauchte er mehr Geld, als seine ENTERPRISE wert war. Aber auch wenn er dieses Geld hätte: Glaubst du, der würde das alles nur dafür ausgeben, um sich an mir zu rächen? Er, der an jedem Sixpence geklebt hat?«

Lydias Überzeugung geriet nachhaltig ins Wanken. »Nein, er würde sich gewiß eine weniger kostspielige Rache ausdenken. Nicht weniger gemein, aber billig in der Ausführung.«

»Allerdings.«

Lydia seufzte. »Tja, dann bleiben nur noch die Simontons, die sich um ihr Geschäft betrogen fühlen...«

»Ich habe seine Wechsel bezahlt und das Geschäft bis auf den letzten Pence ehrlich erworben!«

»Ich weiß, aber besonders Deborah Simonton, dieses arrogante Giftstück, hat dazu eine andere Meinung.«

»Eine Frau hinter dem Ganzen? Und dann auch noch Deborah Simonton? Unmöglich?«

»Dann wären da noch John Hawkley und ... Lieutenant Forbes.«

Jessica verzog das Gesicht zu einer bitteren Miene. »Ken haßt mich nicht, Lydia. Er will mich nicht vernichten, sondern etwas ganz anderes.«

»Die Besessenheit kennt viele Varianten.«

»Vergiß Ken.«

»Aber John Hawkley haßt dich. Bestimmt so sehr wie Duckworth«, sagte Lydia mit Nachdruck. »Daran gibt es nichts zu rütteln. Er macht dich dafür verantwortlich, daß sein Protegé und Partner Mitchell Hamilton als freier Siedler nicht eine standesgemäße Heirat eingegangen ist, sondern dich liebt und auch zu dir hält. Du weißt, daß er dir ebenfalls vorwirft, ihn ins

Unglück getrieben zu haben. Mitchells Duell mit Lieutenant Forbes hat dazu geführt, daß er vor falschen Anschuldigungen des Lieutenants flüchten und sich fern von Mirra Booka verstecken mußte. Das hat seinen Haß auf dich noch stärker entfacht. Du hast mir doch selbst gesagt, daß er Mitchell als seinen Sohn betrachtet! Und du hast ihn ihm genommen, ein ehemaliger Sträfling!«

»Ja«, sagte Jessica bedrückt. »Er hat von Anfang an nichts unversucht gelassen, um einen Keil zwischen uns beide zu treiben. Und daß er mich aus tiefster Seele haßt, ist leider wahr. Aber was könnte er denn mit dem Dahinschlachten von Schafherden an unserer Liebe ändern, Lydia? Nicht das geringste. Er würde damit eher das Gegenteil bewirken. Nicht nur, daß Mitchell in solch einer Situation erst recht zu mir stehen würde. Nein, mein Ruin würde dazu führen, daß ich nach Mirra Booka gehen würde. Er könnte es nicht verhindern, denn Mitchell gehören einundfünfzig Prozent an der Farm. Hawkley würde sich damit also quasi selbst den Todesstoß versetzen.«

»Das stimmt natürlich. Er wäre gezwungen, Mirra Booka zu verlassen, denn mit dir unter einem Dach würde er nie leben«, gab Lydia zu.

»Siehst du nun, daß keiner von ihnen in Frage kommt?«

»Ja, es scheint so«, sagte Lydia grübelnd. »Es sei denn, wir haben irgendeinen Umstand nicht bedacht... vielleicht, weil wir nicht wissen, was deine Feinde wirklich mit all diesen Verbrechen bezwecken.«

»Welchen Umstand sollten wir nicht bedacht haben?« fragte Jessica fast mutlos.

Sie saßen noch lange auf der Terrasse und redeten, grübelten und rätselten. Als es ihnen zu kalt wurde, gingen sie ins Haus. Eine Zeitlang beschäftigte Victoria sie, und Jessica ließ sich von ihrem fröhlichen Geplapper gern von ihren Ängsten und dunklen Ahnungen in eine heile, sonnige Welt davontragen, und zusammen mit Lydia spielte sie mit ihrer Tochter. Edward gesellte sich eine Weile zu ihnen, weil er Lydia sehr mochte, denn sie behandelte ihn, wenn er bei ihr auf New Hope war, wie einen richtigen Mann.

Später machte Jessica mit ihrer Freundin einen Rundgang über die Farm. Sie schauten beim blinden Faßbinder Joshua Chowning herein, der trotz seiner Blindheit immer noch die besten Fässer anfertigte, die es in der Kolonie zu kaufen gab, so daß stets eine rege Nachfrage dafür bestand. Sie sprachen auch mit seiner Tochter Ruth, die sich mit Lesley Drummond verlobt hatte und es kaum erwarten konnte, daß er seine Strafe verbüßt hatte, denn vorher wollte sie ihn nicht heiraten.

»Noch ein Jahr! Zwölf schrecklich lange Monate!« klagte sie, doch sie strahlte über das ganze Gesicht. Das Glück, das ein Mann sich ernsthaft für sie interessierte und sie mit ihm bald eine eigene Familie gründen würde, sprach aus ihren Augen.

»Auch die werden vergehen, und was sind schon zwölf Monate gegen ein Eheleben«, tröstete Lydia sie.

»Ich freue mich ja für Ruth«, sagte Jessica später zu ihrer Freundin, als sie zu den Schafen hinuntergingen, »aber ich hätte mir doch einen etwas beständigeren Mann für sie gewünscht. Lesley Drummond ist nicht gerade das, was ich für einen idealen Ehemann halte.«

»Wo die Liebe hinfällt, Jessica«, sagte Lydia nur und zuckte die Achseln.

In Lydias Gegenwart fand Jessica wieder zu ihrer Ruhe zurück, und als sie dann mit Ian gemeinsam zu Abend aßen, führten sie eine lebhafte Unterhaltung über Politik und all die vielfältigen Arbeiten, die eine Farm nun mal mit sich brachte. Auch nach dem Essen saßen sie noch fast zwei Stunden bei Portwein im Salon zusammen, und Lydia verstand es, Jessica von ihren Sorgen abzulenken und sie über ihre Umbaupläne für das Geschäft in Sydney auszufragen.

Lydia blieb über Nacht auf SEVEN HILLS, und als Jessica ihr anbot, bei ihr im Zimmer zu schlafen, versuchte sie erst gar nicht den Eindruck zu erwecken, daß das nicht nötig wäre. Sie fürchtete sich vor dem nächtlichen Alleinsein, und ihr Bett war groß genug für sie beide.

Sie empfand es als ungeheuer tröstend, Lydia neben sich zu spüren und mit ihr reden zu können. Doch auch ihre Gegenwart vermochte nicht ganz das Gefühl des Verlassenseins in ihr zu vertreiben.

»Wenn doch nur Mitchell bei mir wäre«, flüsterte sie voller Sehnsucht.

»Ich weiß, wie dir zumute ist.« Lydia tastete nach ihrer Hand und drückte sie. »Auch ich liege nachts oft lange wach, und die Leere neben mir läßt mich manchmal verzweifeln. Ich frage mich dann, wozu ich mich auf NEW HOPE abschufte und wie ich den nächsten Tag überstehen soll. Aber wenn dann die Morgenröte über dem Land liegt, ist es nicht mehr so schlimm, auch wenn die Sehnsucht bleibt. Der Mensch ist nun mal nicht dazu geschaffen, allein zu leben. Jeder braucht die Wärme eines anderen.«

»Ja, er fehlt mir so sehr.«

»Er wird zurückkommen.«

Fast hätte Jessica gesagt, daß sie ein Kind von ihm erwartete. Doch sie tat es nicht. Der erste, der es erfahren sollte, war Mitchell.

»Ich glaube, ich werde schon bald das Bett mit einem Mann teilen«, eröffnete Lydia ihr nach einer Weile des Schweigens.

»Du willst wieder heiraten?«

»Ob wir gleich heiraten werden, das wage ich zu bezweifeln. Ich bin ein gebranntes Kind. Hier draußen kümmert sich auch keiner darum, ob man den Trauschein in der Kommode liegen hat oder nicht. Wir werden erst einmal so zusammenleben und sehen, wie es sich anläßt.«

»Wer ist es? Einer von der Farm?«

»Ja, es ist Thomas Marvin, du kennst ihn.«

»Flüchtig, aber er hat einen netten Eindruck auf mich gemacht.«

»Das ist er auch, Jessica. Ich weiß nicht, weshalb er deportiert wurde. Ich will es auch nicht wissen. Es interessiert mich nicht. Er hat vom ersten Tag an für zwei geschuftet, trinkt nicht und ist gläubig, ohne übertrieben fromm zu sein. Und er hat einen wunderbaren Humor. Es ist nicht die große Liebe, aber wo kann man die hier auch schon finden«, sagte sie ohne Bitterkeit.

Jessica dachte an Mitchell. Sie hatten sich gefunden. Und bei ihnen war es die große Liebe. »Es ist möglich, diese Liebe zu finden... auch wenn sie ein seltenes Glück ist.«

»Eure Liebe ist daher etwas Kostbares, Jessica. Und ich neide sie dir nicht. Im Gegenteil. Aber man kann sein Glück auch finden, ohne anfangs unsterblich verliebt zu sein«, fuhr Lydia fort. »Thomas und ich, wir beide passen zusammen, auf ihn kann ich mich verlassen, und er wird zu mir halten und teilt meine Träume, das weiß ich, und das ist die beste Voraussetzung für einen kleinen Zipfel vom Glück. Mehr will ich auch gar nicht. Nur ein wenig Wärme und Gemeinsamkeit. Ein beschwerlicher Weg geht sich einfacher zu zweit.«

Nur einen kleinen Zipfel vom Glück!

Jessica hielt Lydias Hand, Tränen in den Augen und das Herz unsagbar schwer von Sehnsucht nach Mitchell. Nach einem kleinen Zipfel Glück mit ihm und ihren *drei* Kindern. Oder war das vom Schicksal schon zuviel verlangt?

9

Rotröcke!« schallte es am Nachmittag des folgenden Tages auf Seven Hills aus der oberen Luke der Hauptscheune. »Eine ganze Abteilung Rotröcke!«

Tim Jenkins trat mit den anderen Männern hinaus in den Hof und blickte nach Südosten, von wo sich die große Reitergruppe der Farm näherte. Das Rot und Weiß ihrer Uniform war weithin sichtbar, und die Bajonette ihrer Gewehre funkelten im Sonnenlicht.

Jessica kam mit Ian aus dem Haupthaus geeilt. »Endlich!« entfuhr es ihr unwillkürlich.

Ian machte eine grimmige Miene. »Ich hätte nie geglaubt, daß ich dieses Wort einmal aus Ihrem Mund beim Anblick von Soldaten hören würde«, sagte er so laut, daß jeder der Umstehenden es hören konnte.

»Ich auch nicht, Ian. Aber in dieser Situation sind sie wohl das kleinere von zwei großen Übeln«, erwiderte sie.

Tim Jenkins fuhr sich über den kahlen Schädel. »Dreimal die Pest über die Rotröcke«, knurrte er. »Aber der Teufel soll mich holen, wenn ich diesmal nicht genauso froh bin, diese Bande im Rock des Königs hier auf Seven Hills zu sehen! Hoffentlich sind sie auch das Pulver in ihren Gewehren wert!«

Damit sprach er jedem einzelnen aus der Seele. Es war eine sehr zwiespältige Erleichterung, die sie alle beim Nähern der Abteilung empfanden, denn jeder von ihnen hatte mehr als einmal unter der Willkür des New South Wales Corps gelitten.

Jessica zählte insgesamt zweiundzwanzig Reiter. Als sie die Auffahrt erreichten, erkannte sie Kenneth und den schwergewichtigen Sergeant Donald Purdey, der an seiner Seite an der Spitze der Soldateneinheit ritt.

»Geht wieder an die Arbeit, Männer!« forderte Ian sie auf. »Die Rotröcke fühlen sich auch so schon wichtig genug, als daß wir ihnen noch ein Empfangskomitee in dieser Stärke präsentieren müßten.«

»Sie werden die Nacht bestimmt hier campieren«, sagte Tim Jenkins mit fragendem Unterton, und jeder wußte, worauf seine Bemerkung abzielte. Als Soldaten das letztemal unter der Führung von Lieutenant Forbes wegen Mitchell Hamilton nach Seven Hills gekommen waren, hatten sie bei ihrer angeblichen Durchsuchung der Farm mutwillig viel Schaden angerichtet.

»Das werden sie ganz sicher«, erwiderte Ian. »Haltet euch deshalb fern von ihnen und laßt euch um Himmels willen von den Kerlen nicht provozieren. Das ist das letzte, was Missis Brading und wir alle hier auf Seven Hills jetzt noch gebrauchen können.«

»Mit der Kolonie ist es wirklich verdammt weit gekommen«, murmelte Tim, »daß wir uns vor unserer eigenen Schutztruppe fast so fürchten müssen wie vor Banditen.«

»Eine Uniform macht aus einem Schweinehund eben keinen Ehrenmann, sondern einen Schweinehund mit Macht«, murmelte der Schmied.

Sean Keaton spuckte in den Sand vor seinen Füßen. »Die sollen sehen, daß sie hinaus in den Busch kommen und die Dreckskerle zu packen kriegen.«

»Denkt euch euren Teil, Männer, aber vergeßt nicht meine Worte. Und nun will ich keinen mehr hier rumstehen sehen«, sagte Ian, jedoch ohne Schärfe.

Die Ansammlung löste sich auf, und bis auf Jessica und ihren Verwalter war der Hof ausgestorben, als die Soldaten eintrafen. Jessica bemühte sich um einen äußerlich ruhigen Eindruck.
Kenneth zügelte sein Pferd und wandte sich an Sergeant Purdey. »Lassen Sie absitzen, Sergeant, und sehen Sie zu, daß die Pferde gut versorgt werden. Missis Brading wird sich zweifellos von ihrer besten gastfreundschaftlichen Seite zeigen.«
»Frederick!... Christian!« rief Ian zu den Stallungen hinüber. »Geht den Soldaten zur Hand. Futter und Wasser!«
Kenneth schwang sich aus dem Sattel, zog seinen Uniformrock gerade und klopfte sich Staub vom Ärmel. Er genoß es sichtlich, daß sie nun auf seine Hilfe angewiesen war.
»Es freut mich, dich wiederzusehen, Jessica«, sagte er im leichten Plauderton, als ging es nicht um eine ernste Angelegenheit. Und dabei glitt sein Blick mit schamloser Deutlichkeit über ihren Körper. »In Zeiten der Not ist es immer beruhigend zu wissen, daß man auf zuverlässige Freunde bauen kann, nicht wahr?«
Jessica fühlte sich von seinen Blicken ausgezogen. »Die Freude des Wiedersehens dürfte sehr einseitig sein, Ken«, erwiderte sie kühl. »Und was die Zuverlässigkeit meiner Freunde betrifft, so steht die in der Tat außer Frage. Nur wirst du es schon mir überlassen müssen, wen ich dazu rechne und wen nicht!«
Mit einem spöttischen Lächeln zog er die Augenbrauen hoch. »Fährst du also gleich wieder deine scharfen Krallen aus, ja?« machte er sich über sie lustig. »Nun, das hätte ich mir denken können. Du bist schon immer sehr temperamentvoll gewesen, wenn du auch manchmal ein wenig über die Grenze des Amüsanten hinausschießt. Aber das wird sich mit der Zeit bestimmt noch geben.«
»Es liegt nicht in meiner Absicht, amüsant zu sein! Und schon gar nicht in deiner Gegenwart!«

Ian hatte schweigend daneben gestanden. Jetzt mischte er sich ein. »Mir scheint, Sie verkennen den Ernst der Situation, Lieutenant!« sagte er mit mühsam unterdrücktem Zorn über dessen Selbstgefälligkeit und Arroganz.
Kenneth wandte den Kopf mit betonter Langsamkeit und runzelte scheinbar irritiert die Stirn. »Hat dich irgend jemand nach deiner unmaßgeblichen Meinung gefragt, Ire?«
Ian wäre ihm am liebsten an die Kehle gesprungen, beherrschte sich aber schon um Jessicas willen. »Meine Meinung werden Sie auch ungefragt zu hören bekommen!« antwortete er eisig. »Denn es ist die eines freien Mannes!«
»Eines *Emanzipisten*«, erwiderte Kenneth abfällig, um deutlich zu machen, daß ein freier Mann für ihn etwas ganz anderes war. »Zudem ist ein Ire nur so frei, wie wir Engländer es ihm erlauben. Und nun kannst du gehen, Ire. Ich habe mit Missis Brading wichtige Angelegenheiten zu besprechen.«
Ian McIntosh wurde weiß vor Wut.
Kenneth lächelte nur.
»Ian ist mein Verwalter, Ken!« sagte Jessica nun energisch. »Und er hat alles Recht der Welt, bei unserem Gespräch zugegen zu sein, wenn ich es für richtig halte! Denn hier geht es um *meine* Farm und um Verbrechen, die man mir auf meinem Land zugefügt hat.«
»Ja, etwas in der Art stand in deiner Bitte um Hilfe«, sagte Kenneth süffisant und betonte das Wort Bitte. »Doch wirst du schon mir überlassen müssen, wie ich meine Arbeit zu machen gedenke.«
»Nicht Arbeit! Es ist deine gottverdammte Pflicht!« korrigierte sie ihn aufgebracht. »Ich habe nicht *dich* um Hilfe gebeten, sondern die für dieses Siedlungsgebiet zuständige Garnison in Parramatta, um das klarzustellen. Und es ist die verdammte Pflicht des New South Wales Corps, den Schutz der Siedler zu

gewährleisten und bei solchen unglaublichen Verbrechen die entsprechenden Maßnahmen zu ergreifen!«
Kenneth deutete lässig auf die Soldaten hinter sich. »Sind wir nicht hier? Also, was willst du?«
»Daß du deine unerträgliche Arroganz ablegst und aufhörst, so zu tun, als wäre dein Erscheinen auf SEVEN HILLS ein Akt der Großmut!« sagte Jessica vehement. »Und daß du dich zu Mister McIntosh wie ein halbwegs zivilisierter Mensch verhältst. Deine lächerlichen Mätzchen, ihn wie einen Sträfling behandeln zu wollen, kannst du dir sparen. Ich bestehe darauf, daß er bei unserem Gespräch anwesend ist und du ihn mit einem Minimum an Höflichkeit behandelst.«
»Du scheinst dich nicht in einer Situation zu befinden, in der man Forderungen stellen kann, Jessica«, entgegnete Kenneth überheblich.
»Das ist keine Forderung, sondern eine Selbstverständlichkeit!«
Er zuckte die Achseln. »Wenn das so ist, sollte ich mit meinen Männern wohl wieder nach Parramatta zurückkehren«, drohte er ihr.
Jessica ließ sich davon nicht einschüchtern. »Das steht dir völlig frei!« Ihre Augen funkelten ihn herausfordernd an. »Ich denke jedenfalls nicht daran, vor dir auf die Knie zu fallen und meinen Verwalter von dir beleidigen zu lassen. Reite nur nach Parramatta zurück, Ken! Eine prächtige Geste. Man wird in wenigen Tagen überall in der Kolonie darüber reden, daß du dich geweigert hast, deine Pflicht zu tun, weil dich Mister McIntoshs Gegenwart gestört hat. Es mag viele freie Siedler geben, die ihre Vorbehalte gegenüber Emanzipisten haben. Aber wenn es darum geht, ihr Land und ihren Besitz vor Übergriffen von Banditen zu schützen, sind wir Farmer uns doch einig – auch was die Aufgabe der Soldaten in dieser Kolonie be-

trifft. Diese Willkür wird dir kein Siedler am Hawkesbury oder anderswo verzeihen. Und ich bezweifle, daß deine Vorgesetzten dafür auch nur einen Funken Verständnis haben werden. Ich jedenfalls werde dafür Sorge tragen, daß man davon erfährt, und zwar nicht nur hier!«

Kenneth Forbes schüttelte scheinbar belustigt den Kopf, doch sein Lächeln hatte ein wenig von seiner Selbstsicherheit eingebüßt. Er mußte einsehen, daß er den Bogen zu weit gespannt hatte. »Wie ich schon sagte, dein Temperament geht manchmal mit dir durch. Aber ich habe eine Schwäche für Frauen, die genau wissen, was sie wollen. Deine Erregung ist jedoch völlig grundlos, Jessica. Wenn dir soviel daran liegt, den Iren an deiner Seite zu haben«, lenkte er ein und verbarg seinen Rückzieher hinter einer scheinbar großmütigen Geste, »dann will ich dir den Gefallen gerne tun, ihn bei unserem Gespräch zu dulden. Als Soldat ist man es gewohnt, sich mit unerfreulichen Umständen abzufinden.«

Das war eine unverschämte Beleidigung, doch Jessica war klug genug, um sie unerwidert hinunterzuschlucken. Ken hatte ihre Forderung akzeptiert, und das kam ihm schon bitter genug an. Mehr an Entgegenkommen konnte sie unter den Umständen nicht von ihm erwarten.

»Gehen wir ins Haus«, sagte sie knapp.

»Ein guter Vorschlag. Ich dachte schon, du wolltest einen Offizier des Königs hier im Hof wie einen fahrenden Händler abfertigen«, sagte er spöttisch, während er ihr folgte. »Wirst du mir Wasser oder ein Glas Portwein anbieten?«

»Ich dachte, Soldaten auf Patrouille hätten ihren Proviant dabei!« erwiderte sie schroff und führte ihn in den kleinen Salon.

Er lachte. »Dein Liebreiz ist geradezu entwaffnend, Jessica. Möchtest du, daß ich mir meine Satteltaschen und meine Wasserflasche bringen lasse?«

»Nein, ein Paar Soldatenstiefel im Haus genügen mir.« Jessica stellte ihm ein Glas und eine Karaffe Portwein hin. »Du wirst dich ja wohl selber bedienen können.«
»In meinem Beruf lernt man so einiges«, gab er bissig zurück und goß sich ein. Er nahm einen kräftigen Schluck, schlug die ausgestreckten Beine über Kreuz und sagte dann: »Kommen wir also zum Ernst der Sache, Jessica. Was hat es mit den angeblichen Überfällen einer Buschbande wirklich auf sich?«
»Es sind keine angeblichen Überfälle, es sind tatsächliche! Ich habe in den letzten drei Tagen fast zweitausend Schafe verloren!«
Kenneth schien nicht sonderlich schockiert zu sein. Er nippte am Port und sagte nur: »Weiter. Ich höre.«
»Sechshundert wurden auf der Ostweide in einem unvorstellbaren Massaker abgeschlachtet. Einen Tag später wurden weitere tausendzweihundert Tiere von der Südweide in den Fluß getrieben. Außerdem haben die Banditen zwei Heuschober bei Kelley's Pond in Brand gesetzt.«
»Der Schaden beläuft sich auf viele Tausend Pfund!« fügte Ian hinzu.
»Das ist beachtlich«, räumte Kenneth ein, als machte er ein Zugeständnis. »Diese beiden Deserteure… wie heißen sie noch mal?… Ach ja, Rawley und Mooshian, haben offenbar kräftig zugelangt.«
»Sie waren es nicht!« widersprach Ian.
Kenneth zog die Brauen hoch. »Aber ich habe doch die Meldung von ihrer Flucht und dem, was sie auf der Auborn-Farm angerichtet haben, auf den Tisch bekommen«, sagte er zu Jessica.
»Es ist möglich, daß sie auch etwas damit zu tun haben«, erwiderte sie, »aber allein können sie keines der Verbrechen der letzten drei Tage begangen haben. Zwei Männer können keine

Herde von zwölfhundert Tieren in den Fluß treiben und auch keine sechshundert Schafe niedermetzeln. Wir wissen, daß es sich um eine Bande von mindestens sieben Mann handelt. Rawley und Mooshian können sich ihnen höchstens angeschlossen haben. Aber geplant und ausgeführt worden sind die Verbrechen von anderen Köpfen.«

»Vermutungen...« setzte Kenneth an.

»Nein, logische Folgerungen«, fiel Ian ihm ins Wort und kümmerte sich nicht um den gereizten Blick, den er sich dafür einhandelte. »Wir wissen von den beiden Weidehütern, daß die Banditen gut ausgerüstet sind. Sie besitzen Pferde und Waffen. Und da sie die Herde nicht weggetrieben haben, um sie irgendwo schwarz zu verkaufen, liegt es auf der Hand, daß sie nicht auf Raub aus sind, sondern von irgend jemandem gut bezahlt werden. Und zwar so gut, daß sie der Galgen, der ihnen droht, wenn sie gefaßt werden, nicht schreckt.«

»Mister McIntosh hat recht«, bekräftigte Jessica. »Die Banditen sind zu diesen Greueltaten beauftragt worden, daran besteht kein Zweifel. Jemand mit viel Geld muß hinter ihnen stehen!«

Kenneth drehte sein Glas in der Hand und überdachte, was Jessica und ihr Verwalter vorgebracht hatten. »Gut möglich, daß es sich so verhält. Es ist aber nicht auszuschließen, daß es sich bei dem Pack um geflüchtete irische Sträflinge handelt«, sagte er. »Dieses Rebellengesindel aus Irland ist bekannt dafür, daß es vor keiner noch so schändlichen Gemeinheit zurückschreckt. Diese Leute haben sich ja in der Vergangenheit schon oft genug zusammengerottet und versucht, Aufstände in der Kolonie anzuzetteln. Sieht mir ganz danach aus, als wäre es mal wieder so weit gekommen. Ein Fehler des Kolonialamtes, uns irisches Gesindel nach New South Wales zu schicken. Bin immer dafür gewesen, diese Banditen gleich dem Henker zu überantworten. Ein Strick ist genau das richtige für sie.«

Ian mußte an sich halten, um sich nicht zu einer scharfen Erwiderung verleiten zu lassen, denn die Worte des Lieutenants waren eindeutig auf ihn gemünzt. »Das scheint mir doch sehr weit hergeholt zu sein«, sagte er rauh. »Wo sollten irische Deserteure Pferde und Waffen herbekommen? Sie hätten dafür ein Militärdepot oder mehrere Farmen überfallen müssen, um in ihren Besitz zu gelangen. Und davon ist nichts bekannt!«
Kenneth zuckte gleichgültig die Achseln. »Wir werden sehen«, sagte er, leerte sein Glas und erhob sich. »Möglich, daß jemand ein Auge auf SEVEN HILLS geworfen hat und meint, die Farm billig erstehen zu können, wenn der Terror dich zermürbt hat, Jessica.«
»Das ist lächerlich! Ich werde SEVEN HILLS nie verkaufen, was immer auch geschehen mag!«
Er seufzte. »Tja, man macht sich sehr leicht Feinde. Aber ich werde sehen, was ich für dich tun kann. Wenn sich diese Bande da draußen im Busch herumtreibt, werden wir sie schon aufstöbern. Ich breche im Morgengrauen auf.«
»Je eher, desto besser«, sagte Jessica doppeldeutig.
»Immer zu deinen Diensten«, verabschiedete er sich ironisch.
»Danke, ich finde den Weg schon allein hinaus.«
»Es tut mir leid, daß Sie diese Beleidigungen hinnehmen mußten, Ian«, sagte Jessica zu ihm, als sie allein im Zimmer waren.
»Man gewöhnt sich nie an die Arroganz und Verachtung dieser Herrschaften, aber man lernt mit den Jahren, damit zu leben«, erwiderte er grimmig. »Wichtig ist jetzt nur, daß etwas geschieht und die Buschbanditen gefaßt werden. Dafür wäre ich sogar bereit, auch die gemeinsten Beleidigungen wortlos hinzunehmen. Nur kann ich mich des dumpfen Gefühls nicht erwehren, daß den Lieutenant zweitausend tote Schafe nicht allzusehr berühren. Einen wildentschlossenen Eindruck hat er jedenfalls nicht auf mich gemacht.«

»Nein, wahrlich nicht. Aber er wird etwas unternehmen müssen. Seien wir also nicht zu pessimistisch, Ian«, sagte sie und machte sich damit selber Mut. Doch es fiel auch ihr nicht leicht, zuversichtlich in die Zukunft zu blicken und dabei zu wissen, daß das Schicksal von SEVEN HILLS mehr oder weniger in der Hand von Kenneth Forbes lag. Es war ihm überlassen, wie intensiv er die Suche nach den Banditen betrieb, und es gab nichts, was sie tun konnte, damit er alles versuchen würde, die Verbrecher und ihren Auftraggeber zu stellen. Zumindest nichts, was sie mit ihrer Selbstachtung hätte vereinbaren können.

10

Kate Mallock schwitzte fast so stark wie Sophie Ballard, die sich schweißüberströmt im Bett wand. Sie umklammerte die Latten des Gestells in ihrem Rücken und biß auf ein Holzstück, um ihre Schmerzen nicht laut hinausschreien zu müssen.

»Wie steht es?« fragte Kate zum wiederholten Mal die Hebamme, ein schlampig gekleidetes Weib von unförmiger Figur, dem der Gestank von Branntwein in den Kleidern hing. Sie hätte lieber eine zuverlässigere Hebamme hinzugezogen, doch das Risiko war ihr zu groß gewesen. Cathy Meehan würde sich einen Dreck darum scheren, was mit dem Neugeborenen geschah, wenn sie nur ihren versprochenen Lohn bekam. Diese Gleichgültigkeit wog in Kates Augen ihre anderen Nachteile auf.

»'ne Geburt is nichts, was zwischen Tür und Angel passiert«, antwortete Cathy Meehan mürrisch. »Eierlegen is 'n Schlag einfacher, als so 'n Bündel Leben zwischen den Beinen rauszupressen. Wüßten das, wenn Sie selber Kinder in die Welt gesetzt hätten.«

Der Zug um Kate Mallocks Mund wurde noch eine Spur verkniffener. »Ich hab' Sie nicht nach Ihrer Lebensphilosophie gefragt, sondern nach ihrem Zustand!« zischte sie.

»Nun machen Sie sich man nicht in Ihr feines Höschen, Missis«, erwiderte Cathy Meehan auf ihre schnoddrige, respektlose Art. »Is nich der erste Bastard, den ich geholt habe. Die hier wird's auch schaffen. Bei manchen dauert's 'n paar Stunden, bei anderen werden's Tage. Reinstecken geht nun mal schneller. Schon 'ne Menge Arbeit für den kurzen Spaß, den man sich für den netten Kitzel zwischen den Beinen einhandelt. Na ja, manche haben ihren Verstand eben da unten sitzen.«

»Lassen Sie gefälligst Ihre ordinären Redeweisen!« herrschte Kate sie an.

Ein langgezogener Schrei entrang sich Sophies Kehle. Mit gespreizten, angewinkelten Beinen lag sie auf dem bloßen Laken, das Nachthemd fast bis zu den Brüsten hochgeschoben und von Schweiß getränkt.

»Nur zu, Mädchen!« forderte die Hebamme die Gebärende gelassen auf. »Kräftig pressen, dann wird's schon. Denk an den Lump, der dir den Bastard verpaßt hat. Stoß es raus! Muß ja bald kommen. Bist schon schön weit offen.«

Kate vermied es, auf den entblößten Unterleib von Sophie Ballard zu schauen. Ihr ekelte auch so schon. Dieses stundenlange Stöhnen, der Geruch von Schweiß und Blut und die ihr unerträglich erscheinende Wärme im Zimmer ließen sie immer wieder mit Übelkeit kämpfen.

Der Holzkeil entglitt Sophies Zähnen. »O Gott!... Ich kann nicht mehr!«

»Auf 'n lieben Gott wirst du dich jetzt nicht verlassen können, Mädchen. Wirst schon selbst was tun müssen, um die Sache zu Ende zu bringen.«

»Es zerreißt mich!« keuchte Sophie mit schmerzverzerrtem Gesicht.

»Nur 'n Stück«, meinte die Hebamme ungerührt. »Is nun mal der Preis dafür, daß du mal was Hartes zwischen den Beinen haben wolltest.«

Sophie wimmerte vor Schmerz.

Kate spürte den kaum zu bezähmenden Drang, aus dem Zim-

mer zu stürzen und die kalte Nachtluft einzuatmen. Weg von dieser ordinären Schlampe und Sophies Geburtsqualen. Aber dieses Bündel Leben, wie Cathy Meehan das Baby genannt hatte, das da aus ihrem Leib ans Licht der Welt drängte, war der Schlüssel zu ihrer goldenen Zukunft. Zu kostbar, um die beiden auch nur einen Augenblick allein zu lassen. Diese gräßlichen Stunden der Beherrschung waren der Preis, den sie zahlen mußte.
Cathy Meehan griff zur Branntweinkanne und füllte einen Becher. Sie hielt ihn Sophie an die Lippen. »Nimm 'nen guten Schluck, Mädchen. Wird dir helfen. Branntwein is in allen Lagen 'ne Hilfe.« Und nachdem Sophie gierig getrunken hatte, erlaubte auch sie sich gleich einen kräftigen Schluck.
»Wenn Sie nicht nüchtern bleiben, kriegen Sie von mir nicht einen Penny!« warnte Kate sie.
Die Hebamme sah sie fast mitleidig an. »Um mir den Blick zu trüben, müßten Sie mir schon 'n bißchen mehr hinstellen als so 'nen Fingerhut, Missis. 'ne läppische Kanne wie die hier wärmt mir noch nich mal ordentlich den Magen. Ich versteh' mein Geschäft schon. Also seien Sie man nicht so nervös. Wenn ich von was wirr im Kopf werde, dann von Ihrem Hinundhergelatsche. 'n aufgeschrecktes Huhn is gegen Sie ja die Ruhe selbst.«
Kate zwang sich, nicht mehr im Zimmer auf und ab zu gehen, und nahm auf dem Stuhl neben der Kommode Platz. »Haben Sie genug frische Tücher und sauberes Wasser?«
»Das haben Sie mich schon zehnmal gefragt, Missis, und die Antwort is ja. Hab' nich vor, das Mädchen in tausend Tücher zu wickeln oder sie zu taufen«, antwortete sie sarkastisch.
Kate verkniff sich eine Erwiderung. Es war sinnlos, diesem vulgären, schmierigen Weib Respekt und Anstand beibringen zu wollen. Cathy Meehan war ein verdorbenes Geschöpf der

Rocks, wie Sophie, und sie würde dem Himmel auf Knien danken, wenn das hier alles hinter ihr lag und sie nichts mehr mit derlei menschlichem Abschaum zu tun hatte.
Bei Sophie setzten erneut die Wehen ein. Die Hebamme gab ihr wieder das Holz zu beißen.
Kate atmete nur noch durch den Mund und versuchte, das Stöhnen und die dreckigen Reden der Hebamme zu verdrängen. Krampfhaft zwang sie Bilder von England vor ihrem geistigen Auge herauf, flüchtete mit ihren Gedanken in die Zukunft, die sie sich in den schillerndsten Farben ausmalte. Aber diese Bilder wurden immer wieder von dem, was direkt neben ihr geschah, ausgelöscht. Es gab vor dieser Realität keine Flucht in schöne Träume.
Es vergingen noch fast anderthalb Stunden, die Kate Mallock nie in ihrem Leben vergessen würde. Dann gab die Hebamme plötzlich ein zufriedenes Grunzen von sich.
»Ist es soweit?« stieß Kate aufgeregt hervor und sprang vom Stuhl auf.
»Kommen Sie! Schauen Sie doch selber.« Es klang unverhohlen hämisch.
»Sie sollen mir eine Antwort geben!« fuhr Kate sie mit vor Aufregung zitternder Stimme an und schaute dabei starr auf Sophies verquollenes, naßglänzendes Gesicht. Die Augen schienen ihr aus den Höhlen treten zu wollen. Die Adern auf der Stirn und an den Schläfen waren fast fingerdick und pochten in einem erschreckend schnellen Rhythmus unter der geröteten Haut.
»Der Kopf is schon zu sehen, Missis. Es dauert nun nich mehr lange, dann haben *Sie* es hinter sich«, sagte Cathy Meehan sarkastisch. »Los, los! Jetzt bloß nich schlappmachen, Mädchen! Oder willst du, daß dein Bastard zwischen deinen Schenkeln erstickt? Na ja, das Leben könnte Schlimmeres für ihn bereithalten.«

»Reden Sie nicht so einen gottlosen Unsinn!«
»Gottlos, ja? Missis, darauf werd' ich mir nachher noch einen extra zur Brust nehmen. Die alte Cathy Meehan und gottlos. Is 'n Witz, wenn ich Sie mir so ansehe«, höhnte sie, dabei über Sophie gebeugt. »Pressen, zum Teufel noch mal, stoß ihn raus! Hoch die Beine! Das hast du oft genug geübt, wenn auch ohne meine Hände dazwischen, aber die machen dir kein Kind nich, Mädchen, sondern sie holen die Bälger, die euereins sich für 'n lausigen Sixpence verpassen läßt. Ja, so isses. Einmal aufs Kreuz gelegt und ein paar Pennies eingesackt, und der Preis ist Geschrei und 'ne dreckige Rotznase am Rockzipfel, die mehr in der Woche kostet, als der geile Bock dir aufs Bett geschmissen hat!... Weiter!... Weiter!... Pressen!... Pressen! Noch einmal!«
Sophie Ballard warf den Kopf schreiend hin und her. Tränen des Schmerzes und der Erschöpfung vermischten sich mit dem Schweiß auf ihrem Gesicht. Ihr Körper mobilisierte noch einmal alle Kräfte.
»Na also!« rief die Hebamme trocken. »Da ist er ja, dein Bastard! Hast es geschafft, Mädchen... für diesmal. Bin sicher, daß du mir noch mal unter die Hände kommst. Mädchen wie du kommen immer wieder.«
»Was ist es?« Kate hielt den Atem an, die Finger gekreuzt und innerlich so angespannt, als erwarte sie ein Geschworenenurteil, das über Tod oder Leben zu befinden hatte. In dieser kurzen Spanne zwischen ihrer Frage und der Antwort der Hebamme jagten sich die Gedanken in Sekundenbruchteilen hinter ihrer Stirn. Es mußte ein Sohn sein! Es war ganz gewiß ein Junge! Doch wenn es ein Mädchen war, würde Rosetta eben eine Fehlgeburt haben. Die Zeit war günstig dafür, da der Lieutenant fern von Sydney auf Patrouille war. Es würde sich in den *Rocks* eine andere Frau finden lassen, die bereitwillig ihr

Ungeborenes verkaufen würde. Doch noch besser war es, gleich zwei oder drei Schwangere vom Schlage einer Sophie Ballard unter Kontrakt zu nehmen, um den Zufall einer Mädchengeburt diesmal auszuschließen. Daß drei Frauen zur selben Zeit ein Mädchen gebären würden, war zu unwahrscheinlich. Doch Rosetta würde wohl oder übel in den bitteren Apfel beißen und ihren Mann zu sich ins Bett lassen müssen. Ein paarmal müßte sie es schon über sich ergehen lassen. Aber für sie, Kate, wäre das gar nicht ohne Vorteile. Wenn sie ihr dann den Sohn und damit die Garantie brachte, sich nie wieder ihrem Mann hingeben zu müssen, würde sie ihr noch dankbarer sein. Andererseits, wenn es jetzt schon ein Junge wäre...

»Das ganze Unglück dieser Welt!« lautete Cathy Meehans Antwort. »Ein Bündel Leben, das schon bald nach Kriegen, Macht und billigen Liebesabenteuern aus sein wird.«

Kate brauchte einen Moment, um zu begreifen, was die Hebamme meinte. »Ein Junge!« stieß sie dann triumphierend hervor. »Es ist ein Junge!« Das Glücksgefühl überwältigte sie beinahe.

»Ja, ein Junge«, sagte Cathy Meehan geringschätzig, band die Nabelschnur ab und durchtrennte sie dann. Das Baby begann zu schreien. »Ein kräftiger Bursche. Dürfte gut und gern seine siebeneinhalb bis acht Pfund auf die Waage bringen. Kein Wunder, daß sie sich so hat abmühen müssen.«

Kate holte ihren großen Korb hervor. »Packen Sie die Tücher, die ich mitgebracht habe, hier hinein!«

»Sie sind schmutzig.«

»Und das blutige Bettlaken! Nun machen Sie schon! Ich bezahle Sie nicht, daß Sie lästige Fragen stellen!« drängte Kate.

Die Hebamme zerrte das blutige Laken unter Sophie hervor, knüllte es kopfschüttelnd zusammen und warf es in den Korb, gefolgt von den schmutzigen Tüchern. Anschließend wusch sie das Baby und wickelte es in die Decken, die Kate schon für sie bereithielt.

»Mein Geld!« verlangte sie dann.

Kate zog zwei kleine Lederbeutel hervor. Einen gab sie der Hebamme, den anderen warf sie Sophie Ballard aufs Bett, die sofort ihre Hand darum schloß. »Kümmern Sie sich um sie«, trug Kate Cathy Meehan mit einer Kopfbewegung zu Sophie hin auf.

»Wie um mein eigen Fleisch und Blut, Missis«, versicherte die Hebamme spöttisch.

Kate nahm den Korb, in dem das Neugeborene oben auf der schmutzigen Wäsche eingewickelt lag. Ohne einen Blick zurückzuwerfen, hastete sie aus dem Zimmer, lief die Treppe hinunter und verließ das SOUTHERN CROSS durch die Hintertür.

Es war schon weit nach Mitternacht, und sogar in den *Rocks* hatte sich das lärmende Treiben in den Tavernen bis auf ein paar unermüdliche Zecher gelegt. Wie ein Schatten huschte Kate durch die Gassen. Sie kannte sich in diesem Labyrinth so gut aus, als würde sie selbst hier wohnen. Immer wieder blieb sie stehen, schaute sich um, ob sie verfolgt wurde, und lauschte in die Nacht. Doch sie konnte nichts Verdächtiges feststellen.

Der offene Einspänner, den sie schon seit Wochen gemietet hatte, wartete unten am Hafen zwischen zwei Lagerhallen auf sie. Bewacht von einem Jungen, der bei einer der kleinen Bootswerften arbeitete und in einem Schuppen sein Nachtlager hatte.

»Soll ich Sie nach Hause bringen, Ma'am?« bot er sich an, als Kate bei ihm auftauchte. »Ich kann gut mit Pferden umgehen.«

»Nein, das kann ich schon selber«, wehrte sie ab und drückte ihm eine halbe Krone in die Hand.

»Eine halbe Krone!« stieß er freudig überrascht hervor. »Das

ist aber mächtig nobel von Ihnen, Ma'am. Wenn noch mal was ist, Sie können immer auf mich zählen.«
»Ich werde daran denken«, sagte Kate, löste die Bremse und fuhr los. Das Baby schrie nicht mehr. Sie hoffte, daß es auch weiterhin so still blieb. Dann brauchte sie es nicht mit Laudanum betäuben, das sie vorsichtshalber in der Tasche trug.
Sie fuhr nicht in die Marlborough Street, sondern stellte den Einspänner wenig später hinter dem Mietstall von Henry Oates ab und lief die paar Straßen zur Marlborough Street hoch.
Im ganzen Haus war es dunkel, doch Kate wußte, daß Maneka und Rosetta hellwach waren und angespannt ihre Rückkehr erwarteten. Wenn nur Eugenia Boldwin tief und fest schlief! Und das Baby nicht gerade jetzt anfing zu schreien.
Mit klopfendem Herzen schlich Kate um das Haus. Die Tür an der Küchenseite, die in den kleinen Gemüsegarten hinausführte, mußte unverriegelt sein. Darauf hatte Maneka zu achten. So war es ausgemacht.
Bevor die Zofe noch nach dem Türknauf fassen konnte, glitt sie lautlos auf – und Maneka erschien im Nachthemd. »Ein Junge?« raunte sie mit kaum vernehmbarer Stimme.
»Für wen hältst du mich? Natürlich!« gab Kate scharf zurück. Maneka würde sie noch kennenlernen! Ihre scheinbare Sanftmut verfing bei ihr nicht. Sie würde sich noch wundern! Aber alles zu seiner Zeit.
Maneka seufzte dankbar.
»Aus dem Weg! Was ist mit Eugenia?«
»Sie schnarcht.«
Kate nickte, streifte sich die Schuhe von den Füßen und eilte zu Rosetta ins Zimmer. Sie saß aufrecht im Bett, die Hände vor der Brust, fast zitternd vor Erwartung.
»Es ist geschafft!« flüsterte Kate im Hochgefühl ihres Trium-

phes. »Hier ist Ihr Sohn, Rosetta! Ihr Stammhalter! Ihre Freiheit!«
»Oh, mein Gott!« Sie schlug die Hände vors Gesicht.
Die Zofe wandte sich zu Maneka um. »Wir haben jetzt keine Zeit zu verlieren. Zünde die Lampen an. Und dann trommle Eugenia aus dem Bett. Sag ihr, bei der Mistress hätten die Wehen eingesetzt, und wir brauchten frische Tücher und heißes Wasser.«
»Jawohl, Miss Mallock«, antwortete Maneka eilfertig.
Kate hatte die Situation voll unter Kontrolle. Nichts würde ihren Triumph noch gefährden. Sie hatte alles genau durchdacht. Rosetta würde eine schnelle Geburt haben. Dennoch würde Eugenia nie im Leben auch nur den Hauch eines Verdachts hegen, denn sie würde beschmutzte Tücher, blutversetztes Wasser und vor allem dieses gräßliche Bettlaken bekommen. Es war eines von Rosettas Laken, mit dem sie Sophies Bettstelle im SOUTHERN CROSS bezogen hatte, als bei ihr die Wehen eingesetzt hatten.
Maneka und Kate hatten nun alle Hände voll zu tun, Eugenia zu beschäftigen und sie davon abzuhalten, auch nur einen Blick in Rosettas Schlafzimmer zu werfen.
»Geht es ihr denn auch wirklich gut?« wollte sie immer wieder wissen, wenn Kate kurz das Zimmer verließ. »Sollen wir nicht doch besser einen Arzt und eine Hebamme rufen?«
»Die Mistress will keinen Arzt! Und dabei bleibt es!« beschied Kate sie. »Diese Pfuscher haben ihr schon drei Fehlgeburten beschert. Ich mache das schon.«
»Aber Sie sind doch keine Hebamme!«
»Ich habe geholfen, die drei Kinder meiner Schwester zur Welt zu bringen«, log Kate unverfroren, denn niemand würde ihr das Gegenteil beweisen können. »Und alle haben sich ganz prächtig gemacht. Also beruhigen Sie sich. Die Mistress ist bei

mir schon in guten Händen. Und ich würde es nicht sagen, wenn es nicht so wäre. Immerhin liegt mir mehr an diesem Kind, als Sie sich vorstellen können.« Damit kehrte sie wieder zu Rosetta ins Zimmer zurück.

Maneka stand über das im Korb liegende Baby gebeugt.

»Weg da!« herrschte Kate sie an. »Weck es bloß nicht auf! Nimm die Flasche mit Laudanum und tränke ein Tuch. Und Sie müssen stöhnen und schreien, Rosetta. Eine Geburt findet nicht lautlos statt!«

»Ich komme mir dabei so idiotisch vor, Kate.«

»Zum Teufel, denken Sie daran, was auf dem Spiel steht! Eine Stunde noch, und Sie haben es überstanden! Für Ihr Leben!«

Rosetta tat nun, wie ihr geheißen. Doch ihr Stöhnen und Schreien klang nicht überzeugend. Kate wußte auch dafür Abhilfe.

»Sie müssen echte Schmerzen empfinden, Rosetta! Eugenia darf nicht argwöhnisch werden. Bestimmt hat sie schon jetzt Ohren wie ein Elefant. Maneka, kneif ihr fest ins Bein!«

Maneka schüttelte erschrocken den Kopf. »Nein! Das kann ich nicht!«

»Du mußt!« drängte Kate.

Rosetta nickte und schlug die Decke zurück. »Kate hat recht. Es muß sein. Tue es mir zuliebe, Maneka. Ich bitte dich darum.«

Maneka legte ihre Hand auf den Oberschenkel der Frau, die sie über alles liebte – und der sie nun Schmerzen zufügen mußte. Sie hatte Tränen in den Augen.

»Tu es, bitte!« flüsterte Rosetta und sah sie flehentlich an.

Und dann drangen wirkliche Schmerzensschreie aus Rosettas Zimmer. Kates Gesicht war ausdruckslos, doch insgeheim bereitete es ihr große Genugtuung, zu sehen, wie Maneka Rosettas Oberschenkel und dann auch noch ihren Bauch mit blauen Flecken übersäte, während ihr die Tränen über das Gesicht lie-

fen. Sie genoß es so sehr, daß sie ihren Plan von einer schnellen Geburt ein wenig revidierte. Die Qual der beiden Frauen vor ihren Augen bereitete ihr fast so etwas wie Wollust, und sie kostete es aus, solange sie konnte.
Es dämmerte schon, als sie der Pein von Maneka und Rosetta ein Ende bereitete. Noch ein letzter, langgezogener Schrei, und dann hob sie das Baby aus dem Korb und klatschte ihm auf den Po, daß es gellend zu schreien begann.
Sie legte den Jungen nun in eine kostbar verzierte Babydecke und trug ihn kurz hinaus zu Eugenia, die vor Freude und Erlösung, daß alles gutgegangen war mit der Mistress, so ohne Arzt und Hebamme, über ihr rundes Gesicht strahlte.
»Es geht ihr gut, Eugenia. Sie ist natürlich noch sehr schwach von der Geburt, aber insgesamt hat sie es doch sehr gut überstanden. Nur mit der Milch sieht es bei ihr schlecht aus«, baute Kate gleich vor. »Aber für den Jungen wird sich bestimmt eine Amme finden lassen.«
»Oh, da wüßte ich schon jemanden«, bot sich die wieselflinke Haushälterin an. »Die junge Lucille hatte eine Totgeburt, die Arme, aber Brüste voller Milch, daß es schmerzt. Sie wird froh sein, sich etwas zusätzlich verdienen zu können.«
»Gut, dann kümmern Sie sich darum, Eugenia«, sagte Kate, erleichtert, dieser Last enthoben zu sein.
»Mein Gott, so ein prächtiger Junge! Was wird der Herr Lieutenant stolz sein! Jetzt wird Leben ins Haus kommen!«
»Allerdings«, meinte Kate und kehrte zu Rosetta zurück.
»Bring es weg!« flüsterte Rosetta. »Und laß mich allein.«
Kate lächelte. »Keine Sorge, ich werde mich des Kleinen schon annehmen. Eine Amme ist auch schon gefunden.« Zutiefst befriedigt, stellte sie die Wiege zu sich ins Zimmer und blickte lange auf das kleine Wesen, das ihr unbeschränkte Macht über ihre Herrin gab.

Maneka war bei Rosetta im Zimmer geblieben. Sie hatte ihre Tränen getrocknet und streichelte nun über die geschundene Haut ihrer Geliebten. »Bitte mich nie wieder, so etwas zu tun, Rosetta. Es war schrecklich.«

»Es ist vorbei, Liebes. Für immer. Ken hat nun, was er von mir verlangt hat«, erwiderte Rosetta erschöpft und streckte die Arme nach ihr aus. »Komm zu mir, ich möchte dich ganz nahe bei mir fühlen.«

Maneka entkleidete sich rasch und schlüpfte zu Rosetta ins Bett. Ihre Lippen verschmolzen zu einem innigen Kuß, während ihre Hände einander liebkosten, als wollten sie alles vergessen machen, was in dieser Nacht geschehen war.

11

Die Regenwolken hatten sich schon am Morgen wie eine eisengraue Platte über das Land gesenkt, und die herabflutenden Ströme schienen Mensch, Tier und Erde ertränken zu wollen. Innerhalb von wenigen Stunden stieg der Hawkesbury um volle drei Fuß, und als es Abend wurde, war ein Ende dieser aus dem Himmel stürzenden Fluten noch nicht abzusehen.

Lieutenant Forbes und seine Abteilung erreichten SEVEN HILLS kurz nach Eintritt der Dunkelheit, die bedeutend früher als sonst hereingebrochen war. Sie waren bis auf die Haut durchnäßt, erschöpft und übellaunig. Mit Ausnahme ihres Offiziers, dem weder die Strapazen der vergangenen acht Tage noch das Wetter die gute Laune hatten trüben können. Doch auch er war froh, die Farm erreicht und gleich ein trockenes Dach über dem Kopf zu haben.

Jessica brauchte nicht erst zu fragen, um zu wissen, daß die Patrouille nicht den erhofften Erfolg gebracht hatte. Die Soldaten hatten nicht einen Gefangenen in ihrer Mitte, und sie machten auch sonst nicht den Eindruck, als wäre ihnen in der verstrichenen Woche im Busch auch nur einmal ein Erfolgserlebnis vergönnt gewesen.

Kenneth glitt aus dem Sattel. Das Haar klebte ihm am Kopf, und der Regen rann über sein Gesicht. Er machte keine Anstalten, zu ihr unter das Vordach des Farmhauses zu treten. Er blieb mit den Stiefeln tief im Dreck des aufgeweichten Hofes stehen.

»Tut mir leid, Jessica«, waren seine ersten Worte. »Ich komme leider mit leeren Händen zurück. Die Suche hat nichts ergeben.«

»Gar nichts?« fragte sie, weil sie zumindest noch die Hoffnung auf eine Spur, auf einen Hinweis hegte, wer hinter den Verbrechen stehen konnte.

»Gar nichts«, nahm er ihr auch diese kleine Hoffnung. Er fuhr sich über das Gesicht. »Auf der Ostweide haben wir in der Senke und an der Hütte der Weidehüter zwar noch ein paar Spuren gefunden, die Brandstellen der Feuer und jede Menge Hufabdrücke in der Erde, aber das war auch schon alles.«

»Und in den ganzen acht Tagen, die ihr durch den Busch geritten seid, habt ihr von der Bande keine Spuren gefunden, denen ihr folgen konntet?« fragte Jessica bitter enttäuscht.

Er schüttelte den Kopf. »Kein Lager, keine Fährte, der wir folgen konnten, absolut nichts, Jessica. Ich habe meine Männer nicht geschont, das kannst du mir glauben«, versicherte er. »Sieh sie dir doch an. Ich hoffe, du wirst so entgegenkommend sein, ihnen einen trockenen Platz zu gönnen, wo sie vor dem Regen geschützt sind.«

Jessica hegte wenig Sympathien für die Soldaten, doch diese Bitte vermochte auch sie ihm nicht abzuschlagen. »Die große Scheune wird das beste sein. Da ist noch genügend Platz. Doch achte darauf, daß sie mit dem Stroh nicht zu verschwenderisch umgehen und bloß kein Heu nehmen, um es sich bequem zu machen. Ich habe auch so schon nicht genug für die Tiere. Und offenes Feuer ist strikt verboten!« ermahnte sie ihn. »Sie können unter dem Vordach ein Feuer machen. Lisa wird ihnen heißen Tee bringen. Es ist auch noch genug gebratenes Hammelfleisch da und Brot.«

»Sie werden es zu schätzen wissen, aber wie sieht es mit Rum aus? Du weißt, wie die Männer sind.«

Jessica verzog das Gesicht. »O ja, das weiß ich nur zu gut. Du und deine Freunde, ihr laßt ja auch nichts unversucht, um soviel Rum wie möglich unter die Leute zu bekommen«, warf sie ihm vor.

»Warum verkaufst du in deinem Geschäft Stoffe und Spitzen, Jessica? Doch nur deshalb, weil deine Kunden danach fragen und du damit ein gutes Geschäft machst«, entgegnete er ihrem Vorwurf gelassen. »Wir tun nichts anderes. Niemand zwingt die Leute, so viel Rum zu trinken, wie sie es tun. Sie verlangen danach und bestehen auf ihrer wöchentlichen Ration. Du teilst sie doch selber an deine Arbeiter aus.«

»In Maßen und nur, weil ihr sie schon so verdorben habt und es nicht so einfach ist, sie von dieser entsetzlichen Gewohnheit abzubringen.«

Er zuckte die Schultern. »Ich denke, darüber könnten wir noch lange streiten. Doch im Augenblick ist meinen Männern gewiß nicht mit den wohlmeinenden Moralansichten einer Temperenzlerin gedient«, sagte er spöttisch.

»Du irrst. Ich gehöre nicht zu den Anhängern, die Alkohol in Bausch und Bogen verteufeln. Aber ich verabscheue diese Exzesse, die ihr fördert, und die Ausbeutung, die ihr mit eurem unseligen Rum-Monopol betreibt!«

»Niemand hindert dich daran. Aber was ist nun mit dem Rum für meine Männer?« ließ er sich nicht aus der Ruhe bringen. »Ich bezahle natürlich dafür.«

»Sie werden ihren verfluchten Rum bekommen«, erwiderte sie. »Aber von dir nehme ich keinen Penny.«

Er lächelte. »Stolz wie eh und je. Ich kenne keine Frau, die in einer solchen Lage, in der du dich befindest, es wagen würde, einen Offizier des Königs nach einer achttägigen Suche einen solch kratzbürstigen Empfang zu bereiten.«

»Das dürfte wohl daran liegen, daß du die falschen Frauen

kennst«, konterte sie. »Ich wüßte auch nicht, wofür ich dir danken sollte. Nein, ich tue euch wohl unrecht. Da Pflichtbewußtsein und Anstand im New South Wales Corps ja abgeschafft worden sind, muß man schon für euren guten Willen dankbar sein, nicht wahr?«

»Jessica, deine scharfe Zunge wird dich noch mal in ernste Schwierigkeiten bringen«, erwiderte er. »Aber lassen wir das. Sorge bitte dafür, daß meine Soldaten das, was du gerade versprochen hast, unverzüglich bekommen.«

»Wie könnte ich auch deinem ungeheuren Charme nicht erliegen«, gab sie bissig zurück.

Er lächelte selbstsicher. »In der Tat, der Ansicht bin ich auch. Wir sprechen uns gleich noch.«

»Ich wüßte nicht, was wir beide noch zu bereden hätten.«

»Eine ganze Menge«, sagte er und kehrte zu seinen Soldaten zurück.

Jessica begab sich in die Küche, um Lisa die entsprechenden Anweisungen zu geben. Ian, der sich um die Unterbringung der Soldaten in der Scheune gekümmert hatte, wußte schon von der Ergebnislosigkeit des Patrouillenritts, als er zu ihr ins Farmhaus kam.

»Ich kann einfach nicht begreifen, daß eine so große Bande sich spurlos auflösen soll, als hätte sie nicht existiert«, sagte Jessica verstört. »Es sind doch sechs, sieben Reiter! Die können sich doch nicht in Luft auflösen!«

»Theoretisch nicht, aber es scheint ihnen dennoch gelungen zu sein«, grübelte Ian. »Den Gesprächen der Soldaten habe ich entnehmen können, daß der Lieutenant wahrlich keinen Spazierritt mit ihnen unternommen hat. Sie waren von morgens bis abends im Sattel, und er hat sie in alle Richtungen gescheucht. Gut auf ihn zu sprechen sind sie nicht, zumal sie nicht erst heute in Regen gekommen sind. Die kurzen Regenfälle der letzten Tage haben sie jedesmal im offenem Busch überrascht. So gesehen, kann man dem Lieutenant wohl nicht unterstellen, nicht alles versucht zu haben, was in seiner Macht stand.«

»Ein Lob auf Kenneth Forbes aus Ihrem Mund ist genau das, was mir noch zu meinem Glück gefehlt hat, Ian«, sagte sie bitter.

Er lächelte müde. »Das kann ich mir gut vorstellen. Aber daß zwischen ihm und mir keine Blutsbrüderschaft herrscht, darf mich nicht daran hindern, die Dinge zu sehen, wie sie sind, Jessica.«

Sie seufzte und stützte den Kopf in beide Hände. Im Kamin knisterten die trockenen Holzscheite in den Flammen, während der Regen mit unverminderter Kraft auf das Dach trommelte.

»Ich weiß, was Ken betrifft, bin ich manchmal zu gefühlsbeladen.«

»Verständlich.«

»Aber unvernünftig«, erkannte sie.

Ian widersprach ihr nicht.

»Also gut, er hat offenbar wirklich seine Pflicht und vielleicht sogar ein bißchen mehr getan«, stellte sie widerwillig fest. »Doch was bedeutet das schon? Es ist nichts dabei herausgekommen. Wir sind so schlau beziehungsweise so dumm und hilflos wie vor acht Tagen.«

»Leider. Aber sehen wir auch das Positive, Jessica. Es ist still geblieben. Die Bande hat nicht wieder zugeschlagen.«

Sie sah ihn mit einem bitteren Lächeln an. »Ja, solange die Soldaten hier draußen waren. Aber was wird, wenn die Einheit morgen wieder in ihre Garnison zurückkehrt? Wie lange wird die Bande dann noch stillhalten?«

Ian schwieg, weil er darauf keine Antwort wußte, und es bedrückte ihn.

Wenig später klopfte es, und Anne meldete: »Der Herr Lieutenant möchte Sie sprechen, Ma'am.«
Jessica verzog das Gesicht. »Führ ihn herein, Anne.«
Ian stand auf. »Ich schau mal in der Scheune nach dem Rechten.«
»Warum bleiben Sie denn nicht? Sie wissen doch, daß ich Ken nicht erlauben werde...«
Er fiel ihr ins Wort. »Das weiß ich, Jessica. Aber manchmal fährt man mit Diplomatie besser. Das lege ich auch Ihnen ans Herz. Zeigen Sie sich ruhig kühl, aber bemühen Sie sich, ihm nicht zu viele Spitzen unter die Haut zu jagen – schon um Seven Hills willen. Meine Gegenwart scheint ihn sehr zu reizen, und da es gewiß nichts von Bedeutung zu besprechen gibt, wozu mein Kommentar unentbehrlich wäre, scheint es mir wirklich sinnvoller zu sein, einen Blick auf unsere tapferen Soldaten zu werfen. Ihr Mut wächst bekanntlich mit der Menge Rum, den sie in sich hineinschütten«, sagte er verächtlich, »und wenn sie dann anfangen zu zündeln und zur Pfeife greifen, können sie genausoviel Schaden anrichten wie das Verbrecherpack im Busch.«
Ian und Kenneth begegneten sich in der Tür.
»Diesmal räumt der Ire ja freiwillig das Feld«, bemerkte Kenneth spöttisch zu Jessica gewandt.
Wortlos ging Ian an ihm vorbei.
Jessica nahm sich zu Herzen, was ihr Freund und Verwalter geraten hatte, und schluckte die scharfe Antwort, die sie auf der Zunge hatte, hinunter. Statt dessen sagte sie: »Er weiß die Zeit sinnvoller zu verbringen, als sich leeres Geschwätz anzuhören.«
Kenneth hatte sich umgezogen. Offensichtlich hatte er in seinem Gepäck eine zweite Uniform mitgeführt. Er setzte sich wie selbstverständlich in den Sessel ihr gegenüber. »Ich finde

nicht, daß ich dir leeres Geschwätz zu bieten habe«, erwiderte er gutgelaunt.
»Die Suche war ein Mißerfolg. Also was gibt es da noch groß zu reden?«
»Über unsere Zukunft, Jessica.«
»Es gibt keine ›unsere Zukunft‹!« Ihre Stimme war nun doch schroff und zurückweisend.
»Wir haben eine gemeinsame Vergangenheit, an die ich mich sehr gerne erinnere...«
»Ich nicht!«
»... und ich hege auch nicht den geringsten Zweifel, daß sich unsere Zukunft genauso angenehm und zum Vorteil beider Seiten entwickeln wird«, fuhr er unbekümmert fort.
»Wenn du gekommen bist, um mir das zu sagen, kannst du sofort wieder gehen! Da ist die Tür!«
»Nicht so stürmisch, Jessica. Manchmal steht dir dein Temperament wirklich im Weg – und dein Stolz. Aber vermutlich würde ich dich auch kaum so hinreißend finden, wenn dem nicht so wäre.«
»Ob du mich hinreißend findest oder nicht, interessiert mich sowenig wie der Dreck unter den Fingernägeln deiner Rum-Soldaten! Also laß mich mit deinen... unerträglichen Nachstellungen ein für allemal in Ruhe. Du erreichst nichts damit! Du hast schon genug Unheil angerichtet.«
»Als du mit mir geschlafen hast, hast du aber nicht gerade den Eindruck gemacht, als wäre das Unheil über dich gekommen, ganz im Gegenteil. Du warst vielmehr sehr leidenschaftlich, falls du das vergessen haben solltest.«
Die Scham über ihre Verfehlungen trieb ihr auch jetzt noch die Röte ins Gesicht. »Nichts davon habe ich vergessen, Ken! Ich werde mir wohl mein Leben lang Vorwürfe machen, daß ich nicht stark genug war, deinen Verführungskünsten zu wider-

stehen. Aber ich war damals erst siebzehn und wußte nichts vom Leben. Du hast meine Situation ausgenutzt. Aber das ändert nichts an meiner Schuld. Doch für diese Schuld habe ich gebüßt und einen hohen Preis bezahlt! *Unser* Vater hat schon dafür gesorgt, Ken.«
Er seufzte scheinbar voller Bedauern. »Er ist mit jedem von uns hart ins Gericht gegangen, das gebe ich zu.«
Zorn verdrängte die Scham. »Hart ins Gericht? Mein Gott, ich hätte für das Verbechen, das er mir angelastet hat, am Galgen hängen können! Nur der Gnade des Gerichts, das mich nach Australien verbannt hat, verdanke ich mein Leben! Und du hast damals nicht einen Finger gerührt, um unseren Vater von seinem gewissenlosen Vorhaben abzubringen!«
»Mir waren die Hände gebunden. Was hätte ich tun sollen? Ich hatte überhaupt keine Gelegenheit dazu. Und mir hat er ja auch übel mitgespielt. Ich bin nicht weniger in diese Kolonie verbannt worden als du!«
Sie lachte freudlos auf. »Ja, wir haben wohl beide eine sehr schwere Last zu tragen gehabt«, sagte sie mit beißendem Hohn. »Ich als Sträfling und du als Offizier und Mitglied des Rum-Monopols. Du hast es wirklich schwer gehabt, Ken. Wenn ich einmal Zeit finde, werde ich dich gebührend bedauern.«
»Du bist zu verbittert.«
»Was du nicht sagst, Halbbruder!«
Ärger flog über sein Gesicht. »Komm mir nicht damit, Jessica! Ich habe das nie akzeptiert. Du bist keine Schwester für mich! Wir sind nicht zusammen aufgewachsen, und es hat nichts zu bedeuten, daß wir denselben Vater haben. Komm mir nicht mit diesen einfältigen Moralvorstellungen. Sie haben dich auch damals nicht davon abgehalten, mich zu lieben!«
Sie schüttelte heftig den Kopf. »O nein, ich habe dich niemals

geliebt, Ken. Ich habe das vielleicht für Liebe gehalten, aber ich weiß längst, daß es keine Liebe war. Und es wird zwischen uns auch nie wieder etwas Ähnliches geben. Warum kannst du das nicht begreifen.«

»Weil ich dir nicht glaube«, erwiderte er gereizt. »Und weil ich dich will!« Er sagte es ihr offen ins Gesicht, und das Verlangen sprach unverhohlen aus seinem Blick. »Ich will dich, Jessica, und eines Tages werde ich dich auch wieder besitzen, so wie es früher war.«

»Du tust mir leid«, sagte sie. »Wie kannst du nur so blind sein und dich den Tatsachen so verschließen? Liebe läßt sich nicht erzwingen, begreifst du das denn nicht?«

Er ging nicht darauf ein, sondern wechselte scheinbar das Thema. »Wir haben von der Bande nicht die geringste Spur gefunden, das habe ich dir ja schon gesagt. Und wir werden morgen nach Parramatta zurückkehren. Ich weiß nicht, wer sich hinter diesen Anschlägen verbirgt. Die Herde auf der Südweide kann natürlich auch von einer Meute Dingos in Panik versetzt und in den Fluß getrieben worden sein.«

Jessica war verwirrt von der sprunghaften Wendung ihres Gesprächs. »Dingos? Das glaubst du doch selbst nicht! Nie und nimmer können Wildhunde tausendzweihundert Schafe in den Hawkesbury treiben. Das ist absurd! Haben etwa Dingos auch die Feuer auf der Ostweide entzündet, Hayes und Irving überfallen und die dortige Herde abgeschlachtet?«

»Nein, nicht anzunehmen. Es war ja auch nur so ein Gedanke. Wie auch immer, SEVEN HILLS scheint weiterhin in Gefahr zu sein. Aber offiziell kann ich augenblicklich nichts mehr für dich tun.«

Sie sah ihn scharf an. »Was willst du damit sagen, daß du offiziell nichts tun kannst?«

»Wir haben nicht genügend Soldaten, um deine Farm über

Wochen und Monate hinweg beschützen zu können. Eine zwanzigköpfige Einheit würde dazu auch gar nicht ausreichen. Dafür ist SEVEN HILLS einfach zu groß. Man müßte an strategisch wichtigen Punkten kleine Camps einrichten mit jeweils acht Mann, so daß sie stark genug sind, um sofort handeln zu können, sollte sich die Bande zeigen. Dafür brauchte man aber fast eine ganze Kompanie, und kein Siedler kann erwarten, daß allein für ihn so eine große Truppeneinheit abgestellt wird. Zumindest kein gewöhnlicher«, fügte er hinzu.

»Höre ich da vielleicht einen deiner schäbigen erpresserischen Vorschläge heraus?« fragte Jessica mit wachsender Wut über die Skrupellosigkeit, mit der er ihre Situation auszunutzen gedachte.

Er gab sich zu Unrecht angegriffen. »Schäbig und erpresserisch?« entrüstete er sich. »Du gehst zu weit, Jessica! Ich habe dir die Lage geschildert, wie sie sich zur Zeit darstellt. Geh doch nach Parramatta oder gar nach Sydney und frag Major Johnstone, ob er dir eine Kompanie für SEVEN HILLS überläßt!«

»Die Zeit kann ich mir sparen. Natürlich bekomme ich sie nicht! Es sind ja deine Komplizen!« stieß sie wütend hervor.

Er zuckte die Achseln. »Gut, ich bin nicht ohne Einfluß. Aber das hat damit nichts zu tun. Du hättest keine Chance, eine solch aufwendige Bewachung für deine Farm zu erwirken. Auch unter Bligh wäre schon der Versuch sinnlos gewesen.«

»Aber du kannst dafür sorgen, ja?« fragte sie herausfordernd.

Er lächelte nun. »Sagen wir mal so: Ich könnte all meinen Einfluß geltend machen, daß im Umland deiner Farm eine größere Übung stattfindet. Es würde mich natürlich eine Menge Überredungskunst kosten, und ich stünde dann bei einigen Leuten tief in ihrer Schuld, aber das wäre es mir wohl schon wert, da es ja nicht für irgend jemanden ist.«

»Das wäre natürlich überaus selbstlos von dir«, sagte sie sarkastisch.

Er hob die Augenbrauen. »Von selbstlos war nicht die Rede, Jessica. Ich denke eher daran, daß wir uns beide einen großen Gefallen tun können.«
»Du kannst jetzt gehen!« forderte sie ihn eisig auf.
»Du solltest nicht so voreilig sein und mein Angebot einfach so...«
Sie schnitt ihm das Wort ab. »Du sollst gehen, habe ich gesagt!« Ihre Stimme zitterte vor Wut und Abscheu über seinen Vorschlag, mit ihrem Körper für den Schutz zu bezahlen. »Dein Angebot ist so abscheulich und widerwärtig wie deine Gesinnung!«
»Ganz wie du möchtest«, erwiderte er unbekümmert. »Du wirst Zeit genug haben, darüber nachzudenken.«
»Nicht einen Gedanken werde ich daran verschwenden. Und jetzt geh endlich zu deinen Soldaten. Das ist die Gesellschaft, zu der du paßt!«
»Du bist ungerecht, aber ich vertraue darauf, daß dir das eines Tages schon noch zu Bewußtsein kommt. Ich bin da ganz zuversichtlich«, sagte er mit aufreizender Überheblichkeit und ließ es sich nicht nehmen, ihr noch eine angenehme Nachtruhe zu wünschen.
Von Zorn erfüllt, aber auch von Verständnislosigkeit für Kens Besessenheit, saß Jessica mit hängenden Schultern vor dem Feuer. Die Patrouille war ein Schlag ins Leere gewesen. Was sollte nun werden?
Als Ian kam und ihr berichtete, daß sich die Soldaten verhältnismäßig gesittet benahmen, was wohl mehr an ihrer Erschöpfung als an einem plötzlichen Sinneswandel lag, wie er sarkastisch bemerkte, verschwieg sie ihm Kens schmutzigen Vorschlag.
Auch Ian war von der Erfolglosigkeit des Soldateneinsatzes zutiefst enttäuscht, vermied jedoch alles, um ihre Niedergeschla-

genheit noch zu verstärken. »Vielleicht war das Ganze gar nicht gegen Sie und SEVEN HILLS persönlich gerichtet, sondern wirklich nur ein sinnloser Akt. Möglich, daß dieser entsetzliche Spuk so plötzlich aufhört, wie er begonnen hat.«

»Zur Hölle mit der Brading-Hure – das soll nicht persönlich gemeint gewesen sein?« hielt sie ihm nur vor. »Glauben Sie das im Ernst?«

Er wich ihrem Blick aus, wie auch einer klaren Antwort, die ihr hätte beipflichten müssen. »Gut, diesmal sind sie davongekommen. Aber das ist Glück gewesen. Sie wissen, daß wir gewarnt sind und daß die Soldaten sofort wiederkehren werden, wenn sie noch einmal zuschlagen, Jessica. Und sie wissen auch, was ihnen blüht, wenn sie gefaßt werden. Ich hoffe darauf, daß sie ihren Hals nicht ein weiteres Mal riskieren wollen.«

»Ich wünschte, ich könnte diese Hoffnung teilen«, sagte Jessica düster. »Aber ich kann es nicht. Und ich glaube auch nicht, daß ihr spurloses Verschwinden allein eine Sache des Glücks gewesen ist. Vielmehr vermute ich, daß das so geplant gewesen war, von Anfang an. Sie konnten sich an den Fingern einer Hand ausrechnen, daß es eine Weile dauern würde, bis Soldaten hier am Hawkesbury eintreffen würden. Das gab ihnen Zeit genug, ihre Spuren zu verwischen und aus dem Gebiet zu verschwinden.«

Ian hatte Jessica nie über seine Ansichten im unklaren gelassen, und es widerstrebte ihm auch jetzt, eine Meinung zu vertreten, von der er selbst nicht überzeugt war. Deshalb gab er nun zu, daß sie mit ihrer Einschätzung der Lage der Wahrheit vermutlich ein gutes Stück näher lag als er mit seiner optimistischen Annahme, sie würden von der Bande wohl nichts mehr zu sehen und zu hören bekommen.

»Wer weiß denn, ob die Banditen nicht irgendwo in den Blue Mountains ein unauffindbares Versteck haben und nur darauf

warten, bis wir uns wieder in Sicherheit wiegen«, fuhr Jessica in ihrer Überlegung fort. »Daß jemand mit viel Geld hinter ihnen stehen muß, darüber sind wir uns doch einig.«
Ian nickte. »Die Pferde und Waffen lassen gar nichts anderes zu.«
»Richtig. Und wenn sie das alles lange geplant haben, dann haben sie auch für genügend Vorräte und ein sicheres Versteck gesorgt, bevor sie über SEVEN HILLS hergefallen sind. Und was das bedeutet, wissen Sie: Sie können schon morgen wieder zuschlagen oder erst in einer Woche oder einem Monat.«
»Wir werden uns wohl selbst um unsere Sicherheit kümmern müssen, so gut es eben geht. Zum Glück haben wir nicht Sommer und somit Männer genug, die wir für Wachdienste einteilen können.«
»Aber nicht mehr lange. Bald kommt der Frühling, und dann brauchen wir wieder jede Hand auf den Feldern«, sagte Jessica und dachte daran, daß auch so schon der Verlust mit jedem Tag größer wurde, an dem die Herden nicht auf den Außenweiden grasen konnten.
Ian wünschte sich so sehr, etwas erwidern zu können, das ihr Zuversicht gab, doch er wußte selbst keine Antwort auf die Gefahr, die weiterhin über SEVEN HILLS schwebte.
Am nächsten Morgen beobachtete Jessica mit zwiespältigen Gefühlen, wie die Soldaten ihre Pferde sattelten und zum Aufbruch rüsteten. Der Regen hatte über Nacht an Heftigkeit verloren, doch auch der feine Nieselregen würde die Rückkehr nach Parramatta nicht eben zu einem angenehmen Ritt machen.
Kenneth saß schon im Sattel, und die Abteilung war zum Aufbruch bereit, als er sein Pferd zu Jessica vor die Veranda lenkte.
»Du siehst nicht gut aus«, sagte er scheinbar besorgt. »Du hast

Schatten unter den Augen. Ich fürchte, du hast dir zuviel aufgeladen: die COMET, das Geschäft und die Farm, und überall willst du besonders tüchtig sein. Wenn du in diesem Tempo weitermachst, kann das böse Folgen für dich haben.«

»Deine Sorge um mein Wohlbefinden ist ein Hohn, den noch nicht einmal du dir mir gegenüber herausnehmen solltest!« erwiderte sie angeekelt von seiner Verlogenheit.

»Du irrst, Jessica. Meine Sorge um dein Wohlbefinden entspringt aufrichtigen Gefühlen für dich, auch wenn du mir stets niedere Motive unterstellst«, versicherte er. »Hätte ich mich sonst so nachdrücklich für deinen Mitchell Hamilton eingesetzt?«

Jessica fuhr bei Mitchells Namen zusammen, und ihr Körper spannte sich an in Erwartung, eine neue Hiobsbotschaft aus dem verlogenen Mund ihres Halbbruders zu erfahren. »Was ist mit ihm?« stieß sie hervor.

Er lächelte spöttisch. »Was mit ihm ist? Himmel, woher soll ich das wissen? Ich weiß nicht, wo er sich versteckt hält und wie es ihm da ergeht. Du und Captain Rourke habt ihn doch an irgendeinen gottverlassenen Ort gebracht, als man Anklage gegen ihn erhoben hat.«

»Nicht *man* hat Anklage erhoben, sondern *du* hast mit Hilfe falscher Anschuldigungen dafür gesorgt, daß nach eurem Umsturz ein Haftbefehl gegen ihn erlassen wurde!« fauchte sie. »Mich brauchst du doch nicht anzulügen.«

Er schüttelt geplagt den Kopf. »Jessica, Jessica, ich weiß nicht, wer dir bloß diese lächerlichen Lügen in deinen hübschen Kopf gepflanzt hat. Es stimmt mich traurig, daß du dir ein so schlechtes und so falsches Bild von mir machst. Du kannst mir glauben, wenn ich dir versichere, daß nicht ich Mitchell Hamiltons Verhaftung betrieben habe. Sicher, wir beide hatten unsere Unstimmigkeiten ...«

»Unstimmigkeiten? Du wolltest ihn töten!«
»Ein Ehrenduell ist kein Mordversuch!« wies er ihren Vorwurf zurück. »Ich gebe ja zu, daß ich damals wohl etwas zuviel getrunken hatte und zu hitzig war. Es wäre sonst nie zu diesem Duell gekommen. Aber lassen wir das. Wenn ich wirklich so hinter ihm her wäre, wie du mich fälschlich beschuldigst, hätte ich mich doch kaum für seine Ehrenrettung eingesetzt und nichts unversucht gelassen, diesen Haftbefehl aus der Welt zu schaffen.«
Jessica sah ihn verständnislos an. »Was hast du getan?«
Er nickte lächelnd. »Ja, du hast schon richtig verstanden. Mitchell Hamilton braucht sich nicht länger zu verstecken und kann wieder nach MIRRA BOOKA zurückkehren. Es war schwer, das durchzusetzen, doch ich habe es erreicht.«
»Das glaube ich nicht«, sagte Jessica mit belegter Stimme, aber ihr Herz schlug schneller. »Das ist nur wieder eine von deinen Machenschaften! Du willst ihn nur aus seinem Versteck lokken.«
Er lachte amüsiert. »Du bist weiß Gott zu mißtrauisch, und ich verdiene das wirklich nicht. Glaubst du es denn, wenn ich es dir schwarz auf weiß gebe?«
»Dir glaube ich gar nichts!«
»Aber bestimmt doch Major Robertson, der damals den Haftbefehl ausgestellt hat«, sagte er und zog ein Schreiben hervor, das er ihr nun reichte. »Hier! Das ist die von ihm unterzeichnete Aufhebung des Haftbefehls und die schriftliche Feststellung, daß sich die Anschuldigungen gegen Mister Hamilton als aus der Luft gegriffen erwiesen haben und es nicht den geringsten Zweifel an seiner Loyalität gibt. Eine vollständigere Ehrenerklärung ist wohl nicht möglich. Er kann gefahrlos aus dem Exil zurückkehren.«
Das Herz pochte ihr im Hals, und ihre Hände zitterten, als sie

das Schreiben entgegennahm, entfaltete und las, daß alles seine Richtigkeit hatte.
»O mein Gott!« flüsterte sie. »Es ist wahr... es ist wirklich wahr! Mitchell kann zurückkommen.«
»Vergiß bitte nicht, wer das möglich gemacht hat.«
»Warum hast du es mir nicht schon eher gesagt?«
Er zuckte spöttisch die Achseln. »Vielleicht habe ich einen Hang zu dramatischen Gesten. Jeder hat wohl seine kleinen Schwächen. Sieh es mir bitte nach, und nimm es als mein Abschiedsgeschenk – und als Beweis, wie falsch und ungerecht du mich bisher eingeschätzt hast.«
Jessica war vor unsäglicher Freude so überwältigt, daß sie sich einen Augenblick wirklich ungerecht ihm gegenüber vorkam. War es möglich, daß sie sich in manchen Dingen tatsächlich in seinem wahren Wesen getäuscht hatte?
»Danke, Ken.« Es fiel ihr doch schwer, diese Worte über die Lippen zu bringen, zu tief saß das Mißtrauen in ihr.
»Das ist das erstemal, daß du mir für etwas dankst«, sagte er zufrieden. »Ich halte das für einen vielversprechenden Anfang. Jetzt hast du wieder ein freundlicheres Gesicht. Das ernste steht dir auch nicht. Wir sehen uns bestimmt bald wieder. Und was deinen Mitchell betrifft, so sehe ich ihn nicht mehr als Nebenbuhler im Ringen um deine Gunst. Ich weiß, daß ich gewinnen werde, Jessica. Wir sind füreinander bestimmt.«
Jessica gab ihm keine Antwort. Sie hatte Tränen in den Augen, als Kenneth an der Spitze seiner Abteilung SEVEN HILLS verließ. Doch ihre Tränen galten nicht ihm. Sie galten Mitchell und ihrer Liebe.
»Mitchell! Mitchell!« flüsterten ihre Lippen stumm, das Schreiben an ihre Brust gepreßt.
Er war frei!
Endlich konnte er von Van Diemen's Land zu ihr zurückkeh-

ren! In ihre Arme und in ihr Leben. Es war ein wunderbares Omen. Jetzt würde alles gut werden. Sie wußte nicht wie, aber sie glaubte nun fest daran. Gemeinsam würden sie alle Gefahren der Welt meistern. Das wußte sie.

12

Bist 'n hübsches Mädchen, Sophie«, schmeichelte ihr der plattnasige Seemann, der sich vor einer halben Stunde im Schankraum des SOUTHERN CROSS zu ihr an den Tisch gesetzt hatte, und tätschelte schon vertraulich ihre Hand. »Könntest mir schon gefallen.«

»So?« fragte sie mit einem Augenaufschlag, den sie für kokett hielt.

»Wenn ich's doch sage!« beteuerte er mit schon schwerer Zunge. »Bist mir gleich ins Auge gefallen. Hast was an dir, was 'nen Mann schwach machen kann.«

»Auch schwach genug, um mir noch einen auszugeben?« wollte sie wissen.

»Na klar! Der gute James hat heute seine Spendierhosen an«, versicherte der Seemann und rief zur Theke hinüber: »He, Wirt, noch zwei Rum für mich und die Hübsche hier!«

Layton nickte nur.

Zahl man ruhig meine Zeche, Matrose. Deine Spendierhosen wirst du aber dennoch nicht bei mir fallen lassen, dachte Sophie Ballard, während sie ihm ein aufmunterndes Lächeln schenkte. Sie kannte sich aus mit Seeleuten. Der hier war frisch vom Schiff. Sechs Monate auf See lagen hinter ihm. Da waren Männer seines Schlags die großzügigsten Freier, die man sich wünschen konnte, und man konnte ihnen das Geld so leicht aus der Tasche ziehen wie Würmer aus dem Schiffszwieback nach so einer langen Reise. Ihr geübtes Auge sagte ihr, daß er schon in einer Stunde nicht mehr mit eigener Kraft vom Tisch würde aufstehen können. Und das war auch gut so, denn ihr Bett würde sie für lange Zeit nicht mit einem Mann teilen, das hatte sie sich geschworen. Nun, vielleicht mit einer Ausnahme, falls es sich nicht vermeiden ließ. Aber Robin konnte auch nicht als Mann bezeichnet werden.

Doch wo, zum Teufel, steckte er bloß? Ihre Niederkunft lag nun schon vier Tage zurück, und allmählich machte sie sich Sorgen. Ob er der Frau überhaupt gefolgt war? Und wenn ja, hatte er ihr an den Fersen bleiben und herausfinden können, in welches Haus sie ihr Baby gebracht hatte? Was war, wenn das Kind für eine Siedlerfrau bestimmt gewesen war, die irgendwo weit entfernt von Sydney lebte? Dann war sein Versuch, ihr zu folgen, aussichtslos gewesen.

Die ersten beiden Tage hatte sie noch im Bett verbracht. Es war ihr reichlich mies gegangen, doch niemand im SOUTHERN CROSS hatte ihr Wort, eine Totgeburt zur Welt gebracht zu haben, in Zweifel gezogen. Dann hatte sie jemanden zum Gerber geschickt, um diesen Robin daran zu erinnern, daß es zwischen ihm und ihr noch etwas zu besprechen gab. Aber das Mädchen, das unten im Schankraum aushalf, war unverrichteter Dinge zu ihr in den Gasthof zurückgekehrt und hatte ihr mitgeteilt, daß der Gerber mit seinem Sohn nach Parramatta gefahren sei, um eine neue Ladung Felle abzuholen.

»Können bestimmt 'ne Menge Spaß zusammen haben, wir beide«, setzte der Seemann seine plumpen Annäherungsversuche fort, als der Rum kam und sie anstießen. »Hab' 'ne gute Heuer eingestrichen und mir bei dieser Reise vom Bootsmann nicht das Fell über die Ohren ziehen lassen. Hab' 'ne gute Hand mit den Würfeln gehabt. Hat sich so die Waage gehalten.«

»Dann lieg' ich ja goldrichtig bei dir«, neckte sie ihn, ohne bei der Sache zu sein. Ihr Blick wanderte immer wieder zur Tür.

Ob er heute wohl kommen würde? Sie konnte es gar nicht erwarten.
Er lachte mit kehliger Stimme und ließ dabei wie zufällig seine Hand vom Tisch auf ihren Oberschenkel rutschen. »Und ob, meine Hübsche! Wenn ich dir sage, wie gut du liegst, wenn du beim guten James vor Anker gehst, werden nicht nur die Münzen in deiner Hand glänzen.«
»Darauf sollten wir noch einen trinken«, animierte sie ihn und gab dem Wirt das Zeichen, ihr nur noch stark verdünnten Rum zu bringen und ihr die Differenz gutzuschreiben.
Der gute James wurde immer betrunkener und Sophie Ballard immer unruhiger. Bald lallte der Seemann an ihrer Seite nur noch und erzählte ihr von seinen abenteuerlichen Reisen, während sie ihren verdünnten Rum trank, ihren netten kleinen Profit überschlug und ungeduldig wartete. Wenn der Gerber mittlerweile aus Parramatta zurück war, würde er seinen Jungen gewiß nach Branntwein ins SOUTHERN CROSS schicken.
Ihre Geduld wurde an diesem Abend belohnt. Robin trat in den verräucherten Schankraum, der mittlerweile gut besetzt war.
Sophie Ballard atmete erleichtert auf. Endlich! Ihre Blicke kreuzten sich, und sie machte eine knappe Kopfbewegung nach oben, um ihm zu verstehen zu geben, daß sie oben in ihrem Zimmer auf ihn warten würde. Er nickte und brachte seine Kanne zur Theke.
»Bin gleich wieder zurück«, sagte sie zu James, der sie aus glasigen Augen anstierte, als vermochte die Bedeutung dieses simplen Satzes den Rumnebel in seinem Gehirn nicht mehr so recht zu durchdringen.
Sie ging auf ihr Zimmer und wartete voller Spannung, was er herausgefunden hatte. Robin kam ein paar Minuten später, ein breites Grinsen auf dem Gesicht.
»Himmel, du hast aber lange auf dich warten lassen!« gab sie

wider besseren Vorsatz ihre Aufregung zu erkennen. »Wo warst du bloß die ganzen Tage?«

»Mit meinem Vater in Parramatta.«

Sie machte eine ungeduldige Handbewegung. »Nun erzähl schon! Bist du ihr gefolgt?«

»Klar, hab' doch gesagt, daß ich's tun würde.«

»Na los, laß dir doch nicht jedes Wort einzeln aus der Nase ziehen!«

»Hab' verdammt lange da unten im Hof hinter den stinkenden Fischfässern gehockt«, beklagte er sich erst einmal. »Saukalt war's da draußen, das kann ich dir sagen. Hätt' nie gedacht, daß ich so lange warten und mir den Hintern abfrieren müßte.«

Sophie verdrehte die Augen. »Bist 'n kräftiger Junge und doch keine Mimose. Weißt ja auch, wofür du es gemacht hast. Und nun sag schon, wohin die Frau gegangen ist.«

»Erst mal runter zum Hafen. Mußte verteufelt achtgeben, daß sie mich nicht bemerkte. Die Alte hat aufgepaßt wie 'n Luchs. Doch gesehen hat sie mich nicht, dafür war sie nicht gerissen genug«, prahlte er. »Aber vom Hafen an dann wurd's richtig schwierig.«

»Warum?«

»Weil sie da 'nen Einspänner stehen hatte und losgefahren ist, als ginge es um ihr Leben. Hölle und Verdammnis, hab' ich mir die Lungen aus der Brust gerannt, das kann ich dir erzählen. Zweimal hab' ich sie aus den Augen verloren, aber dann doch immer wieder erwischt. Sie hat den Wagen drüben auf der Ostseite abgestellt und ist von da an zu Fuß weiter. Der Rest war dann wieder 'n Klacks.«

»Und? In welchem Haus ist sie verschwunden?« drängte Sophie gespannt.

»Erst mein Geld!« Er streckte die Hand aus.

»Hast du Angst, ich würde dich um den versprochenen Lohn bringen?«

»Angst hab' ich keine, aber das Geld will ich trotzdem vorher haben.«

»Sollst es haben«, sagte Sophie achselzuckend, zog ihre Geldbörse hervor und gab ihm einen Shilling.

»Zwei!« verlangte er dreist.

»Einer war ausgemacht!«

»Hat ja auch keiner geahnt, daß ich stundenlang frieren und dann noch wie 'n Verrückter hinter dem Wagen herlaufen würde«, gab er selbstbewußt zurück.

»Also gut, dann eben zwei Shilling. Aber damit bist du mehr als gut bezahlt.«

Er steckte die Münzen ein.

»Und jetzt raus mit der Adresse!« verlangte sie.

Er schluckte. »Da war noch was anderes ausgemacht, Sophie.« Seine Stimme hatte nun einen aufgeregten, belegten Klang.

Sie sah ihn mit ärgerlich gefurchter Stirn an. »Du bist frech wie Dreck, Robin!«

Er zuckte die Achseln. »Wenn du's willst, mußt du dich schon dran halten.«

Sie überlegte. »Es geht aber nicht so. Ist noch zu früh nach der Geburt für so was«, sagte sie. »Doch du sollst deinen Spaß schon haben. Komm her, Sophie weiß schon, wie sie es einem Mann schön machen kann.«

Zögernd trat er zu ihr ans Bett.

»Na komm, mach die Hose auf«, sagte sie mit einschmeichelnder Stimme und legte ihre Hand auf seine Ausbuchtung. Sofort spürte sie Leben unter ihrer Hand. Das Blut schoß ihm augenblicklich in sein Glied. Sie verkniff sich ein belustigtes Lächeln. Es würde nicht lange dauern. Ein Halbwüchsiger wie er wußte noch nicht, wie man seine Lust zügelte, um sie richtig auszukosten.

Und warum sollte sie ihm nicht eine schnelle Erleichterung verschaffen.
Er fummelte an dem Lederriemen, der seine weite geflickte Hose über den Hüften hielt. So aufgeregt und erregt war er, daß sie ihm helfen mußte.
»Kannst stolz auf deinen strammen Freund hier sein, Robin. Wirst damit noch manche Frau beglücken. Aber Sophie wird dir zeigen, daß es nicht nur zwischen den Schenkeln einer Frau schön ist«, sagte sie und streichelte seine Männlichkeit in der Hoffnung, er würde innerhalb von Augenblicken kommen. Doch ganz so schnell war er wohl doch nicht.
Robin stöhnte unterdrückt auf, als Sophie ihn nun in den Mund nahm und ihn mit ihren Lippen massierte und an ihm saugte. Seine Hände legten sich unwillkürlich auf ihren Kopf, als die Lust seinen ganzen Körper bis zu den Zehenspitzen ausfüllte und sich das Kribbeln in seinen Lenden zu einem unerträglich schönen Gefühl steigerte.
Sophie brauchte sich nicht lange anzustrengen. Sie spürte, wie er anschwoll und sich dann zuckend, begleitet von Robins ungehemmtem Stöhnen, in ihr entlud.
Doch kaum war es vorbei, da machte er schnell einen Schritt zurück und zog seine Hose wieder hoch. Seine Ohren glühten.
»Na, war es nicht gut?«
»O doch, sehr gut«, sagte er mit rauher Stimme. »Das... das werden wir noch öfter machen.«
Sophie dämmerte, daß Robin nicht daran dachte, seinen Teil der Abmachung einzuhalten. Wütend sprang sie auf. »O nein, du wirst mir jetzt sofort sagen, was ich von dir wissen will! Du haust mich nicht übers Ohr!«
»Faß mich nicht an!« warnte Robin und zog schnell seinen Lederriemen zu. »Wenn du mich anfaßt, sage ich kein Wort!

Dann erfährst du nie, wohin die Frau gegangen ist! Nur ich weiß, wem du dein Kind verkauft hast!«
»So jung und schon so ein Dreckskerl!« zischte sie. »Du willst mich erpressen!«
Er grinste frech. »Ich sag's dir schon, Sophie. Hast mein Wort drauf. Aber 'n bißchen wirst du noch warten müssen.«
Sie beherrschte sich. »Wie lange?«
Er zuckte die Achseln und sagte dann unverblümt: »Bis ich genug habe. Und dir macht's doch nichts aus. Hast es doch jeden Tag gemacht.«
»Meine Kunden bezahlen!« sagte sie giftig, wußte jedoch, daß sie ihm ausgeliefert war. Aber was hätte sie tun sollen? Jeder andere an Robins Stelle, der sich für so eine Sache hergegeben hätte, hätte vielleicht genauso gehandelt. Sie konnte noch froh sein, daß er so jung war. Bei ihm standen die Chancen, ihn zum Reden zu bringen, zehnmal besser als bei einem Erwachsenen. Allein konnte er nichts unternehmen, so schlau war er bestimmt. Der Preis, den sie ihm bezahlen mußte, würde eben etwas höher ausfallen als geplant. Dennoch, die Pest sollte ihn holen!«
»Ich auch, verdammt gut sogar, wenn ich mir überlege, was so 'ne Information wert ist«, erwiderte er gedehnt. »Also sei schön nett zu mir, Sophie. Was ich von *dir* kriegen kann, kann mir jede deiner Sorte geben. Doch was *ich* dir geben kann, kriegst du nirgendwo sonst.« Er ging zur Tür. »Morgen um dieselbe Zeit. Hier bei dir im Zimmer. Sieh zu, daß du auch da bist.« Ohne eine Antwort abzuwarten, verließ er ihr Zimmer.
»Die Pest soll euch Männer holen!« fluchte Sophie Ballard in wütender Enttäuschung und ging dann wieder hinunter, um sich zu betrinken. Ihr Blick fiel auf den Seemann. Er lag halb über den Tisch zusammengesunken und grölte ein Seemanns-

lied. Der Teufel sollte sie holen, wenn sie sich nicht an diesem Kerl schadlos halten würde! Er würde den Morgen mit einem dicken Schädel und leeren Taschen erleben und dafür nicht einmal einen Griff in ihr Mieder bekommen!

13

Die segeltuchbespannten Flügel der Windmühle auf der Anhöhe von Trebble Hill außerhalb von Parramatta hoben sich als graue Silhouetten vor dem sternenlosen Nachthimmel ab. Die Kutsche passierte die Windmühle und folgte der Straße, die nach Parramatta führte, bis zur Ruine einer ehemaligen Heimstatt. Von dem Haus des Siedlers, das vor Jahren bis auf den Grund niedergebrannt und nicht wiederaufgebaut worden war, standen nur noch Reste des Kamins. An dieser Stelle verließ die Kutsche die Landstraße und bog hinter dem halb eingestürzten Kamin aus schweren Feldsteinen auf einen Weg ein, der im Dunkeln kaum zu erkennen war. Es waren nicht mehr als zwei Spurrillen. Doch Calvin, der Kutscher, war schon einmal hier gewesen. Auch zu ungewöhnlicher Nachtstunde. Als zu beiden Seiten des buschbestandenen Pfades hoch aufragende Eukalyptusbäume auftauchten, zog er die Zügel an und brachte die Kutsche fünf Wagenlängen davor zum Stehen.
Er beugte sich zur Seite, klopfte leicht gegen das lackierte Holz und rief mit gedämpfter Stimme. »Wir sind da, Lieutenant!... Crawford's Alley.«
»Schon gut«, antwortete Kenneth, schlug die warmen Decken zurück und stieg aus der Kutsche. »Du wartest hier.«
»Ja, Sir.« Himmel, was interessierten ihn auch die nächtlichen Spaziergänge eines Offiziers! Er war froh, wenn er keinen von ihnen zu Gesicht bekam!
Kenneth richtete seinen Umhang, der ihm bis zu den Stiefeln

reichte, schlug den Kragen hoch und ging den Weg hinunter, der zwischen den hohen Eukalyptusbäumen hindurchführte, die tatsächlich eine kurze Allee von gut hundert Yards bildeten. Er war dankbar, daß der Regen endlich aufgehört hatte. Dieses nächtliche Treffen war auch so schon ungemütlich genug. Zudem saßen ihm die anstrengenden Tage am Hawkesbury noch in den Knochen.

Als er aus den tiefschwarzen Schatten der Bäume hinaustrat, sah er rechter Hand den Schuppen. Wind und Wetter hatten ihn im Laufe der Jahre übel zugerichtet. Eine Seitenwand war eingestürzt, so daß es aussah, als wäre der Schuppen in die Knie gegangen.

Kenneth ging ruhigen Schrittes darauf zu. Seine Stiefel verursachten bei jedem Tritt ein schmatzendes Geräusch im matschigen Boden. Ein Dutzend Yards vor der Bruchbude blieb er stehen.

»Wir reden hier draußen«, sagte er mit befehlsgewohnter Stimme, obwohl er niemanden ausmachen konnte. »Der verdammte Schuppen sieht mir danach aus, als könnte er bei jedem lauten Wort gänzlich in sich zusammenfallen.«

Aus der Schwärze des Schuppens kam ein glucksendes Lachen, und im nächsten Moment trat Jonas Duckworth ins Freie. »Damit liegen Sie gar nicht mal so falsch, Mister.«

»Lieutenant!« korrigierte Kenneth ihn kühl.

»Pardon, Lieutenant. Sollte keine Respektlosigkeit sein«, versicherte er. »War noch ganz darauf eingestellt, mit Mister Hawkley zusammenzutreffen.«

»Er ist verhindert. Das Wetter setzt ihm sehr zu.«

»Ja, die verdammte Gicht, mit der er sich plagen muß. Wenn man die erst mal in den Knochen hat, ist so ein Mistwetter wie die letzten Tage das reinste Gift.«

»Kommen wir zur Sache«, sagte Kenneth ungeduldig. Er

wollte das Gespräch mit dem bärtigen Flußschiffer so kurz wie möglich halten.
»Ist mir recht, Lieutenant.«
»Sie und Ihre Männer haben da oben anständige Arbeit geleistet. Das reinste Massaker.«
Duckworth lachte gemein. »War ein verdammtes Stück Arbeit, die Sache auf der Ostweide. Hätte nicht jeder so sauber hingekriegt.«
»Mit Sicherheit nicht«, pflichtete ihm Kenneth mit einem Anflug von Sarkasmus bei. Sogar ihm und seinen Soldaten hätte sich fast der Magen umgedreht, als sie die Senke mit den Hunderten von Kadavern zu Gesicht bekommen hatten. Um so etwas fertigzubringen, mußte man wirklich so abgebrüht sein wie dieser feiste Kerl vor ihm. »Doch die Idee, eine Herde in den Fluß zu treiben, hat mir besser gefallen. Das nenne ich eine saubere Arbeit.«
Duckworth zuckte mit den Achseln. »Läßt sich eben nicht immer so einrichten, Lieutenant. Aber wenn Sie und Mister Hawkley es nicht ganz so blutig haben wollen, werde ich beim nächstenmal daran denken und mir was Ähnliches einfallen lassen. Gibt da am Richmond Hill eine kleine Schlucht. Nicht sehr tief, aber ein Hang geht doch gut zwanzig Yards hinunter. Das genügt völlig, um eine weitere Herde zu erledigen, ohne daß wir uns die Hände schmutzig machen müßten. Da liegen schon die beiden Burschen von der Auborn-Farm verscharrt.«
»Zu gegebener Zeit«, erwiderte Kenneth. »Vorerst werden Sie SEVEN HILLS fernbleiben und sich nicht einmal in der Nähe der Farmen am Hawkesbury blicken lassen.«
Duckworth kniff die Augen zusammen. »Die Sache ist aber noch längst nicht zum Abschluß gebracht!« wandte er ein. »Lieutenant, wir haben doch erst angefangen, dieser Brading-Hure die Hölle heiß zu machen!«

Kenneth mußte an sich halten, den Flußschiffer nicht scharf zurechtzuweisen. »Ja, das ist richtig. Aber nach diesen drei Aktionen wäre es ein nicht zu verantwortendes Risiko, erneut auf SEVEN HILLS zuzuschlagen. Jessica Brading und ihre Farmarbeiter haben Sicherheitsvorkehrungen getroffen...«

»Was können die denn gegen uns schon ausrichten?« fiel Duckworth ihm selbstsicher ins Wort. »Die sind doch viel zu wenige, um überall sein zu können. Wir haben die Herde in die Schlucht getrieben, bevor die auch nur wissen, daß SEVEN HILLS um sechshundert oder gar tausend Schafe ärmer ist.«

»Nein, das kommt nicht in Frage!« Seine Stimme hatte nun den Tonfall eines Befehls. »Wir wollen nichts riskieren und erst ein paar Wochen verstreichen lassen. Es besteht kein Grund, irgend etwas zu überstürzen. Sie sollen glauben, daß es vorbei ist. Außerdem haben Ihre... Massaker nicht nur auf SEVEN HILLS Entsetzen und Angst ausgelöst. Man ist auf allen Farmen in dem Gebiet alarmiert, und wenn so schnell wieder etwas passiert, wird es schwierig für uns, die Kontrolle über die ganze Geschichte zu behalten. Meine Vorgesetzten könnten sich außerdem genötigt fühlen, eine wirklich großangelegte Suche zu veranlassen. Dann werde ich nicht mehr allein das Kommando über die Patrouille haben, sondern man wird mehrere Abteilungen getrennt losschicken. Und die nicht von mir geführten Patrouillen werden die Suche nach Ihnen tatsächlich ernsthaft betreiben, statt die abgesprochenen Gebiete geschickt auszusparen, wie ich es getan habe. Ich denke, das dürfte kaum in Ihrem Interesse sein.«

»Nein«, knurrte Duckworth mißmutig. »Mister Hawkley hat mir garantiert, daß Sie uns den Rücken freihalten. Andernfalls hätte ich mich erst gar nicht darauf eingelassen.«

»Solange mir allein die Suche nach der Bande unterstellt ist, sind Sie vor Entdeckung sicher«, beteuerte Kenneth. »Und damit es so bleibt, werden wir uns alle ein wenig in Geduld üben müssen.«

»Wie lange?«

»Das kann ich jetzt noch nicht sagen. Ein paar Wochen.«

»Das wird meinen Leuten wenig schmecken«, brummte Duckworth und bezog sich mit ein.

»Für Sie und Ihre Männer ist doch gesorgt.« Kenneth wußte, daß John Hawkley dem Flußschiffer genügend Geld gegeben hatte, um sich außerhalb von Toongabbee eine heruntergekommene Farm zu kaufen. Die kleine Siedlung lag ein paar Meilen nordöstlich von Parramatta und die Farm einsam genug, um einen idealen Unterschlupf abzugeben. Von dort aus konnte sie niemand kommen und gehen sehen, wenn sie nachts zum Hawkesbury aufbrachen.

»Diese Farm ist ein elendes Loch, Lieutenant«, grollte der bärtige Bandenführer. »Das Farmhaus ist nicht viel besser als der Schuppen hier. Hätten von dem Geld eine ordentliche Rumschenke in den *Rocks* kaufen können. Da hätten sich meine Männer zehnmal wohler gefühlt.«

»Ja, und nach ein paar Kannen Rum angefangen, mit ihren Heldentaten zu prahlen und Sie an den Galgen gebracht!« hielt Kenneth ihm geringschätzig vor. »Nein, die Männer bleiben da draußen auf der Farm unter Ihrer Aufsicht, Duckworth. Und keiner von ihnen setzt auch nur einen Fuß von der Farm – es sei denn, es geht wieder los.«

»Zum Teufel, das sind keine Klosterschüler, die ich da um mich versammelt habe!« protestierte Duckworth. »Das sind harte Burschen. Die wollen nach der Arbeit, die wir geleistet haben, Weiber und Rum!«

»Zu hart für Sie, Duckworth?« fragte Kenneth mit einem gefährlichen Unterton.

»Das habe ich nicht gesagt!«

»Das würde mir auch für Sie leid tun, mein Freund«, sagte Kenneth langsam und warnend. »Wenn Sie nicht in der Lage sind, Ihre Männer unter Kontrolle zu halten und ihnen klarzumachen, daß *Ihnen allen* der Strang so sicher wie das Amen in der Kirche ist, wenn sich nur *einer* von ihnen nicht an unsere Vereinbarung hält, lassen wir Sie fallen wie eine faule Kartoffel, Duckworth!«

»Lieutenant! Ich...«

»Halten Sie den Mund und hören Sie zu, wenn ich rede!« schnitt Kenneth ihm eisig das Wort ab. Zuviel stand für sie alle auf dem Spiel, als daß er Duckworth auch nur die Illusion lassen durfte, nur ein Quentchen über die Stränge schlagen zu können. »Einzig Sie allein verlassen die Farm, um Proviant und meinetwegen auch Rum zu besorgen. Niemand sonst! Erfahre ich davon, daß das nicht so ist, und Sie können Ihren Hals verwetten, daß ich es erfahre, dann sind Sie und Ihre Leute reif für den Strick, das schwöre ich Ihnen! Ich werde höchstpersönlich dafür Sorge tragen, daß Sie hängen werden! Und glauben Sie ja nicht, mir oder Mister Hawkley irgend etwas am Zeug flicken zu können. Unsere Macht ist größer, als Sie vielleicht meinen, und wir werden nicht davor zurückschrecken, sie auch dementsprechend einzusetzen.«

Duckworth wurde blaß. »Mein Gott, es besteht gar kein Grund, gleich so schwere Geschütze aufzufahren. Ich habe ja bloß gesagt, daß den Männern das untätige Herumsitzen auf der Farm auf die Nerven geht. Aber aus der Reihe tanzt mir keiner, darauf haben Sie mein Wort!« beeilte er sich zu versichern.

»Das freut mich zu hören – für Sie, Duckworth«, sagte Kenneth sarkastisch. »Wäre auch wirklich zu schade um Sie. Kann mir nämlich gut vorstellen, daß wir auch in Zukunft noch einträgliche Geschäfte miteinander machen werden, wenn das mit

Seven Hills hinter uns liegt. Einen Mann wie Sie kann ich bei meinen… vielseitigen Unternehmungen immer gut gebrauchen.« Das war eine glatte Lüge, um Duckworth in Sicherheit zu wiegen. Denn längst war er mit Hawkley übereingekommen, sich dieses Mannes zu entledigen, wenn sie seiner nicht mehr bedurften.

Es war sicherer so, auch wenn Duckworth nicht das geringste gegen sie in der Hand hatte. Aber allein schon die Beschuldigungen, die er im schlimmsten Fall gegen sie vorbringen mochte, würden für unangenehmes Gerede sorgen – und vor allem würde Jessica ihm auch ohne Beweise Glauben schenken. Das war schon Grund genug, Duckworth aus der Welt zu schaffen.

»Stehe Ihnen und Mister Hawkley immer zu Diensten«, sagte Duckworth geschmeichelt.

»Im Augenblick können Sie sich und uns den besten Dienst damit tun, daß Sie sich auf der Farm unauffällig verhalten. Und da eine Farm, auf der nicht gearbeitet wird, obwohl sie von acht kräftigen Männern bewohnt wird, Argwohn erwecken kann, schlage ich vor, daß Sie sich nicht allein aufs Kartenspielen und Rumtrinken beschränken. Die Männer sollen arbeiten. Sie haben ja selbst gesagt, daß sich das Farmhaus in einem schlechten Zustand befindet. Wunderbar, da haben Sie ja Arbeit genug, um ihnen die Langeweile zu vertreiben. Außerdem erhöht das den Wert der Farm, die Sie ja bestimmt nicht behalten wollen, oder?«

Duckworth grinste. »Der Teufel soll mich holen, wenn ich da auch nur einen Tag länger als nötig bleibe. Aber daß ich einen höheren Profit rausschlagen kann, wenn ich die Kerle zum Arbeiten bringe, ist wirklich ein Argument. Doch irgendwie muß ich ihnen die Wochen schon schmackhaft machen.«

Hawkley hatte damit gerechnet und ihm einen Geldbeutel mit-

gegeben, den er Duckworth nun zuwarf. »Zwei Pfund für jeden von ihnen. Ein Bonus fürs Warten und Arbeiten.«

»Und was kriege ich?«

»Einen höheren Gewinn, wenn Sie die Farm verkaufen.«

»Na gut«, brummte Duckworth, der sich nicht beklagen wollte. Er hatte schon eine ganze Menge aus Hawkley herausgeholt. »Wie erfahre ich, wann es wieder losgeht?«

»Kommen Sie jede Woche einmal hierher. Wenn Sie sehen, daß der Baum da drüben gefällt ist«, Kenneth wies auf eine junge Akazie mit armdickem Stamm, die rechts neben dem Schuppen stand, »fahren Sie nach Parramatta und kaufen zwei Dutzend Kerzen. Die bringen Sie, gut verpackt, nach MIRRA BOOKA. Und sagen Sie demjenigen, dem Sie das Paket auf der Farm übergeben, es wäre für Mister Hawkley persönlich bestimmt. In derselben Nacht finden Sie sich hier wieder ein. Dann erfahren Sie von ihm oder von mir alle Einzelheiten unseres weiteren Vorgehens.«

Duckworth nickte. »In Ordnung.«

»Das wär's. Halten Sie Ihre Männer im Zaum!« erinnerte er ihn noch einmal und ging dann raschen Schrittes die Allee wieder hoch. »Zurück nach MIRRA BOOKA.«

»Sehr wohl, Lieutenant.«

Zwanzig Minuten später rollte die Kutsche durch das Tor der Farm.

John Hawkley erwartete ihn schon. Er saß in einem Rollstuhl vor dem lodernden Kaminfeuer. Er war ein untersetzter, stämmiger Mann von vierundfünfzig Jahren. Sein Gesicht war grobflächig und ohne Feinheit in den Zügen. Hart und kantig war seine Kinnpartie, und helle scharfe Augen lagen unter buschigen Brauen.

»Wie ist es gelaufen, Lieutenant?«

Kenneth trat vor das Feuer und rieb sich die kalten Hände. »Wie soll es gelaufen sein, Mister Hawkley? Ganz nach Plan natürlich. Ich habe ihm noch einmal gründlich eingeheizt und ihm klargemacht, daß ihn der Strick erwartet, wenn er sein Gesindel nicht unter Kontrolle und auf der Farm hält. Er ist förmlich zusammengeschrumpft. Ich glaube nicht, daß er auch nur einen von ihnen vom Land läßt. Eher wird er ihn umlegen.«

»Ausgezeichnet«, freute sich John Hawkley. »Es entwickelt sich prächtig.«

»Na, Sie haben dabei ganz zweifellos den besseren Part in diesem Stück erwischt«, meinte Kenneth und spielte darauf an, daß Hawkley nicht einen Fuß vor die Türschwelle zu setzen brauchte.

»Dafür aber auch den kostspieligeren«, erwiderte der Siedler, der die Bemerkung des Lieutenants nicht als Vorwurf verstanden hatte. »Immerhin finanziere ich das Unternehmen, und es ist nicht gerade eine billige Rache, die ich mir da ausgedacht habe.«

»Aber eine sehr effektive, das kann ich Ihnen versichern. Duckworth hat Seven Hills einen schweren Schlag versetzt. Fast zweitausend Schafe!«

»Das ist noch längst nicht genug«, sagte Hawkley hart. »Ich will, daß Jessica ruiniert ist. Dann habe ich mein Ziel erreicht, und Ihnen wird die Frau wie eine reife Frucht in den Schoß fallen. Seven Hills ist ihr Leben, das wissen Sie. Sie liebt die Farm mehr als alles andere. Nicht einmal für Mitchell würde sie sie aufgeben. Wenn man ihr die Farm nimmt, dann ist das ihr Ende. Und derjenige, der ihr die Möglichkeit gibt, die Farm zu retten und für ihren Sohn zu erhalten, kann alles von ihr verlangen – und wird es auch erhalten.«

Kenneth lächelte. »Ja, da haben Sie recht. Es ist schon erstaunlich, daß manche ihr eigenes Blut für ein paar tausend Morgen Land geben würden.«

»Auch ich gehöre zu diesen, Lieutenant. Für MIRRA BOOKA würde ich alles tun!«

»Und für Mister Hamilton«, warf er spöttisch ein.

»Das ist für mich ein und dasselbe. Ich habe nie einen Sohn gehabt. Mitchell ist dieser Sohn für mich geworden. MIRRA BOOKA ist mein Erbe an ihn«, übertrieb er, denn längst gehörte ihm ja nur noch die Hälfte der Farm. »Und daß ich ihn von Jessica befreie, die seinen Aufstieg in unserer Gesellschaft der freien Siedler zunichte machen würde.« Haß stand in seinen Augen. »Sie hat ihm nur Unglück gebracht. Nichts gegen Ihre Gefühle für sie, Lieutenant, aber ich wünschte, sie wäre damals mit der TRADEWIND untergegangen. Dann wäre all das nie nötig gewesen!«

»In dieser Angelegenheit bin ich anderer Meinung, aber wie die Dinge nun mal liegen, sind wir aufeinander angewiesen, damit jeder von uns sein Ziel erreicht.«

»In der Tat!«

»Nun, es wird nicht mehr lange dauern. Wie sieht es mit Deborah Simonton aus?« wollte er dann wissen. »Ist ihr endlich etwas eingefallen, wie man Jessica um ihr Geschäft in Sydney bringen kann?«

»Ich habe noch nichts von ihr gehört, bin aber sicher, daß sie nicht untätig ist. Sie haßt Jessica vielleicht noch mehr als ich, und das ist die beste Voraussetzung, um ihre Phantasie anzuregen.«

»Hoffen wir das Beste. Es kann nicht schaden, wenn Jessica auch in Sydney eine Menge Ärger bekommt«, meinte Kenneth, der wie Hawkley keine Skrupel kannte, wenn es darum ging, etwas zu erreichen, von dem er besessen war.

Kenneth blieb noch eine halbe Stunde bei John Hawkley, um

ihre zukünftigen Schritte zu Jessicas Ruin abzustimmen, dann ließ er sein Pferd satteln und kehrte nach Parramatta in die Garnison zurück.

Am Morgen erfuhr er, daß er Vater eines gesunden Sohnes geworden war. Seine Freude kannte keine Grenzen. O ja, er bekam alles, was er sich in den Kopf setzte. Auch Jessica!

14

Es hatte aufgeklart, und der kühle Wind, der die dunklen Wolken vom Himmel vertrieben hatte, ließ Patrick Rourkes wilden gelockten Haarschopf wehen, der unter der Mütze aus Känguruhfell hervorlugte. So rotbraun wie sein Haar war auch sein Bart, der ein markantes, verwegen aussehendes Gesicht mit scharfen, wachsamen Augen umrahmte. Über einem dicken Pullover trug er seine ärmellose Schaffelljacke, die ihm das liebste Stück war.

Der Captain der Comet, ein ehemaliger irischer Fischer von nun fünfunddreißig Jahren, war ein großer, kräftiger Mann mit breiten Schultern, die im Niedergang des Marssegelschoners immer wieder aneckten.

Er stand neben seinem Steuermann Lew Kinley, der wie stets auf einem Holzspan kaute. Dieser Angewohnheit schrieb er seine ausgezeichnete Gesundheit zu, die ihn auch dann nicht enttäuschte, wenn Sturm und Regen kein Ende nehmen wollten und er wochenlang nicht aus den feuchten Sachen herauskam.

»Paß auf den Baumstamm auf«, sagte Captain Rourke unnötigerweise, wie er auch selbst wußte, denn sein Steuermann, sein bester Mann an Bord des Schoners, hatte den treibenden Stamm auf dem breiten Hawkesbury River schon längst ausgemacht.

»Nicht so schlimm mit dem Treibholz dieses Jahr«, meinte Lew Kinley und steuerte die Comet mit viel Gefühl in sicheres Wasser nach Backbord. »Hat schon Zeiten gegeben, wo man hier nicht mal mit einem Ruderboot sicher durchgekommen wäre.«

»Ich wünschte, Bäume und Sträucher wären das einzige, was der Fluß mit sich führen würde«, erwiderte Captain Rourke grimmig und dachte daran, was er von den Farmern weiter flußabwärts erfahren hatte. Und die unzähligen Schafkadaver, die überall aufgedunsen an die Ufer geschwemmt waren, hatte er noch gut vor Augen. Ein entsetzlicher Anblick.

Lew Kinley nickte. »Schrecklich, was auf SEVEN HILLS passiert sein muß. Hoffentlich haben sie das Dreckspack, das das angerichtet hat, inzwischen erwischt und dem Henker schon gesagt, daß er Arbeit bekommt.«

»Ja, hoffentlich. Bald werden wir es wissen«, brummte Patrick Rourke und wartete ungeduldig darauf, daß die Anlegestelle von SEVEN HILLS in Sicht kam.

Es war nicht mehr weit. Eine halbe Stunde später konnten sie schon den Hügel mit der Farm ausmachen. Und dann ging die COMET längsseits an den langen Steg aus schweren Balken. Das frische Holz von vier Pfosten verriet seinem Blick, das sie erst vor kurzem erneuert worden waren.

Patrick Rourke wartete gar nicht erst ab, bis der Schoner sicher vertäut an der Anlegestelle lag. Das überließ er Lew Kinley. Er stand bereits auf der Reling, eine Hand in der Takelage, und sprang hinüber, als die COMET längsseits ging.

Die Ankunft des Schoners war auf SEVEN HILLS schon bemerkt worden, als er hinter der Flußbiegung aufgetaucht war. Jessica ging dem Captain ein Stück entgegen.

Er strahlte über das bärtige Gesicht, als er sie oben auf dem Hang stehen sah. Was für eine Frau! Schön, beherzt und geschäftstüchtig, was jedoch ihrer Weiblichkeit und ihrer Warmherzigkeit nicht den geringsten Abbruch tat. Eine Frau wie sie war eine Rarität und so schwer zu finden wie ein nicht korrupter Offizier vom New South Wales Corps. Und er hatte sich einmal mit Händen und Füßen dagegen gewehrt, sie als gleichberechtigten Partner zu akzeptieren, als er kurz davor gestanden hatte, seine COMET zu verlieren, weil er in ernsten finanziellen Schwierigkeiten gesteckt hatte. Heute konnte er über seine Vorurteile nur noch lachen.

»Patrick! Wie schön, Sie wiederzusehen!« begrüßte sie ihn voller Freude. »Sie wissen ja gar nicht, wie sehr ich auf Sie gewartet habe!«

Er umschloß ihre Hand mit seinen beiden Pranken. »Jessica! Ich freue mich auch, aber zu sehr viel Freude ist wohl kein Anlaß. Ich habe Schreckliches gehört. Und der Fluß war voller Kadaver«, sagte er, sichtlich zwischen Freude und tiefer Besorgnis hin- und hergerissen.

Ein Schatten legte sich auf ihr Gesicht. »Ja, es war und ist so entsetzlich und beängstigend, daß ich es gar nicht richtig in Worte fassen kann. Und ich verstehe es nicht«, sagte sie, besann sich dann aber ihrer Gastgeberpflichten und zwang sich zu einem Lächeln. »Zum Glück gibt es nicht nur schlechte Nachrichten. Aber kommen Sie doch erst einmal ins Haus. Lisa bringt gleich einen saftigen Schweinebraten auf den Mittagstisch. Wir haben schon ein Gedeck für Sie aufgelegt.«

Er grinste. »Das habe ich dann ja richtig abgepaßt. Nach dem Einerlei auf der COMET kommt mir Lisa mit ihren Kochkünsten immer wieder wie die begehrenswerteste Frau vor«, scherzte er.

Jessica lachte. »Noch ist sie zu haben. Ich fürchte nur, daß sie wenig für die Planken eines Schiffes übrig hat, auch wenn Sie ihr bestimmt gefallen.«

»Man soll das Beste immer nur in kleinen Portionen genießen, sonst verlernt man, es richtig zu würdigen.«

»Also werden Sie Lisa keinen Heiratsantrag machen«, folgerte Jessica spöttisch, während sie zum Haus gingen.
Er schmunzelte. »Manchmal liegt die Größe im Verzicht, Jessica. Und wie sollte ich es Alan, der bei mir auch als eifriger, aber nicht übermäßig talentierter Schiffskoch auf der Heuerliste steht, beibringen, daß er mir nach all den Jahren einfallsloser Treue nun auf einmal nicht mehr gut genug ist? Nein, das würde ich einfach nicht übers Herz bringen.«
Jessica konnte sich eines Lachens nicht erwehren. Sie hatte schon so lange nicht mehr gelacht. Es war gut, daß Patrick gekommen war. »Ach, ich habe Ihren Humor wirklich vermißt, Patrick. Das wird mir erst jetzt so richtig bewußt.«
»Ich freue mich, wenn es mir gelingt, Sie ein klein wenig aufzumuntern. Wenn man nicht mehr lachen und sich freuen kann, ist das Leben kein Stück Pökelfleisch mehr wert«, sagte er mit heiterem Ernst. »Sie haben gewiß Schlimmes durchgemacht, aber Sie dürfen nie vergessen, daß nach der Nacht immer wieder ein neuer Tag kommt.«
»Nur ist der Tag manchmal nicht viel besser als die Nacht, Patrick«, erwiderte sie. »Aber davon wollen wir nach dem Essen reden.«
Sie gingen ins Haus, und Edward nahm den Captain sogleich in Beschlag. Er wollte nachher auf die COMET und unbedingt einmal in den Mastkorb hochklettern, ein Wunsch, der ihm fast so schwer auszureden war wie die immer wiederkehrende Bitte, doch einmal mit auf Fahrt gehen zu dürfen.
»Später, mein Junge«, vertröstete Jessica ihn. »Du wirst bei diesem unbeständigen Wetter nicht viel Freude auf der COMET haben. Wenn es wieder warm wird, können wir noch einmal darüber reden.«
»Ist das ein Versprechen?«
»Ja, das ist es«, versicherte Jessica. Edward war groß genug, um

für ein paar Tage mit der COMET flußaufwärts zu segeln, zumal sie ihn bei Patrick in bester Obhut wußte. Aber das hatte noch Zeit bis nach der Schafschur im Oktober.
Ian trat wenig später ins Eßzimmer, und die beiden Männer, die nicht nur ihre irische Abstammung verband, begrüßten sich mit rauher Herzlichkeit. Dann servierte Lisa den Schweinebraten, wobei ihr Alice zur Hand ging, die sich schon recht gut machte und einmal so tüchtig zu werden versprach wie Anne.
In Gegenwart der Kinder vermieden sie ernste Themen, und Patrick Rourke erzählte voller Zufriedenheit, daß sich die neue Einrichtung auf der COMET, auch eine Auswahl Waren aus Jessicas Geschäft in Sydney mitzuführen, bereits auf der ersten Fahrt blendend bewährt hatte.
»Die Frauen und Töchter der Farmer, bei denen ich auf dem Weg flußaufwärts schon Station gemacht habe, waren begeistert von den Dingen, die Mister Pickwick in den beiden großen Truhen zusammengestellt hat. Aber nicht nur die, auch die Frauen und Männer, die als Emanzipisten oder zugewiesene Sträflinge auf den Farmen arbeiten, haben die beiden Truhen förmlich umlagert und so manchen Shilling ausgegeben, der wohl sonst für Rum draufgegangen wäre. Lew hat sich der Sache angenommen, da ich ja meist alle Hände voll zu tun habe, mit den Männern zu verhandeln. Die Kisten sind schon arg geplündert, so daß ich den Frauen weiter oberhalb nicht mehr viel bieten kann«, erzählte er, während er kräftig zulangte und auch dem Tafelwein ordentlich zusprach, den Jessica zu seinen Ehren hatte auftischen lassen. »Wir hätten die dreifache Menge mitnehmen können. Ich sage Ihnen, da kommt ein beachtliches Sümmchen zusammen. Sie haben mal wieder einen guten Riecher gehabt.«
»Haben Sie bei Jessica etwas anderes erwartet, wenn es um Ge-

schäfte geht?« fragte Ian mit gutmütigem Spott und lud sich noch eine Scheibe Braten auf den Teller.
Patrick grinste in die Runde. »Nein, ich gehöre längst zu den Bekehrten.«
Jessica lächelte. »Nun übertreiben Sie mal nicht, meine Herren. Diese Idee war nicht gerade eine geniale unternehmerische Glanzleistung. Sie lag auf der Hand. Die meisten Frauen auf den umliegenden Farmen kommen nun mal sehr selten in eine der größeren Siedlungen. Weshalb sollen wir ihnen die Dinge, die sie brauchen, da nicht vor die Haustür bringen?«
»Und auch die, die sie gar nicht mal so unbedingt brauchen«, fügte Patrick augenzwinkernd hinzu.
»Auch das gehört dazu. Das Nützliche allein bringt auf Dauer keinen Glanz in die Augen einer Frau. Eine Brosche, ein schönes Tuch, eine hübsch verzierte Haarbürste oder eine besondere Schürze für Sonntage, das sind die kleinen Freuden in einem Leben, das schon hart genug ist«, erwiderte Jessica.
»Das haben Sie richtig gesagt«, pflichtete Patrick ihr bei. »Und wir werden den Männern und Frauen noch eine Menge kleiner Freuden verkaufen können, das ist so sicher, wie eine Bilge nie trocken ist!«
»Wie haben Sie das Holz losschlagen können, das wir von Van Diemen's Land zurückgebracht haben?« wollte Jessica wissen.
Patrick warf ihr einen überraschten Blick zu, daß sie vor den Kindern und bei offener Zimmertür so unverblümt aussprach, wohin sie gesegelt waren. Kinder plappern, und wenn jemand das hörte, war der Ort, wo Mitchell Hamilton sich versteckt hielt, verraten.
Jessica lächelte. »Stillschweigen ist nicht mehr nötig, Patrick«, erklärte sie, seine Verwunderung richtig deutend. »Es besteht keine Gefahr mehr. Später weiteres.«
»Oh!« entfuhr es ihm unwillkürlich. »Das nenne ich in der Tat

eine gute Nachricht. Nun, was die Ladung Holz betrifft, habe ich bei Sullivans Werft einen erstklassigen Preis ausgehandelt – ganz der Ware entsprechend. Er und einige der anderen Bootsbauer hätten Bedarf für viel mehr. Aber man kann ja leider nicht überall sein.«

»Sie müssen sich eben noch ein zweites Schiff für einen Pendelverkehr zwischen Sydney und Van Diemen's Land zulegen, Jessica«, warf Ian scherzhaft ein.

»Ich werde darüber nachdenken.«

Ian hob abwehrend die Hände. »Jessica, bitte! Tun Sie mir das nicht an! Die COMET und der Walfänger sind vollauf genug!«

Patrick sah überrascht zu Jessica. »Höre ich Walfänger? Sagen Sie bloß, Sie werden mir untreu und setzten plötzlich auf stinkenden Tran und dieses Zeug!«

Sie schmunzelte. »Daß ihr Iren immer gleich so maßlos übertreiben müßt! Weder setze ich auf Tran, noch habe ich mir einen Walfänger zugelegt, wie Ian den Eindruck zu erwecken sucht, wann immer das Gespräch auf die PACIFIC kommt. Ich bin nur stille Teilhaberin, und mir gehört gerade mal ein Fünftel des Schiffes.«

Patrick stieß einen leisen Pfiff aus. »Ein Fünftel! Dafür hätten Sie gut und gerne zwei weitere Schoner von der Größe der COMET auf Kiel legen lassen können!« überschlug er grob.

»Einen können Sie aber nur befehligen, Patrick.«

Er griente. »Ja, aber mit einer kleinen Flotte hätte ich auch keine Disziplinschwierigkeiten«, sagte er halb spaßig, halb ernsthaft.

»Patrick!« protestierte Ian. »Wenn Sie jetzt auch noch anfangen, Jessica Flöhe ins Ohr zu setzen, kündige ich Ihnen meine Freundschaft!«

»Ich ziehe meinen Vorschlag zurück«, erklärte Patrick und fügte spöttisch hinzu: »Bis Sie außer Hörweite sind, Sie Landratte!«

Sie lachten, als ob es keine ernsten Probleme gäbe und die Zukunft so rosig aussähe wie das Geschäft mit der COMET. Doch in diesem Lachen lag auch etwas Gezwungenes. Es war, als wollte jeder von ihnen das Gespräch über die entsetzlichen Geschehnisse so lange wie möglich hinauszögern. Doch als Victoria und Edward Lisas Pudding verspeist hatten und aus dem Zimmer geeilt waren, war es an Jessica und Ian, Patrick Rourke davon zu berichten.

Der Captain war froh, daß das Essen hinter ihnen lag und Jessica ihnen einen starken Brandy eingeschenkt hatte. Seine Betroffenheit war genauso groß wie ihrer aller Ratlosigkeit, wer hinter diesen ungeheuerlichen Taten stehen konnte.

Es war Jessica, die das Thema abschloß, weil sie sich immer nur im Kreise drehten, wie schon seit Wochen. »Wir werden auf SEVEN HILLS mit der Ungewißheit leben müssen, so bitter es auch ist, und können nur beten, daß es sich nicht wiederholt, obwohl wir alle daran zweifeln. Doch sprechen wir nun von erfreulichen Dingen: Der Haftbefehl gegen Mitchell ist aufgehoben!«

Patricks Gesicht hellte sich auf. »Ist das wahr?«

»Ja, ich habe es schriftlich, unterzeichnet von Major Robertson. Es hat alles seine Richtigkeit. Mitchell kann endlich zurück!«

»Das wurde auch allerhöchste Zeit! Es war eine himmelschreiende Ungerechtigkeit, was ihm da angetan worden ist!«

»In der Tat!« sagte Ian grimmig. »Und von diesen schändlichen Ungerechtigkeiten gibt es in dieser Kolonie mehr, als wir Zeit haben, sie aufzuzählen.«

»Wann können Sie nach Van Diemen's Land segeln?« fragte Jessica.

Patrick zog die Stirn kraus. »Sie wissen genau, daß ich mich am liebsten sofort auf die Fahrt machen würde, wenn es nach mir ginge.«

»Ich weiß. Sie sind Verpflichtungen eingegangen.«
Er nickte. »Ich muß noch zu den Vanderburgs hoch. Außerdem habe ich von den Stuarts eine Fracht angenommen, die für Sydney bestimmt ist. Danach kann ich nach Van Diemen's Land segeln.«
»Also etwa in einer Woche.«
Der Captain zuckte die Achseln. »Das hängt vom Wetter ab. Unter Umständen können daraus auch zehn Tage werden.«
»Das bedeutet also, daß Sie vor Mitte August nicht mit Mitchell zurück sein können«, schätzte Jessica.
»Das könnte hinkommen.«
Jessica seufzte. »Das ist noch lange. Dann beginnt schon der Frühling.« Sie riß sich zusammen. »Ach, mir ist jeder Tag zu lange, aber darauf kommt es nicht an. Wichtig ist nur, daß er endlich zurückkehren kann. Und natürlich werden Sie bei der Gelegenheit gleich nach Hobart segeln und dort wieder eine Ladung Holz übernehmen.«
»Das kostet aber noch ein paar Tage mehr Zeit«, gab Patrick zu bedenken.
»Soll die Comet vielleicht mit leerem Frachtraum zurücksegeln, obwohl sie mir gerade erst erzählt haben, welch guten Profit wir mit dem Holz gemacht haben?« erwiderte sie. »Die paar Tage mehr werde ich auch noch ertragen.«
Patrick und Ian schmunzelten. Das war typisch Jessica Brading. Sogar in einer solchen Situation brachte sie es nicht fertig, einen sicheren Profit auszuschlagen und den Schoner mit leerem Laderaum segeln zu lassen. Es widerstrebte einfach ihrer angeborenen Geschäftstüchtigkeit. Sie liebte Mitchell Hamilton ohne jeden Zweifel. Doch das Geschäft liebte sie nicht weniger, wenn auch auf eine andere Art.

15

Man konnte Lucille Driscoll dreimal in einer Stunde in der Tür eines Geschäftes begegnen oder an sonst einem Ort, wo man gezwungen ist, sein Gegenüber in der Menge unbekannter Gesichter bewußt wahrzunehmen, doch ihr Gesicht würde sich auch nach der fünften Begegnung im Gedächtnis des Betrachters nicht einmal zu einer vagen Erinnerung festigen. Es gab nichts an ihr, was das menschliche Hirn einer Erinnerung für wert hielt. Nichts an ihr war ungewöhnlich oder gar hervorstechend. Weder war sie häßlich noch hübsch. Sie war einfach konturlos: in Größe, Figur, Haarfarbe, Stimme, Gesichtszügen und Gang. Die Natur hatte sich bei ihr einfach nicht festlegen wollen und sich auf die Erscheinungsform eines Menschen beschränkt, der zwar alles hatte, aber von allem nur die unscheinbarste Form, die nicht dafür geschaffen ist, ein individuelles Bild zu prägen, das sich durch Eigenheiten von anderen abhebt. Da die Natur sie mit keinen positiven Vorzügen ausgestattet hatte, hatte sie sich schon oft gewünscht, doch wenigstens häßlich zu sein, um endlich einmal zur Kenntnis genommen zu werden. Aber nicht einmal das war ihr vergönnt gewesen.

Das einzige Mal, daß Lucille Driscoll in ihrem knapp zwanzigjährigen Leben im Mittelpunkt des Interesses gestanden hatte, war ihr Prozeß vor vier Jahren gewesen. Doch da sie bei dem Taschendiebstahl auf frischer Tat ertappt worden war und es genügend Zeugen gegeben hatte, war das Interesse, das man ihr im Londoner Kriminalgericht von Old Bailey geschenkt hatte, nur von kurzer Dauer gewesen. Keine zehn Minuten, nachdem man die Anklage verlesen und sie sich für schuldig erklärt hatte, war das Urteil auch schon gefällt worden: sieben Jahre Verbannung nach New South Wales.

Und daß Graham Driscoll sie vor einem Jahr geheiratet hatte, als ihre Reststrafe zur Bewährung ausgesetzt worden war, verdankte sie nur der Tatsache, daß das Schankmädchen, das er erst hatte heiraten wollen, ihm den Laufpaß gegeben hatte. Es war in einer Taverne unten am Hafen gewesen.

»Soll sie doch zum Teufel gehen«, sagte er in seiner Wut. »Dann heirate ich eben die nächstbeste Frau, die mich will.«

»Ich will!« sagte Lucille spontan. Es war Scherz und Ernst zugleich.

Graham Driscoll wandte sich zu ihr um und nahm sie jetzt erst zur Kenntnis, obwohl sie schon den ganzen Abend in seiner Nähe stand. »Was? Für 'nen Sixpence ins Bett oder heiraten?« knurrte er.

»Heiraten.«

»Wie heißt du?« fragte er.

»Lucille Crest.«

Er sah sie an, zuckte dann die Achseln und sagte: »Morgen heißt du Lucille Driscoll.«

Sie lachte nicht, auch wenn sie ihm nicht glaubte. Doch er nahm sie zu seiner Frau, wie er es gesagt hatte. Ein Jahr lag das nun schon zurück. Es war eine gute Ehe, die sie führten. Graham arbeitete auf einer der Werften, trank mäßig und schlug sie nicht. Doch manchmal hatte sie den Eindruck, als würde er sie gar nicht richtig bewußt wahrnehmen. Und wenn sie ihm mittags sein Essen brachte, passierte es nicht selten, daß ihr eigener Mann zwei Schritte an ihr vorbeiging, ohne sie zu sehen. Rief sie dann seinen Namen, blieb er stehen, sah sie mit einem verwirrten Stirnrunzeln an, als wüßte er nicht, wer sie war und was sie von ihm wollte, und lachte dann verlegen, wenn er sich daran erinnerte, daß sie ja die Frau war, mit der er verheiratet war. Sie rechnete damit, daß sich daran auch in zehn Jahren nichts ändern würde. Es schmerzte, aber längst nicht so sehr wie die Einsamkeit vorher, und im Grunde ihres Herzens war sie zufrieden, daß das Schicksal ihr Graham beschert hatte. Doch dann und wann sehnte sie sich danach, wirklich zur Kenntnis genommen zu werden und jemand zu sein.

Und nun war dieser Traum Wirklichkeit geworden. In dem feinen Haus in der Marlborough Street war sie nicht länger ein Niemand, sondern stand endlich einmal im Mittelpunkt des Interesses. Sie, Lucille Driscoll, die graue unscheinbare Maus aus dem Londoner East End, war Mittelpunkt im Hause von Missis Lieutenant Forbes!

Dank ihrer prallen Brüste, die genug Milch für zwei Babys produzierten. Daß sie ihr eigenes Baby vor einer Woche tot zur Welt gebracht hatte, hatte sie mit Trauer und Schmerz erfüllt. Doch sie tröstete sich damit, daß sie noch jung war und viele Kinder gebären konnte. Auch wenn sie den bewußten Gedanken daran vermied, so wußte sie doch, daß der Zeitpunkt für ein eigenes Kind auch nicht sehr günstig gewesen wäre. Die Hütte, in der sie mit Graham hauste, war schon für zwei beengend. Und die paar Shilling, die er in der Woche nach Hause brachte, ermöglichten es ihnen, gerade so über die Runden zu kommen. Ihre Arbeit als Wäscherin hatte sie in den letzten Monaten der Schwangerschaft verloren, als sie sich nicht mehr hatte bücken können. Noch nicht einmal einen halben Shilling hatte sie für die harte Arbeit am Waschtrog bekommen. Und hier bei Missis Forbes bekam sie einen ganzen Shilling pro Tag! Für eine Aufgabe, die ein wahres Vergnügen war und sie sogar noch von den Schmerzen ihrer überprallen Brüste befreite! Sie hoffte,

daß Missis Forbes ihren kräftigen Jungen möglichst lange stillen lassen würde. Am besten acht Monate! Doch das war wohl zuviel verlangt in einem Haushalt wie diesem, in dem der Überfluß der Alltag war und ein Kind nicht allein deshalb gestillt wurde, weil sonst nichts anderes da war, womit man es füttern konnte. Aber auf etwa ein halbes Jahr konnte sie sich wohl einrichten, wie ihr die Zofe gesagt hatte, und allein das war schon ein himmlischer Segen. Denn zu der überaus großzügigen Bezahlung bekam sie von der Köchin nach dem Stillen in der Küche immer noch etwas zu essen aufgetischt. Gewiß, es waren die Reste von den Mahlzeiten der Herrschaften. Aber was von Missis Forbes' Tisch zurück in die Küche wanderte, gab es bei ihr und Graham nicht einmal zu Weihnachten. Und gelegentlich packte ihr die Köchin sogar eine schöne Scheibe Lammbraten für Graham oder ein Stück Kuchen ein.
Daß sie sich jetzt ständig waschen mußte, nun, daran würde sie sich schon noch gewöhnen. Bei der Bezahlung nahm sie diese kleinen Unannehmlichkeiten in Kauf. Bevor sie sich bei der Zofe der Mistress hatte vorstellen können, hatte Eugenia Boldwin darauf bestanden, daß sie ein richtiges Bad nahm und sich von Kopf bis Fuß abschrubbte, wozu sie sich sonst höchstens einmal im Jahr überwand. Die Seife hatte sie gleich mitgebracht, wohl wissend, daß es in der Hütte von Lucille Driscoll diesen Luxus nicht gab. Auch auf frisch gewaschener Kleidung hatte die Köchin bestanden. Sie hatte darüber gelacht. Aber warum nicht. Wenn die Mistress darauf Wert legte, hätte sie sich sogar den Kopf kahlgeschoren.
Ja, Lucille Driscoll war der felsenfesten Überzeugung, zum zweitenmal in ihrem Leben die herzerwärmende Sonne des Glücks auf Seele und Körper zu spüren. Und die Stillzeiten alle vier Stunden gehörten zu den Höhepunkten des Tages.
»Oh, der kleine Racker kann mal wieder nicht genug kriegen«,

sagte sie stolz und legte den Jungen nun an die linke Brust. Sie schob ihm die Brustwarze zwischen die Lippen und seufzte wohlig, als sie den festen Zug seines saugenden Mundes spürte. »Richtig ausgehungert ist der Kleine. Als hätte er den ganzen Tag nichts bekommen. Na, wir haben noch genug für dich. Saug nur kräftig. Das ist eine Quelle, die so rasch nicht versiegt.«

Lucille Driscoll saß mit völlig entblößter Brust im Kinderzimmer auf einem Stuhl mit gepolsterter Rückenlehne. Das Oberteil ihres einfachen Kattunkleides, das vorn eine Knopfleiste besaß, bauschte sich um ihre Hüften. Sie schämte sich nicht ihrer Nacktheit, obwohl sie wußte, daß ihr Körper dem Auge keine Reize bot. Doch sie war die einzige im Haus, die Milch in den Brüsten hatte und die das Schreien des hungrigen Babys in gieriges Schmatzen und anschließend in wohligen Schlaf verwandeln konnte. Und es kümmerte sie auch nicht, wenn manchmal alle drei um sie herumstanden und zusahen, wie das Kind an ihren Brüsten lag und trank.

Die Zofe war beim Stillen immer zugegen. Nicht eine Sekunde ließ die düstere Frau sie mit dem Baby allein. Das liebreizende indische Mädchen Maneka kam auch oft und beobachtete mit stummer Faszination das Stillen. Manchmal schaute auch die Köchin für ein paar Minuten herein und strahlte dabei über das ganze Gesicht, als wäre das ihr Baby.

Die Mistress jedoch kam nie. Es war immer die Zofe, die ihr den Jungen brachte. Erst einmal in den vergangenen fünf Tagen hatte sie Missis Forbes zu Gesicht bekommen. Zufällig in der Eingangshalle. Sie hatte ihr nur kurz zugenickt und war wortlos im Salon verschwunden.

Lucille Driscoll dachte nicht mal im Traum daran, ihr das übelzunehmen. Kritik an einer so hochstehenden Person wie Missis Forbes zu üben, wäre ihr nie in den Sinn gekommen. Noch nicht einmal in Gedanken. Was hätten sie auch miteinander reden sollen? Und daß vornehme Frauen sich Ammen nehmen, weil ihre Brüste nicht genug Milch hergaben oder sie ein zu frühes Erschlaffen derselben durch das Stillen befürchteten, war für sie eine Selbstverständlichkeit und das Recht von Damen wie Missis Forbes eben, die dafür das nötige Geld besaßen.

Lucille Driscoll wußte schon jetzt, daß die Monate im Haus der Mutter dieses kräftigen kleinen Kerls, der an ihrer Brust wachsen würde, daß diese Zeit die vielleicht schönste und sorgloseste ihres Lebens sein würde. Und sie war entschlossen, jede Minute davon zu genießen.

Ihre Stimme klang fast ein wenig traurig, als sie feststellte: »Unser kleiner Gierhals hat schon den Schlaf in den Augen.« Sie legte ihn an ihre Schulter und klopfte sanft seinen Rücken.

Kate wartete ungeduldig darauf, daß das Baby sein Bäuerchen machte.

Maneka streichelte die kleinen Finger, die so winzig und zerbrechlich aussahen. Es erschien ihr wie ein Wunder, daß dieses kleine Geschöpf eines Tages ein großer, kräftiger Mann sein würde.

»Kann ich ihn mal nehmen?« fragte sie.

»Warum nicht«, meinte Lucille Driscoll großzügig. »Nur leg eine Hand in seinen Nacken. Der Kleine kann den Kopf noch nicht mit eigener Kraft halten und...«

»Du bist nicht die Amme, Maneka!« mischte sich Kate ungnädig ein. »Wenn du etwas tun willst, dann schaff dic schmutzigen Windeln hinunter.«

»Aber warum soll sie den Kleinen nicht mal halten, Miss Mallock?« fragte Lucille ahnungslos.

»Weil du dafür bezahlt wirst und ich es so sage!« erwiderte die Zofe eisig und starrte sie durchdringend an. »Genügt dir das?«

»Sicher, Miss Mallock«, beteuerte Lucille rasch. Die vergangenen Tage hatten sie gelehrt, daß es sinnlos war, einen Grund für die plötzlichen aggressiven Anwandlungen der Zofe finden zu wollen. Offenbar war das ihre Natur, und sie würde die letzte sein, die mit ihr Streit anfing!
Bevor Maneka aus dem Zimmer ging, warf sie der Zofe einen Blick zu, in dem Bedauern lag, aber auch eine Spur von Mitleid, und das empfand Kate wie eine Ohrfeige. Verfluchtes Hurenmädchen! dachte Kate wütend. Und Heidin ist sie noch dazu!
Das Baby stieß zweimal auf, und Kate nahm es Lucille ab, um es in die weiche Decke zu wickeln. »Ich glaube, Eugenia hat noch was für dich in der Küche«, sagte sie von oben herab zu ihr.
»Ja, danke, Miss Mallock«, sagte Lucille devot, als kämen die milden Gaben aus der Geldbörse der Zofe. Sie griff nach ihrem zerschlissenen Leibchen, zog es über und knöpfte dann ihr Kleid zu.
Kate hielt das Baby im Arm und ging mit ihr bis zur Küchentür. Dann begab sie sich in den Salon, wo Rosetta Patiencen legte. Sie trat zu ihr an den kleinen, mit Intarsien eingelegten Tisch.
»Ich glaube, er ist schon wieder ein Stück gewachsen«, sagte sie und wiegte das Baby in ihren Armen.
Rosetta gab ihr keine Antwort und schien allein auf die Karten konzentriert zu sein. Doch Kate kannte ihre Herrin zu gut, um den verkniffenen Zug um ihren Mund nicht richtig deuten zu können.
»Er ist wirklich allerliebst, Rosetta.«
»Geh mir mit dem Bastard aus den Augen, Kate!« zischte Rosetta nun, den Blick jedoch starr auf die Karten gerichtet. »Du weißt, ich will ihn nicht sehen, deinen herzallerliebsten Balg!«
»Weder ist er ein Balg noch ein Bastard, Rosetta«, erwiderte die

Zofe mit ihrer Flüsterstimme. Doch diesmal lag eine eisige Kälte in dieser leisen, rauhen Stimme, die sie sonst nur gegenüber Maneka und Lucille anzuschlagen wagte. »Er ist Ihr Kind!... Ihr Fleisch und Blut!... Ihr ganzer Stolz!... Er ist Ihre Freiheit! Und es ist der Junge, der den Namen Ihrer Familie eine Generation weitertragen wird! Der Erbe und Stammhalter!«

»Ich weiß das!« erwiderte Rosetta gereizt. »Hältst du mich schon für senil?«

»Nein, aber Sie begreifen es offenbar immer noch nicht, wessen Kind das ist – nämlich Ihres, Rosetta!« gab Kate diesmal nicht nach. »Denn wenn Sie es wüßten, würden Sie sich anders verhalten!«

»Laß mich in Ruhe damit. Es reicht, wenn du dich um das... Kind kümmerst und die Amme, dieses farblose Geschöpf. Wie war doch noch ihr Name? Ist auch egal. Ich bin für die Mutterrolle nun mal nicht geschaffen!«

»Niemand erwartet, daß Sie sich von morgens bis abends um den Kleinen kümmern.«

»Wie großzügig von dir!«

»Aber ein bißchen Aufmerksamkeit werden Sie ihm schon schenken müssen, wenn Sie nicht wollen, daß geredet wird«, beharrte die Zofe.

»Wer soll hier schon reden?«

»Eugenia, die Amme. Über jede Mutter wird geredet, die ihr Kind nicht einmal eines Blickes würdigt. Drei Fehlgeburten und nun, da sich Ihr Wunsch nach einem Kind endlich erfüllt hat, nehmen Sie es überhaupt nicht zur Kenntnis.«

Rosetta blickte sie gereizt an. »Soll ich vielleicht zusehen, wie die Amme das Baby stillt?« fragte sie sarkastisch.

»Natürlich nicht! Aber Sie hatten *Ihr* Baby noch nicht einmal im Arm. Noch nicht einmal *angeschaut* haben Sie es!« warf Kate ihr vor.

»Alle Babys sehen sich gleich.«
»Da wird Ihr Mann anderer Meinung sein!«
»Mein Gott, ich kann nicht, Kate!« brach es nun aus Rosetta hervor. »Ich kann einfach nicht so tun, als wäre es mein Kind. Es ist das Kind einer anderen. Ich kriege es einfach nicht fertig, so zu tun, als wäre ich glücklich, endlich Mutter zu sein.«
»Das verlangt keiner von Ihnen, aber ein wenig Aufmerksamkeit werden Sie Ihrem Sohn schon schenken müssen. Und je eher Sie sich an seine Gegenwart gewöhnen, desto besser ist es für Sie. Ihr Kind kann nicht wie ein Fremder in diesem Haus aufwachsen. Hier, nehmen Sie ihn!«
»Nein!« wehrte Rosetta entsetzt ab.
»Verdammt noch mal, denken Sie an Ihren Mann! Soll er den Eindruck bekommen, Sie ekeln sich davor, seinen Sohn auf den Arm zu nehmen? Wollen Sie alles zerstören, was Sie sich erkämpft haben? Sie haben jetzt Macht über ihn – aber nur, wenn Sie sich dazu durchringen können, Ihre lächerliche Abscheu zu überwinden. Mit diesem Kind müssen Sie leben, Rosetta, bis zu Ihrem Tod! Und auch wenn Sie es nicht lieben müssen, so müssen Sie doch Stolz und Interesse zeigen. Und nun nehmen Sie Ihren Sohn schon!«
Kate kümmerte sich nicht um den Protest ihrer Herrin, sondern drückte ihr einfach das in die Decke gewickelte Baby in die Arme.
Rosetta saß stocksteif.
»Schauen Sie ihn an«, flüsterte Kate eindringlich. »Er ist das, was sich Ihr Mann über alles gewünscht hat, und für Sie ist er der Schlüssel zur Freiheit!«
Rosetta senkte den Blick und schaute in das entspannte Gesicht des schlafenden Jungen. Das Kind, das sie für fünf Pfund einer anderen Frau abgekauft hatte. Die Frucht eines anderen Mannes und einer anderen Frau. Nichts hatte dieser Junge mit ihr

und Ken gemein, und doch würde Ken ihn als seinen Sohn lieben. Eine Liebe, die sie nie würde teilen können. Er würde für sie immer das Kind einer anderen bleiben und sie jeden Tag daran erinnern, welch schändliches Verbrechen sie begangen hatte. Erst jetzt kam ihr die Tragweite ihrer Handlung, zu der sie sich von Kate hatte überreden lassen, richtig zu Bewußtsein. Sie hatte sich mit diesem Kind, dieser ungeheuerlichen Lüge, von den wenigen Minuten des Beischlafs mit ihrem Mann freigekauft – und dafür den höchsten Preis bezahlt, den sie sich denken konnte. Täglich würde sie an ihre Schuld erinnert werden. Ihre Reue würde lebenslang sein.

Tränen liefen ihr über das Gesicht.

Als Eugenia klopfte und den Teewagen in den Salon schob, sah sie ihre Herrin mit dem Kind im Arm und die Tränen auf ihrem Gesicht.

Kate kam ihr schnell entgegen.

»Hat die Mistress was?« fragte Eugenia besorgt.

»Sehen Sie denn nicht, wie glücklich sie ist? Ich glaube, sie ist die glücklichste Mutter in ganz Australien.«

Eugenia lächelte nun. »Ja, bei diesem Prachtjungen hat sie auch allen Grund, glücklich zu sein«, raunte sie beruhigt und zog sich schnell wieder zurück.

Am späten Nachmittag des nächsten Tages traf Kenneth nach fast zwei Wochen Abwesenheit wieder in Sydney ein. Die Kutsche war vor seinem Haus in der Marlborough Street noch nicht zum Halten gekommen, da stieß er auch schon den Schlag auf und sprang hinaus. Er eilte durch den Vorgarten und rief, die Tür noch in der Hand: »Wo ist er?«

Maneka stand auf der Treppe. »Oh, Lieutenant!«

»Wo ist mein Sohn!« rief Kenneth aufgeregt.

Die Tür vom Kinderzimmer am Ende des Ganges ging auf, und Kate trat in den Flur. »Meinen Glückwunsch, Lieutenant«,

sagte sie mit falscher Höflichkeit. »Die Mistress hat Ihnen einen wirklich prächtigen Jungen geschenkt.«
»Wo ist er?«
»Die Amme stillt ihn gerade. Sie müssen noch ein paar Minuten warten, dann bringe ich Ihnen Ihren Sohn. Die Mistress ist im Salon.«
»Zum Teufel noch mal, ich denke nicht daran, auch nur eine Sekunde zu warten!« stieß er mit einer Mischung aus Verärgerung und ungebrochener Vaterfreude hervor, schob sie einfach zur Seite und stürmte in das Kinderzimmer.
Lucille Driscoll erschrak, als sie den hochgewachsenen gutaussehenden Offizier ins Zimmer treten sah.
Doch Kenneth hatte überhaupt keinen Blick für sie und ihre entblößte Brust. »Gib ihn mir her!« verlangte er und vermochte sich hinterher überhaupt nicht mehr an das Gesicht der Amme zu erinnern.
»Passen Sie auf, daß er Sie nicht bespuckt, Sir«, sagte Lucille mit hochrotem Gesicht und reichte ihm das Baby. »Er hat noch kein Bäuerchen gemacht.«
»Zum Teufel mit der Uniform!« lachte Kenneth nur und nahm das Kind, das er für seinen Sohn hielt, in seine Hände. »Du hast lange auf dich warten lassen, mein Junge! Aber das Warten hat sich gelohnt!«
Er verließ das Kinderzimmer und ging an Kate vorbei, die sich ein Lächeln abrang. »Du kannst wirklich stolz auf deinen Vater und deine Mutter sein«, redete er zu dem Baby, das er sofort in sein Herz geschlossen hatte. Dabei hatte er früher für Babys nie etwas übrig gehabt. Aber das war ja auch nicht irgendein Baby, sondern sein Sohn! »So ein kräftiges Kerlchen wie dich in die Welt zu setzen, sollen andere erst mal nachmachen!«
Rosetta sprang auf, als Kenneth wie ein frischer Wind in den Salon platzte. Ihr Gesicht zeigte einen ungläubigen Ausdruck,

als sie ihren Mann mit dem Baby sah. Er hielt es mit beiden Händen hoch in die Luft.
»Ken!« rief sie erschrocken.
»Ach, hab keine Angst, ich laß meinen Sohn schon nicht fallen!« versicherte er mit einem glücklichen Lachen. »Er ist ein echter Forbes! Hast du die Augen gesehen? Ganz seine Mutter. Aber die Nase und das Kinn sind von mir, das sieht auch ein Blinder. Wir werden ihn Wesley nennen, nach seinem Großvater Sir Wesley. Wesley Forbes, du wirst einmal ein großer, mächtiger Mann sein.«
Rosetta riß sich zusammen. »Ich freue mich, daß du nicht enttäuscht bist«, sagte sie und hatte Mühe, fröhlich zu klingen.
»Enttäuscht? Himmel, Rose! Du hast mein Glück perfekt gemacht!«
Kate räusperte sich im Hintergrund. »Die Geburt war nicht einfach, doch sie hat sich tapfer gehalten.«
Kenneth sah seine Frau an. »Ich bin auch stolz auf dich, Rose. Ich bin froh, daß du es so gut überstanden hast, meine Liebe. Du siehst besser denn je aus«, schmeichelte er ihr, ohne zu lügen. »Ich schätze, wir können alle aufeinander stolz sein.«
Rose lächelte gequält. »Du solltest... Wesley jetzt der Amme zurückgeben, Ken. Ich glaube, die Windeln müssen gewechselt werden.«
Ken grinste. »Mhm, ja, jetzt wo du es sagst, fällt es mir auch auf. Also, bis später, mein Kleiner«, sagte er, drückte dem Baby einen Kuß auf die rosige Wange und befreite seinen Zeigefinger von dem kleinen Händchen, das sich fest darum geschlossen hatte.
Kate nahm ihm das Baby ab. »Wir werden die Geburt unseres Sohnes gebührend feiern. Doch erst einmal habe ich ein Geschenk für dich, Rose«, hörte sie ihn zu Rosetta sagen, als sie das Zimmer verließ. »Die Saphire werden dir gut zu Gesicht stehen, wenn wir...«

Kate schloß die Tür hinter sich und drückte das Baby, das nun mit Wesley endlich seinen Namen erhalten hatte, an ihre Brust. Der Lieutenant war in sein Kind offensichtlich völlig vernarrt und würde es lieben, das war sicher. Dennoch würde es nie wirklich sein Kind sein. Der Junge gehörte alleine ihr, Kate, und daran würde sich auch nie etwas ändern. Für Rosetta würde er stets in Gedanken der Bastard sein, und der Lieutenant liebte ihn, weil er ihn für sein Fleisch und Blut hielt. Nur sie, Kate Mallock, wußte um seine wahre Herkunft und liebte ihn dennoch. Bedingungslos!

16

Die Ladung traf den Verwalter mitten ins Gesicht und ließ ihn rückwärts taumeln. Wenn der Zaun nicht gewesen wäre, hätte er sich im nächsten Moment auf dem Boden wiedergefunden. Er fluchte unwillkürlich.

»Oh, mein Gott! Das tut mir leid, Ian!« rief Jessica betroffen, die ihm das Heu mit kräftigem Forkenschwung von der Ladefläche des Fuhrwerks ins Gesicht geschleudert hatte. »Wo habe ich nur meine Augen gehabt!«

Ian spuckte ein paar Halme aus. »Das kann ich Ihnen sagen«, brummte er und fuhr sich durch das Haar. »Auf einem Baugrundstück vierzig Meilen von hier.«

»Ach, Ian...«

»Bei allem Respekt, Jessica, aber wenn Ihnen SEVEN HILLS nicht gehören würde und Sie einer meiner bezahlten Arbeitskräfte wären, hätte ich Sie schon längst aufgefordert, Ihre Siebensachen zu packen und zu verschwinden, denn Träumer kann ich bei der Arbeit nicht gebrauchen.«

Sie errötete unter seinem Tadel. »Jetzt übertreiben Sie aber.«

Er verzog das Gesicht. »Von wegen! Sie sind zu nichts mehr zu gebrauchen, seit Mister Talbots Bote vor zwei Tagen hier aufgetaucht ist und Sie wissen, daß er mit dem Bau des neuen Geschäftshauses begonnen hat.«

»Na ja, ich mache mir natürlich meine Gedanken«, räumte sie ein. »Immerhin handelt es sich ja nicht um eine kleine Lehmhütte, die er da für mich bauen soll.«

»Herrgott, fahren Sie schon endlich nach Sydney!« forderte Ian sie auf. »In Gedanken sind Sie ja doch die ganze Zeit auf dem Bauplatz in der Pitt Street.«

»Aber ich kann doch jetzt unmöglich von SEVEN HILLS weg«, wandte sie ein.

»So? Warum nicht?«

Jessica zuckte die Achseln. »Das wissen Sie doch selber, Ian.«

»Sie meinen, solange Sie hier sind und jeden Tag voller Bangen darauf warten, ob die Banditen wieder zuschlagen, wird nichts passieren, und erst wenn Sie uns schnöde den Rücken kehren, wird der Terror wieder beginnen, ja?« spottete er. »Oder glauben Sie, ohne Ihre Gegenwart wären wir auf SEVEN HILLS noch ohnmächtiger, als wir es jetzt schon sind? Aber da darf ich Sie beruhigen. Ihre Abwesenheit hier auf der Farm wird nicht ein einziges Schaf oder auch nur einen Heuschober mehr retten, wenn es den Dreckskerlen wieder einfällt, über uns herzufallen.«

»Ach, Ian, gehen Sie doch nicht so hart mit mir ins Gericht«, erwiderte Jessica gequält.

»Himmelherrgott, aber so liegen doch die Dinge nun mal«, sagte Ian ungehalten. »Es ist jetzt zwei Wochen her, seit die Soldaten abgezogen sind. Fast vier Wochen ist es ruhig geblieben. Dem Himmel sei Dank dafür. Aber niemand kann sagen, ob schon morgen mit dieser trügerischen Ruhe Schluß ist oder erst in zwei, drei Monaten. Wollen Sie sich solange keinen Schritt von SEVEN HILLS entfernen und sich zum Gefangenen ihrer Ängste erklären?«

»Nein, natürlich nicht.«

»Aber das ist genau das, was Sie tun, Jessica. Unter normalen Umständen wären Sie schon längst auf dem Weg nach Sydney gewesen«, hielt er ihr vor. »Es gibt hier nichts, was Sie tun können, das wissen Sie selbst, außer warten, und das ist nicht gerade Ihre Stärke. Aber auch wenn es Ihre Tugend wäre, machte es in dieser Situation keinen Sinn. Wir müssen uns damit abfinden, daß wir nichts weiter zu unserer Sicherheit tun können. Und Sie sind schlecht beraten, wenn Sie sich nicht um Ihr Geschäft in Sydney kümmern würden. Dort ist Ihre Anwesenheit jetzt bestimmt zehnmal nützlicher als hier.«

»Ist das Ihre ehrliche Meinung?«

»Ich glaube nicht, daß Sie mich auch nur einen Tag auf der Farm dulden würden, wenn Sie daran zweifelten, daß ich Ihnen nicht immer offen meine Meinung sage.«

»Das ist aber noch längst kein Grund, mich so grimmig anzuschauen.«

»Es geht mir nun mal gegen den Strich zu sehen, daß Sie sich darüber den Kopf zerbrechen, wie Sie auf zwei Hochzeiten zugleich tanzen können«, sagte er unverblümt. »Dabei wissen Sie selbst, daß das unmöglich ist. Also fahren Sie endlich nach Sydney und schauen Sie Talbot auf die Finger, damit er Ihr Geld nicht mit vollen Händen ausgibt. Nach dem Verlust hier haben Sie allen Grund, Ihre kostspielige Geschäftserweiterung scharf im Auge zu behalten. Sie mögen es vielleicht nicht gerne hören, aber SEVEN HILLS wird auch während Ihrer Abwesenheit nicht besser und nicht schlechter dastehen, als wenn Sie bleiben und weiterhin so gedankenversunken herumlaufen. Sie kommen mir vor, als wollten Sie Ihrer Tochter Konkurrenz machen.«

»Sie haben eine ganz schön scharfe Zunge«, murrte Jessica, räumte jedoch insgeheim ein, daß sie die letzten beiden Tage tatsächlich zu nichts zu gebrauchen war, weil sie mit ihren Gedanken nicht bei der Sache war.

Er lächelte sie nun entwaffnend an. »Lassen Sie mir denn eine andere Wahl?«

Sie seufzte statt einer Antwort.

»Es ist also abgemacht«, stellte er fest.
Sie nickte. »Sie haben recht. Ich kann hier wirklich nichts tun. Ja, ich werde nach Sydney fahren. Danke, daß Sie mich aufgerüttelt haben. Ich hätte mich sonst bestimmt noch Tage mit der Entscheidung gequält.«
Er zeigte sich erleichtert. »Wie ich Sie kenne, werden Sie mit dem Aufbruch nicht bis morgen warten wollen. Es ist noch früh. Sehen Sie zu, daß Anne Ihre Sachen schnell packt, dann können Sie heute abend schon in Parramatta sein. Für alle Fälle gebe ich Ihnen Tim und Sean als Begleitung mit. Und der alte Craig mag zwar taub auf den Ohren sein, aber er hat noch gute Augen und eine ruhige Hand.«
Jessica fühlte sich von einer bedrückenden Last befreit, nachdem sie sich nun endlich dazu durchgerungen hatte, nach Sydney zu reisen. Die Farm lag bei Ian McIntosh in den besten Händen.
»Ich glaube, ich werde Edward und Victoria mitnehmen und sie für einige Zeit bei den Keltons unterbringen. Sie haben es mir schon mehrfach angeboten. Ihr Haus ist ja auch groß genug. Bis zum Frühling sind sie dort besser aufgehoben als hier«, sprach sie eine Überlegung aus, die ihr schon durch den Kopf gegangen war, seit die Bande die Massaker angerichtet und ihr das Gefühl gegeben hatte, daß SEVEN HILLS nicht länger ein sicherer Ort war. »Ich werde die Gelegenheit gleich nutzen, um einen geeigneten Hauslehrer für sie zu finden.«
Ian machte eine skeptische Miene. »Das wird keinem von ihnen gefallen, Jessica. Vor allem Edward nicht. Sie wissen, wie sehr er mit der Farm verbunden ist. Er hegt keine große Sympathie für die Stadt.«
»Darauf will und kann ich keine Rücksicht nehmen«, erwiderte Jessica. »Sie wissen so gut wie ich, daß es längst an der Zeit ist, den Kindern eine zielgerichtete und ordentliche Schulbildung zukommen zu lassen.«

Der Verwalter nickte. »Allerdings, da muß ich Ihnen zustimmen. Wenn Sie jetzt nicht bald damit anfangen, wird Edward es nie lernen, die Schulbank zu drücken. Es wird jetzt schon schwierig werden, ihn davon zu überzeugen, wie wichtig das für ihn ist.«

»Um ihn mit dem Ernst des Unterrichts vertraut zu machen und ihn daran zu gewöhnen, ist Sydney genau der richtige Ort. Hier auf der Farm würde er jede Gelegenheit nutzen, um sich davonzustehlen und den Lehrer zu vergraulen. Fern von SEVEN HILLS wird es ihm leichterfallen, sich auf den Unterricht einzustellen und sich damit abzufinden.«

»Bestimmt, aber es wird bittere Tränen und heftige Vorwürfe geben«, sagte Ian voraus.

»Ich weiß, Ian. Sie werden mich für eine Rabenmutter halten, die sie verstößt, und mir nicht glauben, daß es auch mir weh tut, mich von ihnen zu trennen, und daß ich nur ihr Bestes will«, sagte Jessica im schmerzlichen Bewußtsein, was sie in Sydney von ihren Kindern zu hören bekommen wird, wenn sie erfuhren, daß sie nicht mit ihr auf die Farm zurückkehren würden. »Aber es ist ja nur bis zum Frühling. Zwei Monate werden sie es ja wohl bei den Keltons aushalten. Dann kommen sie ja wieder nach SEVEN HILLS – und Sydney ist nicht England. Es gibt genug freie Siedler, die ihre Töchter in vornehme Pensionate und ihre Söhne auf die teuren Schulen in England schikken.«

»Ob vierzig Meilen von zu Hause oder vierzehntausend, ein Kind wird darin keinen großen Unterschied sehen, fürchte ich«, meinte Ian.

»Ja, ich auch«, sagte sie seufzend. »Aber darauf werde ich leider keine Rücksicht nehmen können.«

Victoria hatte gegen eine Fahrt nach Sydney nichts einzuwenden. Edward dagegen maulte und sperrte sich. Er sah nicht ein, was er in Sydney sollte. Nur widerwillig beugte er sich seiner Mutter, die sich nicht erweichen ließ, doch ohne ihn zu fahren.

Anne, die von der Aussicht, eine Zeitlang mit ihrer Herrin in Sydney verbringen zu können, hellauf begeistert war, stürzte sich mit Freude in die Arbeit. Jessica bestimmte ein halbes Dutzend Kleider, die sie mitnehmen wollte, und überließ alles andere ihrer Umsicht und Zuverlässigkeit. Mit Anne hatte sie wirklich eine ausgezeichnete Wahl getroffen. Sie wußte jetzt schon, daß sie in Sydney weder die zum Kleid passenden Schuhe noch die entsprechenden Hutbänder, Broschen und Haarspangen vermissen würde.

Indessen kümmerte sich Jessica schon um die Kleider und Sachen ihrer Kinder. Es war später Vormittag, als endlich alles eingepackt und auf der Kutsche fest verzurrt war. Tim Jenkins und Sean Keaton saßen schon zu Pferd, und der alte Craig war auf dem Kutschbock bereit zur Abfahrt.

Anne und Victoria, ihre Lieblingspuppe im Arm, befanden sich bereits in der Kutsche.

»Nun steig schon ein!« drängte Jessica ihren Sohn.

Edward hatte ein finsteres Gesicht aufgesetzt. Ian trat zu ihm und legte ihm eine Hand auf die Schulter. »Ich vertraue fest darauf, daß du mich nicht enttäuschst und dich wie ein Mann verhältst, Edward«, sagte er zum Abschied.

»Was hat ein richtiger Mann schon in Sydney zu suchen«, erwiderte er verdrossen.

Ian nickte. »Gerade deshalb. Städter sind Jammerlappen, da sind wir uns doch einig, nicht wahr?«

Edward nickte. »Und ob!«

»Und du bist ein Brading, mein Junge! Ein ganzer Kerl, der seinen Mann steht, auch wenn ihm mal ein unangenehmer Wind um die Ohren weht und es nicht so geht, wie er es gerne hätte.

Ein echter Brading, der sich durchbeißt und erst gar nicht daran denkt, wie ein Muttersöhnchen zu jammern, richtig?«
Ein leichtes Grinsen zeigte sich auf Edwards Gesicht. »Na klar, Mister McIntosh!«
»Also! Vergiß das nicht«, sagte Ian, beugte sich zu ihm hinunter und flüsterte ihm verschwörerisch ins Ohr: »Ich rechne fest damit, daß du mir keine Schande machst. Es würde mich sehr traurig stimmen, wenn ich hören sollte, daß du dich wie ein zickiges Mädchen angestellt und deiner Mutter mit Gejammer in den Ohren gelegen hast!«
»Ich nie!«
Ian zog die Augenbrauen hoch. »Das Ehrenwort eines Farmers?« fragte er und streckte ihm seine Hand hin.
Stolz leuchtete in Edwards Augen, als er sie ergriff und den Händedruck des Verwalters mit all seiner Kraft erwiderte: »Das Ehrenwort eines Farmers!« versprach er ernst.
Ian seufzte scheinbar erleichtert. »Dann kann ich dich ja beruhigt ziehen lassen! Und nun rein mit dir in die Kutsche.«
»Das haben Sie wunderbar gemacht, Ian«, dankte Jessica ihm leise. »Es wird mir eine große Hilfe sein, wenn der Proteststurm einsetzt.«
Er lächelte. »Das war doch selbstverständlich. Ich bin nicht weniger stolz auf Edward und Victoria als Sie, Jessica.«
»Ein Vater könnte nicht besser mit seinen Kindern umgehen«, erwiderte sie spontan und wünschte im nächsten Moment, sie hätte es nicht ausgesprochen. Die Hitze der Verlegenheit schoß ihr ins Gesicht.
Ian ging darüber hinweg, indem er sagte: »Es wird Zeit, daß Sie sich auf den Weg machen. Craig wird sich ins Zeug legen müssen, wenn Sie noch vor Einbruch der Dunkelheit in Parramatta sein wollen. Ich wünsche Ihnen eine gute Reise, und passen Sie auf, daß Talbot Ihnen nicht zu tief in die Taschen greift.«

»Er kann so tief greifen, wie er will, er wird nicht mehr viel finden.« Es sollte ein Scherz sein, doch er enthielt mehr als nur ein Körnchen Wahrheit. Sie hatte sich finanziell erheblich entblößt.

»Um so schlimmer. Kommen Sie gut zurück, Jessica.«

Jessica stieg in die Kutsche und setzte noch einmal zum Sprechen an, bevor sie die Tür schloß. Doch Ian kam ihr zuvor: »Ja, keine Sorge, ich passe schon auf SEVEN HILLS auf, als hinge mein Leben davon ab«, versicherte er.

Sie lachte, denn genau das hatte sie ihm ans Herz legen wollen. »Machen Sie es gut, Ian«, sagte sie nun statt dessen.

»Ich habe auch nichts anderes vorgehabt«, erwiderte er trocken und schrie dann zu Craig hoch: »He, Craig! Genug gedöst! An die Arbeit!«

»Kein Grund, so zu schreien, Ire«, gab der alte Kutscher nicht weniger laut zurück. »Werden es in Sydney schon noch früh genug erfahren, daß wir kommen.«

Sean und Tim ritten voraus, und die Kutsche setzte sich mit einem Ruck in Bewegung. Ian sah ihr eine ganze Weile nach. Ohne Jessica kam ihm SEVEN HILLS verlassen vor. Er würde mal wieder die Tage bis zu ihrer Rückkehr zählen.

Vielleicht sollte er sich endlich eine Frau suchen und heiraten. Aber welche Frau würde einem Vergleich mit Jessica auch nur annähernd standhalten? Denn daß er sie immer an ihr messen würde, war so sicher wie seine Hand bei der Schafschur!

17

Parramatta erreichten sie noch im letzten schwindenden Licht des Tages. Jessica bezog Zimmer im SETTLER'S CROWN, dem besten Gasthof der zweitgrößten Siedlung der Kolonie und nicht weit von der Sommerresidenz des gestürzten Gouverneurs gelegen.

Während Sean und Tim am nächsten Morgen nach SEVEN HILLS zurückkehrten, setzte Jessica mit Anne und ihren beiden Kindern die Fahrt nach Sydney fort. Von Parramatta waren es nur noch sechzehn Meilen, doch obwohl das trockene Wetter hielt, brauchten sie über fünf Stunden, denn die Straße befand sich nach den schweren Regengüssen der vergangenen Wochen in einem noch miserableren Zustand als sonst schon.

Robert und Martha Kelton, die bereits mit ihrem Mann Steve befreundet gewesen waren und sich nach seinem gewaltsamen Tod als wahre Freunde erwiesen hatten, waren freudig überrascht, als die Kutsche vor ihrem schönen Haus in der George Street hielt und sie Jessica aussteigen sahen.

Martha, eine korpulente, lebhafte Frau von sechsundvierzig Jahren, eilte ihr entgegen und preßte sie an ihre beeindrukkende Brust. »Jessica! Was für eine wunderbare Überraschung!« rief sie. »Und du hast die Kinder mitgebracht! Mein Gott, wie sie doch gewachsen sind! ... Edward! Victoria! Laßt euch umarmen! Wie schön, daß ihr uns mal wieder besuchen kommt.«

Robert Kelton, ein grauhaariger kräftiger Mann Anfang Fünfzig, beobachtete die lärmend herzige Begrüßung seiner Frau von der Tür seines Hauses aus, in der linken Hand die obligatorische Pfeife, den Daumen der rechten in die Tasche seiner burgunderroten Brokatweste gehakt. In fast dreißig Ehejahren hatte er gelernt, daß es sinnlos war, der ungestümen, überschwenglichen Art seiner Frau Einhalt gebieten zu wollen.

»Phyllis!« rief er ihr Hausmädchen. »Kümmere dich um das Gepäck von Missis Brading und richte dann die beiden hinteren Zimmer. Und die Kammer für den Kutscher.«

»Ja, Mister Kelton«, sagte Phyllis, ein Mädchen von recht hübschem Äußeren – solange es den Mund geschlossen hielt und sein zu kräftig entwickeltes Gebiß verbarg.

Tapfer und eingedenk der Ermahnung des Verwalters ließ Edward die gräßliche Umarmung und den feuchten Kuß von Martha Kelton über sich ergehen. Schnell entzog er sich ihren fleischigen Armen und ihrem wogenden Busen, um Craig beim Abladen der vielen Gepäckstücke zu helfen.

»Ich hoffe, dein Besuch findet diesmal nicht wieder nur zwischen Tür und Angel statt«, sagte Martha, als sie eine halbe Stunde später im Salon beim Tee saßen. Anne kümmerte sich um Edward und Victoria, die noch oben in ihrem Zimmer waren, und sorgte mit Phyllis dafür, daß ihr Gepäck ausgepackt und säuberlich in die Schubladen und Schränke eingeräumt wurde. Für die Dauer ihres Aufenthalts würde sie mit Phyllis eine Kammer teilen, und da sie sich beide auf Anhieb sympathisch fanden, gab es nichts, was ihre Freude hätte trüben können.

»Ich fürchte, diesmal werde ich eure Gastfreundschaft auf eine harte Probe stellen müssen«, erwiderte Jessica.

Robert stieß eine würzige Rauchwolke aus und sagte in seiner ruhigen Art, die ganz das Gegenteil von der seiner Frau war: »Ich kann mir schlecht vorstellen, daß *du* es länger als ein Jahr bei uns aushältst, Jessica.«

Sie lachte. »Nein, so lange werde ich euch gewiß nicht zur Last fallen.«

»Herr im Himmel, was soll dieses dumme Gerede, Jessica? Du weißt genau, daß du uns nicht zur Last fällst«, sagte Martha gestenreich und verschüttete dabei fast ihren Tee. »Du bist in diesem Haus so lange willkommen, wie es dich unruhigen Geist bei uns hält. Leider haben wir von dir in den letzten Jahren fast nur vorbeirauschende Röcke gesehen. Kann mich nicht daran erinnern, daß wir beide Zeit gehabt hätten, auch nur einen vollständigen Satz auszutauschen. Ein Vorwurf, den ich dir leider nicht ersparen kann. Wie ein Floh auf einer heißen Ofenplatte bist du bisher hin und her gesprungen. Eines Tages wirst du bei all den Dingen, die dir durch den Kopf geistern und die dich wie einen Kreisel von hier nach da tanzen lassen, noch nicht einmal mehr Zeit finden, Atem zu holen!«

Ihr Mann schmunzelte. »Na, du bist auch nicht gerade bekannt dafür, daß du dir viel Zeit fürs Atemholen nimmst, meine Liebe«, sagte er besänftigend.

Martha gab sich empört. »Männer! Nur weil er das Sägewerk mit einem netten Profit zu führen weiß, glaubt er, überall mitreden zu können!« Doch ihre Augen funkelten listig und voller Freude.

»Nun laß Jessica doch mal erst zu Wort kommen, sonst wissen wir in einem Jahr noch immer nicht, was Sie nach Sydney führt«, spottete Robert gelassen.

»Wer redet denn hier die ganze Zeit? Du doch nur!«

Martha, die stundenlang und ohne Ende reden konnte, gab Jessica aber nun doch Gelegenheit, ihr vom Grund ihres Kommens zu berichten und sie um ihr Einverständnis zu bitten, die Kinder bis zum Frühjahr ihrer Obhut überlassen zu dürfen. Sie erzählte ihnen von den Anschlägen der Banditen, unterließ es aber, sie über das wirkliche Ausmaß der Bedrohung und der

Ohnmacht zu informieren, denn ihre Betroffenheit und ihr Entsetzen war auch so schon groß genug.
Martha machte eine fast ärgerliche Miene. »Herrgott, du hättest uns die Kinder schon viel eher schicken sollen! Und wie kannst du bloß fragen, ob es uns nichts ausmacht! Du weißt doch, wie sehr ich deine Kinder ins Herz geschlossen habe. Wir brauchen darüber überhaupt kein Wort zu verlieren!« sagte sie geradezu entrüstet und war in ihrem Wortstrom kaum zu bremsen.
»Ich werde mich gleich morgen nach einem geeigneten Hauslehrer für Edward und Victoria umhören«, versicherte Robert, als er mal wieder Gelegenheit fand, das Wort zu ergreifen. »Es wird nicht so leicht sein, jemanden zu finden, der einerseits die nötigen Qualifikationen für diese verantwortungsvolle Aufgabe besitzt und anderseits auch gewillt ist, nach zwei, drei Monaten mit den Kindern nach SEVEN HILLS zu gehen.«
»Wenn du dich darum kümmern würdest, wäre ich dir sehr dankbar, Robert«, sagte Jessica.
»Ich werde schon dafür sorgen, daß er das tut!« versicherte Martha. »Es kann wirklich nicht schaden, wenn er zur Abwechslung mal etwas Sinnvolles in die Hand nimmt und nicht immer nur sein Sägewerk im Kopf hat. Manchmal fürchte ich, daß ihm eines Tages noch Sägespäne aus Ohren und Nase rieseln!«
Robert nahm es mit der Gelassenheit eines Mannes hin, der um die wahren Gefühle seiner lästernden Frau weiß, und sagte lächelnd: »Du siehst mal wieder, wie sehr Martha unter mir zu leiden hat.«
»Du zeigst Ansätze zur Einsicht!«
»Daß Edward und Victoria bei euch bleiben, müssen wir aber erst noch für uns behalten«, bat Jessica. »Sonst habe ich die nächsten Tage keine ruhige Minute.«

Martha musterte sie ahnungsvoll. »Die wirst du doch auch so nicht haben, wie ich dich kenne. Von morgens bis abends auf den Beinen und Geschäfte machen mit Männern wie Robert, die dir nur das Fell über die Ohren ziehen wollen – so werden deine Tage doch aussehen!«
»Na, ich bin mir nicht so sicher, wer da wem das Fell über die Ohren ziehen würde«, spottete Robert, der große Hochachtung vor Jessicas Geschäftssinn hatte. »Wann willst du denn zur Baustelle?«
Martha gab ein kurzes Lachen von sich. »Wann? Du mußt schon mit Blindheit geschlagen sein, wenn du nicht siehst, daß sie längst auf dem Sprung ist!« rief sie, was diesmal keine ihrer üblichen Übertreibungen war. »Ich habe doch gleich gewußt, daß wir von ihr nur rauschende Kleider zu sehen und einen kurzen Gruß im Vorbeieilen zu hören bekommen werden! Du brauchst erst gar nichts zu sagen! Und den Tee brauchst du auch nicht auszutrinken. Mach nur, daß du in die Pitt Street kommst!« Dabei zwinkerte sie ihr zu.
Jessica brannte in der Tat vor Ungeduld, zu ihrem Geschäft und dem angrenzenden Baugrund in der Pitt Street zu kommen. Bis zur Abenddämmerung waren es noch gut drei Stunden hin, so daß sie damit rechnen konnte, Arthur Talbot auf der Baustelle anzutreffen. Und natürlich würde sie Glenn Pickwick, ihren Geschäftsführer, und Constance Marlowe, die Verkäuferin und zukünftige Ehefrau von Glenn Pickwick, im alten Laden vorfinden.
Keine halbe Stunde nach Martha Keltons Aufforderung »Mach nur, daß du in die Pitt Street kommst!« lenkte Craig die Kutsche durch das geschäftige, aufstrebende Sydney, das am schönsten Naturhafen der Welt lag, wie auch weitgereiste Seeleute versicherten. Gerade zwanzig Jahre jung war die Kolonie, die am 26. Januar 1788 mit der ersten Sträflingsflotte gegrün-

det und buchstäblich aus dem sandigen Boden an den Hängen der Bucht von Sydney Cove gestampft worden war. Noch immer bestand ein Großteil der Häuser aus einfachen Lehmhütten, und die Mehrzahl der Schuppen und Werkstätten war mehr schlecht als recht aus Eukalyptusbrettern zusammengezimmert.

Doch in den letzten Jahre hatte die junge Kolonie einen sichtbaren, bemerkenswerten Aufschwung genommen. Handelsfahrer der unterschiedlichsten Nationen, die Waren aus dem holländischen Kapstadt brachten, aus Batavia, Calcutta und China, von den Westindischen Inseln der Karibik, aus Amerika und natürlich auch aus England, hatten erkannt, daß sich mit den Siedlern und Offizieren von New South Wales gute Geschäfte machen ließen. Und während in den ersten bitteren Jahren manchmal über ein Jahr vergangen war, bis eine Versorgungsflotte aus der Heimat in Sydney eingetroffen war, um nach katastrophalen Dürrezeiten oder Überschwemmungen mal wieder eine Hungersnot zu lindern oder aber zu verschlimmern, weil die Schiffe Hunderte neuer Sträflinge brachten, statt ausreichende Vorräte, während früher die Ankunft eines Schiffes ganz Sydney voller Bangen und Hoffnungen zusammenlaufen ließ, verging nun kaum eine Woche, ohne daß irgendein Schiff in die große geschützte, grünblau schimmernde Bucht einlief und Anker warf.

Mittlerweile war auch die Produktion von einheimischen Ziegelsteinen um ein Vielfaches gesteigert worden, was das Stadtbild von Sydney nachhaltig veränderte, denn das vermehrte Angebot an diesen Baumaterialien hatte sich glücklicherweise ein wenig auf den bis dahin exorbitanten Preis für solide gebaute Ziegelhäuser ausgewirkt, die nun mehr und mehr die Lehmhütten der bessergestellten Siedler, Händler und Offiziere ersetzten. Wer es sich leisten konnte, riß seine primitive

Unterkunft ab und ließ ein massives Steinhaus errichten, wie er es aus England gewohnt war. Dasselbe galt auch für Lagerschuppen, Getreidespeicher, Kontore und andere Gebäude, die sich besonders rund um den keilförmigen Hafen ausdehnten. Gebäude aus Stein wuchsen überall aus dem Boden. Mit Backsteinen zu bauen, war ein Statussymbol, das dafür sorgte, daß Sydney immer rascher das Aussehen einer Stadt von dauerhafter und gewinnträchtiger Zukunft erhielt. Die einzige Ausnahme bildeten die *Rocks* unterhalb der Festungsanlagen von Fort Phillip. Wer dort sein Geld verdiente, zog es bislang noch vor, seine Gewinne außerhalb des Lasterviertels anzulegen. Aber auch das würde sich ändern, wenn die ersten Spekulanten die Hand nach den *Rocks* ausstreckten und die dortigen Parzellen aufzukaufen begannen.
Kutschen, Ochsenfuhrwerke, Reiter, Männer mit klobigen Handwagen und Karren zum Ziehen, Boten, gutgekleidete Siedler und Offiziere, einfache Soldaten, Seeleute und Dienstmädchen auf Besorgung bevölkerten die Straßen der Stadt. Doch daß Sydney nicht irgendeine Stadt war, sondern das wirtschaftliche und machtpolitische Zentrum einer *Sträflings*kolonie, war augenfällig. Denn überall stieß man auf kleine und große Gruppen von Sträflingen, sogenannte *street gangs*, die unter Bewachung standen, nicht selten mit Fußketten und schweren Eisen versehen waren und für allerlei öffentliche Arbeiten eingesetzt wurden.
Die meisten Bewohner nahmen die zerlumpten, erbarmungswürdigen Gestalten auf den Straßen und Plätzen gar nicht mehr bewußt wahr. Doch Jessica würde sich nie an ihren Anblick gewöhnen. Jedesmal, wenn sie nach Sydney kam, zog sich alles in ihr zusammen, wenn sie auf die erste *street gang* traf. Die Hoffnungslosigkeit, die sie in manchen der ausgemergelten Gesichter las, ging ihr immer wieder tief unter die Haut

und löste in ihr eine Flut von Erinnerungen an jene entsetzliche Zeit im Kerker von Newgate aus und an die Qualen, die sie auf der monatelangen Überfahrt nach Australien hatte ertragen müssen. Dann erschien es ihr unwirklich, daß jene Person von damals mit der Herrin von SEVEN HILLS identisch war.

An diesem Nachmittag blickte Jessica erst aus dem Fenster, als Craig die Kutsche vor dem flachen, langgestreckten Ziegelbau mit den zwei verglasten Fenstern zum Stehen brachte, über dessen Eingang ein Schild mit der schwungvollen Aufschrift hing: BRADING'S STOFFE UND KOLONIALWAREN – JEDERMANN WILLKOMMEN!

Sie hörte eifriges Hämmern und Sägen und die Rufe einer Männerstimme, die ihr bekannt war; es war die des Baumeisters Arthur Talbot. Er hatte in Bristol und Umgebung öffentliche Gebäude errichtet und ausgezeichnete Arbeit geleistet, wie ihr Anwalt versichert hatte. Doch beim Abzweigen beachtlicher Summen zusätzlich zu seinen Honoraren war er nicht ganz so klug zu Werke gegangen, was zu seiner Verbannung nach New South Wales geführt hatte. Er hatte seine Strafe inzwischen mit Anstand und ohne Schaden an Leib und Seele hinter sich gebracht und befand sich gerade am Beginn einer neuen Karriere als Baumeister.

Arthur Talbot hatte ihre Kutsche erkannt und kam ihr gemessenen Schrittes ein wenig entgegen, die höfliche Geste eines Mannes, der nicht unter mangelnder Selbstsicherheit zu leiden hatte und sich seines Wertes sehr wohl bewußt war. Er war von stattlicher, großgewachsener Gestalt. Daß er schon über Fünfzig war, sah man seinem ausdrucksstarken Gesicht, das genausowenig Falten und Furchen aufwies wie sein dunkles, volles Haar graue Strähnen, nicht an. Er trug einen karamelbraunen Wollumhang mit Pelzkragen, den er sich von ihrem ersten Vorschuß gekauft hatte, wie Jessica nicht ohne Anflug von

Boshaftigkeit annahm, und darunter einen dunklen, gediegenen Anzug von konservativem Schnitt.

»Missis Brading«, begrüßte er sie ohne Überschwang und scheinbar nicht im mindesten überrascht, sie so unerwartet in Sydney zu sehen. Ihm war eine etwas huldvolle Art zu eigen, die sich auch in seiner Redeweise fand, die bedächtig und langsam war, als wäre jedes seiner Worte ein besonderes Geschenk an seinen Gesprächspartner. »Wie reizend, daß Sie uns das Vergnügen Ihrer Gegenwart machen. Ich habe nicht unbedingt damit gerechnet, daß Sie sich in diesem frühen Stadium schon für den Bau interessieren würden, obwohl Mister Pickwick ein Pfund darauf verwetten wollte, daß Sie noch innerhalb einer Woche hier sein würden.«

»Mister Pickwick hat eben schon etwas länger das Vergnügen, mich zu kennen«, erwiderte sie lachend. »Selbstverständlich will ich dabeisein, wenn Sie mein Geld in den Sand setzen, Mister Talbot.«

Er zeigte sich amüsiert. »In diesem Fall ist die buchstäbliche Auslegung Ihrer Bemerkung eine sehr zutreffende Beschreibung des gegenwärtigen Bauzustandes, denn wir sind gerade dabei, das Fundament zu mauern.«

Von der windschiefen, unansehnlichen Werkstatt des alten Kerzenziehers, die sich an ihr Geschäft angeschlossen hatte, war nichts mehr zu sehen, als hätte es sie nie gegeben. Talbot hatte ganze Arbeit geleistet. Noch nicht einmal ein Haufen alter Bretter war auf dem großen Grundstück zurückgeblieben, auf dem nun ein halbes Dutzend Männer am Fundament arbeiteten. Zwar hatte Jessica auf eine Unterkellerung des Gebäudes verzichtet, weil der finanzielle Aufwand in keinem vernünftigen Verhältnis zum Nutzen stand. Doch auf einem steinernen Fundament hatte sie bestanden. Darüber kam dann die Balkenkonstruktion, die die Dielen des Fußbodens tragen würde.

Mit Stolz in der Brust überblickte Jessica die Baustelle. Noch war nicht viel zu erkennen, doch sie sah das Gebäude mit seinen Fenstern, dem schönen Eingangsportal und dem umlaufenden Sims in Höhe des Obergeschosses schon vor ihrem geistigen Auge. Fünfundsechzig Fuß in der Länge und fünfundvierzig Fuß in der Breite würde das Gebäude messen. Damit übertraf die Grundfläche das alte Geschäft fast um das Dreifache. Und dazu kam das Obergeschoß. Ein Teil sollte noch als Büro und Lager genutzt werden. Doch gut die Hälfte vom Obergeschoß würde ihre Wohnung einnehmen, die sie sich dort einzurichten gedachte, so daß sie bei ihren Besuchen in Sydney in Zukunft nicht mehr auf die Gastfreundschaft der Keltons angewiesen sein würde. Martha und Robert waren herzensgute Menschen, aber auch die warmherzigste Gestfreundschaft konnte die eigenen vier Wände nicht ersetzen.

»Den Hof samt den Brunnen umfassen wir mit einer Mauer, Missis Brading. Stall und Remise sollten wir dort drüben bauen, wo jetzt der Baum steht...«

»Aber der Eukalyptusbaum bleibt stehen«, fiel Jessica ihm ins Wort, als sie über die Baustelle gingen. Sie kamen an hohen Stapeln schwerer Vierkantbalken vorbei und Bergen von Ziegelsteinen, die zu mannshohen Pyramiden aufgeschichtet waren.

Er neigte huldvoll den Kopf. »Ganz wie Sie wollen. Wir werden den Baum mit in den Hof nehmen und die Stallung dann eben ein Stück weiter versetzen. Er ist in der Tat ein prächtiges Exemplar. Der Schatten wird im Sommer sehr angenehm sein«, sagte er bedächtig und fragte dann: »Haben Sie sich das mit den Fenstern schon überlegt?«

»Da gibt es nicht viel zu überlegen.«

Er lächelte. »Ihr Geschäftshaus wird ein beeindruckendes Gebäude sein, wenn es fertiggestellt ist«, versicherte er. »Doch wenn sie als verzierende Elemente an den Fensterseiten noch halbe Säulen...«

Jessica fuhr ihm energisch ins Wort. »Keine halben Säulen, Mister Talbot! Der Bau ist auch schon so teuer genug. Es bleibt bei dem, was wir auf SEVEN HILLS besprochen haben. Wenn Sie sich in der Kolonie ein Denkmal setzen wollen, das all Ihre baumeisterlichen Fähigkeiten zum Ausdruck bringt, dann suchen Sie sich dafür einen anderen Geldgeber. Bei mir sind Sie da an der falschen Adresse. Ich möchte ein schönes, geräumiges Geschäftshaus und keinen Palast, den niemand zu betreten wagt. Also kein Wort mehr über derartig kostspieligen Schnickschnack. Auch Ihre abgespeckten Pläne sind mir noch teuer genug.«

»Alles hat seinen Preis, Missis Brading. Und Ihre Wünsche weisen auch Sie nicht eben als bescheiden in Ihren Ansprüchen aus, wenn Sie mir diese Bemerkung erlauben«, gab er mit höflicher, aber selbstsicherer Schlagfertigkeit zurück.

Jessica schmunzelte. »Da mögen Sie recht haben. Aber Sie besitzen das fatale Talent, immer noch mehr Wünsche zu wekken, und damit muß es ein Ende haben. So, und nun erzählen Sie mir, was mit dem alten Geschäft werden soll. Sie hatten inzwischen ja Zeit genug, sich etwas auszudenken. Aber streichen Sie gleich Ihre teuren Vorschläge und sagen Sie mir, was die billigste Lösung ist.«

Ein Lächeln kräuselte seine Lippen. »Wir reißen das Haus ein und machen es dem Erdboden gleich. Das ist die billigste Lösung und kostet Sie nur ein paar Pfund.«

Jessica seufzte geplagt. »Ich habe Sie gebeten, sich Gedanken darüber zu machen, wie man das alte Geschäft mit dem neuen *verbinden* kann, ohne daß der Unterschied der beiden Gebäude zu sehr ins Auge sticht. Ich habe Sie nicht darum gebeten, mir zu sagen, wie ich meine Vermögenswerte am schnellsten *zer-*

stören kann. Also einen vernünftigen Vorschlag bitte, Mister Talbot!«

»Wenn Sie die alte Bausubstanz erhalten wollen...«

»Genau das ist meine Absicht«, bestätigte Jessica, denn ihr jetziges Geschäft mochte zwar klein sein, jedoch als Gebäude ohne Makel.

»Nun, dann rate ich Ihnen zu einer Angleichung der Front«, fuhr er jetzt ernsthaft fort. »Das Geschäft ist recht solide gebaut, so daß wir auf keine großen Schwierigkeiten stoßen werden. Wir können dabei gleich die Fenster und die Tür auf die Größe bringen, wie wir sie für den Neubau eingeplant haben, und seitlich einen Durchbruch vornehmen, so daß die Räume auch vom Hauptgebäude aus betreten werden können. Später dann steht es Ihnen immer noch frei, ein Obergeschoß auf das alte Geschäft zu setzen. Obwohl ich es doch nicht versäumen möchte, Sie darauf aufmerksam zu machen, daß es Sie bestimmt halb so teuer kommt, wenn wir es schon jetzt gleich in einem Aufwasch machen.«

»Auch halb so teuer ist mir noch zu teuer. Tut mir leid, aber wir werden uns erst einmal mit dem Kompromiß begnügen. Wir gleichen die Vorderfront an, machen den Durchbruch und sonst nichts«, entschied sie und wandte sich dem nächsten Problem zu, und es gab nicht wenige, wie sie merkte, je mehr sie sich mit Talbot in die Details stürzte.

Martha Kelton behielt diesmal recht. Jessica war in den nächsten Tagen fast von morgens bis abends mit Arthur Talbot zusammen, denn es gab noch unzählige Dinge zu entscheiden. Kleinigkeiten auf den ersten Blick, doch wichtig genug, um zumeist große Kopfschmerzen zu bereiten. So ging es etwa um die Qualität der Dielenbretter und der Fensterscheiben, die allein schon ein Vermögen verschlangen. Um die Art des Schnitzwerkes an den Treppengeländern und die Länge der jeweiligen Verkaufstheken. Manchmal ging es scheinbar nur um wenige Pennys wie bei den Bodenbrettern und der Wandverkleidung. Doch wenn sie dann ausrechnete, wie viele Tausende von Quadratfuß Bodenbretter im ganzen Haus zu verlegen waren, dann summierten sich diese vorgeblich lächerlichen Pennys zu beachtlichen Summen. Der Strom der Fragen und Entscheidungen nahm kein Ende.

Jessica war froh, daß ihr auch Glenn Pickwick mit seinem fachlichen Wissen und Rat zur Seite stand, denn wenn einer von der Führung eines Geschäftes etwas verstand, dann er. Er beriet sie, was die Ausstattung der Geschäftsräume betraf, die Anordnung und Unterteilung der Lagerräume und vieles mehr.

Zwar machte er keinen Hehl daraus, wie sehr ihn die Begeisterung für das neue Geschäftshaus mit dem unglaublich erweiterten Warenangebot gepackt hatte, doch das hinderte ihn nicht daran, Talbots Vorschläge und Pläne mit kritischen Augen nach optimaleren und auch preiswerteren Lösungen durchzugehen, was diesen mehr als einmal zu grimmigen, ärgerlichen Bemerkungen veranlaßte. Doch das berührte Glenn Pickwick überhaupt nicht.

Jessica schätzte sich einmal mehr glücklich, diesen jugendlich aussehenden dreiunddreißigjährigen Mann eingestellt und voller Vertrauen zu ihrem Geschäftsführer gemacht zu haben. Glenn war mit Gold nicht aufzuwiegen, und seine herausragenden Fähigkeiten als Verkäufer und Geschäftsführer würden noch mehr zum Tragen kommen, wenn das neue Geschäft erst einmal eröffnet war und er neben Constance Marlowe, die er einen Tag vor der Eröffnung im Dezember zu heiraten gedachte, über zwei, drei weitere Angestellte ein waches Auge zu halten hatte. Sie zweifelte nicht eine Sekunde daran, daß er sich dieser Aufgabe mehr als gewachsen zeigen würde. Und die

Freude und Arbeitslust, die Glenn Pickwick zu seinem jugendlichen Charme ausstrahlte, war so ansteckend, daß Jessica oft erst am Abend im Haus ihrer Freunde spürte, wie erschöpft und ausgelaugt sie doch war.
Die Gespräche, die Jessica mit ihrem langvertrauten Anwalt William Hutchinson führte, waren dagegen weniger stimulierender Natur. Es hätte auch nicht zu ihm gepaßt. Er war ein hagerer, blaßgesichtiger Mann Anfang Fünfzig mit Hamsterbakken und mit dem verschleierten Blick einer müden Eule. Wer ihn nicht kannte, mußte ihn für einen kraftlosen, unfähigen Mann halten, der nichts von seinem Gewerbe verstand. In Wirklichkeit verbargen sich hinter dieser Maske ein hellwacher regsamer Geist, eine messerscharfe Beobachtungsgabe, fachliches Können und ein sehr ausgeprägter Geschäftssinn.
Jessica hatte dem Anwalt schon viel zu verdanken. So hatte er ihr Glenn Pickwick empfohlen, Talbot aus der Schar der Betrüger und Nichtskönner herausgepickt und ihr den Tip mit der Pacific gegeben.
»Wie macht sich Talbot?« wollte er wissen.
»Er ist tüchtig – in jeder Hinsicht. Wenn ich nicht aufpasse, zieht er mir noch das letzte Pfund aus der Nase.«
Hutchinson nickte. »Manchmal vergißt er, daß er nicht mit öffentlichen Geldern baut, sondern mit den hart erarbeiteten Pennys von Privatleuten«, sagte er spöttisch. »Aber sonst leistet er ausgezeichnete Arbeit, dafür kann ich mich verbürgen.«
»Keine Sorge, ich laß mich von ihm nicht zu weiteren kostspieligen Extras beschwatzen«, versicherte sie. »Für ihn ist meine Geldbörse geschlossen.«
»Viel würde er wohl auch nicht mehr darin finden«, mutmaßte William Hutchinson, der als ihr Berater einen sehr genauen Überblick über ihre Finanzen besaß.

»Na ja, es reicht, um über die Runden zu kommen.«
»Der Neubau verschlingt eine enorme Summe, Missis Brading. Sie haben es sich wirklich etwas kosten lassen, das größte und schönste Geschäftshaus in ganz New South Wales zu besitzen.«
Jessica zuckte die Achseln. »Die Baukosten sind gedeckt. Da kann jetzt nichts mehr schiefgehen.«
»Das ist richtig.« Der Anwalt hatte eine Aufstellung der Kosten vor sich liegen, denn er zahlte Talbot von dem Geld, das Jessica bei ihm für den Bau hinterlegt hatte, nach Fertigstellung vertraglich festgelegter Bauabschnitte Teile des Honorars aus und beglich die entsprechenden Rechnungen der Arbeiter, Handwerker und Lieferanten. »Talbot wird den Fertigstellungstermin gewiß einhalten, schon aus Gründen der Reputation. Wenn er bei Ihnen erstklassige Arbeit leistet, wird er sich vor weiteren Angeboten nicht mehr retten können.«
»Dann sollte er für mich doch eigentlich kostenlos arbeiten, wenn ich ihm mit diesem Gebäude zum gefragten Baumeister mache«, meinte sie scherzhaft.
»So billig wie Sie wird ihn keiner mehr unter Kontrakt bekommen. Ich wußte schon, weshalb ich Ihnen ausgerechnet Arthur Talbot empfahl.«
»Sie wissen *immer* sehr genau, was Sie tun und warum Sie es tun. Das versöhnt mich auch stets mit Ihren Honoraren, die Talbot wohl auch *nach* der Fertigstellung meines Geschäftes noch blaß vor Neid werden lassen dürften.«
Er neigte nur leicht den Kopf, während der Anflug eines Lächelns über sein trügerisch träges Gesicht huschte. »Sie verdienen eben nur das Beste, Missis Brading, und das hat nun mal einen etwas höheren Preis als das leere Gesäusel mancher meiner sogenannten Kollegen.«
»Ich beklage mich auch nicht, sondern erwähnte nur eine Tat-

sache«, erwiderte Jessica lächelnd, denn sie wußte, daß er jeden Penny wert war, den er verlangte.

»Lassen Sie uns die Rechnungen später durchgehen«, schlug der Anwalt nun wieder mit nüchternem Ernst vor. »Es gibt da einen Punkt, der offenbar weder Ihnen noch Mister Pickwick Sorgen zu bereiten scheint, mir jedoch nicht geringe Kopfschmerzen beschert.«

Jessica sah ihn verwundert an. »So? Auf was sind Sie denn diesmal gestoßen?«

»Anfang Dezember wird das neue Geschäftshaus in der Pitt Street stehen, und wenn ich mich recht entsinne, beabsichtigen Sie, noch in diesem Jahr zu eröffnen.«

»Allerdings. Wir wollen das Weihnachtsgeschäft auf jeden Fall mitnehmen«, erklärte Jessica.

»Geschäftlich gesehen eine kluge Entscheidung, doch mir drängt sich der Verdacht auf, daß Sie dabei einen kleinen, aber nicht ganz unwesentlichen Umstand außer acht gelassen haben.«

»Und der wäre?«

»Sie vergrößern die Verkaufsfläche Ihres Geschäftes auf gut ein Vierfaches der jetzigen Räumlichkeiten. Doch die vielfältigen Waren, die unter dem neuen Dach verkauft werden sollen, befinden sich zum Zeitpunkt der Geschäftseröffnung bestenfalls gerade erst auf dem Weg nach Australien. Wenn Sie im Dezember eröffnen, werden sich Ihre vor Neugier brennenden Kunden ein herrliches Geschäft mit mehreren Verkaufsräumen anschauen können – und leeren Regalen.«

Jessica sah ihn verdutzt an. »Himmel, ja! Sie haben recht! Der Handelsfahrer, der unsere Order entgegengenommen hat, kann vor Mai nicht zurück sein! Wie konnten wir das bei unserer Planung bloß übersehen?« fragte sie sich wie vor den Kopf geschlagen.

»Manchmal hat ein Übermaß an Begeisterung einen Mangel an Gründlichkeit zum Begleiter«, bemerkte der Anwalt trocken.
»BRADING'S mit leeren Regalen ist ein Ding der Unmöglichkeit!« Vor Ärger über diesen eklatanten Planungsfehler, den sie sich selber zuschrieb, denn niemand konnte ihr die Verantwortung abnehmen, lief sie rot an.
»Ich habe mir Gedanken über Ihre Optionen gemacht.«
Sie verzog das Gesicht. »Habe ich denn welche, die diese Bezeichnung auch wert sind? Ich fürchte, ich werde Talbot bitten müssen, die Errichtung des Gebäudes mit weniger Nachdruck zu betreiben.«
Er schüttelte den Kopf. »Darauf wird er sich nicht einlassen. Er kann es sich nicht leisten, daß er in den Ruf kommt, ein Baumeister mit endlos viel Zeit zu sein, bei dem man täglich die Ziegel an zwei Händen abzählen kann, um die die Wände wachsen. Nein, dafür genießt Ihr Vorhaben zu sehr das Interesse aller, insbesondere der Bessergestellten, die zu Talbots zukünftigen Kunden gehören. Er wird Ihnen das Gebäude pünktlich Anfang Dezember übergeben. So steht es in dem Vertrag, den Sie mit ihm geschlossen haben, und er wird sich nicht einmal für das doppelte Honorar dazu bewegen lassen, den Bau bis in den Mai hineinzuziehen. Das von ihm zu verlangen, wäre auch unehrenhaft.«
Jessica seufzte. »Daß Sie auch immer gleich so treffsicher den Finger auf die offenen Wunde zu legen vermögen... Aber es ist schon so, wie Sie sagen. Es wäre in der Tat zuviel verlangt und unehrenhaft. Also gut, dann muß die Neueröffnung von BRADING'S eben warten, bis die bestellten Waren eingetroffen sind.«
William Hutchinson machte ein skeptisches Gesicht. »Sicherlich ist das eine der Möglichkeiten, die Sie haben. Aber das dürfte keinen guten Eindruck machen. Vier, fünf Monate sind

eine lange Zeit. Sie könnten zum Gespött der anderen Geschäftsleute *und* der Kunden werden, was sich gerade für einen Neubeginn, wie Sie ihn geplant haben, sehr negativ auswirken kann.«

»Aber was bleibt mir denn anderes übrig?« fragte sie ratlos. »Ich kann doch nicht mit dem vergleichsweise geringen Lagerbestand in die neuen Räume umziehen.«

»Nein, das verbietet sich von selbst«, stimmte er ihr zu. »Aber bis Dezember sind noch ein paar Monate hin, die Sie nutzen könnten, um zusätzliche, *nicht georderte* Ware aufzukaufen. Sie müßten Mister Pickwick auf jeden Handelsfahrer schicken, der in den nächsten Wochen und Monaten hier vor Anker geht, und versuchen, Ihre Warenbestände aufzustocken. Das kommt zwar einem Glücksspiel recht nahe, aber Sie brauchten wohl kaum zu befürchten, mit leeren Regalen dazustehen oder gar nicht eröffnen zu können.«

Jessica nickte mit düsterem Gesicht. »Ihr Vorschlag klingt vielversprechend, nur hat er leider einen Schönheitsfehler.«

»Sie haben sich finanziell schon zu verausgabt, um diese zusätzlichen Kosten auch noch decken zu können«, brauchte er nicht lange zu rätseln.

»So ist es«, bestätigte Jessica. Der Captain des Handelsfahrers hatte bei einer so hohen Warenorder, wie sie sie aufgegeben hatte, darauf bestanden, daß sie im voraus bezahlt wurde, wie das nun mal üblich war. »Die zweitausend Pfund, die ich für die PACIFIC angelegt habe, waren meine letzte größere Reserve.«

»Nicht einmal, wenn ich das Geld hätte, würde ich Ihnen jetzt anbieten, Ihre Beteiligung aufzukaufen. Ich käme mir wie ein Betrüger vor. Die PACIFIC wird uns beiden noch mächtig die Taschen füllen, darauf gebe ich Ihnen mein Wort!«

»Ich glaube Ihnen gerne, nur hilft mir das im Augenblick nicht aus dem Dilemma, in dem ich stecke. Ich brauche mindestens

tausend, nein, zweitausend Pfund, damit Mister Pickwick mitbieten kann. Mindestens! Und die habe ich nicht.«
»Wechsel«, sagte der Anwalt achselzuckend. »Sie bekommen im Handumdrehen soviel Geld, wie Sie haben wollen. Sie besitzen Sicherheiten, die über jeden Zweifel erhaben sind: Ihre Farm, die COMET, die Beteiligung an der PACIFIC, Ihr Geschäft und das Grundstück.«
»Eine Schuldverschreibung? So etwas widerstrebt mir.«
»Ich bin auch kein Freund von Wechseln. Aber in Ihrer Situation würde ich gut darüber nachdenken. Eine Schuldverschreibung über zweitausend, dreitausend Pfund auf ein Jahr bei sechs Prozent Zinsen birgt bei Ihnen kein Risiko – weder für den Gläubiger noch für den Schuldner. Wenn die Waren erst einmal eingetroffen sind, sind Sie schnell wieder flüssig. Außerdem dürfte es Ihnen auch so nicht schwerfallen, Ihre Barreserven innerhalb von zwölf Monaten um diese Summe aufzustocken. Aber ich will Sie nicht drängen, Missis Brading. Die Entscheidung müssen allein Sie treffen. Lassen Sie sich nur Zeit. Sie bleiben ja noch eine Weile in Sydney. Ich werde für alle Fälle schon mal die nötigen Kontakte herstellen, sollten Sie sich zur Zeichnung eines Wechsels entschließen.«
Albert Simonton hat auch Wechsel ausgestellt, ging es Jessica unwillkürlich durch den Kopf, als Craig sie zu den Keltons und ihren Kindern in die George Street zurückbrachte, und die Wechsel haben ihm das Genick gebrochen.
Gut, er hatte nicht genügend Sicherheiten gehabt, beruhigte sie sich. Dennoch, das mit dem Wechsel gefiel ihr nicht. Aber wenn sie darüber nachdachte, welche Möglichkeiten ihr blieben, wenn sie sich gegen eine Schuldverschreibung entschied, gefiel ihr das noch weniger.

18

Unter gerefften Segeln glitt die COMET durch die tiefblauen Küstengewässer von Van Diemen's Land, der großen Insel, die der Südostspitze Australiens vorgelagert war und dank der hohen Niederschläge eine bedeutend üppigere Vegetation aufwies als New South Wales.

Lew Kinley hielt auf die bewaldete Küste zu, die an zahlreichen Stellen von schroffen Felsabstürzen durchzogen war und auf diesem Abschnitt nicht den Eindruck machte, als könnte sie einem Schiff einen geschützten Ankerplatz bieten. Doch er und Captain Rourke wußten es besser.

Die COMET lag tief im Wasser. Bestes Holz füllte den Laderaum des Marssegelschoners bis unter die Luken. Captain Rourke war mit dem Verlauf der Reise mehr als zufrieden. Er hatte den Profit schon durchgerechnet. Unter einem halben Penny pro geschlagenem Fuß Holz brauchte keiner der Werftbesitzer bei ihm vorzusprechen, und das bedeutete, daß er für die Ladung an die siebzig Pfund erzielen würde.

Patrick Rourke hatte es für sinnvoller gehalten, zuerst nach Hobart zu segeln, der größten Siedlung von Van Diemen's Land und in der Mündung des Derwent River gelegen, die Ladung Holz an Bord zu nehmen und danach erst Mitchell Hamilton aufzusuchen. Wenn er erst wußte, daß der Haftbefehl gegen ihn aufgehoben war, würde er nicht schnell genug nach New South Wales zurückkommen können, und die Tage in Hobart wären ihm sicherlich entsetzlich lang vorgekommen.

»Mister Hamilton wird erlöst sein, der Heimstatt des Töpfers endlich den Rücken kehren zu können«, sagte Patrick mitfühlend. »Cedric Blunt hat sich auch in einer elend einsamen Gegend niedergelassen.«

»Ein Versteck, das sich aber als absolut sicher erwiesen hat«, meinte sein Steuermann und korrigierte den Kurs des Schoners mit einer halben Ruderdrehung.

Captain Rourke verzog das Gesicht. »Allerdings, sicher war es bestimmt, doch auch eine harte Nervenprobe für Mister Hamilton. Ich glaube nicht, daß ich es so lange bei Cedric Blunt ausgehalten hätte, einmal von seiner primitiven Unterkunft und der Einsamkeit ganz abgesehen.«

»Kein sehr umgänglicher Mensch, dieser Töpfer, nicht wahr?« fragte Lew Kinley.

»Wahrlich nicht!« bekräftigte Patrick. »Blunt ist so aufgeschlossen und warmherzig wie ein Fisch. Kein angenehmer Zeitgenosse, das kann ich dir sagen. Er war mir jedoch noch einen Gefallen schuldig, sonst hätte er Mister Hamilton nicht einmal für fünf Pfund die Woche Handgeld bei sich aufgenommen. Nicht von ungefähr hat er sich in dieses abgelegene Waldstück verkrochen. Geht nur unter Menschen, wenn er seine Töpferwaren ausliefert. Glaube nicht, daß die beiden auch nur lauwarm miteinander geworden sind, obwohl sie nun ein gutes halbes Jahr auf beengtem Raum unter einem Dach gelebt haben.«

Lew Kinley zuckte die Achseln. »Besser sechs Monate bei so einem verschlossenen Burschen in Freiheit als dieselbe Zeit in einer stinkenden Kerkerzelle in Sydney. Und jetzt hat er es ja überstanden.«

Patrick nickte. »Wofür beide Gott danken werden. Leid tut mir nur Sarah, Cedric Blunts Tochter. Sie geht da draußen vor die Hunde, und dabei ist sie ein so nettes Mädchen und hübsch dazu. Wäre an der Zeit, daß Blunt sich nach einem Mann für sie umsieht. Aber wie ich ihn einschätze, verschwendet er daran auch nicht einen Gedanken.«

»Bringen Sie sie doch mal an Bord, Captain, damit ich sie mir ansehen kann«, flachste der Steuermann. »Vielleicht ist sie was für mich.«

»Das bezweifle ich, Lew. Auf Männer, die in jedem Hafen eine andere Geliebte haben, fällt Sarah nicht herein«, gab Patrick spöttisch zurück.

»Ich verstehe die Verbindung zwischen mir und diesen Männern nicht, Captain. Habe ich da irgend etwas verpaßt?« stellte der Steuermann sich dumm.

»*Du* hast noch nie etwas verpaßt!«

Lew Kinley grinste breit. »Sie sprechen heute in Rätseln, Captain.«

»Ich bin zuversichtlich, daß du sie schon lösen wirst.«

Die von Kiefernwäldern bedeckte Küste kam nun schnell näher, und dann war plötzlich ein Einschnitt zu erkennen. Eine gut vierzig Yards breite Fahrrinne zwischen zwei Landzungen, die versetzt hintereinanderlagen und von der offenen See aus den Eindruck einer geschlossenen Uferlinie bildeten.

Captain Rourkes Kommandos schallten über das Deck des Schoners, und die Mannschaft enterte auf, um die Segel einzuholen, während die Comet durch die Fahrrinne in die dahinterliegende weite Bucht glitt, die sich wie ein großer Binnensee vor ihnen im Licht des frühen Nachmittags ausbreitete, still und glatt wie ein Spiegel, umschlossen von hohen Bäumen und dichtem Unterholz.

Der Schoner ging vor dem Nordufer vor Anker. Das Beiboot wurde zu Wasser gelassen. »Mister Hamilton wird nicht lange brauchen, um das Wenige einzupacken, das er mitgebracht hat«, sagte Patrick zu seinem Steuermann, bevor er sich von

zwei seiner Männer ans Ufer rudern ließ. »Wir sind in drei Stunden spätestens zurück und lichten dann sofort den Anker. Ich will auf See sein, wenn die Dunkelheit hereinbricht. Also halte die COMET segelklar.«
»Aye, aye, Captain.«
Patrick Rourke kannte den Weg, der von der malerischen unberührten Bucht zur Heimstatt des Töpfers führte, wie die Windungen des Hawkesbury. Er führte durch dichten Wald mit hohen Karribäumen und über eine Hügelkette, in deren Mulden Felder übermannshoher Farne wogten. Die Vielfalt und Fülle der Bäume, Sträucher und anderer Gewächse war nach der landschaftlichen Eintönigkeit von New South Wales eine Erholung für die Augen.
Es war ein Fußmarsch von anderthalb Stunden, wenn man ein einigermaßen flottes Tempo anschlug. Patrick blieb diesmal fast zwanzig Minuten unter dieser Zeit, was zum Teil auch daran lag, daß es mal nicht in Strömen goß und er nicht bei jedem Schritt fürchten mußte, auszurutschen.
Ein Waldstück noch, und dann lag die Lichtung, auf der sich Cedric Blunt mit seiner Tochter Sarah niedergelassen hatte, vor ihm. Es war ein gottverlassener, trostloser Ort. Und der Anblick der primitiven Lehmschuppen, die dem Töpfer als Stall und als Werkstatt dienten, und des nicht minder nachlässig errichteten Wohnhauses mit dem niedrigen Dach wirkten auf ihn jedesmal aufs neue deprimierend. Er wollte gar nicht darüber nachdenken, wie Mitchell Hamilton sich in den vergangenen sechs Monaten hier gefühlt haben mußte. Zweifellos elend und kaum viel besser als in einem Kerker.
Patrick hörte das Splittern von Holz und sah im Schatten des Wohnhauses die Umrisse einer Gestalt, die dort offensichtlich eine Axt schwang und Holz hackte. Doch er konnte nicht sehen, ob es sich bei ihm um Cedric Blunt oder Mitchell Hamilton handelte.

Schnell trat er unter den Bäumen hervor und ging über die Lichtung auf die Heimstatt des Töpfers zu. Es war Mitchell Hamilton, der da Holz hackte! Diese große, schlanke Gestalt mit dem dunklen Haar konnte nur er sein, denn der Töpfer war gut einen Kopf kleiner und trug einen schwarzen Bart, der seiner schon so asketischen Erscheinung noch eine zusätzlich düstere Note gab.

Patrick beschleunigte seine Schritte unwillkürlich, denn er freute sich, ihn wiederzusehen und ihm die wunderbare Nachricht überbringen zu können.

»Mister Hamilton!« rief er.

Mitchell Hamilton fuhr mit der halb erhobenen Axt in der Hand herum. Seine Augen, die von einem unglaublichen Blau waren, ohne jedoch eine Spur von Kälte auszustrahlen, erfaßten die breitschultrige Gestalt, die da auf ihn zukam.

»Captain Rourke!« stieß er hervor. »Sind Sie es wirklich?« Er schlug die Axt in den Hauklotz, eilte ihm entgegen, packte seine Hand, drückte sie kraftvoll und schüttelte nur den Kopf, während er ihm mit ungläubiger Freude ins Gesicht blickte. »Ich kann es noch gar nicht glauben! Mein Gott, Captain Rourke! Wie sehr habe ich in den letzten Wochen gewünscht, daß jemand kommen würde, mit dem ich sprechen kann. Und jetzt sind Sie da! Sie wissen gar nicht...« Er brach ab und schüttelte erneut den Kopf, einen feuchten Schimmer in den Augen.

Patrick Rourke hatte Mühe, sich sein Erschrecken nicht anmerken zu lassen. Mitchell Hamilton hatte erheblich an Gewicht verloren. Er hatte ihn als wettergebräunten Mann von ungebrochener Tatkraft in Erinnerung. Doch nun war seine Haut blaß, und scharfe Linien hatten sich in sein Gesicht geschnitten, das erschreckend schmal geworden war. Das halbe Jahr an diesem einsamen Ort hatte sichtbare Spuren hinterlassen.

»Ist Jessica...«, setzte Mitchell zu einer Frage an, wagte aber nicht, sie ganz auszusprechen.

»Nein, diesmal bin ich allein gekommen«, bedauerte Patrick. »Aber ich habe natürlich Post von Jessica für Sie. Doch noch viel wichtiger für Sie dürfte dieses hier sein!«

Mitchell furchte die Stirn, als der Captain ein mehrfach gefaltetes Papier unter seiner Jacke hervorzog. »Was ist das, Captain?«

»Ihre Entlassungsurkunde aus Cedric Blunts Freiluftkerker!« scherzte Patrick. »Ihr Exil ist beendet! Sie können diesen wahrlich nicht eben reizvollen Ort endgültig hinter sich lassen und wieder nach MIRRA BOOKA zurückkehren.«

Mitchell umfaßte das Handgelenk von Patrick mit schmerzhaftem Griff. »Captain! Bitte!« keuchte er, das Gesicht wie im Schmerz verzerrt.

»Nein, ich treibe keine geschmacklosen Scherze mit Ihnen, Mister Hamilton! Das ist die Aufhebung Ihres Haftbefehls! Ihre Ehre ist wieder hergestellt.« Patrick schwieg einen Moment, dann meinte er ernst: »Diese Intrige von Lieutenant Forbes ist nicht aufgegangen. Man mußte zugeben, daß alle Beschuldigungen haltlos und aus der Luft gegriffen waren. Sie haben es hier schriftlich.«

Mit zitternden Händen nahm Mitchell das Schreiben entgegen und entfaltete es. Patrick hatte den Eindruck, als wäre er noch blasser geworden.

»Es ist wahr!« flüsterte Mitchell dann, als er den Text des amtlichen Schreibens gelesen hatte. »Es ist wahr!«

»Und ob es wahr ist!« bekräftigte Patrick. »Ich weiß, Sie haben eine verdammt schwere Zeit hinter sich, Mister Hamilton. Ich bin nicht sicher, ob ich sechs Monate hier ausgehalten hätte, ohne durchzudrehen. Aber jetzt ist alles vorbei, dieses düstere Kapitel können Sie ein für allemal schließen.«

Mitchell schüttelte schwer den Kopf. »Nein, gar nichts ist vorbei, Captain«, sagte er dumpf.
Ein ungutes Gefühl beschlich Patrick. »Hören Sie, die Aufhebung des Haftbefehls ist keine faule Sache. Sie können ganz beruhigt sein...«
»Das meine ich nicht«, erwiderte Mitchell bedrückt. »Damit wird es schon seine Richtigkeit haben. Doch daß die schwerste Zeit hinter mir liegt, glaube ich nicht. Die Zukunft wird zehnmal schwerer sein und leidvollere Prüfungen bringen als die Vergangenheit.«
»Ich verstehe nicht«, sagte Patrick verwirrt.
Die Tür von der Töpferei ging auf, und Sarah Blunt trat mit einem flachen Korb ins Freie, der mit kleinen Einmachtöpfen vollgestellt war.
Die knapp achtzehnjährige Tochter des Töpfers trug ein verschlissenes, weites Kattunkleid, das in der Hüfte von keinem Gürtel gehalten wurde. Doch die armselige Bekleidung tat ihrem Liebreiz keinen Abbruch. Blonde Locken umflossen ein Gesicht mit rosiger Haut und ansprechenden Zügen, die in wenigen Jahren zu voller weiblicher Reife erblühen würden.
Patrick hatte sie als schlankes, wohlgeformtes Mädchen an der Schwelle zur Frau in Erinnerung. Doch irgend etwas irritierte ihn diesmal an ihr.
Als Sarah den Captain erblickte, blieb sie stehen, setzte den Korb ab und richtete sich auf. Nun verbarg das weite Kattunkleid nicht länger ihren angeschwollenen Leib.
»Jesus, Maria und Joseph!« stieß Patrick unwillkürlich hervor. »Sie ist schwanger!«
»Verstehen Sie jetzt?« fragte Mitchell.
Patricks Kopf ruckte zu ihm herum, und seine Augen weiteten sich vor Unglauben. »Nein! Sagen Sie nicht, daß Sie und Sa-

rah…« Er konnte das Ungeheuerliche einfach nicht über die Lippen bringen und brach ab.

»Doch, es ist mein Kind, Captain«, sagte Mitchell mit leiser, verzweifelter Stimme. »Und Sarah ist meine Frau – vor Gott und dem Gesetz!«

19

Anne legte die Brennschere aus der Hand, zupfte ein wenig an den letzten frisch gedrehten Locken und sagte dann abschließend: »Besser kriege ich es beim besten Willen nicht hin, Ma'am.«

»Ich wüßte auch nicht, was du noch besser machen könntest, Anne«, erwiderte Jessica und war mehr als zufrieden mit dem, was sie im dreiteiligen Frisierspiegel sah. »Mit der Brennschere kann dir keine andere Zofe etwas vormachen. Und auch sonst bin ich überaus zufrieden mit dir.«

Anne errötete vor Freude. »Danke, Ma'am.«

»Verstehst du dich immer noch so gut mit Phyllis?«

»O ja! Wir beide kommen blendend zurecht«, versicherte sie, und der fröhliche Ausdruck ihrer Augen deutete auf das Vergnügen hin, daß Phyllis und sie bei ihrem Zusammensein hatten. »Ich mag sie sehr. Es tut mir schon jetzt leid, wenn wir Sydney verlassen müssen und ich sie für lange Zeit nicht mehr sehen werde.«

»Dann gefällt es dir also noch immer in Sydney?«

»Sehr! Es gibt hier so unglaublich viel zu sehen, und es ist ein Leben und Treiben auf den Straßen, daß ich beim erstenmal ganz wirr im Kopf war, als Phyllis mich herumgeführt hat«, gestand Anne lachend. »Und dann der Hafen und das geschäftige Hin und Her, besonders wenn ein Schiff angekommen ist.«

»Ja, der Hafen hat auch für mich immer etwas Faszinierendes«, pflichtete Jessica ihr bei und schlüpfte in den Unterrock, den Anne ihr reichte.

»Und erst die merkwürdigen Gestalten, die man da zu sehen kriegt. Obwohl es einem schon ganz anders zumute werden kann, wenn man plötzlich einem Chinamann gegenübersteht. Vor zwei Tagen habe ich mich richtig zu Tode erschrocken, als ich mit Phyllis um die Ecke kam und fast mit einem Mohren zusammengestoßen wäre. Er war von Kopf bis Fuß schwarz, Ma'am«, fuhr Anne in einem Tonfall fort, als hätte sie diesen Schrecken mit einem aufregenden Prickeln genossen. »Phyllis hat nur gelacht. Sie hat solche Schwarzen schon öfter gesehen. Sie sagte, es wären meist amerikanische Seeleute. Aber einen Indianer habe ich mir anders vorgestellt.«

»Es war wohl auch kein Indianer, Anne, sondern ein Neger«, erklärte Jessica amüsiert. »Na, wenn du dich so sehr in das Stadtleben verliebt hast, dann wirst du dir das mit der Farm jenseits der Blue Mountains bestimmt noch gut überlegen, nicht wahr?«

Anne machte eine unschlüssige Miene. »Ich mag auch das Leben auf der Farm, Ma'am. Eigentlich sogar sehr. Es sind einfach so völlig verschiedene Welten. Am liebsten würde ich beides haben«, gab sie ehrlich zu.

»Solange du bei mir Zofe bist, kannst du das haben, denn ich werde in Zukunft doch viel öfter als früher nach Sydney kommen müssen. Während der Bauzeit mindestens einmal im Monat und später dann gut und gern viermal im Jahr.«

»Wirklich?« Anne strahlte voller Freude.

»Ich fürchte, ich werde nicht darum herumkommen«, bestätigte Jessica. Das neue Geschäft war einfach zu groß, als daß sie die Kontrolle wie bisher von SEVEN HILLS aus mit links ausüben konnte. Das hatte mit Mißtrauen nichts zu tun. Daß Glenn Pickwick sie nicht enttäuschen würde, stand für sie außer Zweifel. Aber auch wenn sie ihm einen großen Spielraum für eigenständige Entscheidungen zubilligte, wie sie es beabsichtigte, würde es doch immer wieder Angelegenheiten von besonderer Bedeutung geben, die nicht über den langwierigen Botenweg zu klären waren, sondern die sie zusammen besprechen mußten. »Du kannst dich also darauf einstellen, daß du Phyllis so schnell nicht aus den Augen verlieren wirst.«

»Da wird sie sich aber genauso freuen wie ich, Ma'am! Ich kann es gar nicht erwarten, ihr davon zu erzählen. Werden wir dann über dem neuen Geschäft wohnen?«

»Allerdings«, sagte Jessica und freute sich schon darauf, in ein paar Monaten eine eigene Wohnung in Sydney zu besitzen. So herzlich die Keltons ja waren, aber Marthas Redseligkeit und bestimmendes Wesen stellten ihre Geduld jetzt schon manchmal auf eine harte Probe, und dabei war sie erst acht Tage Gast bei ihnen und davon noch die meiste Zeit außer Haus gewesen.

Jessica hörte die Stimmen ihrer Kinder. Es klang, als hätten sie sich in den Haaren. Doch dann war Martha Keltons respektheischende Stimme zu vernehmen, und das Gezanke brach augenblicklich ab.

»Wir sollten uns wohl ein bißchen beeilen, sonst sitze ich noch später am Frühstückstisch als meine Kinder«, sagte sie.

»Ihr Kleid liegt bereit, Ma'am.«

»Dann hilf mir hinein«, sagte Jessica, raffte ihre Unterröcke zusammen und stieg in das indigoblaue Taftkleid. Es hatte lange Ärmel, die an den Schultern leicht gebauscht waren und an den Handgelenken, wo sie mit perlgrauer Spitze paspeliert waren, eng anlagen. Der Ausschnitt hatte eine rechteckige Form, ließ jedoch nicht die nackte Haut ihrer Brüste sehen, sondern war von einem dünnen, gleichfalls perlgrauen Spitzeneinsatz bedeckt. Der durchbrochene Stoff ließ nur hier und da ein wenig Haut durchschimmern. Den Saum des Kleides, das ihre schlanke Taille gut zur Geltung brachte, sonst aber zurückhaltend im Schnitt war, zierte dieselbe Art Spitze wie an Ärmeln und im Ausschnitt.

Anne richtete Jessicas Unterröcke, kontrollierte noch einmal den Sitz des Leibchens und des Mieders und schnürte das Kleid dann geschwind zu.

»Danke, Anne.«

Als Jessica ins Eßzimmer kam, saßen Edward und Victoria schon am Tisch und auch die Keltons wollten gerade Platz nehmen. »Ich hoffe, angesichts dieses fast schon frühlingshaften Morgens wird es euch leichter fallen, meine Verspätung zu entschuldigen.«

Roberts Blick lag mit unverhohlener männlicher Bewunderung auf ihr. »Bei deiner bezaubernden Erscheinung könnte es auch regnen und stürmen, meiner wohlwollenden Nachsicht wärst du immer gewiß, Jessica.«

»Wohlwollende Nachsicht! Das sieht dir ähnlich, Robert!« meinte Martha in ihrer temperamentvollen Art und winkte Jessica an ihre Seite. »Spielt den großzügig Nachsichtigen, wo es gar nichts nachzusehen gibt! Schon auf nüchternen Magen gehen ihm die Komplimente so glatt über die Lippen, als hätte er sie die ganze Nacht vorm Spiegel geübt. Da kann der Tag ja noch viel bringen! Doch aus dem Füllhorn seiner Schmeicheleien wird für mich kaum etwas abfallen. Findest du es nicht auch höchst merkwürdig, daß Ehemänner immer nur dann Fantasie entwickeln, wenn es darum geht, einer anderen als ihrer eigenen Frau Komplimente zu machen?« Sie gab Jessica jedoch keine Gelegenheit, ihr darauf zu antworten, denn im selben Atemzug fuhr sie schon fort: »Ach, Männer! Wie Rauch im Wind. Man muß ihnen ihren Willen lassen und sich als Frau in Bescheidenheit und Demut üben. Man muß sein Schicksal

mit Würde tragen, sage ich mir immer und tröste mich damit, daß andere noch ganz anderes erdulden müssen.«
Jessica konnte sich nur mit Mühe ein schallendes Lachen verkneifen. Von Demut und Bescheidenheit konnte bei Martha wahrlich nicht die Rede sein, und in irgend etwas geschickt, was ihr nicht paßte, hatte sie sich auch noch nicht. Wer in diesem Haus sein Schicksal mit Würde trug, war vielmehr ihr Mann.
Edward grinste breit, und Jessica sah, wie er mit Robert ein verschwörerisches Augenzwinkern unter Männern austauschte, als wollten sie sagen: Sollen die Frauen nur reden! Victoria dagegen hatte von Marthas Wortstrom gar nichts mitbekommen, denn sie spielte mit ihrer Serviette, die sie immer wieder neu zusammenlegte. Phyllis hatte ihr gezeigt, wie man eine Serviette zu einer Muschel, einem Hasenkopf und einem Vogel falten konnte. Seitdem war sie von Servietten und ihrer unglaublichen Verwandlungsfähigkeit fasziniert.
Als Phyllis nun den Tee brachte, flüsterte Martha Jessica schnell zu: »Der Gute hat schon recht, du siehst heute wieder mal hinreißend aus. Diese Farbe steht dir ganz ausgezeichnet.«
»Das Kompliment kann ich nur erwidern. Ich wünsche mir sehr, daß ich in deinem Alter so gut aussehe wie du«, sagte Jessica, die fand, daß Martha trotz ihrer korpulenten Figur noch ein sehr attraktives Bild abgab. Sie achtete sehr auf geschmackvolle Kleidung und ein rundum gepflegtes Äußeres.
»Fang du jetzt bloß nicht an, es meinem Mann nachmachen zu wollen«, wehrte Martha fast ungehalten ab, doch ihr strahlender Blick strafte ihre zurückweisenden Worte lügen. »Phyllis, du hast den Kuchen vergessen. Allmählich müßtest du doch wissen, daß unser junger Herr nichts dabei findet, eine Scheibe Schinken zusammen mit einem saftigen Stück Kuchen auf dem Frühstücksteller zu haben.«

»Ich finde, diese Eigenart könntest du dir mal langsam abgewöhnen«, meinte Jessica ein wenig peinlich berührt, daß ihr Sohn einfach kein Gefühl für bessere Tischmanieren zeigte.
Edward reckte keck das Kinn. »Warum denn, Mom? Tee ist bitter, Zucker ist süß – und zusammen schmeckt es gut. Genau wie bei Schinken und Kuchen«, erwiderte er.
Robert und Martha lachten.
Jessica verzog das Gesicht zu einem gequälten Lächeln. »Was soll man dazu noch sagen?«
»Ich finde, der Junge hat ein Argument vorgebracht, das man gelten lassen muß«, ergriff Robert die Partei ihres Sohnes. »Und warum soll er auch nicht das essen, was ihm schmeckt? Es ist doch nur eine Frage der persönlichen Präferenzen. Außerdem kann ich mir gut vorstellen, daß Kuchen und Schinken zusammen einen recht interessanten Geschmack abgeben. Ich glaube, ich werde es heute auch mal probieren.«
Edward warf ihm einen dankbaren Blick zu.
»Aber jetzt erzähl uns, wie dein Plan für heute aussieht«, fuhr Robert fort. »Ich hatte gestern abend ja keine Gelegenheit mehr, mit dir zu sprechen.«
»Weil du und deine Freunde mal wieder kein Ende finden konntet!« warf Martha ein und fügte zu Jessica gewandt hinzu: »Alles Ehemänner, mit denen er sich getroffen hat! Das Sitzfleisch, das sie an den Tag beziehungsweise an die Nacht legen, wenn sie unter sich sind und für genug Wein und Tabak gesorgt ist, ist unglaublich!«
Robert schmunzelte. »Ein paar Geschäftsleute, die sich regelmäßig treffen, um Informationen und Meinungen auszutauschen, was stets für alle Beteiligten sehr nützlich ist«, erklärte er Jessica.
»Ja, ganz besonders für den Wirt, bei dem ihr euch trefft«, stichelte Martha und legte eine dicke Scheibe Käse auf ihr Brot.

»Das übliche«, antwortete Jessica nun auf seine Frage. »Es gibt noch eine Menge mit Mister Pickwick zu besprechen. Dann werde ich wohl mit Mister Talbot zur Schreinerei fahren, die er unter Kontrakt genommen hat, um mir einige Muster für die dekorativen Holzarbeiten anzusehen und natürlich um den Preis zu feilschen. Das wird mich bestimmt viele Stunden aufhalten. Am Nachmittag habe ich dann noch eine Besprechung mit Mister Hutchinson.« Sie seufzte. »Ich hätte nie gedacht, wieviel an so einer Geschäftserweiterung dranhängt, ein wahrer Rattenschwanz von Dingen, die zu überlegen, abzuwägen und zu entscheiden sind. Und die Kosten laufen einem davon wie... wie eine Kreuzung aus Känguruh und Tausendfüßler!«
Robert lächelte verständnisvoll. »Eine ausgezeichnete Beschreibung. Es wird immer teurer als geplant. Ich erinnere mich noch gut daran, als ich mich entschloß, aus der primitiven Sägegrube unter freiem Himmel mit zwei Arbeitern ein richtiges Sägewerk zu machen. Das war ein enormer finanzieller Kraftakt, und ein paar Jahre mußten wir jeden Penny umdrehen, aber es hat sich gelohnt.«
Sogar Martha nickte bestätigend. Was seine Leistungen und Fähigkeiten als Geschäftsmann betraf, machte sie noch nicht einmal im Spaß eine kritische Bemerkung über ihren Mann.
»Ja, ich weiß, die Anstrengungen werden sich auch mit dem Geschäft lohnen«, sagte Jessica zuversichtlich, dachte aber an das Problem mit dem zu geringen Warenbestand. Ihre Entscheidung dazu stand noch offen.
»Davon bin auch ich felsenfest überzeugt«, pflichtete Robert ihr bei. »Du hast überhaupt eine sehr glückliche Hand mit deinen Unternehmungen...«
»Das ist das Glück des Tüchtigen«, sagte Martha anerkennend.

»Ich glaube, Jessica weiß schon, wie es gemeint war.«
»Natürlich, Robert«, lachte sie.
Robert lehnte sich zurück, tupfte seine Mundwinkel mit der Serviette ab und sagte nachdenklich: »Die Preise, die für wirklich gutes Holz bezahlt werden, sind anständig. Du weißt ja selbst, was dein Captain für die Ladung aus Van Diemen's Land erzielt hat. Gute Holzsorten, die gut zu schneiden, dauerhaft und zudem auch noch gut zu formen sind, gibt es hier in New South Wales leider nur sehr wenige. Da sieht es auf Van Diemen's Land schon anders aus.«
»Worauf willst du hinaus, Robert?« fragte Jessica.
»Auf die Frage, wie man daraus einen beständigen geschäftlichen Nutzen ziehen kann«, erwiderte er. »Ab und zu mal eine Schonerladung mag ja einen netten Profit bringen, aber was sind schon ein paar gelegentliche Goldflocken, wenn man eine solide kleine Goldader direkt vor der Nase hat?«
Jessica hob lächelnd die Augenbrauen. »Willst du damit sagen, daß du dich mit dem Gedanken trägst, die goldene Holzader von Van Diemen's Land ausbeuten zu wollen?«
»Es wäre zumindest einer genauen Prüfung wert«, sagte er. »Ich könnte mir gut vorstellen, daß man unweit des Hafens ein Lagerhaus bis unter das Dach mit bestem Holz füllen könnte, ohne den Bedarf damit jedoch zu decken. Ein kontinuierlicher Import aus Van Diemen's Land wäre garantiert ein gutes Geschäft.«
»Der Gedanke ist mir auch schon gekommen«, sagte Jessica. »Aber dafür brauchte man eben nicht nur diese Lagerhalle am Hafen, sondern auch ein Schiff, das allein diese Route Hobart–Sydney befährt. Immerhin sind es von hier bis nach Van Diemen's Land mehr als sechshundert Meilen. Ein Schiff, das für dieses Geschäft eingesetzt wird, wäre damit gänzlich ausgelastet.«

»Und du könntest dir nicht vorstellen, die COMET für diesen dauerhaften Handel einzusetzen?« fragte Robert. »Für die Lagerhalle und die Abwicklung des Geschäfts auf dieser Seite würde ich schon sorgen.«

»Leider nein«, seufzte Jessica. »Die COMET ist zwar ein solide gebautes und seetüchtiges Schiff, wie du weißt, aber für ein ständiges Hin- und Herpendeln doch wohl ein wenig zu klein, besonders für die stürmischen Jahreszeiten auf See. Für den Holzhandel wäre eine größere Ladekapazität vonnöten, wollte man ihn wirklich optimal betreiben. Das Holz, das die COMET mitbringt, ist für uns ein nettes Zusatzgeschäft, kann jedoch die Gewinne, die auf dem Hawkesbury anfallen, bei weitem nicht erreichen.«

Robert nickte nachdenklich. »Man brauchte also ein etwas größeres Schiff, was natürlich eine beachtliche Investition nötig machen würde.«

»Setz Jessica bloß keine neuen Ideen in den Kopf!« mischte sich Martha nun ins Gespräch. »Sie hat mit ihrem Geschäft schon genug am Hals!«

»Es ist nie falsch, ein bißchen weiter zu denken und zu planen als andere«, entgegnete ihr Mann. »Den dicksten Rahm schöpft immer nur der ab, der früh aufsteht und die Kuh zuerst melkt, meine Liebe.«

»Der Meinung bin ich auch«, stimmte Jessica ihm zu. »Ich könnte es mir schon sehr gut vorstellen, mich an so einem Geschäft zu beteiligen. Doch im Augenblick gestatten es meine finanziellen Verhältnisse nicht, dieser Idee auch handfeste Taten folgen zu lassen. Ich halte es aber für möglich, im nächsten Jahr, wenn das Geschäft erst angelaufen ist und ich einen Überblick über die Höhe der Gewinne habe, noch einmal konkret mit dir und Captain Rourke diese Angelegenheit zu besprechen. Falls du es nicht vorziehst, schon eher etwas zu unternehmen.«

»Ganz und gar nicht. So eilig ist es mir damit nicht, Jessica. Die Sache hat gut Zeit bis zum nächsten Jahr«, versicherte er. »Immerhin geht es ja nicht um ein paar Wagenladungen Dachschindeln.«

»Wahrlich nicht«, meinte Martha. »Und jetzt solltest du ihr von Mister Whitman erzählen.«

»Whitman?« fragte Jessica.

Robert Kelton hob die Hand. »Ja, richtig. Gut, daß du mich daran erinnerst, Frau. Allan Whitman ist der Name des Hauslehrers, der sich dir heute abend vorstellen möchte.«

Jessica sah ihn freudig überrascht an. »Du hast wirklich einen gefunden?«

»Ja, ich kenne ihn selbst nicht, doch er ist mir von einem Geschäftsfreund wärmstens empfohlen worden. Er hat seine beiden Söhne bisher unterrichtet. Da er sie aber jetzt nach England aufs College schickt, bedarf er eines Hauslehrers nicht mehr.«

Edward horchte auf. »Hauslehrer?« fragte er argwöhnisch. »Für wen soll denn der gut sein?«

»Für dich und deine Schwester, mein Junge«, antwortete Jessica.

Edward setzte eine abweisende Miene auf. »Ich brauche keinen Hauslehrer!« erklärte er energisch. »Tim, der alte Baker und Mister McIntosh bringen mir schon alles bei, Mom!«

Jessica schüttelte den Kopf. »Sie bringen dir gewiß eine Menge bei, aber eben doch nicht alles, was ein junger Mann wie du wissen muß!«

»So? Was denn nicht?« fragte er aggressiv.

»Zum Beispiel Geschichte, Literatur, Geographie, eine andere Sprache, Mathematik und ...«

»Den ganzen Kram brauche ich nicht!« fiel Edward seiner Mutter ins Wort. »Ich brauche keine Geschichte und Literatur, um auf Seven Hills die Ernte einzubringen und Schafe zu scheren, und die Sprache, die die Pferde und Ochsen verstehen, beherrsche ich.«

»Du brauchst erst gar nicht mit mir debattieren zu wollen, mein Junge«, sagte Jessica nun mit scharfer, zurechtweisender Stimme. »Und diesen aufsässigen Ton will ich nicht wieder hören!«

Er schluckte.

»So spricht man wirklich nicht mit seiner Mutter«, bemerkte auch Martha mißbilligend.

»Du und Victoria, ihr werdet einen Hauslehrer bekommen, ob es euch nun paßt oder nicht«, fuhr Jessica energisch fort. »Es reicht eben nicht, ein Pferd reiten, Schafe scheren und die Ernte einbringen zu können! Jeder einfältige Farmer kann das! Nichts gegen das, was der alte Baker und Tim Jenkins dir beibringen, Edward. Aber das ist nur ein Teil von dem, was du zu lernen hast. Von euch verlange ich einiges mehr, wie es auch euer Vater getan hätte! Ihr werdet euch die Bildung aneignen, die es euch später ermöglichen wird, bei jedem Gespräch mitreden zu können, statt dumm und ohne den Schimmer von Verständnis dabeizustehen, wenn es sich mal nicht um Schafe und Farmarbeit dreht!«

»Eure Mutter hat völlig recht«, unterstützte Robert sie. »Ihr seid nicht irgendwelche Kinder, die in einer Lehmhütte aufwachsen und froh sein können, wenn sie einmal Arbeit finden, die sie und ihre Familie ernährt. Nein, ihr seid die Bradings von Seven Hills. Und vor allem du, Edward, wirst eines Tages doch große Verantwortung tragen müssen, die weit darüber hinausgeht, eine Farm bestmöglich zu führen. Es werden noch andere Aufgaben auf dich warten. Und dafür mußt du ordentlich gerüstet sein, wenn dir die Fußstapfen deiner Mutter nicht zu groß sein sollen, nämlich mit soviel Wissen, wie man sich nur aneig-

nen kann! Oder möchtest du, daß man einmal sagt: ›Ja, seine Mutter, die wußte ihren Verstand zu nutzen und hat es weit gebracht. Doch ihr Sohn wird ihr nie das Wasser reichen können. Er ist zwar ein großer, aber dummer Farmer. Kein wirklicher Brading!‹ Ich glaube nicht, daß dir das gefallen würde.«
Edward machte ein verdrossenes Gesicht, zog es jedoch vor, sich einer trotzigen Bemerkung zu enthalten. Es hätte der Worte von Mister Kelton gar nicht bedurft, um ihm klarzumachen, daß er sich der lästigen Pflicht eines schulmäßigen Unterrichts nicht würde entziehen können. Denn wenn seine Mutter diesen harten, schneidenden Ton anschlug, wußte er aus leidvoller Erfahrung, daß jeder Protest und jedes Sträuben sinnlos war.
Victoria zuckte die Achseln, als verstünde sie die ganze Aufregung nicht. »Ich habe überhaupt nichts gegen einen Hauslehrer...«
»Bist ja auch ein... Mädchen!« zischte Edward wütend und konnte sich gerade noch das »blödes« verkneifen, das er dem Mädchen hatte voransetzen wollen.
»Gibt es auch Unterricht im Zeichnen, Mom?«
»Ich nehme es an, mein Kind. Noch habe ich ja selbst nicht mit ihm gesprochen, Aber heute abend kann ich dir mehr erzählen.«
»Oh, fein!« freute sie sich.
Robert hob die Frühstückstafel auf. »Ich glaube, es wird Zeit für dich, Jessica«, sagte er und fügte zu Edward, der mit griesgrämigem Gesicht am Tisch saß, hinzu: »Und für uns auch, junger Freund. Es wartet Arbeit auf uns im Sägewerk. Oder hast du es dir inzwischen anders überlegt und willst jetzt gar nicht mehr mitkommen?«
Edwards Gesicht hellte sich wieder auf. »Doch, natürlich komme ich mit, Mister Kelton!« versicherte er eilig. Mit ihm

im Sägewerk zu sein, war fast so gut wie zu Hause auf der Farm. Da gab es wenigstens etwas zu tun, und die Männer dort behandelten ihn nicht wie einen kleinen Jungen, der eigentlichi auf die Schulbank gehörte.

»Na, wunderbar, dann sieh zu, daß du dir festes Schuhwerk anziehst und deinen Mantel holst!«

Edward eilte aus dem Zimmer.

»Ich werde mit Victoria eine gute Freundin besuchen, die selbst großen Spaß am Malen hat«, sagte Martha zur Freude von Victoria. »Ihre Aquarelle sind gar nicht mal so schlecht – wenn auch nicht so gut, wie sie meint.«

»Ich weiß gar nicht, wie ich euch für all eure Mühe und Aufmerksamkeit danken soll«, sagte Jessica, wieder einmal berührt, wie sehr die beiden sich darum bemühten, ihren Kindern den Aufenthalt nicht langweilig werden zu lassen und ihr Kopf und Zeit für ihre Geschäfte freizuhalten.

»Indem du jetzt machst, daß du zu dem Halsabschneider von Baumeister kommst, ihm anständig auf die Finger siehst und einmal nicht so spät und müde zurückkehrst, damit du Mister Whitmans Tauglichkeit auf Herz und Nieren prüfen kannst«, antwortete Martha auf ihre energische Art und rief Phyllis, damit sie Craig Bescheid gab, daß er nun mit der Kutsche vorfahren konnte.

Der Tag erwies sich anfangs als wenig erfreulich für Jessica. Es begann damit, daß sie von Talbot erfuhr, daß über Nacht Balken und fast eine ganze Pyramide Ziegelsteine gestohlen worden waren.

»Das muß man in Kauf nehmen«, versuchte Talbot abzuwiegeln. »Quasi natürlicher Schwund beim Bauen. Habe keine Baustelle gekannt, auf der nicht gestohlen worden wäre.«

»Darf ich Sie daran erinnern, daß es *mein* Geld ist, das da nachts von *meiner* Baustelle verschwindet?« fragte sie mit kühlem Zorn.

»Sie dürfen, Missis Brading«, sagte er gelassen. »Aber damit ändern Sie auch nichts.«
Sie stemmte die Fäuste in die Hüfte. »Wie hoch beziffern Sie den sogenannten natürlichen Schwund, Mister Talbot?«
Er fuhr sich mit Daumen und Zeigefinger über die Oberlippe. »Meiner Erfahrung nach dürfte er bei einem solch großen Bauvorhaben bei etwa fünf Prozent liegen.«
»Plus oder minus?« fragte sie argwöhnisch.
»Eher plus.«
Fünf Prozent mehr Kosten! Das waren etliche Pfund, die sie zusätzlich zahlen mußte – und zwar in die Taschen von Dieben! Fünf Prozent von der Bausumme waren genug, um drei Hauslehrer für ein ganzes Jahr bezahlen zu können! Und dieses Geld sollte sie achselzuckend abschreiben? Sie dachte gar nicht daran, sich mit seinem »natürlichen Schwund« abzufinden!
Jessica beherrschte ihre Wut und zwang sich zu einem Lächeln. »Nun, ich an Ihrer Stelle würde mir doch etwas einfallen lassen, wie man diese Diebstähle verhindern kann, Mister Talbot. Es sei denn, Ihnen macht dieser Verlust nichts aus.«
Er stutzte. »Ich verstehe nicht, was das mit *meinem* Geld zu tun haben soll, Missis Brading.«
»Dann werde ich es Ihnen gerne erklären«, erwiderte sie freundlich, doch ihre Augen blickten kühl. »Sie haben mir eine sehr detaillierte Kostenrechnung vorgelegt. Darin haben Sie sich wirklich als sehr gewissenhafter Baumeister erwiesen. Manche Posten haben wir zwar noch nicht auf das Pfund genau festgelegt, weil dafür noch einige Angebote ausstanden wie die des Schreiners, den wir nachher aufsuchen werden. Aber ansonsten ist sie komplett. Doch an einen Posten mit der Rubrik ›Natürlicher Schwund‹ kann ich mich beim besten Willen nicht erinnern. Ich glaube auch nicht, einen solchen übersehen zu haben, oder sollte ich mich da täuschen?«

»Nein, Ihr Erinnerungsvermögen trügt Sie nicht«, pflichtete er ihr säuerlich bei.

»Nun, dann verstehe ich *Ihre* Frage, was *Sie* dieser Schwund angehen soll, nicht. Denn da das Geld, das nötig ist, um diese Diebstähle zu kompensieren, mit Sicherheit nicht aus meiner Tasche fließen wird, werden Sie diesen Verlust wohl tragen müssen.«

Er starrte sie an, und zum erstenmal, seit sie ihn kannte, war ihm jegliche huldvolle Art abhanden gekommen. »Das zählt aber nicht zu der Art Geschäfte, die ich gewohnt bin, Missis Brading!« Er klang hörbar verärgert, aber auch verunsichert.

Jessica lächelte. »Nun, ich habe heute von Ihnen etwas über natürlichen Schwund gelernt und Sie von mir, wie ich Verträge zu lesen und auch einzuhalten verstehe. Die Bauaufsicht gehört nun mal zu Ihren Aufgaben, für die ich Sie bezahle, und das wahrscheinlich nicht schlecht, wenn ich das betonen darf.«

»Hören Sie, fünf Prozent sind eine Menge Geld...«

»Es freut mich, daß Sie das auch so sehen«, warf Jessica nicht ohne Süffisanz ein.

»Das kann ich unmöglich von meinem Honorar zahlen!« protestierte er.

»Also gut, ich bin kein Unmensch«, gab sie sich großzügig. »Ich biete Ihnen einen fairen Kompromiß an.«

»Ich höre«, sagte er steif.

»Ich zahle die Kosten für eine entsprechende Nachtwache hier auf dem Grundstück, und Sie kommen für den Ersatz von entwendeten Baumaterialien auf, falls dann immer noch Diebstähle geschehen«, schlug sie vor. »Doch wie ich Sie einschätze, werden Sie schon Sorge dafür tragen, daß die Nachtwächter nicht schlafen werden.«

Er machte ein grimmiges Gesicht, sah jedoch ein, daß er mehr

Entgegenkommen von ihrer Seite nicht erwarten konnte. »Einverstanden.«
Arthur Talbot grollte ihr noch den ganzen Tag, doch Jessica kümmerte es nicht. Es würde ihm eine Lehre sein und ihn von dem Irrglauben befreien, sie würde sich von irgend jemandem übervorteilen lassen. Wenn es um Geschäfte ging, kannte ihre Freundlichkeit sehr enge Grenzen.
Das bekam auch George Freckle zu spüren, der bullige Schreiner, der seine Werkstatt am Rande der Stadt an der Landstraße nach Parramatta hatte. Er hatte offenbar einen überaus gewinnträchtigen Auftrag gewittert, und nachdem Jessica ihr Wohlgefallen an seiner Arbeit kundgetan hatte, glaubte er wohl, seinen Profit noch etwas höher schrauben zu können, denn auf einmal war alles ein wenig teurer.
»Sie verstehen sich ausgezeichnet darauf, mit Holz umzugehen«, sagte Jessica scharfzüngig zu ihm, »doch was das Kalkulieren Ihrer Preise betrifft, scheinen Sie ein weniger gesundes Augenmaß zu besitzen, Mister Freckle.«
Der Schreiner polterte sofort los. »Das sind ganz reelle Preise, die ich Ihnen da genannt habe, Missis Brading! Für einen Hungerlohn arbeite ich nicht! Sind ja nicht die billigsten Hölzer, die Sie sich ausgesucht haben. Und das, was Sie an Verzierungen haben wollen, läßt sich auch nicht so einfach aus dem Ärmel schütteln. Ich kann da keinen meiner Handlanger dransetzen.«
»Und ich habe nicht die Absicht, mir Theken und Regale und Treppen ins Haus einbauen zu lassen, die soviel kosten, als wären sie mit Blattgold überzogen!« war Jessica um eine zurechtweisende Antwort nicht verlegen.
»Sie unterstellen mir, daß ich Sie übers Ohr hauen will!« erregte sich der Schreiner.
»Nichts dergleichen tue ich.«

»So? Was denn?«
»Daß Sie sich verrechnet haben«, sagte Jessica, um ihm eine goldene Brücke zu bauen.
Arthur Talbot stand nur daneben und dachte nicht daran, sie zu unterstützen. Aber das störte Jessica nicht. Sie würde auch so mit dem Schreiner klarkommen.
»Ich kann verdammt gut rechnen, Missis Brading, und da ist kein Fehler drin!« blieb George Freckle stur. »Wenn Sie erstklassige Arbeit haben wollen, müssen Sie schon die entsprechenden Preise zahlen.«
Sie bedachte ihn mit einem herzlichen Lächeln. »Natürlich, Sie müssen das nehmen, was Sie brauchen«, gab sie zu.
Er grinste und glaubte schon, seine Preise durchgesetzt zu haben. »Sie sagen es.«
»Nur werden Sie das von mir nicht bekommen, Mister Freckle. Ich bedaure sehr, daß ich den Auftrag dann an einen anderen vergeben muß. Ich bin sicher«, sagte sie zu Arthur Talbot gewandt, »daß die anderen Schreiner, die auf unserer Liste stehen, einen weniger aufwendigen Betrieb unterhalten als Mister Freckle.«
»Möglich«, brummte Talbot.
»Dann sollten wir Mister Freckles Zeit nicht unnötig in Anspruch nehmen, da sie ja kostbar ist«, sagte Jessica spitz und wandte sich zur Tür.
»Zehn Prozent, die kann ich gerade noch runtergehen, ohne daß ich zubuttern muß«, bot der Schreiner hastig an.
»Das ist wirklich sehr freundlich von Ihnen, aber ich möchte Sie doch nicht um die Früchte Ihrer Arbeit bringen«, erwiderte Jessica mit vorgetäuschtem Verständnis. »Außerdem sind zehn Prozent für mich völlig indiskutabel. Unter zwanzig Prozent Nachlaß von den von Ihnen genannten Preisen können wir nicht ins Geschäft kommen.«

»Das ist ja lächerlich«, ärgerte sich George Freckle. »Mit Ihren Preisvorstellungen werden Sie keinen finden, der Ihnen solche Arbeit liefert!«
»Lassen Sie das mal meine Sorge sein«, antwortete sie gelassen. »Bei Ihren hohen Kosten haben Sie gewiß schon Sorgen genug. Aber besten Dank für Ihre Zeit. Ich glaube, wir sollten jetzt fahren, Mister Talbot.« Sie wandte sich in der Tür noch einmal zum Schreiner um. »Oh, sollten Sie doch noch zu dem Ergebnis kommen, daß zwanzig Prozent Nachlaß Sie nicht an den Rand des Ruins bringen, geben Sie nur Mister Talbot Bescheid. Er wird den Auftrag morgen vergeben. Selbstverständlich genießt Ihr Angebot, wenn es sich in dem von mir erwähnten Rahmen hält, Vorrang vor allen anderen. Ich halte das für ein Gebot der Fairneß. Einen guten Tag noch.«
Wortlos und verkniffenen Gesichts blickte der Schreiner ihr nach.
»Zwanzig Prozent!« sagte Arthur Talbot, als sie in der Kutsche saßen. »Sie sind wahrlich nicht zimperlich.«
»Ich passe mich meinen Geschäftspartnern an.«
»Freckle wird Ihnen sonstwas an den Hals wünschen. Sie haben ihn ganz schön heruntergeputzt.«
Sie zuckte die Achseln. »Er hat es herausgefordert. Die Preise waren unverschämt überzogen, sagen Sie doch selbst!«
»Nun ja, einiges draufgeschlagen hat er in der Tat«, gab er zu. »Aber nicht zwanzig Prozent.«
»Ja, nur achtzehn oder neunzehn«, sagte sie grimmig. »Aber dieses Spiel mache ich nicht mit! Wenn er den Auftrag haben will, wird er mir zwanzig Prozent gewähren müssen, oder er ist aus dem Rennen. Und es ist ein großer Auftrag. Er wird es sich zehnmal überlegen, ob er mir eine Absage erteilt.«
»Warten wir es ab.«
»Spätestens morgen früh werden Sie sein Angebot in der Hand

haben«, sagte Jessica zuversichtlich. »Und Ihnen wird er mitteilen, daß Sie sich mit einer geringeren Provision werden abfinden müssen.«

»Wie bitte?« fragte Talbot pikiert.

Jessica lachte. »Nun spielen Sie vor mir nicht den Ahnungslosen, Mister Talbot. Sie haben Freckle ausgewählt, und ich müßte Sie schon für einen sehr unerfahrenen Baumeister halten, wenn ich glauben sollte, daß Sie nicht auch Ihr Schäfchen ins Trockene bringen. Wenn es nicht so wäre, hätte Mister Hutchinson mir den falschen Mann empfohlen. Nur diesmal haben Sie sich Ihren Groll wegen der Sache mit dem natürlichen Schwund ein paar Prozente Provision kosten lassen. Denn hätten Sie rechtzeitig eingegriffen und Freckle zu verstehen gegeben, daß ich keine dumme Gans bin, die sich ausnehmen läßt, hätten Sie Ihre Provision vielleicht noch vollständig retten können. Ich denke, bei unseren nächsten gemeinsamen Verhandlungen werde ich wieder auf Ihre volle Unterstützung rechnen können, nicht wahr?«

Arthur Talbot war so verblüfft über ihre unverblümte Art, daß er im ersten Moment sprachlos war. Dann lachte er schallend auf. »Missis Brading! Entschuldigen Sie, aber Sie sind ein verdammtes Schlitzohr! Bitte nehmen Sie es als Kompliment unter Geschäftsleuten.«

»Akzeptiert.«

»Mein Gott, daß ich das noch auf meine alten Tage erleben muß, daß eine Frau mich um meine Provision bringt. Denn die kann ich jetzt in der Tat abschreiben. Aber Sie können sich darauf verlassen, daß sich das nicht wiederholen wird«, versicherte er, noch immer erheitert.

»Dann ist der Tag ja jetzt schon ein voller Erfolg, auch wenn der Schreiner sich aus Trotz nicht dazu entschließen sollte, für mich zu arbeiten.«

»Oh, das wird er!«
»Um so besser. Und nun wollen wir doch mal sehen, was uns der Schlosser vorrechnet«, sagte Jessica und lehnte sich zufrieden in die Polster zurück.
Am Nachmittag hatte sie noch ein Gespräch mit Glenn Pickwick und anschließend mit ihrem Anwalt, der ihr mitteilte, daß er jemanden an der Hand hätte, der ihr einen Kredit einzuräumen gewillt war.
»Vereinbaren Sie einen Termin mit ihm für morgen«, bat sie ihn und kehrte dann ins Haus der Keltons zurück.
Nach dem Essen empfing sie Allan Whitman im Salon. Sie hatte sich keine besondere Vorstellung von ihm gemacht, doch als er in den Raum trat, war sie doch überrascht, denn er war bedeutend jünger, als sie unbewußt angenommen hatte. Er konnte nur ein paar Jahre älter sein als sie, schätzte sie, etwa Ende Zwanzig, und machte so gar nicht den Eindruck eines Mannes, der sich in Bücher vertiefte und sein halbes Leben hinter dem Katheder zu verbringen gedachte.
Allan Whitman war von kräftiger, mittelgroßer Gestalt mit breiten Schultern und einem prägnanten Gesicht, das sie irgendwie ein wenig an Patrick Rourke erinnerte, obwohl er keinen Bart trug und seine dunkelbraunen Haare auch keinen Stich ins Rötliche besaßen. Doch es war ein offenes männliches Gesicht mit braunen Augen, das ihr vom ersten Moment an gefiel und ihr Zutrauen weckte.
»Mister Whitman, ich freue mich, daß Sie kommen konnten«, begrüßte Jessica ihn.
Er schaute ihr fest ins Gesicht, während sie auf dem seinen eine Spur von Überraschung festgestellt zu haben glaubte, als er sie erblickt hatte. »Ich muß vielmehr danken, daß Sie mich zu einem Vorstellungsgespräch gebeten haben, Missis Brading«, erwiderte er mit vollendeter Höflichkeit. Seine Stimme war

fest und offen wie der Ausdruck seiner Augen, und sein ganzes Auftreten hatte etwas in sich Ruhendes, für sich Einnehmendes.

Jessica bat ihn, doch Platz zu nehmen, und warf Edward einen zurechtweisenden Blick zu, als er die Treppe heruntergeschlichen kam und sich an der Tür herumdrückte.

»Sei doch bitte so gut und schließ die Tür!« forderte sie ihn auf.

Allan Whitman drehte sich kurz um und schaute zu Edward hinüber, der seinen Blick mit einer grimmigen Miene erwiderte, als wolle er ihm schon sogleich den Krieg erklären, bevor noch entschieden war, ob er überhaupt ihr Hauslehrer werden würde. Nur widerwillig kam er der Aufforderung seiner Mutter nach, und er hätte die Tür auch bedeutend leiser schließen können, als er es tat.

»Ihr Sohn, Missis Brading?« fragte er mit einem leichten Anflug von Belustigung.

Sie nickte. »Edward, mein Ältester. Er ist sechs, Victoria, seine Schwester, nicht ganz zwei Jahre jünger. Können Sie Zeichenunterricht geben?«

Ihre Frage, ganz ohne Zusammenhang, verblüffte ihn. »Sicher, wenn ich auch gewiß mit meinen Arbeiten nie in einer halbwegs anspruchsvollen Provinzgalerie hängen werde«, fügte er selbstkritisch hinzu.

Sein Humor paßte zu seiner Erscheinung. »Nun, dann hätten Sie immerhin schon Victoria auf Ihrer Seite, falls wir zu einer Übereinkunft kommen sollten. Mit Edward dagegen werden Sie Schwierigkeiten haben.«

Er lächelte. »Ich kenne keinen Sechsjährigen, der nicht Schwierigkeiten mit seinem Lehrer hätte«, sagte er gelassen und zog Papiere aus seiner sandbraunen Jacke. »Darf ich Ihnen meine Empfehlungsschreiben geben?«

Jessica nahm sie entgegen. Das erste Schreiben war von einem Offizier des New South Wales Corps. Captain Heatherby attestierte dem Hauslehrer seiner beiden Töchter, zwölf und vierzehn, nur allerbeste Noten. Dasselbe traf auf Robert Keltons Geschäftsfreund zu, der bestätigte, daß Allan Whitman seinen beiden Söhnen vier Jahre lang eine ausgezeichnete Ausbildung hatte angedeihen lassen, und er hatte hinzugefügt, daß er Allan Whitman jedem empfehlen könne, der den Unterricht seiner Kinder in kompetenten Händen wissen wolle.
»Bessere Empfehlungsschreiben kann man sich wohl kaum wünschen«, sagte Jessica und reichte sie ihm wieder zurück. »Sie sind also schon sechs Jahre in Australien.«
Er nickte.
»Und was hat Sie hierhin verschlagen?«
»Ich habe mich dem Wunsch des Volkes und des Königs gebeugt, in deren Namen das Urteil erging, doch das Land zu verlassen und sieben Jahre in dieser Kolonie zu verbringen«, erklärte er.
Sie schmunzelte. »Das trifft wohl auf neun von zehn Bewohnern der Kolonie zu, mich eingeschlossen. Darf ich auch den Grund dieses... nachdrücklichen Wunsches wissen?« ging sie auf seinen humorvollen Ton ein.
»Gewiß. Ich stamme aus einer kleinen Ortschaft an der Küste von Cornwall. Meine Eltern besaßen einen kleinen Hof. Meine Ausbildung verdanke ich der Förderung des örtlichen Pfarrers, der meinte, ich wäre für ein Leben hinter dem Pflug zu schade, worüber man im nachhinein sicherlich geteilter Ansicht sein kann«, berichtete er ohne Scheu, sein Leben vor ihr auszubreiten. »Bedauerlicherweise fand ich nach dem Abschluß nur kurzzeitig eine Anstellung. Die Deportation verdanke ich jedoch weniger meiner Arbeitslosigkeit, als vielmehr meiner Schwäche für die Jagd. Ich brauche Ihnen wohl nicht zu sagen,

daß damit keine hochherrschaftlichen Jagden gemeint sind, sondern die bei Nacht und auf fremdem Land, genaugenommen auf Lord Lexintons ausgedehnten Ländereien. Es gibt auch nichts zu beschönigen. Meinem Wildern lag keine existentielle Notlage zugrunde, denn im Haus meiner Eltern brauchte niemand zu hungern. Es war vielmehr jugendliche Dummheit und wohl auch der Nervenkitzel – und eben die Freude an der Jagd. Nun, sie brachte mir nicht nur Freude und Nervenkitzel, sondern eben auch das Urteil der Deportation ein. Denn als mich die Wildhüter stellten, zeigte Lord Lexinton wenig Verständnis für meine nächtlichen Ausflüge auf sein Land. So bin ich nach New South Wales gekommen. Captain Heatherby verpflichtete mich schon auf der Überfahrt, so daß ich mich glücklich schätzen konnte, auf diese Weise dem gewöhnlichen Sträflingsalltag keinen Tribut zollen zu müssen. Er war es auch, der nach den drei Jahren meine Begnadigung veranlaßte. Anschließend war ich dann, wie Sie gelesen haben, bei Mister Granway als Hauslehrer angestellt. Seine beiden Söhne gehen diesen Monat nach England, um dort ein College zu besuchen. Ich bin sicher, sie gut darauf vorbereitet zu haben.«

»Das will ich Ihnen gerne glauben«, sagte Jessica, die sich sehr gut vorstellen konnte, daß dieser Mann vor ihr aus purer Freude an dem Verbotenen zu nächtlicher Jagd auf fremdem Land aufgebrochen war. Irgendwie paßte es zu ihm, und es erschreckte sie nicht, daß sie es überhaupt nicht verwerflich fand. Das mochte mit ihrer eigenen Aversion gegen englische Großgrundbesitzer zusammenhängen.

»Gibt es sonst noch etwas über meine Vergangenheit in England oder hier in Australien, das ich zu erwähnen vergessen habe und Sie zu erfahren wünschen?« erkundigte er sich.

»Nein, Ihre Auskünfte waren mehr als erschöpfend, und Ihre

Empfehlungsschreiben sprechen für sich – und für Sie«, antwortete sie. »Das reicht, um mir ein Bild von Ihnen zu machen, Mister Whitman.«

»Ein hoffentlich positives«, sagte er, um ein höfliches Lächeln bemüht. Doch die Erwartung und Anspannung, ob er die Anstellung erhalten würde, zeigte sich auf seinem Gesicht und im Ernst seiner Augen.

»Soweit man anhand von ein paar Zeugnissen und einem kurzen Gespräch einen Menschen einzuschätzen vermag«, erwiderte Jessica mit nüchterner Sachlichkeit, »kann ich Ihre Frage mit einem Ja beantworten.«

Sein höfliches Lächeln entspannte sich zu einem natürlichen, freudigen Ausdruck. »Das freut mich zu hören, Missis Brading. Wenn Sie mir eine Bemerkung zur Einschätzung fremder Personen erlauben...«

»Bitte.«

»Wer über eine gesunde Menschenkenntnis verfügt, bedarf meiner Erfahrung nach zumeist nur eines Blickes und einer kurzen Unterhaltung, um ein treffsicheres Urteil abgeben zu können, für das andere Jahre brauchen.«

In seinen Worten steckte eine Spur von Vorwitz, gepaart mit einem unterschwelligen Kompliment. Eine nicht ungefährliche Mischung für einen Mann in seiner Situation, aber es paßte zu ihm und seiner ganzen Art, die man als ernsthaft mit einem Schuß humorvoller Unbekümmertheit bezeichnen konnte.

Jessica ließ sich ihre Belustigung nicht allzu deutlich anmerken, sondern erlaubte sich nur ein nachsichtiges Lächeln. Es war merkwürdig. Er war wohl an die vier, fünf Jahre älter als sie. Und doch hatte sie das Gefühl, die ältere und reifere Person von ihnen beiden zu sein. Vielleicht hing das damit zusammen, daß er als Bittsteller um eine Anstellung gekommen war und sie die Macht besaß, pro oder contra zu entscheiden. Macht war

etwas, fuhr es ihr durch den Sinn, das vielen natürlichen Beziehungen die Unschuld nahm und sie auf den Kopf stellte.
»Ich entnehme Ihren Worten, daß Sie sich ganz ohne falsche Bescheidenheit dieser Menschenkenntnis sicher sind«, sagte Jessica mit leicht spöttischem Tonfall. »Da Sie ja einen Blick auf Edward geworfen und einen von ihm erhascht haben, würde mich Ihr Urteil über meinen Sohn doch sehr interessieren, Mister Whitman.«
»Mit Vergnügen, Missis Brading.«
Ihr fiel auf, daß er völlig ruhig ihr gegenüber im Sessel saß. Die ganze Zeit über hatte er weder nervös die Beine vor und zurück bewegt, wie sie das von vielen Menschen gewohnt war, mit denen sie irgendeine Art von Geschäft tätigte, noch hatten seine Hände, deren Zartgliedrigkeit sie fast an die einer Frau ohne Verpflichtung zu harter körperlicher Arbeit erinnerten, seine innere Anspannung durch unruhiges Spiel verraten.
Allan Whitman hob sie jetzt auch nur kurz in einer etwas unbestimmten Geste, als er seine Meinung über ihren Sohn abgab.
»Ihr Sohn hat mir soeben den Krieg erklärt«, stellte er mit beiläufigem Tonfall fest, »und wetzt in Gedanken schon die Waffen, von denen er sicherlich ein ganzes Arsenal zu seiner Verfügung hat, wenn er seiner Mutter nachschlägt, was ich nicht bezweifle.«
»Was Sie aber nicht im mindesten schreckt«, sagte sie mit nun unverhohlener Belustigung.
»Wer Pulverdampf nicht verträgt, sollte nicht den Soldatenrock anziehen, oder wie meine Mutter zu sagen pflegte: Wem es in der Küche zu heiß ist, hat am Herd auch nichts zu suchen«, erwiderte er.
»Ich fürchte, mit Edward könnte es Ihnen doch sehr heiß werden. Er ist draußen auf meiner Farm groß geworden und hat noch nie die Schulbank gedrückt, und er ist entschlossen, Sie in

kürzester Zeit dazu zu bringen, sich nach einer anderen Anstellung umzusehen.«

»Ich bin überzeugt, daß Ihr Sohn sich tapfer zur Wehr setzen wird, Missis Brading, doch ebenso sicher bin ich mir, daß *seine* Kapitulation im guten nur eine Frage von wenigen Tagen ist.«

»Von Prügel halte ich gar nichts, um Ihnen das gleich vorweg zu sagen.«

Er nickte. »Nur einen dummen Ochsen oder Esel läßt man den Stock spüren«, stimmte er ihr zu. »Ich baue mehr auf seine Intelligenz, Misses Brading. Und da ich annehme, daß ich Ihre Kinder gemeinsam unterrichten werde, wird das Selbstbewußtsein Ihres Sohnes es kaum ertragen zu sehen, daß seine Schwester ihm den Rang abzulaufen droht.«

»Ich hoffe in unser aller Interesse, daß Sie recht bekommen, Mister Whitman«, sagte Jessica, war aber angesichts seiner Ruhe und Selbstsicherheit voller Zuversicht, daß er auch mit einem Trotzkopf wie Edward fertig werden würde.

»Das werde ich«, sagte er schlicht.

»Gut, das ist geklärt. Hat Ihnen Mister Granway auch mitgeteilt, daß meine Kinder nur ein paar Monate hier in Sydney bleiben und dann wieder nach Seven Hills am Hawkesbury zurückkehren werden?«

»Ja, das hat er, und ich werde den Unterricht dort gerne fortsetzen.«

»Es könnte etwas einsam für Sie werden da draußen«, gab sie zu bedenken.

»Ich bin auf einem Hof groß geworden, und Einsamkeit schreckt mich nicht, Misses Brading. Ganz im Gegenteil. Ich liebe die freie Natur.«

»Richtig, Ihre Schwäche für die Jagd«, konnte sie sich nicht verkneifen zu sagen.

Er lächelte. »Zum Beispiel.«

Fast hatte sie das Gefühl, als flirtete er mit ihr. Aber das war natürlich lächerlich. »Ich habe nichts dagegen, wenn Sie dieser Schwäche bei uns frönen, Mister Whitman, nur werden Sie sich statt mit Rotwild mit Känguruhs zufriedengeben müssen.«

»Ich muß nicht immer etwas erlegen, wenn ich jage«, erwiderte er doppeldeutig.

Sie ging nicht darauf ein, sondern brachte das Gespräch auf sein Gehalt. Sie hatten sich schnell geeinigt. Er freute sich, daß er mehr bekam als erwartet, und sie, weil es weniger war, als sie insgeheim veranschlagt hatte. Dann fragte sie: »Wann können Sie mit dem Unterricht beginnen?«

»Wann immer es Ihnen recht ist.«

»Morgen.«

Er zeigte nicht die geringste Spur von Überraschung, sondern fragte nur: »Wann?«

»Um acht?«

Er nickte. »Ich werde um acht hier sein.«

Jessica erhob sich, und er folgte augenblicklich ihrem Beispiel. »Ich freue mich sehr, Sie als Hauslehrer für Edward und Victoria gewonnen zu haben, Mister Whitman, und setzte große Hoffnungen in Sie«, verabschiedete sie ihn.

»Sie werden sich nicht als unbegründet erweisen, Missis Brading«, versicherte er mit heiterem Ernst. »Und ich danke für Ihr Vertrauen.«

Jessica sah ihm noch kurz hinterher, wie er ohne Hast und doch zielstrebig die Straße hinunterging, und lächelte zufrieden. Allan Whitman besaß ihre Sympathie – und ihr Interesse. Er war ein ungewöhnlicher Mann mit einer besonderen Ausstrahlung. Und irgendwie freute sie sich, ihn um sich zu haben. Daß er auf einem Hof aufgewachsen war, würde ihm bei Edward bestimmt helfen, mit ihm fertig zu werden.

Sie begab sich nach oben, um ihren Kindern mitzuteilen, daß der Unterricht schon am kommenden Morgen beginnen würde.

Victoria war voller Begeisterung, als sie hörte, daß ihr Hauslehrer auch Unterricht im Zeichnen gab, und konnte den nächsten Tag nicht erwarten. Edward dagegen saß mit abweisendem Gesicht auf seinem Bett.

»Ich mag ihn nicht!«

»Er ist auf einem Hof aufgewachsen und versteht bestimmt eine Menge von der Landwirtschaft.«

»Dafür brauche ich keinen Hauslehrer!« erwiderte Edward bockig.

»Aber für vieles andere, wie zum Beispiel Manieren zu lernen«, beschied Jessica ihn, als sie ihm einen Gutenachtkuß geben wollte und er sein Gesicht wegdrehte.

Punkt acht Uhr am nächsten Morgen stand Allan Whitman vor der Tür. Victoria, die darauf bestanden hatte, eines ihrer besseren Kleider anzuziehen, begrüßte ihn mit einem freudigen, erwartungsvollen Strahlen. Ihr Kinderherz verliebte sich auf den ersten Blick in ihren Lehrer. Edward hatte dafür nur Verachtung übrig. Sein Gesicht war verschlossen, und er behandelte Allan Whitman, als wäre dieser für ihn Luft. Zu seiner Überraschung, die er sich aber anmerken ließ, machte der Lehrer es ihm nach. Auch er ignorierte *ihn!* Das war unfair, wie er fand, und entfachte seinen Zorn noch mehr. Doch wohin damit? Wie sollte er dem Lehrer bloß beikommen? Ihm würde schon noch etwas einfallen!

Jessica tauschte nur ein paar freundliche Worte mit Allan Whitman und sah zu, daß sie aus dem Haus kam. Sollte es gleich am ersten Tag Ärger geben, wollte sie erst gar nicht in die Versuchung kommen, einzuschreiten, wenn sie erregte Stimmen aus dem kleinen hinteren Salon vernahm, den Martha und Robert ihnen als vorläufiges Schulzimmer zur Verfügung gestellt hatten. Und die Keltons hatten von ihr die strikte Bitte zu hören bekommen, sich bloß nicht einzumischen.

Arthur Talbot, der das Hinterzimmer des kleinen Geschäfts zu seinem Büro gemacht hatte, empfing sie mit einem spöttischen Lächeln. »Mister Freckles Angebot liegt vor, Misses Brading.«

Sie hob die Augenbrauen. »Zwanzig Prozent Preisnachlaß?«

»Satte zwanzig Prozent!«

Sie lachte. »Und nichts für Sie.«

»Keinen Penny! Es wird Zeit, daß Sie nach SEVEN HILLS zurückkehren und mich alle weiteren Verhandlungen alleine führen lassen. Sonst muß ich die Kutsche, die ich in Auftrag gegeben habe, wieder abbestellen.« Er seufzte gequält, doch seine Augen zeigten Belustigung.

»Bewegung hält jung«, flachste sie.

»Das trifft auch auf Pferde zu«, erwiderte er.

Sie verbrachte den Vormittag zusammen mit dem Baumeister und Glenn Pickwick. Kurz vor Mittag hatte sie dann das Treffen mit Mister Clive Jarway im Büro ihres Anwalts.

Clive Jarway war ein kleiner, schwergewichtiger Mann mit einem runden fleischigen Gesicht und lebhaften Augen. Er war in unauffälliger Eleganz gekleidet und für seine beachtliche Körperfülle sehr behende.

»Es ist mir eine Ehre, Ihre Bekanntschaft zu machen, Missis Brading, und Ihnen mit meinen bescheidenen Diensten zu Ihrer Verfügung zu stehen«, begrüßte er sie mit der routinierten Vollmundigkeit eines Mannes, der sich im Kreditgewerbe so sicher wie der Fisch im Wasser bewegte und sich eine entsprechend einnehmende Umgangsart angeeignet hatte.

»Dehnt sich Ihre Bescheidenheit auch auf Ihre Konditionen aus, Mister Jarway?« erwiderte sie und war vom kräftigen

Händedruck dieses kleinen, wohlbeleibten Mannes überrascht.
Er lachte auf, kurz und dunkel, als käme sein Lachen aus den unergründlichen Tiefen seines beachtlichen Bauches. »Maßlosigkeit erlaube ich mir nur bei Tisch, Missis Brading«, lautete seine schlagfertige Antwort. »Was meine Konditionen betrifft, dürften diese eher mit einem frugalen Mahl zu vergleichen sein.«
»Dann müssen Sie ja noch einem anderen Gewerbe nachgehen, um bei Tisch nicht vor trockenem Brot und Wasser zu sitzen«, meinte Jessica spöttisch, entlockte damit beiden Männern ein Schmunzeln und setzte sich zu ihnen.
»Mister Hutchinson hat mich davon unterrichtet, daß Sie an einem Kredit über zweitausend Pfund, Laufzeit zwölf Monate, interessiert sind«, kam Clive Jarway gleich zur Sache.
»So verhält es sich«, bestätigte Jessica. »Was meine Sicherheiten betrifft...«
»Entschuldigen Sie, daß ich Sie unterbreche«, sagte Clive Jarway, »aber darüber brauchen wir nun wirklich kein Wort zu verlieren, Missis Brading. Ihre Kreditwürdigkeit steht über jeden Zweifel erhaben. Immerhin habe ich das Vergnügen, nicht mit irgendeiner x-beliebigen Farmerin ein Geschäft abzuschließen, sondern mit der wohlbekannten Besitzerin von SEVEN HILLS und einigen anderen beachtlichen Werten. Um es gleich vorwegzunehmen: Meine Kreditzusage beschränkt sich nicht auf die angesprochenen zweitausend Pfund. Ich bin gern bereit, Ihnen eine Summe, die weit darüber hinausgeht, zu Ihrer Verfügung zu stellen.«
»Das glaube ich Ihnen, Mister Jarway, nur bin ich nicht bereit, mich so hoch in Schulden zu stürzen, zumal sie nicht notwendig sind. Zweitausend Pfund genügen mir völlig, um meinen kurzfristigen Mangel an Bargeld zu überbrücken.«

Das Geschäft war schnell abgeschlossen. Sie einigten sich auf sechseinhalb Prozent für die Laufzeit des Kredits, und Jessica unterschrieb den Wechsel. Clive Jarway zahlte ihr die Summe aus.

»Sollten Sie Ihre kurzfristigen Verbindlichkeiten damit nicht abdecken können, zögern Sie bitte nicht, mich für einen weiteren Kredit in Anspruch zu nehmen. Ich stehe Ihnen jederzeit zu Diensten«, verabschiedete er sich.

Jessica bedankte sich für sein Zutrauen in ihre Kreditwürdigkeit, hinterlegte das Geld bei Mister Hutchinson mit der nötigen Vollmacht für Glenn Pickwick und kehrte dann in die George Street zurück, voller Spannung, wie denn der erste Unterricht verlaufen war.

Sie traf Allen Whitman im Salon an, wo er mit Martha bei einer Tasse Tee saß. Er las ihr die Frage schon beim Eintreten vom Gesicht ab. »Keine Sorge, Missis Brading, Blut ist nicht geflossen.«

»Sondern?«

»Victoria ist mit fliegenden Fahnen zu mir übergelaufen, während Edward noch hinter seinen Barrikaden steckt und mir eine stumme, wenn auch erbitterte Schlacht liefert«, berichtete er.

»Und wie stehen Ihre Chancen, die Festung einzunehmen?« wollte sie wissen.

»Der Junge ist tapfer, das muß man ihm lassen. Nicht ein einziges Wort hat er mir gegönnt. Aber es ist die Tapferkeit eines jungen Mannes, der noch nicht weiß, daß er auf verlorenem Posten kämpft. Die Festung wird fallen, keine Sorge. Ich werde sie aushungern, wie ich es schon des öfteren getan habe. Denn nichts ist auf die Dauer so ermüdend und frustrierend, wie gegen einen Feind kämpfen zu müssen, der nicht daran denkt, sich auf einen Nahkampf einzulassen, und der sich immer wieder einer direkten Auseinandersetzung entzieht.«

»Womit Sie sagen wollen, daß Sie ihn überhaupt nicht beachten«, folgerte sie.
»In etwa. Ich lasse ihm jedoch immer einen Weg offen, mit Anstand und ohne sein Gesicht zu verlieren hinter seinen Barrikaden hervorzukommen«, erläuterte er.
»Edward kann sehr ausdauernd sein, wenn er will.«
Allan Whitman lächelte zuversichtlich. »Eine Tugend, die man auch mir nachsagt, Missis Brading. Die Festung wird fallen. Ich gebe ihm keine Woche.«
Und die Festung fiel in der Tat, noch bevor die Woche herum war. Edward versuchte alles, was seine kindliche Fantasie auszuhecken vermochte, um Allan Whitman zur Weißglut zu bringen. Nachdem sein feindseliges Schweigen nicht verfing, ging er dazu über, den Unterricht zu stören. Aber das berührte den Lehrer genausowenig. Seine aggressiven Bemerkungen, das Schlagen mit dem Stift gegen die Tischkante, sein lautes Summen und sogar das dreiste Schnitzen mit seinem Messer an einem Stück Holz, das er mit in den Unterricht gebracht hatte, vermochten die Ruhe und Gelassenheit von Allan Whitman nicht im mindesten zu erschüttern.
Ganz im Gegensatz zu Victoria, die seine Störungen nicht nur abscheulich in Hinsicht auf ihren Lehrer fand, sondern sie gingen ihr auch selber auf die Nerven, weil sie sie immer wieder von den interessanten Dingen ablenkten, die Allan Whitman ihnen vortrug.
»Nun hör doch endlich auf damit!« fuhr sie ihren Bruder mehr als einmal erbost an. »Wie kann man nur so häßlich und gemein sein?«
Doch statt ihr recht zu geben, ergriff Allan Whitman jedesmal scheinbar noch Partei für Edward. »Laß nur, Victoria. Zum Lernen kann man niemanden zwingen. Deinem Bruder fehlt noch deine Einsicht. Du kannst ihm keinen Vorwurf machen.

Laß ihn nur spielen und an seinem Holz schnitzen. Vermutlich ist das, was wir hier machen, zu hoch für ihn. Die Natur hat nun mal nicht jeden mit der schnellen Auffassungsgabe beschenkt, die du besitzt. Der Knecht auf unserem Hof konnte auch kaum seinen Namen schreiben, aber sonst war er ein netter Bursche. Die Trägheit des Geistes findet man leider auch in bessergestellten Familien. Und es muß ja auch Menschen geben, an die man keine hohen geistigen Anforderungen stellen darf. Um Heu zu wenden, braucht man ja zum Glück keine höhere Mathematik, und nun laß mich mal sehen, wie du die Aufgabe gelöst hast.«

Zornesröte schoß Edward dann ins Gesicht, und manchmal ließ er sich zu sehr unschönen Erwiderungen hinreißen, die jedoch allesamt wirkungslos an Allan Whitman abprallten, als hätte er sie überhaupt nicht gehört. Fünf Tage ging es so, von acht bis um zwölf. Eine Ewigkeit für einen Sechsjährigen, der den Kampf seines Lebens zu kämpfen meinte. Doch statt Boden zu gewinnen, verlor er Inch um Inch, bröckelten seine haushoch aufgetürmten Barrikaden und bekam sein Trotz Risse. Edward wehrte sich im übertragenen Sinn mit Händen und Füßen gegen die in ihm dämmernde Einsicht, daß er diesen Kampf gegen den Fels Allen Whitman einfach nicht gewinnen konnte. Und die Wut flammte heiß und hoch in ihm, als er sah, wie begeistert seine Schwester bei der Sache war und Lob vom Lehrer zu hören bekam, während er ihn offenbar für einen geistlosen Dorfdeppen hielt, der sich später einmal glücklich schätzen durfte, wenn er seinen Namen einigermaßen leserlich schreiben konnte.

Schließlich ertrug er es nicht länger mitansehen zu müssen, wie Victoria für Fortschritte gelobt wurde, für die er sich überhaupt nicht hätte anzustrengen brauchen, wenn man ihn gefragt hätte.

»Blödsinn! Drei mal drei ist nicht zwölf, sondern neun!« platzte er am fünften Tag heraus.
Allen Whitman wandte sich ihm zu und sah ihn mit einem betont verblüfften Gesichtsausdruck an. »Das hast du gut geraten, Edward«, sagte er gönnerhaft.
Wütend schob er das Kinn vor. »Das habe ich nicht geraten! Das habe ich ausgerechnet! Was Victoria kann, kann ich schon lange!«
Allan Whitman hob in skeptischer Miene die Augenbrauen. »Das glaube ich nicht!«
»Malnehmen kann ich bis dreißig!«
»Du nimmst den Mund ja auf einmal reichlich voll. Aber wir können ja leicht feststellen, ob du es wirklich kannst oder nur geraten hast«, sagte Allan Whitman. »Wieviel ist denn zwei mal acht?« Er verbarg seine Spannung vor dem Jungen. Dies war der kritische Moment. Gab er ihm eine Antwort, bedeutete das das Ende des fünftägigen Ringens und Sträubens, am Unterricht teilzunehmen. Dann gab es für ihn kein Zurück mehr hinter die Barrikaden des Schweigens.
Edward ging etwas Ähnliches durch den Kopf, denn er zögerte. »Sechzehn!« sagte er dann.
»Sechs mal zwei?« gab Allan Whitman ihm sofort die nächste Aufgabe. Niederrennen die Barrikaden, dem Erdboden gleichmachen, jedes Rückzugsgefecht im Keim ersticken!
»Zwölf.«
»Fünf mal fünf?«
»Fünfundzwanzig!« kam es wie aus der Pistole geschossen.
Allan Whitman zeigte sich beeindruckt und lächelte. »Sieh mal an!« sagte er gedehnt und schaute zu Victoria. »Dein Bruder ist doch nicht so dumm, wie ich erst gedacht habe. Vielleicht kann er ja doch mit dir Schritt halten. Nun, wir werden sehen.«
Von dem Tag an hatte er keine Schwierigkeiten mehr mit Ed-

ward, der nun alles daransetzte, ihm zu beweisen, wie klug er war und wie schnell er lernen konnte. Und er blieb ihm den Beweis auch nicht schuldig.
Jessica war erleichtert, als Allen Whitman ihr mitteilte, daß die Festung eingenommen war und Edward sich in sein Schicksal gefunden hatte. Mittlerweile waren mehr als zwei Wochen vergangen, seit sie SEVEN HILLS verlassen hatte, und es drängte sie, zum Hawkesbury zurückzukehren. Sie wußte zwar, daß Ian ihr eine Nachricht hätte zukommen lassen, wenn sich auf der Farm etwas ereignet hätte, war aber dennoch unruhig. Zudem gingen ihre Gedanken immer wieder zu Mitchell. Patrick mußte mittlerweile schon bei ihm eingetroffen sein, und bis zu seiner Rückkehr konnte es jetzt nicht mehr lange dauern. Sie fieberte ihrem Wiedersehen mit jeder Faser ihres Körpers entgegen. Ja, es war allerhöchste Zeit, daß sie nach SEVEN HILLS zurückkehrte.
Als Edward und Victoria erfuhren, daß sie nicht mit auf die Farm zurückkehren würden, sondern noch einige Monate allein im Haus der Keltons bleiben sollten, liefen bei Victoria die Tränen und war das Geschrei laut, das Edward veranstaltete.
»Es sind ja nur zwei Monate«, versuchte Jessica sie zu trösten. »Und es ist zu eurer Sicherheit.«
»Warum ist SEVEN HILLS denn auf einmal für uns nicht mehr sicher, für dich aber schon!« hielt Edward ihr erbost vor.
»Ich bin erwachsen.«
»Na und? Bist du deshalb nicht in Gefahr?« Trotz und Wut funkelten in seinen Augen, und er stampfte auf. »Ich will nicht hierbleiben! Ich mag es hier nicht! Und Misses Keltons unablässiges Gerede habe ich noch nie gemocht. Sie geht mir auf die Nerven.«
»Das will ich nicht noch einmal hören!«
»Ich renne weg, wenn du mich nicht mitnimmst!« drohte er ihr.

»So, du willst dich wie ein rotznasiges, bockiges Kleinkind benehmen, ja?« fragte Jessica scharf. »Du enttäuschst mich wirklich. Ich hätte dich für vernünftiger und ein wenig erwachsener gehalten. Aber da habe ich mich wohl sehr in dir geirrt. Mister McIntosh offenbar auch. Also gut, wenn du nicht einmal zwei Monate von zu Hause weg sein kannst, werde ich es mir anders überlegen. Aber ich glaube nicht, daß du dann noch damit rechnen kannst, von Mister McIntosh, Tim und dem alten Baker beachtet zu werden. Für Jammerlappen haben sie nichts übrig. Wenn dir das nichts ausmacht...« Sie zuckte scheinbar gleichgültig die Achseln. »Also entscheide dich!«

Edward blickte grimmig drein, und der Widerstreit seiner Gefühle spiegelte sich auf seinem Gesicht. »Ich bin kein Jammerlappen!« stieß er dann ärgerlich hervor. »Ich bleibe. Aber nur zwei Monate!«

Auch Victoria schickte sich in das Unvermeidliche, nachdem Jessica sie eine gute Stunde getröstet und sie in ihren Armen gehalten hatte, bis die Tränen versiegt waren.

Es schmerzte Jessica selber, ihre Kinder in Sydney zurückzulassen, doch sie sagte sich, daß es wirklich nur zu ihrem Besten geschah. Es beruhigte sie zumindest, sie in den guten Händen ihrer Freunde und in denen von Allan Whitman zu wissen, mit dem sie vereinbart hatte, daß er sich auch an den Nachmittagen um ihre Kinder kümmern würde, ganz besonders um Victoria, denn Edward würde vermutlich die meiste freie Zeit bei Robert im Sägewerk verbringen.

Der Aufbruch am nächsten Tag war sehr tränenreich, und der graue bedeckte Himmel entsprach ganz ihrer gedrückten Stimmung, als sie die Kutsche bestieg und die Rückkehr nach SEVEN HILLS antrat.

20

Sophie Ballard war es leid, sich noch länger von Robin erpressen zu lassen. Er hielt sie jetzt schon wochenlang hin, und wenn sie nicht endlich etwas unternahm, würde sie von ihm auch in einem Jahr noch nicht erfahren haben, in welches Haus Kate ihr Kind gebracht hatte. Und je älter Robin wurde, desto sicherer und habgieriger würde er werden. Noch hatte sie ihn an der Leine, und noch immer war er verrückt nach ihr und der Lust, die sie ihm mit Händen und Mund bereitete. Doch er würde ihrer schon bald überdrüssig werden, das wußte sie, und dann war für sie alles verloren.

Um dem zuvorzukommen, hatte sie sich einen Plan zurechtgelegt, von dem sie hoffte, daß er funktionieren würde. Immerhin kannte sie Robin nun gut genug, um sich ihre Chancen auszurechnen. Er war nicht viel anders als die meisten anderen Männer, mit denen sie das Bett geteilt hatte. Wenn sie erregt waren, sackte ihr Verstand zwischen ihre Beine, und das war ihre einzige Hoffnung, Robins erpresserischer Hinhaltetaktik endlich ein Ende zu bereiten. Noch hatte er nicht mit ihr geschlafen, mit keiner Frau, um genau zu sein, und das war ihr letzter Trumpf, den sie an diesem Abend auszuspielen gedachte.

Sie bereitete sich so gewissenhaft vor wie ein Feldherr, der seine Truppen vor der Schlacht in Vorhut, Flankenschutz und Hauptstreitmacht einteilt.

Ihre eigene Nachtwäsche entsprach den einfachen Bedürfnissen nach Wärme in kalten Nächten, wenn das Feuer im Kamin heruntergebrannt war und die Kälte in das Zimmer kroch, nicht jedoch denen einer regelrechten Verführung. Sie hatte auch nie das nötige Geld für derlei extravagante Kleidungsstücke gehabt, die darauf angelegt waren, von Männerhänden wieder ausgezogen zu werden.

Doch Robin sollte auch das bekommen, und so suchte sie ihre Freundin Mary auf, die bei Flora Bexter arbeitete, einem Freudenhaus, das zwar nicht den erstklassigen Ruf von BETSY'S PLACE besaß, aber doch zu den besseren Häusern zählte, in denen die Mädchen derlei raffinierte Kleidungsstücke gestellt bekamen. Für einen Sixpence war Mary gern bereit, ihr ein durchsichtiges, hüftlanges Nachthemd aus lindgrünem Chiffon mit Seidenbändern zu überlassen.

»Aber paß bloß auf! Männer mit schwieligen Händen können so ein Ding im Handumdrehen ruinieren, wenn man nicht achtgibt!« warnte Mary sie eindringlich. »Und dann kostet dich das mehr als nur einen Sixpence!«

»Kriegst es schon ohne einen Kratzer zurück!« versicherte Sophie und trug das duftige Hemdchen mit wachsender Zuversicht in ihren Plan zurück ins SOUTHERN CROSS, nachdem sie noch in einem Geschäft am Hafen ein kleines Fläschchen Duftöl und ein wenig Lavendel gekauft hatte, ein Luxus, den sie sich noch nie zuvor erlaubt hatte. Aber was bedeuteten diese Ausgaben schon im Vergleich zu dem, was sie aus ihrem Wissen herausschlagen konnte, wenn sie die Adresse Robin erst einmal entlockt hatte.

Als einen besonderen Luxus sah sie auch das Bad an, das sie am frühen Abend auf ihrem Zimmer genoß. Layton ließ sich das warme Wasser, das sein Mädchen ihr aufs Zimmer schleppen mußte, gut bezahlen, aber diese paar Pennys machten den Braten nun auch nicht mehr fett. Sie gab das Lavendel in das warme Wasser und verbrachte eine gute halbe Stunde in dem großen Bottich, den sie sich vor das Kaminfeuer gestellt hatte. Für genügend Feuerholz war auch gesorgt, so daß das Zimmer schön durchgewärmt sein würde, wenn Robin kam.

Endlich war es soweit. Sie trug ihren schäbigen Morgenrock über dem Nachthemd, als er ins Zimmer trat. Er glaubte, sie würde es ihm wie immer so schnell wie möglich machen und war deshalb erstaunt, als sie ihn mit einem Lächeln empfing und aufforderte, sich diesmal ganz auszuziehen.

»Heute werden wir eine Menge mehr Spaß haben als die letzten Wochen, mein junger Mann«, schmeichelte sie ihm und brauchte ihn nur zu berühren, um ihn steif werden zu lassen. »Die Schonzeit ist vorbei. Jetzt kann ich dir zeigen, wie schön es mit einer Frau ist.«

»Mir gefällt es auch so«, sagte er argwöhnisch.

Sie lächelte. »Weil du es noch nicht anders kennst. Aber laß dich nur überraschen. Deine Sophie weiß schon, wie sie einen Mann verwöhnen kann, und du bist doch ein richtiger Mann, nicht wahr?«

»Klar!« sagte er, ließ die Hose zu Boden sinken und legte dann auch Jacke und Hemd ab.

»Oh, du bist wirklich überall gut gebaut, mein kleiner Verführer«, sagte sie bewundernd, strich über seine Brust und tätschelte kurz seine aufragende Männlichkeit. »Komm, leg dich aufs Bett.«

Er leistete ihrer Aufforderung mit einem unsicheren Grinsen Folge. Doch als Sophie nun den Morgenmantel von den Schultern streifte und er sie in dem durchsichtigen Gewand sah, veränderte sich sein Gesichtsausdruck. Seine Augen wurden groß und erfüllt von Begehren. Nackte Frauen hatte er wohl schon mal zu Gesicht bekommen, aber doch nie in einer so verführerischen, geradezu wollüstigen Halbnacktheit, die ihm das Blut noch heftiger in die Lenden preßte. Er schluckte und starrte auf ihre Brüste, deren dunkle Warzen durch den Stoff schimmerten.

Sie holte das Ölfläschchen und setzte sich zu ihm auf das Bett. Sofort faßte er nach ihrem Busen, und als sie begann, ihn zu streicheln und ein wenig von dem Öl auf seiner Brust und seinem Glied zu verteilen, stöhnte er auf.

»O mein Gott, ich komme schon!« stieß er hervor.

Sie hatte damit gerechnet, beugte sich schnell zu ihm hinunter und umschloß sein zuckendes Glied. »O nein, bleib ruhig liegen. Jetzt wird es erst richtig schön, Robin. Ein richtiger Mann streicht so schnell noch nicht die Flagge. Du bist gleich wieder soweit, um es richtig genießen zu können. Laß Sophie nur machen.«

Robin ließ sie gewähren, und es bedurfte nur weniger intimer Liebkosungen, um ihn wieder zu erregen. Nun ließ Sophie sich Zeit, viel Zeit. Mit Händen, Mund und Lippen verwöhnte sie seinen Körper, reizte ihn und spielte mit ihm, während seine Hände voller Ungeduld ihren Körper erkundeten.

Dann kniete sie sich über ihn, ließ ihn ihre Brüste kosten und senkte sich dabei immer nur ein klein wenig auf ihn, so daß er einen Vorgeschmack von der Süße ihres Fleisches bekam, das darauf wartete, ihn in sich aufzunehmen und ihn zu nie gekannten Höhepunkten der Wollust zu führen.

Erregung und das Verlangen, sich nun endlich in ihren Leib zu bohren, wuchsen bei ihm. Immer wieder kam er ihr mit seinem Becken entgegen, wollte sie mit einem heftigen Stoß nehmen, doch jedesmal entzog sie sich ihm spielerisch.

»O ja, wir sind ein prächtiges Gespann, mein wunderbarer Verführer«, schmeichelte sie ihm. »Wir beide sind füreinander geschaffen.«

»Nun laß mich endlich!«

»Erst mußt du mir sagen, wo sie das Kind hingebracht hat«, lockte sie und strich mit ihrem feuchten Schoß über seine Männlichkeit.

»Kommt nicht in Frage«, keuchte er. »Erst läßt du mich.«

»O ja, ich werde dich so oft lassen, wie du möchtest, mein feuriger Hengst, sooft du willst, alles werde ich mit dir machen, aber erst mußt du es mir sagen. Allein kannst du ja doch nichts damit anfangen. Komm, sag es schon. Wir werden uns zusammen etwas ausdenken, wie wir daraus Kapital schlagen können. Ich weiß doch, daß du es weißt, und wenn ich will, könnte ich dafür sorgen, daß du nichts damit anfangen kannst. Aber warum sollte ich so dumm sein, da doch für uns beide genug drin ist... So ist es schön, nicht wahr? Aber noch schöner ist es, wenn du ihn richtig reinstoßen kannst. Oh, es ist der Himmel auf Erden, das verspreche ich dir.«

»Nein!« Er zitterte förmlich vor erregter Anspannung. Seine Hände lagen auf ihren Hüften und versuchten sie herunterzuziehen, doch es gelang ihm nur kurz. Für einen Moment glitt er in sie und spürte die feuchte Hitze ihres Fleisches. Dann aber hob sie sich und wieder von ihm, und sein Gesicht nahm einen gequälten Ausdruck an.

»Warum sagst du es nicht? Ich verspreche dir, das ich alles mit dir teile, alles und noch mehr«, gurrte sie.

Robin hielt die lustvolle Qual nicht länger aus. »Marlborough Street! ... Das Haus von Lieutenant Forbes!« brach es aus ihm heraus.

Sophie warf den Kopf in den Nacken und ließ es geschehen, daß er nun tief in sie drang. Doch nein, er hatte es nicht verdient. Und sofort sprang sie auf. »Nimm deine Sachen und mach, daß du verschwindest!« fuhr sie ihn an, die Stimme jetzt hart und Triumph in den Augen.

Es war, als hätte jemand einen Kübel eiskaltes Wasser über ihn

ausgegossen. Mit glasigem Blick starrte er sie an, bevor er begriff, daß sie ihn übertölpelt hatte. Er richtete sich im Bett auf. »Du verdammtes Miststück!«
»Sag das, wenn du das nächstemal einen Spiegel siehst, du Rotznase!« giftete sie. »Und nun geh mir aus den Augen, du Kaninchen auf zwei Beinen. Wenn du das nächstemal rammeln willst, wirst du bezahlen wie jeder andere geile Bock auch!« Sie packte ihn am Arm und zerrte ihn aus dem Bett.
Wilde Wut flammte in seinen Augen auf, während er in seine Hose fuhr. »Das wirst du noch bitter bereuen, du Hure!« schrie er. »So haben wir nicht gerechnet. Du wirst dich noch wundern! Ich werde dafür sorgen, daß du die Kuh in der Marlborough Street nicht alleine melkst! Keinen Penny wirst du zu sehen bekommen, du alte Wachtel! Eher melde ich, daß du deinen Bastard verkauft hast!«
»Selbst ein Bastard!« schrie Sophie und packte ihn am Hemd. »Du wirst kein Wort sagen!«
»Vor so einer Straßenhure wie dir habe ich keine Angst!« schrie er zurück.
Sie schlug ihm mit der rechten Hand mit voller Wucht ins Gesicht, daß seine Lippe aufplatzte, und stieß ihn dann grob zurück.
Robin verlor das Gleichgewicht, stürzte zu Boden und schlug mit dem Kopf gegen die Kante der Kommode. Er stieß einen Schrei aus, der jäh abbrach. Mit unnatürlich verdrehtem Kopf blieb er am Boden liegen.
Kaltes Entsetzen ergriff Sophie. »O mein Gott!« stieß sie hervor, kniete sich zu ihm und rüttelte seinen leblosen Körper. »Robin!... Robin!... So habe ich es doch nicht gemeint! Wach auf!... Sag doch etwas!«
Die Tür flog auf. Layton stand im Rahmen. »Bist du noch bei Sinnen, Sophie?« donnerte er. »Euer Geschrei kann man ja bis

unten hören. Ich führe hier ein anständiges Haus. Du wirst sofort...« Was sie sofort tun sollte, blieb ihm in der Kehle stekken, als sein Blick auf den Körper des Jungen und die gebrochenen Augen fiel. Ein Blick genügte, um ihm zu sagen, daß der Sohn des Gerbers tot war.
Sophie sprang auf, Todesangst in den flackernden Augen. »Layton!... Es war ein Unfall! Ich wollte ihm nichts tun! Er ist gestürzt!... Du mußt mir helfen!« flehte sie.
»Du hast ihn geschlagen!« stieß er hervor.
»Layton! Gib mir wenigstens einen Vorsprung!« bettelte sie und hängte sich an ihn, preßte ihren nackten, vor Angst zitternden Leib an seinen Körper.
Mit einer Geste des Abscheus schüttelte er sie ab. »O nein, mich machst du nicht zum Komplizen deiner Bluttat, Sophie!« Er packte sie grob am Arm und warf sie auf das Bett. Dann ging er zur Tür und schrie den Flur hinunter: »Edna!... Edna!«
»Ja, Mister Layton?« drang die Stimme des Mädchens zu ihnen hoch.
»Lauf und hol einen Constable! Und beeil dich! Es ist etwas Schreckliches passiert!«
»Ja, Mister Layton.«
Der Wirt schloß die Tür und blickte Sophie aus grauen kalten Augen an. »Du hast ihn umgebracht, Sophie!« Es klang wie ein Urteil.
Sophie Ballard schlug die Hände vors Gesicht.

21

Ein Eukalyptusbaum in flammendrotem Blätterkleid stach aus einer Gruppe grüngrauer Akazien hervor. Der von reichlich Regen durchtränkte Boden war von dichtem Gras bedeckt, das hier und da von gelben und dunkelvioletten Wildblumen gesprenkelt war. Der süße Duft, der den Blumen entströmte und sich mit dem Geruch von Eukalyptus vermischte, hing in der klaren Luft des Tages. Große, gefräßige Waldtauben saßen im Dutzend auf einer verkrüppelten Kiefer, die aber auch ihre Äste der Sonne entgegenstreckte und frische Triebe aufwies. Eine Rieseneidechse lag züngelnd unter einem kugelrunden Strauch mit fast fingerlangen silberweißen Dornen und dunkelblauen Knospen. In einem saftigen Dunkelgrün leuchteten die Blätter der Rhododendren, deren kelchförmige Blüten sich schon zu bunter Farbpracht zu entfalten begannen.

Die regenreichen Wintermonate, diesmal gottlob ohne schwerwiegende Überschwemmungen, hatten sich endlich ihrem Ende zugeneigt und wichen nun der ungestümen Lebenskraft des Frühlings, der überall die Erde aufbrechen ließ und junges Leben ans Tageslicht brachte.

Doch auch die prächtigste Wiese mit blühenden Wildblumen vermochte nicht die Dunkelheit und die Kälte zu vertreiben, die sich auf Mitchell Hamiltons Seele gelegt hatte.

Die Mietkutsche, die sie nach ihrem Eintreffen in Parramatta genommen hatten, näherte sich MIRRA BOOKA. Schweigend, die Hände über ihrem stark gewölbten Leib gefaltet, saß Sarah

neben ihm. Und schweigend blickte er hinaus auf das Land, das seine Heimat und sein Stolz war.
Mitchell beugte sich vor und klopfte gegen die Vorderwand. »Halten Sie!« rief er dem Kutscher zu.
Die Kutsche kam zum Stehen, und Mitchell stieg aus. »Ich möchte das letzte Stück des Weges zu Fuß gehen«, sagte er.
»Natürlich«, kam es leise von Sarah.
»Ist Ihre Zeit und Ihr Geld, Mister«, meinte der Kutscher nur, der nach Fahrtstunden bezahlt wurde.
Langsam ging Mitchell auf der Höhe des Wagenfensters neben der Kutsche her, deren Geschwindigkeit der Mann auf dem Bock seinen Schritten anpaßte. Sarah rückte an das Fenster an seiner Seite und blickte hinaus. Hier würden sie wohnen. Sie wußte nicht, was sie fühlte. Sie wußte überhaupt nicht, wie alles werden würde. Sie wußte allein, daß sie jetzt Sarah Hamilton hieß, ein Kind von ihm erwartete und nehmen mußte, was die Zukunft an Gutem und Schlechtem für sie bereithielt. Und noch etwas wußte sie, nämlich daß sie ihren Mann liebte, vom ersten Tag an, als er bei ihnen in der Nacht vor ihrer Tür gestanden hatte, völlig durchnäßt, entkräftet und dem Tode näher als dem Leben.
Mehr als ein halbes Jahr war seit dem Duell im Morgengrauen mit Lieutenant Forbes und seiner Flucht drei Wochen später nach Van Diemen's Land vergangen. Doch Mitchell erschien es wie ein halbes Leben. Wie sehr hatte er sich in der bedrückenden Enge der Töpferheimstatt nach diesem weiten Land gesehnt, nach dem offenen Busch, wo der Blick meilenweit schweifen konnte, wo er frei war und unter einem hohen klaren Himmel so weit reiten konnte, wie er wollte. Eine Meile im Umkreis der elenden Heimstatt, mehr Bewegungsspielraum hatte ihm der Töpfer nicht eingeräumt. Diese eine Meile war sein Gefängnis gewesen. Und nun war er frei.

Doch er hatte sich seine Rückkehr anders vorgestellt.
»MIRRA BOOKA!« kam es ihm unwillkürlich über die Lippen, als sie Augenblicke später vor ihm lag. Und auf einmal kehrte auch die Freude wieder zurück, zauberte ein Lächeln auf sein Gesicht und ließ ihn seinen ohnmächtigen Zorn auf die Ungerechtigkeit des Schicksals vergessen.
Er legte eine Hand auf den Fensterrahmen und machte mit der anderen eine alles umfassende Bewegung. »Alles gehört zu MIRRA BOOKA, Sarah!« verkündete er stolz. »So weit das Auge reicht. Das ganze Tal!«
Sarah beugte sich ein wenig hinaus, und ihr Blick folgte dem Schwung seiner Hand. Wenn er mit ihr sprach und lächelte, so wie jetzt, dann war sie glücklich und vergaß ihre Ängste. Dann war es gut so, und dann glaubte sie wieder daran, daß es ihr eines Tages gelingen würde, ganz tief in sein Herz vorzudringen, wo nicht nur Mitleid, Anstand und Ehrgefühl ihren Sitz hatten, sondern auch die Liebe, nach der sie sich sehnte. Doch wenn er sich in brütendes Schweigen zurückzog wie die meiste Zeit der Überfahrt und auch jetzt während der Kutschfahrt, dann fühlte sie sich so klein, verlassen und hoffnungslos. Und der Gedanke, daß sie ihm wie ein Mühlstein am Hals seiner Freiheit hing, die er aufgegeben hatte, um sie vor der Schande und dem Elend zu bewahren, schnitt ihr wie ein Messer ins Herz.
In diesem kurzen Moment der Freude und des Glücks, den sie gemeinsam teilten, wenn auch aus völlig verschiedenen Gründen, war für diese bitteren Gedanken kein Platz. Denn Mitchell war ihre Sonne, die alle Schatten aus ihrer Seele vertrieb, wenn sein wärmendes Licht auf sie fiel.
»So habe ich es mir nicht vorgestellt, Mitchell. Nicht so wunderbar«, sagte sie geradezu andächtig. Von seinen Erzählungen her hatte sie geglaubt, sich ein Bild von seiner Farm machen zu

können, und sie hatte auch gewußt, daß er ein recht wohlhabender Siedler war und seine Farm wohl nichts mit den schäbigen Heimstätten gemein hatte, die sie kannte. Doch auf das, was nun vor ihren Augen lag, war sie nicht vorbereitet gewesen. »Das sind ja riesige Ländereien!«

Er lachte. »O ja, es ist schon ein kleines Reich, das wir uns hier geschaffen haben«, stimmte er zu.

Die Felder und Weiden der Farm breiteten sich in einem ausgedehnten Tal aus, das von sanft geformten Hügelketten umschlossen war. Felder und Weiden nahmen den größten Teil des Tales ein, der von einem kleinen Fluß, einem Seitenarm des Parramatta, durchzogen wurde.

Langsam rollte die Kutsche auf das Tor mit den beiden mächtigen Eukalyptusstämmen zu, die rechts und links der Straße in den Boden gerammt waren. Der mannsdicke, leicht geschwungene Abschlußbalken, der oben die beiden Stämme verband, trug den Namen der Farm eingebrannt ins Holz, der der Sprache der Aborigines, der Eingeborenen Australiens, entnommen war: MIRRA BOOKA – KREUZ DES SÜDENS.

Mitchell wies sie auf das Herz der Farm hin, das Haupthaus mit seinen vielen Nebengebäuden. Und da war nicht ein Schuppen darunter, der so primitiv gebaut war wie das Haus des Töpfers.

»Das Hauptgebäude dort besteht aus vier gleich langen Trakten, siehst du?« erklärte er ihr mit freudiger Erregung, die nun auch auf Sarah übersprang und sie heftig nicken ließ, während sie alles in sich aufsog, was er sagte und was ihre Augen sahen. Es war überwältigend. Dies sollte von nun an ihr Heim sein, das sie mit Mitchell teilte? Sie konnte es nicht glauben.

»Die Trakte gruppieren sich um einen Innenhof, in dem es im Sommer angenehm kühl ist«, fuhr er in seiner Beschreibung fort. »Aber auch im Haus ist sogar im Hochsommer die Hitze gut zu ertragen, denn Wände und Böden sind aus massivem Stein, und du siehst ja, daß die Dächer so weit heruntergezogen sind, daß nur die Morgen- und die Abendsonne durch die Fenster einfällt. John wäre es zwar lieber, wenn in den Wintermonaten mehr Sonne ins Haus kommen würde, weil ihm seine Gicht doch sehr zu schaffen macht, aber ich sage ihm immer, daß es das kleinere Übel ist, im Winter ein kräftiges Feuer zu unterhalten, als in den langen Sommern einen Brutofen als Haus zu haben.«

»Ja«, flüsterte Sarah nur, und ihre Freude verwandelte sich in Beklommenheit. Wie würde dieser Mann John Hawkley, der Mitchells Partner war, sie aufnehmen? Die beiden Männer hatten eine sehr enge Beziehung, das hatte sie Mitchells Erzählungen entnehmen können.

Mitchell löste sich nun von ihrer Seite und schritt auf das Haupthaus zu. Stuart Dunn, der Diener von John Hawkley, erkannte ihn und rief etwas ins Haus.

»Mister Hamilton! Dem Himmel sei Dank, daß Sie wieder zurück sind!« begrüßte er ihn.

»Danke, Stuart. Ich bin auch glücklich, wieder auf MIRRA BOOKA zu sein. Es war eine lange Zeit, die ich weg war. Alles noch in Ordnung?« fragte Mitchell heiter.

»Alles in bester Ordnung, Mister Hamilton«, versicherte Stuart Dunn mit breitem Grinsen.

»Mitchell!« John Hawkley kam aus dem Haus geeilt, so schnell wie seine angegriffenen Knochen und der Stock es zuließen.

»John!«

Sie fielen sich in die Arme. »Gott sei gelobt, daß der Alptraum endlich ein Ende hat und du wieder bei uns bist, Mitchell!« stieß John bewegt hervor. »Es war eine schreckliche Zeit ohne dich auf MIRRA BOOKA.«

»Dasselbe kann auch ich sagen, John.«

John Hawkley sah ihn an. »Ja, um das zu glauben, braucht man dir auch nur ins Gesicht zu schauen. Du siehst nicht sehr gut aus. Hager bist du geworden. Du hast gewiß viel durchgemacht«, sagte er ernst.
»Leicht war es nicht.«
»Aber wir kriegen dich schon wieder hin, mein Bester. Ein paar Wochen, und du bist wieder der alte, du wirst sehen«, versicherte John Hawkley zuversichtlich und viel zu glücklich, ihn endlich wieder auf Mirra Booka zu haben, um noch länger den Schrecken und Ängsten der Vergangenheit nachzuhängen. »Wir haben schon die ersten Lämmer, und der Mais und das Korn gedeihen prächtig. Auf dich wartet eine Menge Arbeit, und das ist, wie ich dich kenne, die beste Medizin nach alldem, was du durchgemacht hast.«
Mitchell lächelte. »Mein Gott, endlich wieder einmal auf einem Pferd sitzen und ausreiten können, wohin man will! Du weißt gar nicht, wie oft ich davon geträumt habe.«
»Du wirst dir noch den Hintern wundreiten können, wenn du...« Er führte den Satz nicht zu Ende, denn in dem Moment erblickte er Sarah, die noch immer in der Kutsche saß. »Schau an, du hast dir sogar ein neues Dienstmädchen mitgebracht.« Er zwinkerte ihm zu und sagte leise: »Du fängst es gleich richtig an, ja?«
»Sarah ist kein Dienstmädchen«, antwortete Mitchell und spürte einen Kloß im Hals. »Sie ist die Tochter des Töpfers, der mich versteckt hat.«
John Hawkley runzelte verwirrt die Stirn. »Ja, aber...«
Mitchell öffnete den Kutschenschlag und reichte Sarah seine Hand, um ihr beim Aussteigen zu helfen. »Komm schon, und schau nicht so verängstigt drein!« forderte er sie auf.
Zögernd stieg sie aus der Kutsche.
John Hawkley sah ihren gewölbten Leib, und seine Verwirrung

steigerte sich. Eine schreckliche Ahnung, die er jedoch mit aller Macht bekämpfte, formte sich in seinen Gedanken.
Mitchell führte Sarah zu ihm. »Sarah, das ist mein Freund und Partner John Hawkley.«
»Guten Tag, Mister Hawkley«, sagte Sarah mit ihrer sanften, jetzt jedoch leicht zitternden Stimme. »Mitchell hat mir viel von Ihnen erzählt.«
»Wer ist sie?« fragte John, ohne ihr eine Antwort zu geben.
Mitchell blickte ihm fest ins Gesicht. Er wußte, wie sehr es ihn schmerzen würde, was er ihm nun zu sagen hatte. Aber er würde sich damit ebenso wie er selbst abfinden müssen. »Sarah ist meine Frau, John.«
Das kantige Gesicht des Farmers nahm einen fassungslosen Ausdruck an. Entsetzen und Unglauben sprachen aus seinem Blick. »Nein!... Nein!« stieß er dann hervor und schüttelte den Kopf. »Das kannst du mir nicht antun, Mitchell!« Er hatte seine Stimme kaum in der Gewalt.
»Sie ist meine Frau, John«, erklärte Mitchell noch einmal mit Nachdruck. »Wir sind ordnungsgemäß verheiratet. Wenn du sie jetzt also begrüßen würdest...«
Er ignorierte die Aufforderung. »Ist es... dein Kind?« fragte er heiser.
»Ja, das ist es. Sarah wird im nächsten Monat mit *unserem* Kind niederkommen.«
John Hawkley wankte und umklammerte den Knauf seines Gehstockes, als fürchtete er, im nächsten Moment das Gleichgewicht zu verlieren. Er war aschfahl im Gesicht geworden. Die für ihn ungeheuerliche Nachricht, daß Mitchell mit der Tochter eines Töpfers verheiratet war, war ein Schock, der ihn erschütterte. All seine Pläne!
»Bring mich ins Haus, Mitchell!« flüsterte er. »Ich muß mich setzen. O mein Gott, Mitchell!«

Mitchell warf seiner Frau einen entschuldigenden Blick zu, als wollte er ihr zu verstehen geben, daß schon alles gut werden würde und John nur Zeit brauchte, um die Neuigkeit seiner Heirat zu verdauen. »Stuart! Kümmer dich um das Gepäck und zeig meiner Frau ihr Zimmer. Die Reise war anstrengend für sie, und sie wird Ruhe brauchen.«

»Natürlich, Mister Hamilton.« Verblüffung stand auf seinem Gesicht, und er bedachte Sarah mit einem verstohlenen, abschätzenden Blick. Das war von nun an also die Mistress von Mirra Booka. Hübsch sah sie ja aus, aber dennoch hätte er nicht gedacht, daß Mister Hamilton so eine Frau eines Tages auf die Farm bringen würde. Ihrer Kleidung sah man doch an, daß sie nicht besser gestellt war als er selbst. Aber das würde sich jetzt ändern, nachdem sie sich Hamilton geangelt hatte.

Mitchell zählte einige Münzen ab und gab sie dem Kutscher. »Ich denke, damit werden Sie zufrieden sein.«

»Verbindlichsten Dank, der Herr. Immer zu Ihren Diensten«, bedankte sich der Kutscher.

»Ich komme gleich zu dir«, sagte Mitchell zu Sarah, ergriff den Arm seines Partners und führte ihn ins Haus, das nur mit den besten Möbeln aus England ausgestattet war.

Kaum war die Tür des Salons hinter ihnen zugefallen, da riß John sich von seinem Arm los und fuhr herum, das Gesicht wutverzerrt.

»Wie konntest du mir und dir das antun!« stieß er hervor. »Die Tochter eines Töpfers!... Eines gottverdammten Töpfers von Van Diemen's Land! Wer bist du denn? Ein Kutscher? Oder ein Tavernenwirt aus den *Rocks*? Dem stünde so ein blutjunges Ding aus einer dreckigen Lehmhütte bestimmt gut zu Gesicht! Aber doch nicht dir!«

»John, bitte!« versuchte Mitchell es im guten und mit Ruhe. Mit diesem Wutausbruch hatte er gerechnet.

»Du mußt nicht ganz bei Sinnen gewesen sein, als du dieses Mädchen geschwängert hast!«
»Sie ist reifer als ihre achtzehn Jahre...«
»Vielleicht reif genug, um die Beine breitzumachen, wenn ein Mann wie du daherkommt!«
»Bei aller Freundschaft, aber in diesem Ton redest du bitte nicht von meiner Frau, John!« wies Mitchell ihn nun zurecht.
»Es ändert auch nichts an den Tatsachen, John. Wir sind verheiratet. Damit mußt du dich abfinden.«
»Den Teufel werde ich tun! Ein Töpfermädchen! Was für ein Irrwitz! Du heiratest ein billiges Töpfermädchen, während genug hübsche Töchter von einflußreichen und vermögenden Farmern und Händlern dich mit Kußhand zum Mann genommen hätten!« schrie John außer sich vor Wut. »Wie kannst du dich nur so wegwerfen, an den Hals von so einer? Erst gehst du diese unselige Beziehung zu diesem Sträflingsweib Jessica ein und dann krönst du deine schwachsinnigen Affären, indem du diese da als deine Frau mit nach Hause bringst!« Er wies mit dem Stock auf die Tür. »Ist das der Dank für all das, was ich in den vergangenen acht Jahren getan habe? Hast du vergessen, wie es war, als du nach New South Wales gekommen bist?«
»Nichts habe ich vergessen«, erwiderte Mitchell kühl. »Ich habe für alles, was ich heute besitze, hart gearbeitet, John. Oder willst du das bestreiten?«
»Nein, will ich nicht! Aber von wem hast du denn gelernt, eine Farm zu führen? Und wer hat dir die Chance gegeben, das zu werden, was du nun bist? Ich war derjenige, der das aus dir gemacht hat! Ich! Hast du das etwa vergessen? Und jetzt setzt sich dieses Töpfermädchen hier ins gemachte Nest! Man wird sich den Mund über deine unglaubliche Wahl zerreißen! Dein Ansehen, deine gesellschaftliche Stellung...«
»Herrgott, Sarah ist keine Hure aus den *Rocks!*« fuhr Mitchell

auf. »Sie ist die Tochter eines freien Mannes, und daß sie nichts mit in die Ehe bringt...«

»Ein verdammtes Balg bringt sie mit!« fluchte John.

»...ist in meinen Augen kein Makel. Ich bin kein Mitgiftjäger. Und du wirst deine Wut an ihr nicht auslassen, John. Ich allein bin für alles verantwortlich. Sie wollte gar nicht, daß ich sie heirate.«

»So? Hat sie sich erst einmal geschickt geziert?« höhnte John.

»Ich lag im Fieber, John, als es geschah... als ich Sarah geschwängert habe«, versuchte Mitchell ihm alles in Ruhe zu erklären. »Ich war so gesehen wirklich nicht ganz bei Sinnen. Doch wenn ich nicht solange hätte dort versteckt bleiben müssen, hätte ich es nie erfahren. Sarah hatte es mir verschwiegen und...«

»Du rührst mich zu Tränen!«

»Verdammt noch mal, laß mich ausreden! Ist das schon zuviel verlangt?«

»Bitte, ich kann es nicht erwarten, deine rührselige Geschichte zu erfahren!«

Mitchell schenkte sich ein Glas Portwein ein. »Ihr Vater ist ein strenggläubiger, hartherziger Mensch«, brach er schließlich das eisige Schweigen, das sich im Raum ausgebreitet hatte. »Als Sarah ihre Schwangerschaft nicht länger vor ihm verbergen konnte und er sah, was geschehen war, schlug er sie mit seinem Ledergürtel. Ihr ganzer Körper war von blutigen Striemen übersät. Sogar ins Gesicht geschlagen hatte er sie.«

John Hawkley starrte ihn finster an, und sein Blick verriet, daß ihn das nicht im mindesten berührte, im Gegenteil, es fand seine Zustimmung.

»Cedric Blunt hatte Sarah verstoßen, John«, fuhr Mitchell beherrscht fort. »Und erst da erfuhr ich, was ich getan hatte. Sarahs Leben wäre zerstört gewesen, wenn ich nicht soviel Ehre und Verantwortungsbewußtsein gehabt hätte, sie zu heiraten. Wer hätte sie denn aufgenommen? Sie wäre dazu verdammt gewesen, ein Leben in Schande und Ehrlosigkeit zu führen – als Mutter eines Bastards.«

»Und an dein Leben hast du nicht gedacht?« hielt John ihm aufgebracht vor. »Du hast deines lieber weggeworfen, ja?«

»Verdammt noch mal, es ist mein Kind, das sie im Leib trägt! Mein Fleisch und Blut!« rief Mitchell zornig. »Und wenn Sarah nicht gewesen wäre, stünde ich heute nicht hier! Sie hat mir das Leben gerettet und mich gesund gepflegt, als ihr Vater keinen Penny für mein Leben gegeben hätte! Ich habe getan, was ich tun mußte, um nicht die Selbstachtung zu verlieren. Sie ist meine Frau! Und ich stehe zu ihr, nimm das gefälligst zur Kenntnis!«

Grau im Gesicht, starrte John ihn an. »Du weißt nicht, was du mir damit antust, Mitchell, ... und dir!« stieß er hervor.

Ein müder Ausdruck trat in Mitchells Augen. »O doch, das weiß ich sehr wohl, John. Ich bin kein glücklicher Ehemann, und das weiß Sarah auch, was schrecklich ist und mich quält, denn sie hätte etwas Besseres verdient als nur bloße Zuneigung und Dank. Ja, ich weiß sehr wohl, was ich mir angetan habe, ihr und auch Jessica.«

»Jessica!« John spuckte das Wort wie ekelhaften Schleim aus. »Es ist grotesk, daß dir dazu ausgerechnet dieses Sträflingsweib einfällt! Ich muß mit Entsetzen feststellen, daß ich mich in dir getäuscht habe und du nicht der bist, für den ich dich gehalten habe. Du warst mir wie ein Sohn. Doch jetzt wirst du mir fremd.«

Mitchell sah ihn einen langen Augenblick an. Schmerz lag in seinen Zügen und Trauer um einen verlorenen Traum. »Ja, du mir auch, John«, sagte er leise und wandte sich zur Tür. »Ich kann nur hoffen, daß die Kluft zwischen uns noch nicht so groß

ist, daß wir sie nicht mehr zu überbrücken vermögen. Es täte mir leid. Aber zwischen mir und Sarah wirst du nicht stehen. Niemand wird das, weil ich es nicht zulassen werde.«
»Wo willst du hin?« schnappte John.
»Nach SEVEN HILLS. Ich bin es ihr schuldig, so schwer es auch sein wird.«
»Die Pest über Jessica Brading!« schrie John ihm nach. »Sie hat dich in das Unglück getrieben! Nie hättest du auch nur von diesem elenden Töpfermädchen erfahren, wenn Jessica dich nicht in ihren unseligen Bann geschlagen hätte!«
»Ich liebe Jessica«, erwiderte Mitchell ruhig und zog die Tür hinter sich zu.
In ohnmächtigem Zorn schleuderte John Hawkley ihm seinen Gehstock nach. Er schlug krachend gegen die Tür. »Ruiniert hat dich dieses elende Weib! Ruiniert! Alles hat sie kaputtgemacht! Sie soll zur Hölle fahren!«
Er bekam keine Erwiderung. Zitternd sank er in einen Sessel. Noch immer konnte er nicht begreifen, daß all seine Pläne mit einem Schlag sinnlos geworden waren. Nie würde auf MIRRA BOOKA eine wirkliche junge Dame einziehen, die Mitchell den gesellschaftlichen Glanz verlieh, den er, John Hawkley, sich so sehr für ihn gewünscht hatte.
Ein Töpfermädchen war nun Herrin auf MIRRA BOOKA! Diese Vorstellung drehte ihm den Magen um. Ein gottverfluchtes junges Ding, das für einen flüchtigen Beischlaf nun *sein* Lebenswerk in den Schoß gelegt bekam!
Mit schmerz- und haßverzogenem Gesicht hob er seinen Stock auf und humpelte den Gang hinunter. Er hörte die Stimmen von seinem Diener und dem Töpfermädchen.
Er weigerte sich, sie auch nur in Gedanken als Mitchells Frau zu akzeptieren. Für ihn würde sie immer eine Dahergelaufene bleiben.

»Verschwinde, Stuart!« fuhr er seinen Diener an, als er in der Tür von Mitchells und Sarahs Schlafzimmer stand.
»Wie Sie wünschen, Mister Hawkley.« Stuart Dunn verzog sich geschwind, als er das finstere Gesicht seines Herrn sah. Die Kleine tat ihm leid, aber er würde sich hüten, zwischen die Fronten zu geraten.
Sarah stand verschüchtert da, nahm jedoch all ihren Mut zusammen und sagte: »Ich weiß, was Sie denken, Mister Hawkley, und ich...«
Er ließ sie nicht ausreden und schlug zu. Die wuchtige Ohrfeige riß Sarahs Kopf zur Seite, und sie schrie auf. »Du miese Schlampe!« zischte er. »Verflucht sei der Tag, an dem du deinen Fuß auf MIRRA-BOOKA-Boden gesetzt hast! Und wage es nie wieder, das Wort an mich zu richten! Für mich existierst du nicht! Du könntest ebensogut tot sein. Mögest du an deinem Balg krepieren!«
Damit stürmte er aus dem Zimmer. »Stuart!... Stuart!« brüllte er.
Der Diener kam in den Gang geeilt. »Ja, Sir?«
»Ich brauche die Kutsche!« herrschte er ihn an. »Sag Jeremy, er soll sich beeilen!«
»Ja, Sir!«
John Hawkley humpelte in sein Arbeitszimmer, setzte sich an seinen Schreibtisch und griff nach Papier und Feder. Hastig kritzelte er ein paar Zeilen nieder, versiegelte das Schreiben und verließ das Haus.
»Stuart!«
Der Diener kam herbeigestürzt. Himmel, die Rückkehr von Mister Hamilton hatte er sich anders vorgestellt. Der Alte führte sich ja wie ein Berserker auf!
»Sattle ein Pferd und bring das zu Lieutenant Forbes nach Parramatta. Wenn du ihn nicht in der Garnison antriffst, reitest du

nach Sydney. Er hat dort in der Marlborough Street ein Haus.«

Stuart Dunn nickte. »Ist in Ordnung, Mister Hawkley.«

»Gar nichts ist in Ordnung, verdammt noch mal«, fauchte dieser. »Und bring mir eine Axt!«

22

Es waren noch zwei Stunden bis nach Seven Hills, als die Dunkelheit hereinbrach. In seinem unbezähmbaren Drang, endlich Jessica wiederzusehen, auch wenn das Wiedersehen ihnen beiden nur Schmerz bringen würde, hatte er nicht daran gedacht, daß er es bei Tag zur Farm am Hawkesbury nicht mehr schaffen würde. Der wilde Zorn, den Johns verbale Ausschreitungen gegen ihn und Sarah in ihm hervorgerufen hatten, hatte alle vernünftigen Überlegungen ausgesperrt und ihn aus dem Haus getrieben. Er hatte sich kaum noch die Zeit genommen, Sarah davon zu unterrichten, daß er einen dringenden Besuch zu machen hatte, der keinerlei Aufschub vertrug, und daß er erst am folgenden Tag nach Mirra Booka zurückkehren würde. Er wußte, daß es nicht richtig war, sie die erste Nacht allein mit John unter einem Dach zu lassen. Es war eine von vielen Ungerechtigkeiten, die er ihr antat und deren Kette auch in der Zukunft kaum abreißen würde, weil er ihr nicht das zu geben vermochte, was sie sich von ihm wünschte und was sie verdiente, nämlich seine uneingeschränkte, vorbehaltlose Liebe, denn die gehörte allein Jessica.

Mitchell hatte jedoch Glück, daß der Himmel auch nach Einbruch der Nacht fast wolkenlos blieb und ein voller Mond seinen silbernen Schein über das Buschland vor ihm ergoß, so daß er keine Mühe hatte, den Weg im Auge zu behalten, der nach Seven Hills führte. Er brauchte sein Pferd auch nicht in einen langsamen Trab fallen zu lassen, da es sich bei ihm um ein trittsicheres Tier handelte, das die Unebenheiten und Löcher des Weges schon von sich aus mied.

Er hatte Zeit genug, den Zorn zu verarbeiten, der in ihm tobte. Daß John für seine Heirat kein Verständnis zeigen würde, hatte er von Anfang an gewußt. Schon seit Jahren hatte er ihn zu einer standesgemäßen Eheschließung mit der Tochter eines anderen wohlhabenden Farmers gedrängt und auch nichts unversucht gelassen, um ihm die jeweiligen Ehekandidatinnen, die er für ihn ausgesucht hatte, schmackhaft zu machen. Er hatte sich darin sehr einfallsreich gezeigt und hätte einem gewerbsmäßigen Ehevermittler alle Ehre gemacht.

Daß aus seinen gutgemeinten, hochfliegenden Plänen, was seine, Mitchells, eheliche Zukunft betraf, nun nichts geworden und die Enttäuschung bitter für ihn war, vermochte er schon als Entschuldigung für ein auffahrendes, vorwurfsvolles Verhalten gelten lassen. Doch dabei war es nicht geblieben, sondern John hatte sich von einer geradezu gehässigen und boshaften Seite gezeigt, die er an ihm nicht gekannt und die ihn zutiefst erschreckt hatte. Der Haß in seinen Augen war etwas, das er nicht verstand, das ihm aber angst machte – Angst um ihre jahrelange, feste Freundschaft und Partnerschaft.

Vielleicht ist dies das Ende unserer Freundschaft, ging es Mitchell bitter durch den Kopf, und ein Teil des Preises, den ich für das werde bezahlen müssen, was ich uns allen, Sarah, Jessica, John und mir, angetan habe.

Doch was hatte er wirklich getan? Er hatte einen schrecklichen Fehler begangen, als er nicht Herr seiner selbst gewesen war. Im Fieberwahn hatte er Sarah für Jessica gehalten und sie zu sich ins Bett gezogen, nach Liebe und Hingabe gebettelt. Aber er hatte die Konsequenzen aus seinem schicksalhaften Fehltritt gezogen und das einzige getan, was zu tun blieb: Sarahs Ehre zu retten.

Richmond Hill fiel hinter ihm zurück, und nun war es nicht mehr weit bis nach SEVEN HILLS. Je näher er der Farm kam, desto stärker wuchs in ihm die Furcht, Jessica gegenüberzutreten, ihr in die Augen zu sehen und ihr zu sagen, was geschehen war. Wie sollte er ihr bloß beibringen, daß er kam, um ihr das Ende ihres Traumes von einer gemeinsamen Zukunft mitzuteilen? Würde er dazu überhaupt die Kraft haben?

Mehr als einmal spürte er das Verlangen, sein Pferd zu wenden und nach MIRRA BOOKA zurückzukehren. Vielleicht wäre es gnädiger für sie, wenn er alles in einem Brief zu erklären versuchte. Und dann müßte auch er nicht die Fassungslosigkeit und ihren Schmerz von Angesicht zu Angesicht ertragen. Aber nein, diese Feigheit würde sie ihm nie verzeihen, wenn es denn überhaupt noch etwas gab, was sie ihm würde verzeihen können. Er mußte es ihr selber sagen, so schwer es auch sein mochte. Ihre Qual war auch seine Qual.

Lichter wuchsen vor ihm aus der Nacht, die Feuer der Arbeiter, die den Abend dafür genutzt hatten, ihr Essen vor den Hütten zu kochen und den Rauch in den freien Nachthimmel steigen zu lassen, der sonst in jede Ecke der Behausungen drang. Bald konnte er die Umrisse der Gebäude ausmachen.

Als er die Auffahrt hochritt, standen mehrere Männer mit Gewehren bewaffnet am Zugang zum Hof. Einer von ihnen war Ian McIntosh.

»Kein nächtlicher Strauchdieb!« rief Mitchell, als er die Gewehre auf sich gerichtet sah. »Ich bin's, Mister McIntosh, Mitchell Hamilton!«

»Heilige Muttergottes, Mister Hamilton! Das nenne ich endlich einmal eine freudige Überraschung!« rief Ian.

Sie wird nur nicht lange vorhalten, dachte Mitchell und zügelte sein Pferd.

»Ihr könnt wieder gehen, Männer«, sagte Ian zu den Umste-

henden. »Frederick, nimm dich des Pferdes von Mister Hamilton an. Mein Gott, wie gut, daß Sie endlich wieder zurück sind. Ein halbes Jahr haben wir um Sie gebangt!«
Mitchell sprang aus dem Sattel und ergriff die Hand des Verwalters, um ihm für den herzlichen Empfang zu danken. »Es war eine Ewigkeit, bei Gott! Aber lassen Sie uns nicht mehr darüber reden, Mister McIntosh. Es ist vorbei. Es hätte mir dreckiger ergehen können.«
Jessica hatte sich schon für die Nacht fertiggemacht und an ihrem Sekretär gesessen, um einige Papiere durchzusehen, die Arthur Talbot ihr zugeschickt hatte, als sie den Hufschlag vernahm. Als sie dann Mitchells Stimme auf dem Hof hörte, glaubte sie im ersten Moment, ihr Herz müßte vor Freude stillstehen.
Mitchell! Er war zurück!
Hastig schloß sie ihren Morgenmantel und rannte den Gang hinunter zur Vordertür, stieß sie auf und blieb atemlos auf der Veranda stehen.
»Mitchell!« Ihr Ruf war fast wie ein Schrei unsagbaren Glücks.
Mitchell löste sich von Ian und kam schnellen Schrittes zu ihr. Jessica flog ihm um den Hals, schlang ihre Arme um ihn und preßte sich an ihn, weil sie es noch immer nicht glauben konnte, daß er endlich zurück war und ihr Bangen und ihre Sehnsucht nun ein Ende hatten.
»Mitchell!... Mitchell!... O mein Gott, halte mich!... Halte mich ganz fest!« flüsterte sie immer wieder, ihr Gesicht an seiner Wange. »Endlich habe ich dich wieder!«
»Jessica, meine geliebte Jessica«, flüsterte er rauh.
Eine ganze Weile standen sie so engumschlungen im Dunkel der Veranda. Dann gab Jessica ihn frei, nahm seine Hand und sagte drängend: »Komm, ich habe so lange auf dich gewartet. O Gott, Mitchell.«

»Ja, ich auch«, sagte er aufgewühlt und zu keiner anderen Antwort fähig, während er ihr ins Haus folgte.
In ihrem Schlafzimmer brannte nur eine kleine Leuchte auf dem Sekretär. Ihr warmer Schein ließ Jessicas Haar wie Gold schimmern, das offen bis auf ihre Schultern herabwallte. Stürmisch zog sie ihn an sich und verschloß seinen Mund mit ihren Lippen, als er etwas sagen wollte.
Sein Verstand sagte ihm, daß er diese Zärtlichkeiten jetzt nicht mehr zulassen durfte. Er war gekommen, um ihr Glück zu zerstören. Doch als er ihre weichen Lippen und ihren Körper spürte, überkam ihn das Verlangen und die Sehnsucht mit einer derartigen Gewalt, daß für Vernunft kein Raum mehr war. Ein letztes Mal mußte ihnen noch das Glück vergönnt sein, einander zu lieben und die Seligkeit auszukosten, die sie miteinander erlebten, wenn sie sich in den Armen lagen.
Nur ein letztes Mal noch! dachte er voller Verzweiflung und kapitulierte vor seinen Gefühlen, die ihn davonrissen, wie eine mächtige Woge ein willenloses Stück Treibholz.
»Rasch, zieh dich aus, mein Geliebter!« raunte Jessica und trat schnell zum Sekretär, um das Licht zu löschen, weil sie nicht wollte, daß er die leichte Wölbung ihres Bauches sah. Er sollte sie so lieben wie immer und nicht meinen, aus Rücksicht auf ihre Schwangerschaft seiner Leidenschaft Zügel anlegen zu müssen. Noch war es nicht soweit, daß sie bei ihrer Vereinigung vorsichtig sein mußten. Noch ein, zwei Monate stürmischer Hingabe waren ihnen vergönnt.
Mitchell hatte einen anderen Grund, froh zu sein, daß das Zimmer in Dunkelheit getaucht lag, als er rasch aus seinen Kleidern fuhr und zu ihr ins Bett schlüpfte, wo sie ihn schon splitternackt und mit offenen Armen erwartete. Er hätte sonst gefürchtet, seine Augen könnten ihn verraten.
»Liebe mich!... Liebe mich, Mitchell!« Sie konnte es nicht er-

warten, ihn zu spüren, seine Lippen, seine Hände und sein starkes Glied, das sie nun heiß und hart auf ihrer Haut spürte und mit ihren Händen liebkoste, während er sie küßte.
Jessica erschauerte, als sein Mund dann zu ihren Brüsten wanderte, sie abwechselnd küßte, umschloß und ihre Brustwarzen liebkoste. Doch ihr Verlangen, mit ihm zu verschmelzen, war nach dieser langen Zeit des Wartens zu stark, und ihre Schenkel öffnete sich ihm.
»Nimm mich jetzt, bitte!« beschwor sie ihn und kam ihm entgegen, als er nun in sie drang und ihr das wunderbare Gefühl gab, ihn überall in ihrem Körper zu spüren.
Sie liebten sich mit einer ungestümen Begierde, die ihnen den Atem raubte. Eine wilde Verzweiflung lag in seinen Stößen, und als er sich in ihr ergoß, war sein Verlangen noch nicht gestillt. Er blieb so hart, als hätte es diesen Höhepunkt nicht gegeben, und auch Jessica vermochte nicht genug von seiner Liebe zu bekommen.
Als sie das zweitemal kam, zusammen mit ihm, barg sie ihr Gesicht an seiner Schulter, die ihren Schrei der Lust und Erlösung erstickte.
Völlig ermattet, aber erfüllt von einer himmlischen Wärme und Glückseligkeit, kuschelte sie sich hinterher an ihn. »Sag jetzt nichts«, bat sie und zog die Decke über sie beide. »Nichts kann jetzt so schön sein wie dieses traumhafte Gefühl, bei dir zu liegen, dich zu spüren und zu wissen, daß du nun nie mehr von mir gehen wirst. Ich liebe dich, Mitchell.«
»Ja, ich liebe dich auch, Jessica«, flüsterte er mit Tränen in den Augen. »Ich liebe dich wie nichts sonst auf der Welt.«
Sie schmiegte sich an ihn, und Augenblicke später versank sie in einen tiefen, traumlosen Schlaf, der weich wie Watte war und warm wie die Flamme einer nie verlöschenden Kerze, wie ihre Liebe.

23

Es dämmerte schon über dem Hawkesbury, als Jessica aus den Tiefen ihres Schlafes aufstieg, ganz langsam und sanft wie eine Feder, die von einer warmen Luftströmung aus einem schattigen Tal zu sonnigen Höhen getragen wurde. Wohlig räkelte sie sich unter der Decke und schlug dann die Augen auf. Im ersten Moment glaubte sie, die stürmische Vereinigung mit Mitchell, seine Rückkehr, einfach alles nur geträumt zu haben. Doch dann sah sie seine Gestalt. Er stand am Fenster und blickte hinaus auf den breiten Strom des Flusses, der seine dunklen Fluten den Armen des unersättlichen Meeres entgegentrieb. Er war angezogen.

»Guten Morgen, mein Geliebter«, sagte sie voller Zärtlichkeit.

»Morgen, Jessica.« Langsam fuhr er herum.

»Das ist aber nicht die feine Art des Liebhabers, das Bett schon so früh zu verlassen und sich seiner Geliebten in voller Bekleidung zu präsentieren«, neckte sie ihn. »Oder habe ich dich letzte Nacht zu sehr geliebt, daß dir die Kraft fehlt, mir noch einmal zu zeigen, wie wunderbar du als Mann sein kannst?«

»Du wirst mich nie zu sehr lieben können, ebensowenig wie ich dich.«

Sie runzelte lächelnd die Stirn. »Warum so ernst? Dafür besteht wirklich kein Grund«, sagte sie und wollte schon die Decke zurückschlagen, um ihm zu zeigen, daß ihr Kind in ihr heranwuchs.

Doch Mitchell setzte sich in dem Moment zu ihr ans Bett und griff nach ihrer Hand. »Jessica!« Seine Stimme klang gepreßt. Er hatte die ganze Nacht kein Auge zugetan, und er fühlte sich so elend wie noch nie zuvor in seinem Leben. Er mußte es endlich hinter sich bringen, bevor es ihn innerlich zerriß. »Glaubst du mir, daß ich dich liebe? Mit all meiner Kraft, mit Herz und Seele?«

Irritiert sah sie ihn an, doch immer noch lächelnd. »Natürlich glaube ich dir das! Was für eine dumme Frage.«

Er schüttelte den Kopf. »Nein, es ist keine dumme Frage. Es ist die wichtigste Frage, die ich je in meinem Leben gestellt habe. Ich möchte, daß in dir nicht der geringste Zweifel besteht, was du mir bedeutest.«

»Mein Gott, Mitchell! Nun machst du mir ja richtig angst mit deinem Ernst!«

Er sah sie an. »Jetzt liebst du mich – doch gleich wirst du mich hassen!«

»Ich dich hassen? Was redest du für einen Unsinn, Mitchell. Ich liebe dich. Was ist nur in dich gefahren, daß du so düstere Gedanken hast?« fragte sie und las Verzweiflung in seinen Augen. Die Ahnung von etwas Schrecklichem regte sich in ihr.

»Ich bete zu Gott, daß deine Liebe groß genug ist, um mir wenigstens zu verzeihen.«

Ihre freudige Stimmung verflog, und sie bekam bei seinen gequälten Worten eine Gänsehaut. »Was soll ich dir verzeihen, Mitchell?«

Er glaubte einen Moment lang, es nicht aussprechen zu können. Doch dann stieß er die grausamen Worte hervor: »Ich habe eine Frau von Van Diemen's Land mitgebracht. Wir sind verheiratet.«

Jessica erstarrte. Ihr Verstand weigerte sich, die Bedeutung seiner Worte zu erfassen.

»Nein, das... würdest... du... mir nicht antun!« kam es ihr stockend über die Lippen.
»Doch, ich habe es dir und mir angetan, Jessica. Ich bin verheiratet!«
Jedes seiner Worte war wie ein Messerstich in ihr Herz und in ihre Seele. Sie zerstückelten das Glück, das sie bis vor wenigen Augenblicken noch fest in ihrer Hand zu halten geglaubt hatte, und verwandelten es in Entsetzen und einen unsäglichen Schmerz, der ihr bis in den Kopf drang, als hätte man ihr eine Nadel in den Schädel gebohrt. Ihr Gesicht verzerrte sich.
»Sag, daß es nicht wahr ist!« bettelte sie mit zitternder Stimme. »Sag es!... Sag es, Mitchell!« Ihre Finger krallten sich in die Aufschläge seiner Jacke.
Er nahm ihre Hände. »Ich weiß, daß du es nicht glauben kannst und willst, weil es unfaßbar scheint, daß ich dir so etwas Grausames antun könnte. Doch ich habe keinen anderen Ausweg gesehen, Jessica. Ich liebe diese Frau nicht. Lieben tue ich nur dich, immer und ewig. Doch sie trägt mein Kind.«
»Nein!« schrie Jessica auf. Nicht auch noch das! »Nein!« Sie schlug die Hände vors Gesicht.
»Ich mußte es tun«, sagte Mitchell und litt nicht weniger als sie. Hastig und mit einer Stimme, die ihm selbst fremd war, berichtete er ihr nun, wie es dazu gekommen war, während Jessica von Weinkrämpfen geschüttelt wurde und ihr die Tränen unter den Händen hervorrannen. »Du mußt mich für das, was ich ungewollt heraufbeschworen habe, hassen«, sagte er zum Abschluß. »Doch wenn ich die Verantwortung von mir gewiesen und Sarah zu einem ehrlosen Leben verdammt hätte, dann hättest du mich ganz sicher verachtet, und das hätte ich nicht ertragen können.«
»Nein, das hätte ich nicht! Es wäre mir egal gewesen! Ich will nur dich!« schluchzte Jessica in ihrem grenzenlosen Schmerz.

»Du hättest mich verachtet. Später. Und ich hätte es gespürt«, sagte er dumpf. »Wie hätte ich auch mit dieser Schuld leben können?«
Sie nahm die Hände vom Gesicht. »Aber du kannst damit leben, daß du mit mir geschlafen hast, ja?« brach es aus ihr heraus, und in ihren glühenden Schmerz mischte sich schon ein Gefühl, das dem Haß sehr nahe kam. »Du kannst damit leben, daß du letzte Nacht mich und deine Frau betrogen hast, ja? Das macht dir nichts aus, nicht wahr?«
Er wich ihrem Blick aus. »Ich... ich konnte nicht gegen das ankämpfen, was ich für dich empfinde, Jessica. Es wird nicht wieder passieren.«
»Nein, das wird es ganz sicher nicht!« erwiderte Jessica mit bebender Stimme. »Du hast alles zerstört, was wir hatten, Mitchell.«
»Unsere Liebe kann nichts zerstören, oder es war nicht die Liebe, für die wir sie gehalten haben.« Mitchells Stimme hatte einen beschwörenden Klang.
»Ja, vielleicht war sie das wirklich nicht!« stieß Jessica verbittert hervor. »Vielleicht habe ich mich wirklich in dir getäuscht. Ich habe an deine Schwüre geglaubt und darauf gebaut, daß nie etwas zwischen uns stehen könnte. Doch du hast mich eines Besseren belehrt!«
»Jessica, ich habe dir doch erklärt...«
»Für deinen Verrat gibt es keine Erklärung und auch keine Entschuldigung!« schrie sie ihn an. »Und nun geh! Ich will dich nie wiedersehen, Mitchell Hamilton! Geh zu deiner *Frau* und versuche, wenigstens ihr Leben nicht auch noch zu zerstören, indem du glaubst, ich würde immer für dich dasein! Scher dich zum Teufel!«
»Du weißt nicht, was du sagst. Aber ich verstehe, daß du jetzt so empfindest. Doch wenn Zeit verstrichen ist, wirst du be-

stimmt begreifen, daß ich keine andere Wahl hatte... und daß das nichts mit meiner Liebe zu dir zu tun hat.« Zögernd erhob er sich von ihrem Bett.

»Du hattest mehr als eine Wahl – und du hast dich für deine lächerliche Ehre und diese Frau entschlossen!« schleuderte sie ihm unversöhnlich entgegen. »Ehre! Ein schlimmeres Wort habt ihr Männer nicht erfunden! Im Namen der Ehre lassen sich Millionen Verbrechen begehen... auch an Gefühlen!«

Die Qual, die ihre Worte in ihm hervorriefen, stand ihm ins Gesicht geschrieben. »Jessica, laß uns nicht so unversöhnlich auseinandergehen!« flehte er. »Laß mir die Hoffnung, daß du und ich...«

Jessica ließ ihn nicht ausreden. Sie vermochte seinen Anblick nicht länger zu ertragen. »Hoffnung! Was verstehst du schon von Hoffnung! Dein Bastard wird genausowenig auf dein leeres Gerede geben wie ich.«

»Sprich bitte nicht so, das hat Sarah nicht verdient.«

»Ich spreche nicht von *eurem* Kind, das mit *deinem* Namen zur Welt kommt! Ich spreche von dem Bastard, den *ich* gebären werde!« schrie sie, riß ihre Bettdecke weg und ließ ihn ihren gerundeten Leib sehen. »Von unserem Kind spreche ich, das du genauso verraten hast wie mich!«

Sein Gesicht wurde weiß wie Kalk, und er wankte, als hätte ihn eine unsichtbare Faust getroffen. »Jessica... O Gott, verzeih mir«, keuchte er.

»Niemals! Und jetzt geh mir aus den Augen! *Geh!*«

Er öffnete den Mund, doch er brachte kein Wort mehr hervor. Dann riß er die Tür auf und stürzte fluchtartig aus ihrem Zimmer, als könnte er vor der entsetzlichen Wahrheit davonlaufen.

Wimmernd lag Jessica im Bett, als Anne sich wenig später in ihr Zimmer wagte. Angst und tiefe Sorge um ihre Herrin preßten ihr das Herz zusammen, doch obwohl sie nicht wußte, was geschehen war, war sie einfühlsam genug, nichts zu sagen. Sie nahm nur Jessicas Hand und saß stumm an ihrer Seite, während die Tränen kein Ende nahmen.

Jessica wollte keinen sehen und hören, und Anne sorgte dafür, daß nicht einmal Lisa in die Nähe ihres Zimmers kam, in dem sie den ganzen Tag blieb.

Es war schon wieder tiefe Nacht, als Jessica bewußt wurde, daß Anne noch immer bei ihr war. »Danke, daß du bei mir geblieben bist«, sagte sie mit kraftloser Stimme. »Geh jetzt in dein Bett, Anne. Du mußt schrecklich müde sein.«

»Es macht mir nichts, Ma'am. Ich bleibe gern noch bei Ihnen, wenn es Ihnen noch nicht gutgeht.«

»Dann müßtest du noch sehr, sehr lange bei mir bleiben, denn ich weiß nicht, wann es mir wieder gutgehen wird, Anne«, erwiderte Jessica. »Doch ich werde es ertragen. Weil mir nichts anderes übrigbleibt. Und nun mach schon, daß du ins Bett kommst.«

Nur widerstrebend folgte Anne ihrer Aufforderung.

Der Schmerz, der in ihr tobte, und das Chaos ihrer Empfindungen aus Zorn, Fassungslosigkeit, Verbitterung und Haß, ja, auch Haß, waren so verzehrend, daß Jessica meinte, nie mehr die Kraft zu finden, ihr Leben dort wieder fortsetzen zu können, wo Mitchell es mit brutalen Hieben in ihre Seele von einem Augenblick auf den anderen an einem bodenlosen Abgrund jäh hatte abbrechen lassen.

Sie mußte all ihre Willenskraft aufbieten, um dem Drang, sich in ihren Schmerz zu vergraben, entgegenzutreten und am nächsten Morgen das Zimmer zu verlassen. Niemand wußte auf Seven Hills, was geschehen war, doch jeder vermied es, sie anzusprechen. Man warf ihr nur verstohlene Blicke zu und erging sich in Mutmaßungen.

Jessica betrat den Stall und schüttelte nur den Kopf, als Frederick ihr den Sattel abnehmen wollte. Rasch zog er sich zurück. Als sie Adrian gesattelt aus dem Stall führte, traf sie auf Ian. Sein Gesicht war sorgenvoll. »Ich weiß nicht, was zwischen Ihnen und Mister Hamilton vorgefallen ist, und es geht mich auch nichts an«, sagte er ernst. »Aber wenn ich irgend etwas für Sie tun kann, lassen Sie es mich, um Himmels willen, wissen.«

»Ja, Sie können etwas für mich tun, Ian«, gab Jessica mit beherrschter Stimme zur Antwort. »Erwähnen Sie in meiner Gegenwart nie wieder den Namen Mitchell Hamilton!«

24

Der Teufel soll mich holen, wenn das nicht allerhöchste Zeit war!« knurrte Jonas Duckworth, als er den gefällten jungen Baum neben dem halb eingestürzten Schuppen erblickte. Er trat gegen den Stumpf, dessen helles frisches Holz verriet, daß der Baum erst vor einem Tag umgehauen worden war, und kehrte erleichtert zu seinem Pferd zurück. Endlich gab es wieder Arbeit!

Wie Lieutenant Forbes es ihm aufgetragen hatte, begab er sich unverzüglich nach Parramatta und kaufte in einem Geschäft am Hafen zwei Dutzend Kerzen, die er anschließend gut verpackt nach MIRRA BOOKA brachte.

Mitchell Hamilton stand auf der anderen Seite des Hofes und unterhielt sich mit dem Verwalter James Yawdall, den John während seiner Abwesenheit eingestellt hatte, weil seine körperlichen Gebrechen es ihm unmöglich machten, die Farm allein zu führen.

»Wer ist dieser Kerl?« wollte Mitchell wissen, als er den feisten, bärtigen Flußschiffer erblickte.

James Yawdall zuckte die Achseln. »Keine Ahnung. Er war schon zweimal hier, aber Mister Hawkley hat ihn mir nicht vorgestellt und mir auch nicht gesagt, was er mit ihm zu schaffen hat. Mit MIRRA BOOKA hat er zumindest nichts zu tun, das wüßte ich.«

Jonas Duckworth hielt sich nicht lange auf der Farm auf. Er übergab Stuart Dunn das Paket und schärfte ihm ein, daß es für

Mister Hawkley persönlich bestimmt sei. Dann schwang er sich wieder in den Sattel und machte sich davon.
Er kam fast den ganzen Tag nicht aus dem Sattel. Er ritt zur Farm außerhalb von Toongabbee und teilte seinen Männern, die er während der letzten Wochen kaum noch hatte im Zaum halten können, mit, daß sie diese Nacht aufbrechen würden und sie bis dahin, verdammt noch mal, nüchtern zu sein hätten.
»Wenn ich auch nur einen lallen höre oder mit glasigem Blick im Sattel sitzen sehe, bekommt er ein Stück Blei zwischen die Augen!« warnte er sie, und da er in den vergangenen Wochen schon zwei Männern ein paar Zähne ausgeschlagen hatte, um die Disziplin aufrechtzuerhalten, wußten alle, daß er jedes Wort so meinte, wie er es sagte. »Und du stehst mir dafür gerade, Nick, daß alles zum Aufbruch bereit ist, wenn ich diese Nacht aus Parramatta zurückkomme.«
»Aye, aye, Captain. Wird nicht so schwierig sein, da es nun endlich zur Sache geht«, versicherte Nick Slayton.
Jonas Duckworth bestieg ein frisches Pferd und ritt nach Parramatta zurück. Er selbst nahm es mit dem Rum nicht so genau und verbrachte die Zeit zwischen Sonnenuntergang und eine Stunde vor Mitternacht in einer Hafentaverne. Doch er trank nicht unmäßig.
Schließlich machte er sich auf den Weg zum Treffpunkt hinter Crawford's Alley. Er brauchte keine halbe Stunde zu warten, dann hörte er schon Hufschlag und das Knarren und Rumpeln einer Kutsche.
Wenige Minuten später löste sich eine Gestalt aus der Dunkelheit der Allee. Sie humpelte sichtlich. Es war John Hawkley.
»Verdammt noch mal, ich dachte schon, Sie wollten uns auf dieser elenden Farm bis in alle Ewigkeiten warten lassen«, machte Duckworth seinem Groll Luft. »Wissen Sie, wie viele Wochen wir da verbracht haben?«

»Es waren auf jeden Fall verdammt gutbezahlte Wochen«, erwiderte Hawkley.
»Meine Männer wären mir beinahe an die Kehle gegangen, Mister, und zwar mehr als einmal! Das Spiel mache ich nicht noch mal mit!«
»Brauchen Sie auch nicht. Wenn Sie jetzt zum Hawkesbury reiten, wird es das letztemal sein«, teilte Hawkley ihm mit. »Und diesmal brauchen Sie und Ihre Männer auf nichts Rücksicht zu nehmen. Auf gar nichts, haben Sie mich verstanden?« Blanker, mörderischer Haß sprach aus seiner Stimme.
»Wollen Sie damit sagen, daß ich völlig freie Hand habe?« fragte Duckworth.
»Absolut!«
»Und was ist mit Jessica Brading?«
»Schicken Sie sie zur Hölle!« Hawkley gab nichts mehr auf seine Abmachung mit Lieutenant Forbes, der darauf bestanden hatte, daß Jessica kein Haar gekrümmt werden durfte. Wenn alles vorbei war, würde er Duckworth die Schuld in die Schuhe schieben und abstreiten, ihm jemals einen solchen Befehl erteilt zu haben. Außerdem würde Duckworth keine Gelegenheit bekommen, Kenneth Forbes davon zu erzählen, dafür würde er schon Sorge tragen.
Duckworth grinste. »Das nenne ich endlich einmal eine gute Nachricht. Haben Sie irgend etwas Spezielles im Sinn, Mister Hawkley?« fragte er dann gutgelaunt.
»Ich will, daß Seven Hills ausgelöscht wird!« stieß Hawkley hervor. »Machen Sie es dem Erdboden gleich. Wir haben die letzten zehn Tage trockenes Wetter gehabt. Nutzen Sie das, um Jessica und ihre Farm zu vernichten!«
»Mit dem allergrößten Vergnügen!«
John Hawkley reichte ihm eine prall gefüllte Geldbörse. »Das ist die Prämie für Ihre Männer. Aber zahlen Sie sie erst aus, wenn die Arbeit erledigt ist.«

»Für wen halten Sie mich? Ich kenne mich schon aus mit den Burschen.«

»Wann werden Sie zurück sein?«

»Wir brechen heute noch auf. Morgen nacht schlagen wir zu. Übermorgen nacht sind wir wieder zurück.«

»Gut, also treffen wir uns in drei Nächten an dieser Stelle. Wenn Sie mir dann mitteilen können, daß SEVEN HILLS nicht mehr existiert *und* Jessica Brading nicht mehr lebt, bekommen Sie von mir noch mal soviel – extra!« versprach ihm John Hawkley. »Also lassen Sie sich etwas einfallen, damit Jessica samt ihrer Farm zum Teufel geht!«

»Keine Sorge, Mister Hawkley«, sagte Duckworth mit einem leisen diabolischen Lachen. »Ich lass' mir diese Extraprämie nicht durch die Lappen gehen. Jessica Brading ist schon jetzt so gut wie tot!«

25

Jonas Duckworth war zwei Stunden vor Sonnenuntergang alleine losgezogen. Er hatte zwei Ersatzpferde mit sich geführt, die wichtiger Bestandteil seiner und Nick Slaytons Flucht waren. Mittlerweile war es schon Mitternacht geworden. Ungeduldig warteten Nick Slayton und die sechs anderen Männer, denen Skrupel so fremd waren wie ein Leben ohne Rum, auf seine Rückkehr.
Ihr Lager war gut gewählt. Es befand sich knapp sieben Meilen südöstlich von Seven Hills in einem Waldstück, das in Richtung der Farm von einem langgestreckten Gürtel dornigen Buschlandes abgeschirmt wurde. Bis zur nächsten Außenweide waren es gut zwei Meilen. Doch seit dem ersten Überfall weidete dort keine Herde mehr.
Da die Nacht sehr mild war, litten die Männer auch nicht unter dem strengen Verbot, kein Feuer zu entzünden. Doch das Warten machte sie unruhig. Die endlosen Wochen auf der schäbigen Farm vor Toongabbee hatten sie fast wie Kerkerhaft empfunden, so daß sie es nun nicht abwarten konnten, die Angelegenheit, für die sie vor Monaten angeheuert worden waren, endlich hinter sich zu bringen, ihre Prämie einzukassieren und nach Sydney zu kommen, um das Geld mit Frauen, Rum und Karten durchzubringen.
»Hölle und Verdammnis, der Alte läßt sich aber Zeit wie 'n Pfaffe bei der Beichte«, brummte Len Ross grimmig und sog nervöser noch als sonst an seinem Loch im Zahn.

»Er weiß schon, was er tut und warum, Len«, erwiderte Nick Slayton, spuckte auf den kleinen Schleifstein, den er immer mit sich führte, und schärfte sein langes Buschmesser, das auch so schon scharf genug war, um eine Feder in der Luft sauber in zwei Teile zu trennen.

»Ich kann's nicht erwarten, ihn das letztemal gesehen zu haben«, meinte Jack Sherman finster.

»Kann ich dir verteufelt gut nachempfinden, Jack. Hat ja auch schwer in deinem Mund aufgeräumt mit seiner Faust«, spottete der narbengesichtige Ted Gallow.

»Du hältst besser das Maul, du Arschkriecher«, fauchte Jack ihn an.

»Kapier' nur nicht, warum er die Pferde da hinbringt und ihr es mit eurer Flucht so umständlich macht«, grübelte Len und blickte Nick an.

»Weil wir noch mit dem Hintern mitten im Feuer sitzen, während ihr schon auf dem Weg zum nächsten Freudenhaus seid«, erwiderte dieser. »Oder möchtest du vielleicht unseren Part übernehmen?«

Len verzog das Gesicht. »Lass' euch gern das Vergnügen. Ist mir nur 'n Rätsel, warum er dieses Risiko eingeht.«

»Zerbrich dir nicht deine hohle Nuß über Dinge, die dich nichts angehen.«

»Ich glaube, da kommt er!« rief Perry Webster, dessen noch immer blutunterlaufenes Auge davon zeugte, daß auch er mit Duckworth aneinandergeraten war und dabei den kürzeren gezogen hatte.

Die Männer griffen sicherheitshalber zu den Waffen, und Nick bedeutete Len, ihm zu folgen. Die beiden gingen dem gedämpften Hufschlag entgegen, die Gewehre schußbereit. Man konnte nie vorsichtig genug sein. Zuviel stand für sie auf dem Spiel. Sie suchten Schutz hinter zwei mächtigen Eukalyptusbäumen.

Augenblicke später tauchte der Reiter vor ihnen auf. Es war Jonas Duckworth, und sie traten hinter ihrer Deckung hervor.
»Wie sieht es aus?« wollte Nick Slayton wissen.
»Bestens«, antwortete der ehemalige Flußschiffer knapp, glitt aus dem Sattel und zog sein Pferd am Zügel hinter sich her. Die Männer bildeten einen lockeren Halbkreis um ihren Anführer, als Duckworth die kleine Lichtung erreichte. Mit gespannten Mienen erwarteten sie seinen Bericht und seine Anweisungen.
»Sie haben Wachen aufgestellt«, teilte Duckworth ihnen mit. »Vier Mann. Aber die stören uns nicht. Sie halten sich in unmittelbarer Nähe der Farm auf. Bewacht ist auch die Weide im Nordwesten. Da treiben sich ebenfalls vier Mann herum. Doch die können wir auch vergessen. Ehe die auf SEVEN HILLS sind und eingreifen können, haben wir die Ernte schon eingefahren und sind längst über alle Berge.«
»Klingt nicht übel«, meinte Nick.
»Mutter Natur spielt uns heute auch in die Hand«, fuhr Jonas Duckworth fort. »Prächtig bedeckter Himmel, nur diese Brise aus Nordosten könnte noch ein bißchen auffrischen, aber das wäre wohl zuviel verlangt. Es reicht auch so.«
»Na dann, heizen wir ihnen ein!« drängte Len zum Aufbruch.
Duckworth nickte. »Hol die beiden Packpferde, Nick!«
»Aye, aye, Captain.« Nick ging zu den Pferden hinüber und führte die beiden Tiere, die jeweils zwei dicke Jutesäcke trugen, zu ihm.
Duckworth zog sein Messer und schlitzte einen Sack auf. Ein gutes Dutzend Fackeln polterte zu seinen Füßen in das Gras. »Jeder nimmt sich vier Stück«, erklärte er noch einmal. »Zwei für den Busch und zwei für den zweiten Teil unseres Überraschungsbesuches auf SEVEN HILLS.«
Die Männer lachten.

»Und vergeßt bloß nicht, die Lampen nachher abzublenden, wenn der Busch in Flammen steht und wir uns an die Farm ranschleichen!« ermahnte sie Duckworth noch einmal.
»Wird sich schon keiner 'ne Kugel einhandeln wollen«, meinte Len.
Die restlichen Säcke wurden geöffnet und die Fackeln verteilt. Wenige Minuten später saßen die Männer in den Sätteln und brachen auf.
Sie hatten den Pferden Lappen um die Hufe gebunden, um so wenig Geräusch wie möglich zu verursachen. Duckworth ritt voran und bestimmte das Tempo. Er hielt sein Pferd in einem gemächlichen Trab. Sie hatten jede Menge Zeit für die wenigen Meilen, die sie von der buschbestandenen Hügelkette trennten, wo sie ihr Werk der Vernichtung beginnen wollten.
Es war kurz vor drei Uhr, als sie die Hügelkette erreichten, genau wie er es geplant hatte. Die beste Zeit für einen Überfall. Seven Hills lag in tiefstem Schlaf, und die Wachen würden gewiß auch nicht mehr allzu aufmerksam ihren Dienst versehen.
»Wir bilden eine lange Kette, Männer!« sagte Duckworth nun, während Nick Slayton die zwei abblendbaren Laternen anzündete. Sie hatten Holzschieber vor jeder Glasscheibe, so daß mit Ausnahme der Luftlöcher oben kein Lichtschimmer nach außen drang, wenn die Schieber geschlossen waren. »Wir halten einen Abstand von zweihundert Yards untereinander. Jeder setzt etwa hundert Yards Busch in Brand. Den Rest erledigt der Wind. Die Lücken werden sich verflucht schnell schließen, und dann marschiert eine Flammenwand von anderthalb Meilen auf Seven Hills zu. Das Gras und Gestrüpp ist trocken. Paßt also höllisch auf, daß ihr nicht zwischen zwei Feuerfronten geratet! Wenn der Busch in Flammen steht, sammeln wir uns hier. Noch Fragen?«

»Haben die Sache schon tausendmal durchgekaut, daß sie jeder von uns im Schlaf runterleiern kann«, sagte Len Ross und sprach damit auch für die anderen.

»Dann macht euch an die Arbeit!«

Die erste Fackel flammte in der Nacht auf, dann schnell hintereinander sieben weitere. Die Männer wußten, daß sie sich nun beeilen mußten. SEVEN HILLS lag nur noch ein paar Meilen entfernt, und man würde das Feuer rasch bemerken, wenn erst die Hügelkette in Flammen stand.

Die Männer galoppierten davon, und dann tauchten die Fackeln in das trockene Gestrüpp, das augenblicklich Feuer fing, welches sich rasch ausdehnte, vom Wind nach Südwesten getrieben. Es dauerte nur wenige Minuten, eine Feuerlinie von anderthalb Meilen zu schaffen, und wie Duckworth vorhergesagt hatte, fraß sich das Feuer schnell nach beiden Seiten und schloß auf seinem lodernden Vormarsch die Lücken zwischen den einzelnen Feuerherden.

»Los, weg von hier!« brüllte Duckworth, als die Feuersbrunst schon mannshoch in den Himmel stieg und die Hügelkette in ein wildes flackerndes Licht tauchte.

Im immer lauter werdenden Prasseln der Flammen ging der Hufschlag der galoppierenden Pferde unter, als Duckworth seine Bande in einem südwestlich geschwungenen Bogen um SEVEN HILLS herumführte.

Roter Feuerschein erhellte den östlichen Horizont, als sie den Hawkesbury erreichten, keine Meile von der Farm entfernt. Duckworth brauchte nun keine Anweisungen mehr zu geben. Die Männer sprangen aus den Sätteln, hielten ihre zwei Fackeln in einer Hand und führten ihr Pferd in der anderen Hand hinter sich her, während sie sich im Schutz des dunklen Ufers näher an die Farm heranschlichen.

Zweihundert Yards von den ersten Gebäuden entfernt blieb

Duckworth stehen. Aufgeregte Schreie drangen zu ihnen. »Jeder weiß, was er zu tun hat!« sagte er mit vor Erregung heiserer Stimme. »Jeder zwei Fackeln, und dann im Galopp über den Hof! Das reicht, um die Farm niederzubrennen. Die Leute werden damit beschäftigt sein, die eingepferchten Herden aus dem Gefahrenbereich zu treiben und weiter vorn ihre Feuerschneise zu nässen. Auf dem Hof werdet ihr also auf kaum jemanden treffen, der gefährlich werden könnte, höchstens Frauen. Ihr werdet an ihnen vorbei sein, bevor sie wissen, was über sie gekommen ist. Werft die Fackeln in die oberen Luken der Scheunen, dann haben sie keine Chance, das Feuer noch rechtzeitig zu löschen. Danach ist jeder auf sich allein gestellt. Aber keine Fackel trifft das Farmhaus! Das nehme ich mir vor! So, das wär's, Männer. Ihr habt euer Geld bekommen, nun versetzt SEVEN HILLS den Todesstoß! Viel Glück!«
Zwölf Pechfackeln flammten auf, und dann jagten die sechs Reiter den Hang hoch und trugen das Feuer in das Herz von SEVEN HILLS.
»Du wartest am Anlegesteg auf mich! Aber versteck dich!« sagte Duckworth zu Nick Slayton gewandt.
»Und was ist, wenn du Jessica Brading verpaßt?«
»Ich krieg' sie!« stieß Duckworth haßerfüllt hervor und lief auf der Flußseite den Hang zum Farmhaus hoch. Endlich war die Stunde seiner Abrechnung mit Jessica Brading gekommen!

26

Feuer!... Feuer!... Ein Buschfeuer!« schrie eine aufgeregte Männerstimme. Im nächsten Moment wurde der Alarmschrei von den anderen Wachen aufgenommen.

Jessica wälzte sich auf die andere Seite und glaubte, aus einem Alptraum zu erwachen. Doch dann schlug die Glocke im Hof mit wildem, durchdringendem Klang und riß sie jäh aus dem Halbschlaf. Laut krachte eine Tür im Haus, und das Geschrei auf dem Hof schwoll an.

Sie sprang aus dem Bett, griff nach ihrem Morgenmantel und rannte mit nackten Füßen hinaus. Mit Entsetzen sah sie das Feuer, das den nordöstlichen Horizont auf breiter Front beleuchtete.

Ian kam über den Hof gerannt, nur mit Stiefeln und derber Leinenhose bekleidet, dessen Gürtel er noch im Laufen schloß.

»Ein Buschfeuer!« schrie Jessica ihm zu.

»Das nicht von selbst entflammt ist!« stieß der Verwalter zornig hervor. »Dafür war der Busch nicht trocken genug und ist die Feuerlinie zu lang!«

»Wie weit ist es von unserer Feuerschneise entfernt?«

»Eine Meile, vielleicht weniger!«

Die Feuerschneise, die etwa eine halbe Meile breit und schon vor Jahren angelegt worden war, umschloß SEVEN HILLS in einem weiten Halbkreis. Jedes Jahr wurde sie von trockenem Gestrüpp befreit und das Gras im Sommer mehrmals geflämmt, um die Farm vor derartigen Buschbränden zu schützen. Doch

da der Sommer erst bevorstand und die Zeit der gefährlichen Trockenheit noch fern war, würde das Feuer jetzt genügend Nahrung finden, um diesen Streifen zu überwinden.
»Holt die Fuhrwerke aus dem Schuppen und füllt die Fässer! Wir müssen die Feuerschneise getränkt haben, bevor das Feuer heran ist!« schrie Ian den Männern zu. »Die Frauen zu den Brunnen!... Nehmt euch Kübel und bildet eine Kette!«
Die Tore der Schuppen und Stallungen wurden aufgerissen.
Ian wandte sich Jessica zu. »Wir schaffen es noch. Zum Glück ist der Wind schwach und...« Er kam nicht mehr dazu, den Satz zu beenden.
»Reiter!« schrie Tim Jenkins.
Jessica wirbelte herum, als sie das Trommeln galoppierender Pferde hörte. Und da tauchten die sechs Banditen auch schon auf. Im gestreckten Galopp jagten sie über den Hof und schleuderten ihre brennenden Fackeln.
Der Überfall war eine Sache von wenigen Sekunden. Die Männer und Frauen stoben vor den heranjagenden Reitern auseinander. Nur Tim Jenkins und Sean Keaton waren bewaffnet. Schüsse mischten sich in die Schreie der Männer und Frauen. Einer der Banditen wurde von Sean Keaton mitten im Wurf getroffen. Seine Fackeln prallten von der Wand eines Schuppens ab. Und Tim Jenkins holte einen zweiten Banditen mit einem Brustschuß aus dem Sattel.
Doch alle anderen donnerten im Galopp an ihnen vorbei und schleuderten ihre Fackeln wie geplant. Gleich zwei flogen durch die obere offene Luke der Hauptscheune, fielen mitten in das trockene Heu und setzten es augenblicklich in Brand. Zwei weitere Fackeln fanden ihr Ziel in den Stallungen, in denen sofort eine Panik unter den Tieren ausbrach.
Und dann jagten die vier Reiter schon auf der anderen Seite des Hofes die Auffahrt hinunter.

»Vergeßt die Scheune!« gellte Ian. »Die ist nicht mehr zu retten! Erst die Tiere aus den Stallungen! Und dann Wasser auf die Dächer und Wände der Nebengebäude, damit das Feuer nicht übergreift!«

Flammen schlugen schon aus der Luke der Hauptscheune und leckten außen an der Wand hoch. Jessica wußte in diesem Moment, daß auch die Schuppen rechts und links davon nicht mehr zu retten sein würden, wenn die Scheune erst einmal lichterloh brannte. Mit ein paar Eimern Wasser war der ungeheuren Hitze nicht beizukommen.

Sie rannte mit James Parson und Christian Darley zum Pferdestall hinüber, in dem sich auch schon das Feuer auszubreiten begann. Von Panik und Todesangst erfaßt, rannten die Tiere gegen die Absperrungen ihrer Boxen, die splitternd zu Bruch gingen.

Ian raste hinter ihr her und riß sie zurück. »Verdammt, sind Sie lebensmüde, Jessica!« schrie er sie an. »Bleiben Sie vom Feuer weg. Ein paar Funken, und Ihr seidener Morgenrock geht in Flammen auf. Laufen Sie ins Haus und ziehen Sie etwas an, was nicht so schnell Feuer fängt! Und Stiefel!«

Schweratmend blieb Jessica stehen. »Ja, Sie haben recht!« stieß sie hervor, wandte sich um und rannte ins Haus zurück. Schon im Flur streifte sie den dünnen Morgenrock von den Schultern und ließ ihn achtlos zu Boden fallen. Sie stürmte in ihr Zimmer, und Angst um SEVEN HILLS packte sie wie eine eisige Klammer.

Jessica hatte gerade die Tür ihres Schrankes aufgerissen, als eine dunkel gekleidete Gestalt in ihr Zimmer trat. Sie fuhr herum und erschrak zu Tode, als sie Jonas Duckworth erkannte.

Die Faust, die auf sie zuschoß, gab ihr keine Gelegenheit mehr zur Flucht. Der mit aller Kraft geführte Schlag traf sie unter-

halb der Rippen und schleuderte sie zu Boden. Halb bewußtlos blieb sie liegen.
»Damit hast du nicht gerechnet, nicht wahr?« stieß Duckworth haßerfüllt hervor, packte sie an ihrem Nachthemd und zog sie hoch. Mit dem Handrücken schlug er ihr brutal ins Gesicht und warf sie dann aufs Bett, wo sie sich vor Schmerzen krümmte und wimmerte, die Beine angezogen.
»Du hast geglaubt, besonders gerissen zu sein!« zischte er und genoß es, sie so halbnackt und unter Schmerzen sich krümmen zu sehen. »Du hast mich ruiniert! Aber das ist nicht einmal das Schlimmste. Es sind die fünfzig Peitschenhiebe, für die du jetzt bezahlen wirst!«
Ein erneuter Schlag traf Jessica ins Gesicht. Dann spürte sie, der Ohnmacht schon nahe, wie er ihr das Nachthemd vom Leib fetzte.
»Du wirst bekommen, was einer dreckigen Hure zusteht!« Jonas Duckworth öffnete seine Hose und zerrte ihren willenlosen Körper an die Bettkante. Wie oft hatte er davon geträumt, sie zu vergewaltigen, und jedesmal war er dabei so hart wie Eisen geworden. Nun aber wollte sich bei ihm keine Erektion einstellen, obwohl ihr nackter Leib vor ihm lag.
»Dreckstück!« fluchte er, als sei es ihre Schuld, daß er sie nicht nehmen konnte, wie er wollte. Hastig schloß er seine Hose wieder. Zum Teufel mit ihr, was brauchte er dieses Weibsstück, um sich zu befriedigen. Es wurde Zeit, daß er sie erledigte. Aber erst mußte er das Papier haben, das er damals unterschrieben hatte.
Grob packte er in ihr Haar und riß ihren Kopf hoch. »Wo ist mein Schuldanerkenntnis? Wo hast du es versteckt?« Er hielt ihr sein Messer an die Kehle.
»In... der... Kommode... ganz... unten... hinten links«, brachte sie nur mit Mühe hervor, schmeckte Blut im Mund und

hatte das Gefühl, von den Schmerzen in ihrem Unterleib innerlich zerrissen zu werden.
Duckworth zerrte sie an den Haaren vom Bett zur Kommode, riß die unterste Schublade auf und fand die kleine Holztruhe, die Geld und verschiedene Briefe und Dokumente enthielt. Sein Schuldanerkenntnis war darunter. Er stopfte es sich mit dem Geld in die Hosentasche und war schon versucht, ihr das Messer in die Brust zu jagen.
Aber nein, das war ein zu schneller und gnädiger Tod. Er brachte ihr Gesicht ganz nahe an das seine. »Du wirst brennen wie deine ganze verfluchte Farm!«
Sie sah den Haß in seinen Augen, und dann zersprang ihr Schädel. Bewußtlos stürzte sie vor dem Bett zu Boden. Duckworth nahm die Lampe vom Sekretär und verschüttete die Brennflüssigkeit über Decke und Laken. Dasselbe tat er mit den Lampen in den angrenzenden Zimmern. Im Salon schüttete er das Öl über die Polstermöbel und an die Gardinen. Im Kamin fand er noch Glut genug, um ein Feuer zu entfachen. Er hielt zwei Kissen und die Tischdecke in die Flammen. Die Decke warf er auf den Wollteppich im Eßzimmer, den er unter die schweren Vorhänge geschoben hatte. Eines der brennenden Kissen schleuderte er auf Jessicas Bett. Mit dem anderen setzte er die Gardinen im Salon in Brand. Dann riß er dort das hintere Fenster auf und rannte zum Fluß hinunter. Als er sich im Laufen kurz umblickte, sah er lodernden Schein im Salon und in den Nebenzimmern. Und jenseits des Hauses stieg eine gigantische Feuersäule, die von der brennenden Scheune kam, in den Himmel auf. Er lachte teuflisch. John Hawkley würde allen Grund haben, mit ihm und seinem Werk zufrieden zu sein. Von SEVEN HILLS würde nichts mehr übrigbleiben. In wenigen Augenblikken würde auch das Farmhaus in Flammen stehen!
Nick Slayton erwartete ihn am Anlegesteg. Er kam hinter dem-

Gebüsch hervor, hinter dem er sich versteckt hatte, als er Duckworth erkannte.

»Der Teufel soll mich holen, wenn das nicht ein Anblick ist, der einem Herz und Seele wärmt!« empfing er den ehemaligen Flußschiffer. »Aber jetzt wollen wir von hier verschwinden.«

»Hab' auch nicht vor, hier ein Picknick zu veranstalten«, erwiderte Duckworth. »Wo hast du meine Flinte?«

»Hier. Aber wir werden sie wohl nicht mehr brauchen.«

»Das kann man nie vorhersagen«, meinte Duckworth und vergewisserte sich, daß sie geladen war. »Mach den Kahn klar!«

Nick drehte sich um, hörte das Klicken, als Duckworth den Hahn spannte, und hatte plötzlich eine entsetzliche Ahnung. Er schaffte es jedoch nicht mehr, sich umzudrehen. Duckworth schoß ihm in den Rücken. Die Kugel riß ihn nach vorn. Seine Arme flogen in die Luft, und mit einem gellenden Schrei stürzte er auf die Bohlen des Stegs.

»Sicher ist sicher«, murmelte Duckworth, sprang auf den Fährkahn und schnitt hastig die Taue durch. Dann stieß er die LADY JANE vom Anlegesteg ab, und sofort wurde der breite Fährkahn von der Strömung davongetragen, dem Versteck entgegen, wo zwei ausgeruhte Pferde auf ihn warteten.

Der Tod wäre Jessica gewiß gewesen, wenn die Schmerzen sie nicht aus ihrer Bewußtlosigkeit gerissen hätten. Wimmernd kroch sie auf allen vieren über den Boden, ohne anfangs zu wissen, was sie tat. Es war reiner Instinkt.

Sie schleppte sich in den Flur, brach aber immer wieder zusammen, wenn eine neue Schmerzwelle durch ihren geschundenen Körper raste. Sie roch Rauch und hörte das gefräßige Prasseln von Feuer. Ein Hitzeschwall schoß durch den Flur.

Das Haus!... Es brennt! formte sich ein Gedanke in ihrem umnebelten Hirn. Doch sie konnte nichts sehen. Es war, als wäre sie erblindet. Vor ihren Augen waberten rote und schwarze Schleier.

Jessica schrie aus Leibeskräften, während sie sich weiterschleppte, dorthin, wo die Tür war. Glas splitterte, irgendwo barsten Balken. Flammen leckten in den Flur, und Gluthauch strich über ihre nackte Haut, warnte sie vor dem Feuer, das sie gleich erreichen und verbrennen würde.

Dann hörte sie eine entsetzte Stimme. »Jessica!«

Ian!... Es ist Ian! durchzuckte es sie, und sie versuchte auf die Beine zu kommen. Doch es gelang ihr nicht. Etwas Warmes, Flüssiges rann an ihren Beinen entlang. Blut?

Kräftige Arme umschlangen plötzlich ihren Körper, hoben ihn hoch und entrissen sie den nach ihr greifenden Flammen, trugen sie hinaus ins Freie.

Ian stolperte mit ihr zum Brunnen hinüber, der ein gutes Stück abseits der Schuppen und Scheunen lag. Die Hitze, die von den brennenden Gebäuden ausging, nahm ihm den Atem. Doch die Feuersbrunst, die auf SEVEN HILLS tobte, war ihm plötzlich völlig gleichgültig. Angst um Jessicas Leben beherrschte ihn. Jessica bedeutete ihm mehr als alles andere. Auf seine Art hatte er sie immer geliebt, und Träume, in denen er sie in seinen Armen gehalten hatte, hatten ihn all die Jahre immer wieder verfolgt. Welch eine entsetzliche Ironie des Schicksals war es, daß er sie nun auf diese Weise nackt in seinen Armen hielt. Ihr Gesicht war blutüberströmt, ihr Körper zuckte unkontrolliert, und er spürte auch die Feuchtigkeit an ihren Beinen.

»Lisa!... Anne!« schrie er.

»Duckworth... Es war Duckworth«, brachte Jessica kaum verständlich hervor. »O Gott, mein Baby...«

»Sprechen Sie jetzt nicht, Jessica«, sagte Ian mit zitternder Stimme. Er liebte sie und wußte doch nicht, wie er ihr jetzt helfen sollte. »Lisa!... Anne!... Verdammt noch mal, wo bleibt ihr?«

Die Köchin und Jessicas Zofe rannten zu ihm, als er Jessica sanft zu Boden gleiten ließ. »Ich glaube, sie verliert ihr Kind!« stieß Ian hervor. »Es war Jonas Duckworth! Dafür werde ich ihn töten.«

Ein Schuß krachte. Er kam vom Anlegesteg.

Ian wußte, daß er im Augenblick nichts für Jessica tun konnte. Wenn ihr jemand zu helfen imstande war, dann war es Lisa Reed. »Kümmert euch um sie!« rief er ihnen zu und rannte schon los. »Tim!... Sean! Kommt mit! Ein paar müssen noch am Anlegesteg sein.«

Die beiden Männer griffen zu ihren Gewehren und folgten dem Verwalter, der zwischen den brennenden Gebäuden hindurchlief und den Hang hinunterrannte.

Sie fanden Nick Slayton auf dem Steg.

Tim Jenkins drehte ihn auf den Rücken. »Er lebt noch!«

»Überlaß ihn mir!« Ian kniete sich zu dem Sterbenden. »Es war Duckworth, der dir die Kugel verpaßt hat, nicht wahr? Wo ist er hin?«

»Fährkahn... drei Meilen flußabwärts... zwei Pferde.«

»Wer hat euch bezahlt?«

»Weiß... nur... Duckworth«, kam es abgehackt über Nick Slaytons Lippen. Er spuckte schon Blut.

Ian sah ihm an, daß er es nicht mehr lange machen würde. Die Kugel war ihm durch den Rücken in die Lunge gedrungen. Er würde an seinem eigenen Blut ersticken.

»Sag uns, wo wir Duckworth finden können!« forderte er ihn eindringlich auf. »Er wird doch irgendwo untertauchen wollen! Verdammt noch mal, rede, Mann! Oder willst du, daß er davonkommt? Du hast nicht mehr lange zu leben, und es ist seine Kugel, an der du krepieren wirst!«

»Farm...«, röchelte Nick.

»Welche Farm? Und wo?« drängte Ian. Der Tod griff schon nach dem ehemaligen Steuermann der ENTERPRISE.

»Toongabbee ... zwei Meilen östlich von Toongabbee ... Kirkwood-Farm!« stieß Nick mit letzter Anstrengung und bluterstickter Stimme hervor. »... Straße nach Winsor ... hinter trockenem Flußbett ... erste ... Abzweigung ... unser ... Versteck ... Duckworth gekauft ... wird ... zuerst ... da ...« Ein Schwall Blut drang aus seinem Mund, und sein Körper bäumte sich auf. Schmerz weitete seine Augen. Dann brach sein Blick. Nick Slayton war tot.

Sean Keaton spuckte ihm ins Gesicht. »Hängen wäre noch zu schade für ihn gewesen.«

Ian sprang auf. »Tim, wie viele Pferde haben wir retten können?«

»Alle bis auf das Fohlen und die Stute Samanta. Das Feuer hat uns den Weg zu ihnen abgeschnitten.«

Ian blickte zum Hügel hoch, der vom Anlegesteg aus wie ein feuerspeiender Vulkan aussah, aus dem die Flammen in den Nachthimmel leckten. Auch das Farmhaus war nicht mehr zu retten. SEVEN HILLS würde bis auf die Grundmauern niederbrennen. Niemand konnte daran jetzt noch etwas ändern.

»Wie sieht es mit Zaumzeug und Sätteln aus?« fragte er knapp.

Tim zuckte die Achsel. »Das meiste ist verbrannt.«

»Wie viele Pferde können wir noch satteln?«

»Drei, vielleicht vier.«

»Das reicht für uns beide. Wir nehmen die vier schnellsten Pferde!« beschloß Ian, und das mörderische Feuer nach Vergeltung loderte in ihm so lichterloh wie die Flammen auf der Hügelkuppe. »Zwei zum Wechseln auf halber Strecke. Wir müssen vor Duckworth in Toongabbee sein, koste es, was es wolle. Duckworth wird hängen, und ich werde ihm die Schlinge um den Hals legen!«

27

Die Nachmittagssonne hing wie eine glühende Kugel, die frisch aus der Esse kam, über dem Farmland von Toongabbee. Jonas Duckworth sah weit und breit keinen anderen Menschen, als er hinter dem alten Flußbett von der Landstraße abbog und den Weg zur Kirkwood-Farm einschlug, der von struppigem Gras schon fast völlig überwuchert war.

Er hätte schon ein paar Stunden früher zurück sein wollen, aber der Fährkahn hatte sich als schwieriger zu manövrieren erwiesen, als er gedacht hatte. Erst eine Meile unterhalb des Verstecks hatte er die LADY JANE nahe genug ans Ufer bringen können, um den Sprung ins Wasser zu wagen. Diesen Verlust an Zeit hätte er jedoch leicht wettmachen können, wenn er das zweite Pferd nur besser angebunden hätte. Der Knoten im Zügel hatte sich gelöst, und er hatte nur noch ein Pferd vorgefunden.

Aber das waren lächerliche Kleinigkeiten. Nirgendwo war er auf Reiter gestoßen, und auch alles andere war ja genau nach Plan gelaufen. SEVEN HILLS war jetzt nur noch eine verkohlte Hügelkuppe und Jessica verbrannt in ihrem Haus. Noch lange hatte er das Feuer vom Fluß aus sehen können. Endlich war er frei. Das Schuldanerkenntnis hatte er zerrissen und den Fluten des Hawkesbury übergeben, der bald wieder fest in seiner Hand sein würde. Mit dem Erlös aus dem Verkauf der Farm, der Prämie, die Hawkley ihm versprochen hatte, und den fast dreihundert Pfund, die er in Jessicas Haus erbeutet hatte, würde er sich ein schmuckes Schiff kaufen können. Diesen verfluchten Iren Patrick Rourke würde er natürlich auch noch erledigen. Diesmal aber weniger spektakulär. Irgendwo im Hafen von Parramatta oder Sydney würde sich ihm schon eine Gelegenheit bieten, ihm ein Messer zwischen die Rippen zu jagen. Aber das hatte noch Zeit. Erst einmal mußte er dafür Sorge tragen, daß John Hawkley ihn nicht mundtot machte, wie er es mit Nick Slayton getan hatte. Eigentlich war es schade um ihn, war ein brauchbarer Steuermann gewesen, aber er hatte einfach zuviel gewußt und hätte ihm irgendwann einmal gefährlich werden können.

Als er in den Hof ritt und das primitive Farmhaus und die beiden genauso unansehnlichen Nebengebäude erblickte, verzog er das Gesicht. Es war ein gutes Versteck gewesen, aber jetzt, da er das Geschäft perfekt abgewickelt hatte, würde er keinen Tag länger als notwendig an diesem gottverlassenen Ort bleiben. Er würde seine Sachen packen und dann nie wieder hierher zurückkehren. Um den Verkauf sollte sich ein Landagent kümmern.

Ian McIntosh und Tim Jenkins warteten im Farmhaus auf ihn. Hinter ihnen lag der anstrengendste und wildeste Ritt ihres Lebens. Sie hatten das letzte aus den Pferden herausgeholt. Beiden hatte es widerstrebt, die Tiere so hart zu fordern, doch Duckworth durfte ihnen nicht entkommen. Um das zu verhindern, hätte keiner von ihnen gezögert, die Pferde notfalls auch zu Tode zu schinden.

Sie hatten die Kirkwood-Farm eine knappe Stunde vor ihm erreicht. Ihre Befürchtung, Jonas Duckworth könnte ihnen zuvorgekommen sein, erwies sich als unbegründet. Frische Pferdespuren waren nirgends zu entdecken, und sie hüteten sich, mit ihren Pferden auch nur in die Nähe des Hofes zu kommen. Sie versteckten sie südlich der Farm in einem kleinen Waldstück und schlichen sich dann von der Rückfront an das Farmhaus heran. Sie fanden es ausgestorben vor. In einer kleinen Kammer, die neben dem größeren Schlafraum mit vier Stockbetten lag, entdeckten sie einen Seesack, der die persönlichen Habseligkeiten von Jonas Duckworth enthielt. Ian erkannte den zerschlissenen Seemannsrock eindeutig als den des Flußschiffers.

»Gut, es sind seine Sachen, aber wer sagt, daß Duckworth auch wirklich hier herkommt?« fragte Tim Jenkins skeptisch.

»Es ist nicht nur Plunder, was da in dem Seesack steckt, Tim«, erwiderte Ian. »Außerdem weiß er ja nicht, daß Nick Slayton noch lange genug gelebt hat, um uns das Versteck zu verraten. Duckworth wird nach der Nacht und dem Ritt erschöpft sein, weshalb sollte er also nicht erst hier Station machen, sich ein paar Stunden Ruhe gönnen und dann seine Sachen nehmen und verschwinden? Er kommt, verlaß dich drauf!«

»Das Versteck hier, die Pferde, Waffen und so eine große Bande bei der Stange zu halten, all das muß eine verdammte Menge Geld gekostet haben«, grübelte der kahlköpfige Riese, dem das Entsetzen über den vernichtenden Brandanschlag auf SEVEN HILLS noch immer im Gesicht geschrieben stand. Er dachte mit Grauen an die Rückkehr, denn er wußte, daß sie nur noch verkohlte Ruinen vorfinden würden. »Welches Verbrecherschwein mag das bloß finanziert haben?«

»Er wird es uns sagen!« erklärte Ian mit harter, kalter Stimme. Und dann warteten sie, Tim Jenkins im Schlafraum, durch dessen Fenster man die Rückfront im Auge behalten konnte, und Ian neben der Eingangstür, das Gewehr schußbereit in den Händen.

Eine halbe Stunde später hörten sie den Hufschlag eines einzelnen Reiters. Es war Jonas Duckworth, und er ging ihnen ahnungslos in die Falle.

»Wir brauchen ihn lebend!« raunte Ian Tim zu.
»Verstanden.«
Duckworth hielt vor dem Farmhaus, band sein Pferd an einen Pfosten und stieß die Tür auf.
Ian McIntosh hatte das Gewhr mit beiden Händen gepackt. Sein Herz raste. »Wir hätten dich schon damals hängen sollen, Duckworth!« stieß er mit kaltem Haß hervor.
Wie unter einem Peitschenhieb zuckte dieser zusammen und fuhr herum. In dem Moment schlug der Verwalter zu. Das Schulterstück des Gewehrs traf Duckworth quer über den Mund, rammte ihm die Vorderzähne nach hinten und ließ ihn mit einem Schrei, in dem Entsetzen und Schmerz lagen, rücklings zu Boden stürzen. Er griff nach seinem Messer am Gürtel, doch Ian trat es ihm aus der Hand.
Tim Jenkins kam aus dem Nebenzimmer, hob das Messer auf und warf es hinter sich zwischen die Betten. »Laß mich diesen feisten Drecksack mit meinen Händen erwürgen!« stieß er hervor und trat ihm in die Rippen.
»Alles zu seiner Zeit!« sagte Ian und hielt Duckworth den Lauf des Gewehrs unter das Kinn. »Los, komm hoch!«
Duckworth spuckte abgebrochene Zähne und Blut aus. »Seid ihr verrückt geworden!« stieß er hervor. »Was soll dieser Überfall?«
Ian rammte ihm den Lauf in den Magen. »Du hast die Schafherden abgeschlachtet und SEVEN HILLS in Brand gesteckt und Nick Slayton eine Kugel in den Rücken gejagt!« schrie er ihn an. »Und fast hättest du auch noch Jessica auf dem Gewissen gehabt. Du warst verdammt gut, Duckworth, eine wahre Ausgeburt des Teufels, aber nicht gut genug, um die Früchte deiner ungeheuerlichen Verbrechen auch nur einen Tag genießen zu können. Du wirst hängen!«
Die Hände vor den Bauch gepreßt, wankte Duckworth durch

den Raum. Todesangst stand in seinen Augen. »Ich... ich... habe nur Befehle ausgeführt!« keuchte er.

»Darauf wollte ich gerade kommen!« zischte Ian, packte ihn an der Schulter und stieß ihn auf einen Stuhl, der vor dem Tisch bei der Feuerstelle stand. »Wer hat euch bezahlt, Duckworth? Wer hat sich diese Verbrechen ausgedacht?«

»Wasser!... Erst etwas Wasser«, röchelte Duckworth und spuckte wieder Blut.

»Da drüben steht noch ein halbvoller Kübel«, sagte Ian zu Tim und deutete auf die Kochstelle. »Er soll sein Wasser haben. Jeder noch so abscheuliche Verbrecher hat ein Anrecht auf seine Henkersmahlzeit!«

Duckworth saß nach vorn gebeugt auf dem Stuhl, den linken Arm vor den Bauch gepreßt, während der rechte scheinbar kraftlos an der Tischseite herabbaumelte – in der Nähe seines Stiefels, in dem er immer ein zweites Messer versteckt hielt. Und unter Stöhnen sagte er abgehackt: »Es war John Hawkley, der mich angeheuert hat, damit ich Jessica und SEVEN HILLS vernichte.«

»Hawkley!« stieß Ian fassungslos hervor.

»Er haßt sie, weil sie ihm Mitchell Hamilton weggenommen hat. Ja, Hawkley hat das alles ausgebrütet. Aber ohne mich kann ihm keiner was nachweisen. Ihr... könnt... mir deshalb nichts anhaben. Ihr braucht mich als Kronzeu...« Mitten im Wort zog er das Messer und sprang auf.

»Ian! brüllte Tim Jenkins und ließ den Becher fallen.

Ian riß das Gewehr herum und drückte ab. Doch er verriß den Schuß. Die Kugel streifte nur die Schulter seines Angreifers, der nun mit dem Messer nach ihm stach. Die Klinge erwischte ihn an der Hüfte. Duckworths Hand zuckte zurück, um zum zweiten, diesmal tödlichen Stoß anzusetzen.

Tim Jenkins handelte instinktiv. Seine Flinte lehnte hinter ihm an der Wand, doch er zog es noch nicht einmal in Erwägung, danach zu greifen. Er riß sein Messer aus dem Gürtel, war mit einem gewaltigen Satz bei ihm und rammte ihm die Klinge in die Brust.

Duckworth ging schreiend in die Knie, umfaßte den Griff des Messers, der aus seiner Brust ragte, als wollte er es herausziehen. Doch dafür hatte er nicht mehr die Kraft.

Sein Schrei nahm kein Ende.

»Tut mir leid!« keuchte Tim Jenkins. »Ich weiß, Sie wollten ihn lebend.«

»Meine eigene Schuld! Hab' nicht aufgepaßt und mich fast von ihm übertölpeln lassen.« Ian tastete über seine Wunde an der Hüfte. Ein fingerlanger, aber glücklicherweise nicht tiefer Schnitt. »Hol den Strick. Er hat nur noch ein paar Minuten zu leben, und ich habe mir geschworen, daß er seinen letzten Atemzug mit einem Strick um den Hals tut!«

Und so geschah es auch. Jonas Duckworth starb nicht an dem Messerstich, sondern am Strick, und Ian sah mit steinernem Gesicht zu, wie er elendig sein Leben aushauchte.

»Wir reiten nach MIRRA BOOKA!« sagte er dann harsch. »John Hawkley wird bestimmt auf eine Nachricht von Duckworth warten. Bringen wir sie ihm.«

Tim Jenkins warf ihm einen besorgten Blick zu, wagte jedoch nicht, ihn von dem Vorhaben abbringen zu wollen. Sie legten den Toten quer über sein Pferd, die Schlinge mit einem Teil des Stricks noch um den Hals, banden ihn fest und brachen dann auf.

Sie sprachen kein Wort auf dem Weg zur Farm von John Hawkley und Mitchell Hamilton. Doch als MIRRA BOOKA im Dännerlicht vor ihnen auftauchte, brach Tim Jenkins das bedrückende Schweigen.

»Lassen Sie sich, um Gottes willen, bloß nicht zu einer Dummheit hinreißen, Ian!« sagte er eindringlich. »Hawkley ist nicht irgendwer, und wir haben keine Beweise, die Worte eines Toten sind kein Beweis! Gehen Sie bloß nicht auf ihn los! Nicht heute! Auf diese Weise setzen Sie sich bloß ins Unrecht und können noch froh sein, wenn man Sie nur für zehn Jahre nach Norfolk Island bringt!«

»Ich werde nicht auf ihn losgehen«, gab Ian schroff zur Antwort. Sein Gesicht war grau und wie aus Granit gemeißelt.

Tim Jenkins hoffte, daß er das nicht nur sagte, um ihn zu beruhigen. Sollte er tatsächlich Anstalten machen, den Farmer anzugreifen, würde er ihn eher mit eigener Hand niederschlagen als tatenlos zusehen, wie er diesem Hawkley eine Handhabe gab, ihn auspeitschen und nach Norfolk Island deportieren zu lassen.

Sie ritten in den Hof. Ian zügelte sein Pferd vier Schritte vor dem Eingang. »Mister Hawkley!« brüllte er, und seine Stimme trug weit über den Hof hinaus. »Mister John Hawkley! Ich habe hier etwas für Sie!«

Auf der anderen Seite des Hofes kamen mehrere Männer aus Stallungen und Scheune, wagten sich jedoch nicht näher und blieben abwartend stehen, um zu sehen, was der Lärm denn zu bedeuten hatte.

Die Tür des Farmhauses ging auf, und James Yawdall trat vor das Haus, gefolgt von Mitchell Hamilton. »Zum Teufel, was veranstalten Sie für ein Geschrei!« herrschte der Verwalter von MIRRA BOOKA ihn an.

»Ich möchte sichergehen, daß man mich nicht überhört und auch nicht falsch versteht. Außerdem habe ich nicht nach Ihnen gerufen«, antwortete Ian schroff.

»Nun hören Sie mir mal...« setzte James Yawdall zu einer scharfen Zurechtweisung an.

Mitchell faßte ihn am Arm und brachte ihn zum Schweigen.

»Mister McIntosh! Was machen Sie denn hier?« stieß er verwirrt hervor und bemerkte dann mit Erschrecken den leblosen Körper, der über dem dritten Pferd lag, von dem er aber nur die herabbaumelnden Beine sehen konnte.
Ian bedachte ihn mit einem abweisenden Blick, als hätte es nie eine Zeit gegeben, da sie einander sehr geschätzt hatten. »Ich will, daß Mister Hawkley hier herauskommt. Ich habe etwas für ihn.«
Die Tür hinter Mitchell und dem Verwalter wurde aufgestoßen. John Hawkley trat zwei Schritte vor, sich auf seinen Stock stützend. »So? Was denn?« fragte er mit scharfer Stimme.
Tim Jenkins lenkte sein Pferd ganz nahe an das von Ian heran und hielt sich bereit, augenblicklich einzugreifen, sollte er Anstalten machen, vom Pferd zu steigen.
Doch Ian saß starr im Sattel. Nur in seinem Gesicht zuckte ein Muskel unkontrolliert unter seiner rechten Wange. »Ich habe gute Nachrichten für Sie, Mister Hawkley! Nachrichten, auf die Sie bestimmt schon ganz ungeduldig gewartet haben. Die Bande, die Sie finanziert haben, hat ganze Arbeit geleistet! Sie hat SEVEN HILLS niedergebrannt!« schleuderte er ihm entgegen. »Sie können zufrieden sein! Ihr verbrecherisches Komplott ist ein voller Erfolg.«
»SEVEN HILLS ist abgebrannt?« stieß Mitchell in ungläubigem Entsetzen hervor.
»Ja, letzte Nacht, und beinahe hätte er auch Jessica Brading noch auf dem Gewissen gehabt!« Ian McIntosh wies auf John Hawkley.
Dieser war aschfahl im Gesicht geworden. Seine Hand krampfte sich um den Knauf des Stocks. »Sie... Sie... müssen den Verstand verloren haben!« stieß er mit rauher Stimme hervor. »Ich weiß überhaupt nicht, wovon Sie reden!«
»Ich rede von Jonas Duckworth, den Sie bezahlt haben, damit

er Seven Hills und Jessica Brading vernichtet, und von der Farm bei Toongabbee, die Duckworth von Ihrem Geld gekauft und als Versteck für seine Bande benutzt hat!« rief Ian mit eisiger, schneidender Stimme. »Duckworth hatte noch Zeit genug, uns das zu erzählen!«

»Sie sind ja wahnsinnig, Mann!« schrie Hawkley mit sich überschlagender Stimme. »Ich werde dafür sorgen, daß Sie für diese ungeheuerliche Verleumdung die Peitsche zu spüren bekommen!«

Ian griff zum Messer, zog das Pferd zu sich heran, schnitt die Stricke durch, packte den Toten und zerrte ihn vom Sattel. Die Leiche von Jonas Duckworth schlug vor den Männern von Mirra Booka in den Staub des Hofes, alle viere von sich gestreckt und mit dem Gesicht nach oben.

»Ihr Komplize, Hawkley! Der Mann, der für Sie das blutige Handwerk besorgt hat! Und der Strick an seinem Hals gehört auch an Ihren!«

Mitchell stieß einen erstickten Schrei aus. Er erkannte den Mann wieder, und als er sich zu John Hawkley umdrehte, las er in dessen Gesicht die ungeheuerliche Wahrheit. Ian McIntosh hatte nicht gelogen!

»Ich... ich habe nichts damit zu tun!« keuchte Hawkley und wich unwillkürlich zurück. »Sie müssen den Verstand verloren haben!... Ich werde Sie für diese Verleumdung zur Rechenschaft ziehen!«

»O nein, das wirst du nicht«, stieß Mitchell voller Abscheu hervor. »Ich kenne Mister McIntosh, und ich glaube ihm jedes Wort!«

John Hawkleys Gesicht verzerrte sich. »Geh zu deinem dreckigen Töpfermädchen!« schrie er ihn an. »Du hast nichts Besseres verdient!« Dann wandte er sich abrupt um und hastete ins Haus zurück.

»Er war hier«, murmelte James Yawdall fassungslos. »Er war mehrmals auf MIRRA BOOKA... und Mister Hawkley hat ihn jedesmal empfangen. Ich konnte mir nie einen Reim drauf machen, was er mit diesem... Subjekt zu schaffen haben konnte.«

»Jetzt wissen Sie es!« sagte Ian kalt. »Zusammen haben sie den Terror geplant, der jetzt zur Vernichtung von SEVEN HILLS geführt hat.«

»Jessica!... Ist ihr etwas zugestoßen?«

Ian sah Mitchell verächtlich an. »Duckworth hat sie schwer mißhandelt und ihr das Haus über den Kopf in Brand gesteckt. Doch sie konnte noch rechtzeitig gerettet werden – nicht aber das Kind, das *Sie* mit ihr gezeugt haben. Vergessen Sie nicht, Ihrem *Partner* auch dafür zu danken, Mister Hamilton!«

Mitchell zuckte wie unter einem Schlag zusammen, das Gesicht eine Maske der Qual. »Mister McIntosh!« rief er.

Doch dieser zog sein Pferd herum und galoppierte davon, ohne etwas auf Mitchells beschwörenden Ruf zu geben, und Tim Jenkins schloß schnell zu ihm auf.

Die Dunkelheit war nun endgültig hereingebrochen, und vor ihnen lag ein langer Ritt zurück nach SEVEN HILLS. Für Ian würde es der längste Ritt seines Lebens werden, das wußte er. Doch gleichzeitig wünschte er, er würde kein Ende nehmen. Denn schon jetzt fürchtete er sich davor, Jessica in die Augen zu sehen. SEVEN HILLS war ihr Leben gewesen.

28

Der massige Landagent Hugh Burnett, die beiden Händler Edward Chambers und Jonas Marwick, von dem er beim Kartenspiel an Bord der ANDROMEDA Maneka gewonnen hatte, die reichsten Geschäftsleute der Kolonie, Simon Lord und Robert Campbell, seine unmittelbaren Vorgesetzten, Captain Hembow und Major Robertson, ja sogar die Anführer und mächtigsten Männer von New South Wales, Major Johnstone und John MacArthur, sie alle und noch viele andere mehr waren seiner Einladung gefolgt und gaben dem Fest den Glanz eines ganz großen gesellschaftlichen Ereignisses in Sydney.
Das Fest war ein voller Erfolg, das ließ sich schon jetzt, nach der ersten Stunde, mit Sicherheit sagen. Die elegant gekleideten Männer und Frauen, die die im Lichterglanz strahlenden Räume im Haus in der Marlborough Street bevölkerten, unterhielten sich so angeregt miteinander, daß der Gedanke an auch nur einen Augenblick der Langeweile lächerlich war. Für auserlesene Getränke und Speisen war im Überfluß gesorgt. Eugenia Boldwin hatte, unterstützt von zwei Hilfskräften, die ganze Woche in der Küche gestanden, um den Ansprüchen von Lieutenant Forbes und seinen illustren Gästen gerecht zu werden. Für das Fest selber waren noch sechs weitere Diener eingestellt und in Livreen gesteckt worden, damit auch niemand lange zu warten brauchte, um sein leeres Glas gegen ein volles austauschen zu können.
»Mein Lieber, Sie laufen uns ja den Rang ab«, machte John

MacArthur, die einflußreichste Persönlichkeit der Kolonie, die der unbestrittene Kopf des Rum-Monopols war und Blighs Sturz veranlaßt hatte, seinem Gastgeber ein großes Kompliment. »Für mein nächstes Fest werde ich mir etwas einfallen lassen müssen, wenn ich nicht Gefahr laufen will, daß man mir nachsagt, nur Lieutenant Forbes weiß, große Gesellschaften auszurichten.«

»Sie schmeicheln mir«, erwiderte Kenneth.

»Den Teufel tue ich, und Sie wissen es. Aber machen Sie nur weiter so. Männer wie Sie brauchen wir hier.«

Kenneth sonnte sich in der Anerkennung und dem Lob, das er von allen Seiten zu hören bekam. Doch noch mehr freute er sich, daß Rosetta ihre Rolle als liebende Ehefrau und Gastgeberin so perfekt spielte. Sie trug ein wunderbares Kleid aus pastellgelber Seide mit feinen Blumenapplikationen, die von der Farbe ihres kupferbraunen Haares waren. Es brachte ihren grazilen Körper ausgezeichnet zur Geltung, und die herrliche Saphirkette, die ihren Hals schmückte und deren mittlerer Stein wie eine große Träne zwischen den Ansätzen ihrer reizenden Brüste ruhte, zog die neidischen Blicke der Frauen und die begehrlichen der Männer an.

Kenneths Augen leuchteten, während er seine Frau beobachtete, wie sie mit strahlendem Lächeln ihren vielfältigen Pflichten nachkam und jedem das Gefühl vermittelte, ein ganz besonders gerngesehener Gast zu sein. Sie machte ihrer Herkunft und auch ihm alle Ehre. Daß sie im Bett nicht lustvoll zueinanderfinden konnten, bedauerte er, war ihm aber nicht mehr weiter wichtig. Ihr Arrangement bewährte sich auch so.

Er hatte das Fest gegeben, um die Geburt seines Sohnes und Stammhalters gebührend zu feiern. So hatte es auch in der offiziellen Einladung gestanden. Doch es gab noch einiges mehr zu feiern, nämlich ausgezeichnete geschäftliche Abschlüsse und die Vernichtung von SEVEN HILLS. Die Nachricht von dem verheerenden Brand hatte ihn vor zehn Tagen erreicht. Doch nicht von John Hawkley. Angeblich war er krank. Er hatte auch nicht auf seine Einladung geantwortet. Aber was interessierte ihn im Augenblick auch John Hawkley. Das erste große Ziel war erreicht, und um weitere Schritte würde er sich nach dem Fest kümmern.

»Wo bleibt der Kleine?« fragte Captain Hembow über das Stimmengewirr hinweg. »Ich denke, wir sind hier zusammengekommen, um die Geburt von Lieutenant Forbes' Stammhalter gebührend zu feiern?«

»Richtig!« fiel John MacArthur fröhlich ein. »Dann sollten wir den Sohn doch erst einmal in Augenschein nehmen, damit wir auch wissen, wem wir dieses einzigartige Fest verdanken, nicht wahr?«

Zustimmendes Gelächter erhob sich, und alles verlangte nun, Wesley Forbes zu sehen. Kenneth zierte sich auch nicht lange und schickte nach Kate, daß sie seinen Sohn herunterbrachte.

Kate Mallock, die darauf vorbereitet gewesen war und ein teures, jedoch hochgeschlossenes und konservativ geschnittenes Kleid aus grauem Taft trug, reichte im Flur ihrer Herrin das Baby und beobachtete von der Tür aus, wie Rosetta es herumtrug.

Ganz die strahlende, glückliche Mutter, könnte man meinen. Sie hat sich gut im Griff. Es hat sich gelohnt. Wer sie nicht kennt, muß glauben, daß sie diesem Jungen ihre ganze Mutterliebe schenkt, dachte sie gehässig. Doch ihr entging nicht die Künstlichkeit von Rosettas Lächeln und die ganz besondere Anspannung ihres Körpers, die ihre innere Abwehr zum Ausdruck brachte, die sie aber mit aller Kraft überspielte.

Nachdem die Neugier der Gäste befriedigt war und keiner mit Glückwünschen und Komplimenten für die Eltern des Kleinen gespart hatte, brachte Rosetta ihr das Baby wieder in den Flur. Das Lächeln erlosch augenblicklich, als sie allein mit ihrer Zofe war. Erschöpfung stand in ihren Augen. Sie drückte ihr das Baby in die Hände, raffte ihr Kleid und eilte in ihr Zimmer. Sie mußte jetzt ein paar Minuten allein sein!

Kate Mallock fühlte tiefe Zufriedenheit, als sie das Baby wieder in den Armen hielt. Ihre Zuneigung zu dem Jungen wuchs von Tag zu Tag, und diese Liebe, die sie ihm entgegenbrachte, war nur zum Teil mit der Macht zu erklären, die er ihr über Rosetta gab.

Während unten das Fest seinen lärmenden, ausgelassenen Lauf nahm, legte Kate den Jungen neben sich auf das Bett und machte es sich dann selbst bequem. Sie hatte sich von der Köchin ein Tablett mit einer Auswahl der Köstlichkeiten aufs Zimmer bringen lassen, die auch die vornehmen Gäste unter ihr vorgesetzt bekamen. Eugenia hatte erst gezögert, doch Rosetta hatte mit einem knappen Nicken ihre Zustimmung gegeben.

Mit einem zufriedenen Lächeln steckte sie sich einen dieser köstlichen Happen in den Mund und griff dann zur *Sydney Gazette*, für die weder Rosetta noch ihr Mann an diesem Tag Zeit gehabt hatten.

Fast hätte Kate den kleinen Artikel ganz unten auf der ersten Seite überlesen. Doch dann kehrte ihr Blick zu dem kurzen Bericht zurück – und sie las den Namen Sophie Ballard! Abrupt richtete sie sich auf, und ihre Augen flogen über die Zeilen. Erst konnte sie nicht glauben, was dort gedruckt stand. Sophie Ballard hatte offenbar einen fünfzehnjährigen Jungen im Streit getötet. Zeugenaussagen nach hatte der Junge sie regelmäßig im SOUTHERN CROSS aufgesucht, in dem Sophie Ballard ihrem schändlichen Gewerbe nachging, wie es in der Zeitung hieß. Für diese Tat, die im vergangenen Monat geschehen war, hatte das Gericht sie zu zehn Jahren Sträflingsarbeit auf Norfolk Island verurteilt. Dem Strang war sie entkommen, weil es keine Hinweise dafür gab, daß es sich um vorsätzlichen Mord gehandelt hatte.

»Zehn Jahre Norfolk Island«, murmelte Kate. »Dann ist sie schon jetzt so gut wie tot.«

Sie blickte wieder auf den Artikel und wollte die Zeitung erst ins Feuer schmeißen. Rosetta durfte ihn auf keinen Fall zu Gesicht bekommen. Doch sie oder der Lieutenant konnte am kommenden Sonntagmorgen danach fragen, und dann sähe es schon sehr merkwürdig aus, wenn sie sagen müßte, daß sie die Zeitung verbrannt hatte.

Kate Mallock wußte sich auch so zu helfen. Mit dem Daumennagel ging sie mehrmals über den Namen Sophie Ballard, bis er nicht mehr zu lesen war. Anschließend verschmierte sie ein wenig Asche, die sie vom Schüreisen nahm, über einen kleinen Teil des Artikels und wischte den Dreck dann mit einem Tuch weg. Es blieb ein häßlicher Fleck, wie er jedem mal passieren konnte, und mehrere Zeilen des Artikels waren unleserlich geworden.

Sie faltete die Zeitung zusammen, legte sie aus der Hand und beugte sich zu *ihrem* Baby hinüber. Gelächter drang von unten gedämpft in ihr Zimmer hoch.

»Deine Mutter ist eine Hure, hat dich für fünf Pfund verkauft und nun auch noch einen fünfzehnjährigen Jungen erschlagen, mit dem sie herumgehurt hat«, flüsterte sie Wesley zu, der die winzigen Hände zu Fäusten geballt hatte und fest schlief. Sein rosiger Mund bewegte sich, als spräche er im Traum mit ihr. »Mir macht es nichts aus, mein Kleiner. Ich werde dich immer liebhaben. Und eines Tages wirst du das Vermögen der Forbes' erben, du, der Sohn einer Hure und Mörderin. Findest du nicht auch, daß es genau das ist, was Lieutenant Forbes verdient hat?«

Kate Mallock lächelte glücklich.

29

Sie hätte Schmerz, Trauer, Wut, Haß empfinden sollen. Irgend etwas davon oder auch alles zusammen. Doch Jessica empfand nichts dergleichen, sondern nur Leere. Seit jener Nacht vor zwei Wochen, als SEVEN HILLS vor ihren Augen niedergebrannt war und sie Mitchells Kind verloren hatte, hatte sie das Gefühl zu fallen. Es war kein Gefühl, das mit Angst oder Entsetzen verbunden war. Diese Empfindungen schienen sie gar nicht mehr erreichen zu können. Ihr war, als wären alle Verbindungen zu ihren Gefühlen durchtrennt und auch zu dem, was um sie herum geschah. Die Leere, die sie wie eine Glocke umgab, vermochte niemand zu durchbrechen.

Es war jedoch nicht so, daß sie nicht ansprechbar gewesen wäre. Überhaupt nicht. Sie antwortete und reagierte völlig normal, soweit man es bei ihr als normal bezeichnen konnte, daß sie sich nicht im geringsten dafür interessierte, was sich auf ihrer Farm tat.

»SEVEN HILLS ist vernichtet«, sagte sie einmal mit derselben Gleichgültigkeit zu Ian, mit der sie seine Nachricht von Duckworths Tod aufgenommen hatte.

»Das stimmt nicht!« widersprach er heftig und mit wachsender Verzweiflung, weil er ihren Panzer der Teilnahmslosigkeit einfach nicht durchdrang, egal wie er es auch anstellte, sie aus ihrer Apathie zu reißen. »Es sind noch einige Tausend Schafe da, Rinder, Pferde, ein paar Fuhrwerke und einiges andere. Die Siedlung der Arbeiter ist dem Feuer entkommen wie auch mein

Haus. SEVEN HILLS ist erst vernichtet, wenn Sie das sagen und aufgeben!«

Jessica zuckte nur die Achseln. »Ich kann sagen, was ich will, Ian, es ändert nichts an den Tatsachen.«

»Und ob das etwas ändert! Die Welt! Um Gottes willen, geben Sie jetzt nicht auf! Bleiben Sie nicht auf den Knien liegen! Stehen Sie auf! Kämpfen Sie!«

»Wer ruiniert ist, braucht nichts mehr aufzugeben«, erwiderte sie gleichgültig. »Aber wenn Sie meinen, etwas tun zu müssen, will ich Sie nicht daran hindern. Immerhin sind Sie ja mein Verwalter. Also verwalten Sie die abgebrannte Farm.«

Ian hätte sie ohrfeigen können, so zornig und verzweifelt machte ihn ihr Verhalten.

Mitchell Hamilton kam einen Tag nach Ian McIntoshs Rückkehr nach SEVEN HILLS. Er wollte mit Jessica sprechen. Doch sie schloß sich in ihr Zimmer im Haus des Verwalters ein, das sie nun bezogen hatte. Sie weigerte sich standhaft, ihn zu sehen und auch nur ein Wort mit ihm zu wechseln. Wieder nicht aus Kummer oder Haß, sondern weil es zwischen ihnen nichts mehr gab, was eines Wortes wert gewesen wäre. Sie hatte ihr Kind verloren, und irgendwie erschien es ihr nur gerecht, daß sie dieses Kind, das sie sich so gewünscht hatte, verloren hatte – zusammen mit Mitchell und SEVEN HILLS. Sie wußte nicht, ob es eine göttliche Macht war, die sie strafte und ihr alles nahm, was ihr Leben ausgemacht hatte. Doch der Schlag, der sie getroffen hatte, war so total in seiner Vernichtung gewesen, daß er ihr auf merkwürdige Weise sinnvoll erschien.

Jessica fühlte sich frei und tot zugleich, und daraus entstand das Gefühl der Leere in ihr. Auch Lydia Randell, die noch in der Nacht des Feuers den Hawkesbury in einem Ruderboot überquert hatte und tagelang nicht von ihrer Seite gewichen war, hatte nichts ausrichten können.

Zu Beginn der dritten Woche nach dem Brand brachte Allan Whitman die Kinder. Ian hatte ihm eine entsprechende Nachricht geschickt, ohne Jessica gefragt und davon unterrichtet zu haben.
Jessica zeigte weder Ärger noch Freude, als sie ihre Kinder aus der Kutsche steigen sah, die Gesichter fassungslos, als sie bis auf das Haus des Verwalters nur noch verkohlte Ruinen, eingestürzte Kamine und die schwarzen Grundmauern des Farmhauses erblickten.
Der Schmerz in Edwards Augen berührte zum erstenmal in diesen Wochen etwas in Jessica. Mit Verwirrung sah sie, daß er gar nicht zu ihr kam, sondern mit zögernden Schritten über den Hof ging. Dort, wo einmal die Scheune gestanden hatte, blieb er stehen und starrte ungläubig auf die wenigen halb verkohlten Balken, die davon übriggeblieben waren. Und an der Stelle, wo sich vor dem Feuer die Schmiede befunden hatte, ging er in die Knie und weinte. Mit zuckenden Schultern, doch lautlos.
In diesem Moment sammelten sich auch in Jessicas Augen Tränen, als ihr bewußt wurde, daß nicht nur sie einen entsetzlichen Verlust erlitten hatte, sondern auch ihre Kinder, ganz besonders aber Edward, dessen kindliches Gehirn nie in Erwägung gezogen hatte, daß SEVEN HILLS einmal nicht mehr existieren würde.
Seine Heimat hatte sich über Nacht in einen verkohlten Hügel verwandelt. Etwas, das seine Vorstellungskraft überforderte und ihn in einen Abgrund des Schmerzes stürzte, denn SEVEN HILLS war für ihn, solange er bewußt denken konnte, immer *seine* Farm gewesen, die seine Mutter für ihn verwaltete, bis er groß und alt genug war, um selber über sein Reich am Hawkesbury zu herrschen.
Schmerzen und der quälende Vorwurf, versagt und das Erbe

ihres Mannes verspielt zu haben, begannen die Leere in ihr zu füllen. Und aus der Gleichgültigkeit, die sie bisher empfunden hatte, stieg eine Flamme des Aufbegehrens und des Verlangens nach Rache. Erst klein, doch unauslöschlich. Und das Feuer in ihr erhielt mit jedem Blick auf die tränennassen Gesichter ihrer Kinder neue Nahrung, bis es eine wild lodernde Flamme war, die jeden Rest von Teilnahmslosigkeit aus ihr brannte.
Es war am dritten Tag, nachdem ihre Kinder eingetroffen waren, als Jessica zu Ian auf die Weide ging. »Ich muß mit Ihnen sprechen, Ian.«
Er sah sie bitter an. »An wen wollen Sie verkaufen?«
»An keinen!« antwortete sie, und ihre feste Stimme ließ ihn aufhorchen. »Ich habe mich entschlossen, nicht länger auf den Knien liegenzubleiben.«
»Wollen Sie damit sagen...«
»Sie hatten völlig recht, Ian. SEVEN HILLS ist erst vernichtet, wenn ich aufgebe und sage, daß es so ist«, fiel sie ihm ins Wort. »Ja, ich habe eine Zeitlang geglaubt, daß nichts SEVEN HILLS mehr retten kann, aber das war ein Irrtum. Wir werden die Farm wieder aufbauen. Wir werden kämpfen, Ian!«
Er packte sie an den Schultern, daß es schmerzte. »Jessica! Endlich kommen Sie zur Vernunft!« stieß er erlöst hervor. »Und ich dachte schon, Duckworth und Hawkley hätten es doch noch geschafft, Sie zu töten, auch ohne Ihr Leben zu nehmen.«
»Hawkley!« flüsterte sie, die Augen kalt und zusammengekniffen. »Hawkley wird dafür bezahlen, das schwöre ich beim Leben meiner Kinder! Doch das wird warten müssen. Zuerst einmal kommt die Farm. Wir werden sie größer, besser und schöner wiederaufbauen, als sie vor dem Brand war!«
Ian McIntosh lächelte glücklich. Das war die Jessica Brading, wie er sie kannte – und liebte! Willensstark, kämpferisch und unbeugsam, wenn es darum ging, das zu erreichen, was sie sich

in den Kopf gesetzt hatte. Nein, sie würde sich von niemandem in die Knie zwingen lassen, nicht von einem Dutzend Duckworths und Hawkleys!

Daß sie finanziell eigentlich gar nicht in der Lage war, mehr als ein paar primitive Bretterschuppen und Scheunen zu bauen, kümmerte Jessica in diesem Moment nicht. Auch wenn sie jetzt noch nicht wußte, wie es geschehen sollte, so war sie doch felsenfest davon überzeugt, daß sie schon einen Weg finden würde, um SEVEN HILLS wiederaufzubauen und tatsächlich in einem neuen, noch prächtigeren Glanz am Hawkesbury erstrahlen zu lassen.

Sie würde nicht aufgeben.

Niemals!